年少时不断仰望的太阳

如今成了只属于他一个人的光。

——裴颂

酱子贝 著
Jiang Zi Bei Works

廣東旅游出版社
GUANGDONG TRAVEL & TOURISM PRESS
促读书·悦旅行·悦享人生

中国·广州

图书在版编目（CIP）数据

我的死对头 / 酱子贝著 . —— 广州：广东旅游出版社，2020.12（重印2022.2）
 ISBN 978-7-5570-1447-6

Ⅰ . ①我… Ⅱ . ①酱… Ⅲ . ①长篇小说—中国—当代 Ⅳ . ① I247.5

中国版本图书馆 CIP 数据核字 (2020) 第 235313 号

责任编辑：陈楚璇
封面设计：媛大大头
封面绘制：林　秝

我的死对头
WoDe SiDuiTou

广东旅游出版社出版发行
（广东省广州市荔湾区沙面北街 71 号首、二层　邮编：510130）
联系电话：020-87347732
长沙鸿发印务实业有限公司
（地址：湖南省长沙市长沙县黄花工业园 3 号）
710 毫米 ×1000 毫米　　16 开　　22 印张　　338 千字
2022 年 2 月第 1 版第 2 次印刷
定价：54.80 元

本书如有错页、倒装等质量问题，请直接与印刷厂联系换书。

目 录 CONTENTS

001 **第一章**
秦满破产了
没破产之前,秦满就是所有人眼中的天之骄子,只可远观不可亵玩,清高得不行。

026 **第二章**
纪惟的订婚宴
秦满,我提醒你,你要敢拿着我的钱跟别人好,你就等着入土为安吧。

052 **第三章**
捡走落水狗
找我麻烦可以,要碰了我朋友,我要你们命。

072 **第四章**
得加钱
别胡说,谁跟他处得好了?我们就是正常的资助关系。

102 **第五章**
偶像的力量
纪燃觉得稀罕——原来这世上还有秦满不会的东西。

126 **第六章**
入职永世
话说在前头,我不会帮你交罚款的,你休想强制我消费。

157 **第七章**
上班风云
其实小朋友的愿望,不过就是见父亲一面,哪想过这么复杂。

目 录 CONTENTS

181 第八章
打入内部
你以为自己是在菜市场买菜,挑挑拣拣,还能讲价?

206 第九章
被发现了
纪燃知道,这世界上天上掉馅饼、出门撞大运的好事再多,也没一件会是自己的。

230 第十章
把柄
我这人就喜欢走捷径,不然怎么会跟着你。

258 第十一章
赵清彤
如果纪燃哪天真的喜欢上谁,那么这个人一定是我。

304 第十二章
校庆
这个树林有个传说,只要向喜欢的人告白,那人就会答应。

340 番外
圣诞快乐
一片雪飘落在秦满睫毛上,他身后光秃秃的树枝间是圣诞节的暖黄灯光。

第一章 秦满破产了

纪燃是被耳边的电话铃声吵醒的。

等会儿，哪来的座机？

纪燃迷迷糊糊醒来，抬手想接电话，手肘才动了一下，从身体各处传来的酸疼感就立刻把人叫清醒了。纪燃下意识睁开眼，一双黑漆漆的眼珠子在昏暗的环境下转了转，眼睫也随着抖了几下。

怎么回事？就算是压着手肘睡了一夜，都不可能这么疼啊？

电话铃声太吵，纪燃紧皱着眉头，不耐烦地啧了一声，伸手接起电话。

"您好，我们酒店中午十二点就要退房了，请问您还要续房吗？"

纪燃睁眼时看到了房间的装潢，自然知道自己在酒店。

因为没睡够，纪燃眼皮有点沉，嗓音哑得不像话："续。"

"好的，那麻烦您有空就来前台办理一下续房手续。"

纪燃挂了电话，想着自己的四肢都又酸又麻，再保持这个姿势，怕是真要废了，于是挣扎着，想翻身换个姿势。

这一动可不得了，可以清楚感知肩膀、手臂、大腿和脚踝处的束缚感，纪燃疼得龇牙咧嘴，这才完全明白自己如今的状况——被牢牢绑在了椅子上，同时也把昨晚的零散回忆给唤了回来。纪燃刚想捕捉这些回忆里的其中一幕，却被目光所及之处的物件惊掉了下巴。

地上一片凌乱，酒店的摆设几乎都换了个地儿，所有的窗户把手被人用布条状的东西死死捆在了一起。

纪燃僵硬着脑袋往回转，才发现不远处的床上竟然还躺着一个人。

那个男人一头利落短发，背对着纪燃躺着，看不清什么，只知道那人身材很好，属于那种往健身房一丢，就会有人搭讪的类型。

纪燃怔怔地看了一会儿，昨晚的记忆蜂拥般回笼。

一个拥有英俊硬朗五官的男人迅速蹿进纪燃的脑海中。

纪燃回想起某些细节后，几乎是被吓得浑身一个激灵——自己一定是糊涂了，这么欠揍的背影除了秦满还能是谁？！

一想到这儿，纪燃心里又恼又怒。所有情绪都涌到了脑子里，就连脸颊都被气得通红，也没心思确认对方身份，就扑腾着想解开绑在自己身上的东西。

纪燃看着旁边的烟灰缸，一边计算着它的杀伤力，一边在心里不断地安抚自己——冷静，纪燃你千万要冷静，这马上要过年了，你可不能在牢里过。

纪燃此时很想点一根烟冷静一下，但现在的情况显然不允许。挣扎一番后，纪燃总算是解开了束缚，可腿因为长期保持一个姿势不自觉地发麻着，纪燃尝试了半天才勉强站了起来。

"你去哪儿？"

男人的嗓子低沉又沙哑，划破了这片宁静。

纪燃动作瞬间僵住。

床上的人不知何时已醒来，回过头正在看着自己。

男人眉眼锐利，五官深邃，一边眉梢正轻轻挑起，眼底带着些漫不经心的疑问。

纪燃的僵硬只持续了一瞬，想着自己这辈子都不会向秦满主动示弱，便继续活动四肢，咬着牙道："去给你买棺材。你喜欢什么款式的，花一些还是暗一些？"

秦满哼笑了一声，道："都行……我还以为你要跑。"

纪燃瞪大眼："我跑？你都没跑，我跑什么？"

"谁知道呢。"

秦满坐起身来，一个弯腰，不知从哪里掏出烟盒和打火机，点燃一支烟，深吸了一口："棺材钱该是你付吧？我可没钱了。"

"你放心死，你死多少回，我就给你买多少副。"纪燃黑着脸，继续手上的动作。

"等会儿。"秦满吐了一口烟，"你先把钱付了吧，我怕你真跑了。"

纪燃有一瞬间没明白过来："钱？什么钱？"

秦满道:"你昨晚不是说要'资助'我吗？还有我的精神损失费。"

"……"

纪燃全想起来了。

自己昨天喝醉闯进厕所，正巧看到秦满在洗手，就下意识从钱包里掏了张黑卡出来，丢在秦满身上，闹着说要资助秦满。

这还不算，见秦满不吭声，自己又扯着秦满到先前住的酒店房间，发了一通酒疯，扬言秦满要是不答应，自己就从这里跳下去——结果自己就被秦满用床单绑在椅子上睡了一夜。

纪燃气乐了，一时间没能说出话来。

秦满抖了抖烟灰，抬眼问:"怎么，这么快就翻脸不认账了？"

杀人犯法，纪燃在心里默念。

南无阿弥陀佛。

秦满笑了一下:"昨天你的朋友们都在，你要是赖账……我就要找他们给我评评理了。"

纪燃从没发现秦满这么不要脸。

虽然平日里他们是死对头，但秦满百八十年都是那副死人脸，说话阴阳怪气又冷冰冰的，简单的几个字就能把人气死，跟今天这个赖着要自己资助费的秦满完全不像是一个人。

纪燃道:"秦满，你脸都不要了？"

"我都破产了，还要那些虚的做什么？"秦满说。

好，算你狠。

纪燃冷静下来，把衣服整理好，道:"你等会儿。"

秦满一笑，依言停下脚步，坐在了旁边的沙发上。

纪燃深吸一口气，想坐，又想到自己"坐"了一宿，于是只能站着理思绪:"是，我是说了要资助你。"

"等会儿。"秦满拿出手机来，打开录音，"你再说一遍，我录下来。"

纪燃怒道:"我还能赖账不成！"

秦满耸耸肩:"谁知道呢，你刚刚不就打算赖吗？"

纪燃再次深吸一口气，重复道:"我是要资助你！"

"钱我会给……但是，资助也是有规矩的，这你该知道吧？"

秦满道："不知道。"

纪燃说："……总之就一条！在资助期间，所有事情都是我说了算！"

"只要不威胁人身安全。"秦满痛快道，"你有什么要求？"

秦满这么一问，倒把纪燃给问倒了，自己之前又没有这种经验，怎么知道要提什么要求？！

"其他的以后再说，现在就一条！"纪燃咬牙切齿道，"昨晚我的情况……不可以传出去。"

秦满挑眉，点头，嘴角绷紧："嗯，知道了。"

纪燃脸又被气红了："你笑什么，能不能有点职业道德？！"

"行。"秦满痛快地点点头。

纪燃觉得自己没法再跟秦满聊下去了，快速整理了一下衣服，临走之前，将自己口袋里的那张黑卡掏出来，再次丢到秦满身上。

"这卡……你先拿着。"纪燃道，"密码是199511。"

秦满接得很准，卡在指尖上转了转："我能刷多少？"

"你还想刷多少？你也就值一百块。"纪燃说，"刷……五十万吧，多了我砍死你。"

"行。"秦满把卡放到一边。

纪燃转身刚准备走，就听见身后人的呼喊："等等。"

纪燃不耐烦地转头："干什么？！"

"我们加个联系方式吧。"秦满道，"我收了钱，自然得尽责。"

现在情况有些棘手，纪燃不好跟秦满翻脸，只好烦躁地捋了捋头发，拿出手机："你微信号多少？"

加了微信之后，纪燃一刻也不多留，可刚走到门口，就又被人叫住了。

"等等，还有。"秦满语气自然，"你那儿包'五险一金'吗？"

回应秦满的，是一道震耳欲聋的关门声。

待面前的电梯门缓缓合上，纪燃才真正如同虚脱一般，靠在了扶手上。纪燃休息了片刻，而后掏出手机叫了一辆出租车，打算去前段时间买下的郊外小别墅看看。

好在别墅早就装修好了，用人隔两天就来打扫一次，现在特别干净。

这是纪燃第一次来这儿住。到达别墅后，纪燃做的第一件事便是洗澡，直到凉水触碰肌肤的那一刹那，纪燃才觉得自己活了过来。

纪燃将脚搭在浴缸边上，看着脚踝处的淡淡勒痕，心里却想着：现在穿越回去把秦满打死还来不来得及？哪怕是坐牢，总比此刻躲在角落里窝火要好得多了。

洗完澡，纪燃随手披了一件浴袍，走到床边，侧着身子重重躺了下去。

身边的手机响起，纪燃烦躁地看了一眼来电显示，点了接听，顺道打开了扬声器，道："干什么？"声音有气无力。

"纪燃，出来玩儿啊。"那边是岳文文，纪燃交好的朋友之一。岳文文脱口说完，才发觉不对，"你声音怎么了？"

"没怎么，不去。"纪燃说，"下午两点，出门玩什么？看太阳？有事直说。"

岳文文最近总被自家爸爸抓去上班，平时都是下午五点之后才能见到人，今儿这么早来电话，肯定有猫腻。

岳文文道："嘻嘻，人家就是想问问你，秦满昨晚……"

纪燃吓了一跳，几秒钟的时间就已经在心里问候完了秦满祖宗十八代，但纪燃也就惊惧了一小会儿，很快就镇定了下来。

不对，秦满和岳文文这两人八竿子都打不着，秦满不可能把这事传出去的。

岳文文见纪燃不吭声，"哎呀"了一声，道："快说，我们之间不能有秘密！"

纪燃问："……这事儿谁告诉你的？"

岳文文是圈内的社交名人，有名到什么程度呢，就连微博粉丝都有小几十万。

纪燃跟岳文文是初中认识的，那会儿岳文文虽然也爱撒娇抛媚眼，但还没现在这么开放。谁知一到大学，岳文文就完全放飞了自我。

岳文文问："你是喝糊涂了？你昨晚自己跟我说的啊。"

"……"

纪燃是真不记得这一段了。

应该是昨晚喝得太多，记忆储存量不够，把去酒店之前的细节都忘了个干净。

"然后呢？"

"不是吧，你真忘了啊？"岳文文道，"我们本来以为你喝醉了在开玩笑呢，谁知你说秦满在门口等你，要先走。我一看……还真是秦满。"

纪燃气道："那你就这么看着我跟他走了？你就不怕我被他绑架，再拖到深巷里灭口？"

"别别别，不至于。人家秦满跟你没仇没怨的，犯不上啊，顶多就是你招惹他，吃一顿打。"岳文文有理有据地剖析道，"你看，你被他带走，最多也就是挨打了，我觉得没什么好紧张的，挨了打不是还能讹他一笔？"

纪燃觉得自己能和岳文文做这么多年好友也真是个奇迹。

"讹个屁。"纪燃说，"我倒给了他钱的。"

那头的岳文文陷入了沉默，许久才出声，声音里满是震惊："不是……纪燃你没毛病吧？你挨了打，你还花钱？而且别的人也就算了，你为什么非要招惹秦满！"

"我就招惹秦满怎么了？"

"我就这么跟你说吧，秦满是我们的偶像！就这么被你拉下神坛了？！"

纪燃刚刚还挺暴躁的，现在就只剩下无语了："岳文文，你的尊严呢？"

"尊严值多少钱？"岳文文冷笑一声，"再说了，就算它值钱，你看老娘缺那点破钱吗？"

岳文文家里有矿，是真有矿，说这种话连气都不带喘的。

纪燃彻底没脾气了："我挂了。"

"哎，别，燃燃你等会儿。"岳文文叫住道，"那啥……你给了秦满多少钱啊？"

纪燃皱眉头："你想干吗？"

岳文文坏笑了声："我寻思着，我也挺有钱的，不妨我也……"

"不可能。"纪燃直接打断对方的胡言乱语，道，"岳文文，你就别想了，挂了！"

纪燃挂掉电话后又趴回床上，横竖睡不着，干脆拿起手机找个电影消磨时间，这才发现手机不知何时多了一条微信未读消息。

Q：你还好吗？

纪燃盯着全黑的头像想了老半天,才反应过来这人是谁。

纪燃顾不上打字,直接按下语音键,把手机往自己嘴边挪,张嘴就叭叭一顿乱射:"你觉得能好吗?秦满我告诉你,我明儿要是没好,我把你家给烧了!"

秦满回了两条语音。

"你在哪儿,我送你去医院看看?"

"省得你烧我家。"

"不去!"说到这儿,纪燃灵机一动,"倒是你,我发现我手上有伤口,谁知道是不是你弄出来的,所以你现在就给我上医院做体检,检查一下你自己有没有什么毛病!"

纪燃当然知道秦满没病。秦满是谁?没破产之前,秦满就是所有人眼中的天之骄子,只可远观不可亵玩,清高得不行。

纪燃估摸着昨晚秦满会由着自己胡闹,八成也是喝糊涂了,自己现在这么说,无非是想把秦满的尊严狠狠地踩脚底下。

纪燃本以为秦满会生气,或者直接不回复了,谁承想,才不过几分钟,秦满就发了张照片过来,后面还紧跟着一条语音。

纪燃点开图一看,居然是一张体检报告。

"找了一会儿才找出来。"秦满声音如常,"上星期才拿的报告。放心,没病。"

这回轮到纪燃无语了,还没想好如何回应,微信界面突然又有了消息。

——Q 向你转账 20000 元。

纪燃:???

Q:昨天虽然是情急之举,但既然让你受伤了,那钱我也不能全收,退你一点吧。两万够不够?

纪燃这一口气差点没上来。

纪燃在家里休息了一天,总算是活了过来,但依旧不想动,四肢还泛酸,就又在家里躺了一天。

岳文文的电话进来的时候,纪燃便顺手拉黑了秦满。

自从秦满微信退来两万块后,两人就再也没说过话。纪燃越看越气,最后钱也没收，直接把对话框给关了。

之所以现在会想起来要拉黑秦满，是因为自己在半分钟前刷到了秦满发的一条朋友圈。

其实秦满也没在朋友圈发什么，而且秦满的朋友圈没有"三天可见""半年可见"这种奇奇怪怪的设置，但里面的内容比岳文文那三天可见的朋友圈还要少，五条朋友圈里四条都是他家狗的照片，美国恶霸犬，丑得很，背上还有肌肉。

跟它主人一模一样！

但秦满这次发的朋友圈不是狗了，就简简单单两个字。

"找活。"

纪燃看到这两个字时简直大跌眼镜，反复打开头像确认了好几遍，才肯相信这朋友圈的的确确是秦满发的。

秦满居然会发这种朋友圈？！

纪燃之所以会讨厌秦满，其中一个原因就是秦满这人太清高、太傲，跟自己那同父异母的哥哥一个德行。

纪燃的母亲是一个无名小女星，纪父早有了自己的家庭和孩子，纪燃对他们而言只是个意外。

知道这事后，纪父原本没打算认纪燃——纪家家庭复杂，原配那是从其他企业联姻过来，响当当的女强人，纪父并不打算因为一个随手播下的种就跟老婆翻脸。

但最终，还是纪老夫人出面解决的这件事。据说，她跟纪夫人谈了整整一晚上，也不知道给了多少好处，终于让纪夫人松了口，把纪燃和纪妈妈安置到了别处。

纪燃的妈妈得知后再三嘱咐纪燃夹着尾巴做人，低调做事，千万别觊觎那些不属于自己的东西，不然死都不知道怎么死的。平庸一生，每月领个小几十万过日子也就罢了。

叮嘱了十来年后，纪燃十三岁时，纪妈妈就遇上了车祸，走了。

这样的孩子自然是不能住在纪家的，纪燃就这么自己在外头住了十多年，其间别说纪家其他人，就连亲爸的面纪燃都没见过几回。

虽然没有出现，但不代表不存在。

虽然纪父对纪燃不上心，但碍于纪老夫人的面，他还是安排了学校供纪燃上学。

为了省事，纪燃初中去的便是自己传说中的哥哥——纪惟的学校。

纪燃还记得第一次见到纪惟的场景。体育课上，纪燃打篮球打累了便去学校超市买水，一进去就看见好几个大男孩坐在超市中央的座椅上有说有笑。

那边的人一看到纪燃就立刻停下了笑声。

坐在右侧的男孩也不知道说了一句什么，他们的目光便齐齐地落在纪燃身上。

纪燃虽然还小，但仍是分辨出了那些目光里的情绪。

鄙夷、嘲笑、轻蔑。

秦满当时就在其中，他坐在最中央，瞧过来的眼神却是里头最淡的，只一眼就匆匆收回了目光，眉梢漫不经心地挑起，仿若再给纪燃一个眼神都是多余的。

干净洁白的校服衬衫就像给他镀了一层光，把那人衬得高高在上、遥不可及。

那是纪燃第一次跟纪惟见面，但纪燃的脑子里却只记住了秦满。

然而就这么一朵高岭之花，半分钟之前在朋友圈里找起了工作。

"纪燃，你在没在听啊？"电话里，岳文文催促道。

纪燃回过神："在啊，你刚刚说什么？"

岳文文："……我说，今晚去POP啊。"

POP是这两人常去的一家酒吧，也是满城最火的酒吧。那天纪燃就是在POP看到秦满然后开始发酒疯的。想到这儿，纪燃就失了兴致："不去。"

"干吗，你有其他事？"岳文文问。

"没有。"纪燃胡乱找了个借口，"我今天打游戏。"

岳文文说："别啊，游戏有什么好玩儿的？你必须来，今晚这局可是我特地为你攒的！"

纪燃："给我攒的？"

"是啊。你把秦满一块带来呀！"岳文文兴奋道。

纪燃一愣："我带他去干什么？"

"你资助秦满，不就是想羞辱他吗？"岳文文道，"今晚我叫了好多人来，到时候让大家伙都看看，秦满是怎么在你面前做小伏低的！"

"……"

岳文文不提这一碴，纪燃都快忘了自己的目的。

但事情早就脱了轨，纪燃当初"资助"秦满时，压根儿就没想过事情会演变成现在这样。

纪燃"啧"了一声："算了，我今天不想出门。"

"别啊，我都跟那群人说了，你会带秦满来的。"岳文文道，"大家伙都等着看呢！"

纪燃头疼道："岳文文你这么能干呢。"

岳文文笑道："那是。你钱花都花了，我肯定得给你出出气。"

纪燃挂了电话，打开那个屏蔽了几百年的聊天群。果然，里面十几个人全冒了头，就连群名都改成了"难忘今宵POP"。

岳文文很了解纪燃。如果事情顺着纪燃的计划进行，那么纪燃在资助秦满之后的第一件事，肯定就是把秦满带在身边，像使唤小弟似的使唤秦满。

但现在，纪燃一点儿也不想见秦满，更不想让秦满去见别人。

就怕秦满说漏嘴。

纪燃靠在沙发上，给自己剥了一个橘子，往嘴里一丢，甜味立刻在嘴里头蔓延开来，随后拿出手机里的搜索引擎，输入一行字。

"微信怎么把拉黑的人加回来？"

银色的超跑疾驰在公路上，遇到红灯，总会引来旁人的目光。

纪燃丝毫不在意，一只手松散地搭在车门上，腕上的表精致奢靡。纪燃看准时机单手握着方向盘，红灯一灭，车子就率先呼啸离开。

纪燃果然在约定好的地点看到了秦满。

对方穿着一件简单的白色卫衣，下身是黑色牛仔裤，在街边站得笔直，身形颀长，十分显眼。

纪燃忍不住看了一眼自己身上的黑色卫衣和牛仔裤，总觉得不太对劲，刚想将车靠边停下,就见一个穿着得体的中年女人上前去,不知跟秦满说了什么。

秦满表情淡淡,摇了摇头。

这才是秦满该有的模样,拒人于千里之外。

纪燃停好车,正准备继续看,却对上了秦满的目光。

秦满瞧见纪燃,挑了挑眉,接过女人朝自己递来的名片,径直向车这边走来。

秦满上了车,慢条斯理地扣上安全带:"你好点了吗?"

纪燃没想到他一来就敢提这事,踩油门的力气差点没控制好:"干你屁事?"

"当然干我的事。"秦满睨了纪燃一眼,"毕竟是我失了轻重。"

纪燃深吸一口气,想着一会儿还有事儿要跟秦满谈,不能这会儿就跟秦满闹翻,只好耐着性子解释道:"我不是来找你说这个的。"

秦满点点头:"那我们现在是去做什么?"

纪燃不再看秦满,硬邦邦地道:"吃饭。"

纪燃在一家日料店订了位置,没别的,这家日料的包厢安静,方便谈事情。

坐下后,纪燃按照习惯拿着菜单胡乱点了两个菜。

等服务员把门一合,纪燃靠到墙上,开门见山地问:"谈个合约吧,资助你一年要多少钱?"

秦满知道纪燃这人一向不按常理出牌,但听见这话,还是有些意外。

秦满笑了,慢悠悠地问:"看来你挺看好我的?"

"……秦满。"纪燃稍稍抬了抬下巴,拧眉不耐道,"你如果不想再在满城混下去,就继续贫。"

纪燃只是在吓唬秦满,秦家虽然破产了,但秦满也不是能任自己揉捏的。

秦满敛回笑,道:"我考虑考虑。"

纪燃问:"你要考虑多久?我很急。"

"……"秦满用食指轻敲着桌面,门打开,服务员端着一盘冰镇刺身走了进来,待服务员走后,他才答道,"吃完这顿饭告诉你。"

纪燃一点胃口都没有,拿出手机:"你慢慢吃。"

秦满倒也没多说，拿起细筷自顾自地吃了起来。虽然秦满已经落魄，但举手投足间仍很优雅，纪燃在大排档大口吃肉喝酒惯了，怎么瞧怎么不顺眼。

于是秦满才吃了几口，纪燃又打开了话匣子。

"我先跟你说明白。"纪燃道，"我找你，不是让你那什么……"

"那你给我钱干什么？"秦满打断，抬眼，"钱多得烫手？"

"闭嘴。"纪燃咬牙切齿，专门挑难听的话说，"反正以后你要随叫随到，我说往左你不准往右，还有，在我们合约期间，你不准再找二东家……我这人要求挺高的，所以你慢慢估价吧，别把自己称便宜了。"

纪燃好面子，一想到之前自己在岳文文那儿放话说了一年这个期限，现在就得把这个牛皮补得严严实实，不让牛飞上天去。

秦满咽下生鱼片，放下筷子，用纸巾擦了擦嘴："你那儿有多少钱？"

纪燃一顿："干吗？反正资助得起你，只要你不漫天要价，开个一两亿的。"

"一两亿可资助不起我。"秦满笑，"不过我和你哥认识，我愿意给你打个折……我要你卡里所有数额的一半。"

纪燃心情原本已经平缓了许多，一听秦满提纪惟，眉头立刻皱得死紧。

"你就不怕我卡里没钱？"

"那你肯是不肯？"秦满反问。

纪燃卡里有钱，数额还不少。纪爸虽然不管纪燃，但每个月钱还是按时打在卡上，再加上纪燃平时一个人过，除了买买车也没什么大的花销，这一半分出去，也是个可观的数额。

但纪燃从来不在乎钱。

"行。"纪燃道，"现在去拨给你？"

"这么晚，银行下班了。"

纪燃办事儿不爱拖着："那我先跟经理预约。"

"不急。"秦满道，"我又不会跑了。"

说完，秦满从口袋里掏出一张名片，正是刚刚街上那女人递的那一张。

秦满一眼没看，直接就把名片丢到了桌上的烟灰缸中。

纪燃扫了一眼，只看到了"经纪公司"这四个字。

"那人是星探？"事情谈妥，纪燃松了一口气，语气优哉游哉，"我听说现在当明星挺赚钱……怎么，看不起这行？"

"没经验，做不好。"秦满语气轻飘飘地道，"而且我跟着你就能赚一大笔钱，干什么去蹚这浑水。"

纪燃语气不善："你是不是找抽？"

"你不让说，我就不说了。"秦满很快进入角色，他站起身来，"我吃完了，我们现在去哪儿？"

纪燃坐着瞧秦满，光线顺着打下来，在秦满的脸上打上一层层阴影，看不清他真正的表情。

至此，这人在自己心目中的人设已经崩得一塌糊涂。

就因为破产，能把人的性子变成这样？

意识到自己在思考多余的事，纪燃很快收回目光，瞥了一眼那张被浸湿的名片道："酒吧。"

纪燃是POP的常客，车库里的那几辆车，这儿的泊车小弟也都认识，倒不是别人记性好，而是纪燃每一辆车都特招摇，特别好认。

泊车小弟一见这车子，立马就走到门口候着。

"哟，您来了。"泊车小弟双手接过钥匙，腰半弯着，态度恭敬。

"嗯。"纪燃从口袋拿了几张大钞出来，跟钥匙一同丢到对方手上，"晚上安排个代驾来，剩下的你自己拿着。"

泊车小弟已经习以为常，就连感谢的话都说得极其顺口："谢谢！您好好玩，我十点就安排人在这儿等您。"

秦满扫了一眼，那沓大钞估摸不少于十张。

纪燃果然名不虚传，够阔绰。

想起自己手上的黑卡，秦满嘴边勾起一个玩味的笑。

这笑刚好被回过头的纪燃捕捉到了，纪燃拧紧眉问："你笑什么？"

秦满扬眉："没什么。"

"……一会儿到了里面，给我好好说话。"纪燃道，"记得我之前跟你说的事吧？你要是说漏了嘴，我就让你秦家再破一次产。"

岳文文订的位置是POP最好的一桌，纪燃穿过人群，一眼就看到站在座位上晃手摇头、穿得花枝招展的岳文文。

岳文文一个转头就看到了纪燃和秦满，倒不怪旁人眼尖，而是这两人一前一后站着，在人群中太过显眼。

"纪燃！"岳文文不断摆手，生怕纪燃看不见。

纪燃翻了个大白眼，每回来这儿都是这个卡座，这路走得比服务员还熟。

今天卡座里坐满了人，还有几个坐不下的就在周围站着。大家一见岳文文这个阵仗就知道谁来了，纷纷停下手中的娱乐，不约而同地往后看。

虽然事先就听岳文文说过，但真正看到秦满时，还是有许多人惊讶地瞪大了眼睛。

秦满跟他们年纪相仿，但在大家心目中，秦满早已经是他们父亲那一辈的人物。

在他们穿着破洞牛仔裤承包学校附近的奶茶店时，秦满已经西装革履地出现在商业场合跟其他大老板们谈笑风生了。秦满事事都先别人一头，又成熟稳重，清冷自持，是标准的"别人家的孩子"。

在座的大部分都是满城的纨绔子弟，没少听自己父母念叨秦满这个名字，现在这人从云端跌落，谁都忍不住多看一眼热闹。

卡座虽然坐满了人，但还是留了个位置给纪燃的，见正主来了，大家很识趣地让出了中间的位置。

纪燃没顾身后的人，兀自走到自己的位置上，感觉到四周的目光，道："看什么看啊。"

"看你养眼呗。"身侧的朋友笑了声，递上了烟，"来一根？"

纪燃叼着烟，马上就有人给点上了。纪燃刚吸了一口，大腿外侧突然被人碰了碰。

秦满十分自然地走到了纪燃身边，但纪燃没开口，没人敢给秦满让位置。

纪燃朝秦满的方向吐了口烟："没位置了，你出去站。"

看秦满表情如常，众人立刻明白了——纪燃没跟他们开玩笑，这厮是真把秦满收归己用了。

见这架势，坐在角落的两个男人忍不住窃窃私语。

"……纪燃这样对秦满真的没事吗？"

"秦家都破产了，能有什么事。"

"但我听说秦满人脉很广啊,也挺能干,东山再起不难吧,纪燃这么得罪他,以后要是秦满卷土重来……那岂不是完蛋了。"

"喊。"那人冷嗤一声,压低音量,"要完蛋,那也是纪燃完蛋,干我们什么事?我们看看热闹就成,别掺和。"

见秦满不动,纪燃不满道:"你听见没啊,别站这儿,碍手碍脚的。"

"快。"岳文文站起身来附和,并朝纪燃左侧的人摆摆手,"赶紧坐过去,给秦满让个位置!快点儿!"

知道岳文文在打圆场,纪燃抖了抖烟灰没说话。旁边人见纪燃没异议,这才小心翼翼地让出位置来。

"天哪。"秦满刚在另一侧落座,岳文文就忍不住拽纪燃的衣袖子,压低声音兴奋道,"真的是秦满!小燃燃你简直绝了!你太厉害了!明天,明天我们就去本色,你带上秦满,让那群人开开眼!"

本色是岳文文常去的特色酒吧。

"你自己去。"纪燃不混岳文文的那些圈子,环视周围,道,"你怎么什么妖魔鬼怪都叫来了?"

两人平时在夜店混得勤,通常都是几个人傻钱多爱玩的老熟人聚一块消遣。虽然玩的花样多,但都有底线,今儿来的好几个却都是坏出名了的。

这群人刚上大学那会儿天天缠着纪燃,纪燃为了多几个赛车对象才勉强跟这些人说两句。自从摸索到正规的赛车组织后,纪燃就跟他们不再有来往了。

"不是我叫来的。"岳文文也知轻重,解释道,"他们刚刚就在隔壁桌,非要过来跟我们凑桌,又有个多嘴的把秦满的事儿跟他们说了,这下好了,赶都赶不走。"

纪燃道:"闲得。"

话音刚落,就有个妖魔鬼怪开了腔。

"纪燃,你今儿可是来晚了。"男人的一只手搭在女伴身上,不太规矩,另一只手举着酒杯,"该喝三杯吧?来,我陪你!"

这人是妖怪首领,叫顾哲,是那些人里面最难缠的一个。

纪燃笑了笑,眼底暗暗带了些不屑,灯光太暗,没几人看得清。纪燃没说话,兀自拿起面前盛满酒的新酒杯,一口闷下。

顾哲立刻抬手，跟纪燃隔空碰了碰杯。

喝完后，顾哲把酒杯伸到女伴面前，穿着暴露的女人忙双手捧起酒瓶子，乖乖给他倒酒。

纪燃一挑眉，转头叫身侧的人："喂。"

秦满优雅地跷着二郎腿，仿佛不是在人声嘈杂的夜店，而是在高档餐厅的谈判桌上："嗯？"

"给我倒酒。"纪燃用指尖点了点瓶口。

众多目光扫射过来。秦满只垂眼看了一眼酒杯，而后慢条斯理地放下腿，拿起酒瓶子给纪燃倒满。

秦满倒酒技术极好，一点儿酒沫都没有。

纪燃看着那都快满出酒杯的液体，皮笑肉不笑地问："怎么，怕浪费酒是吧？"

顾哲又喝完一杯："纪燃，喝啊。"

纪燃扫了一眼顾哲，掩下心中的不耐，一口喝完。

顾哲喜欢当老大，偏偏当时那群人就喜欢跟着纪燃走，所以从高中那会儿，顾哲就经常暗暗跟纪燃较劲儿。

纪燃打心底烦他，但也没发生什么值得打一架的大事儿，处得不痛快，于是想着干脆直接拍屁股走人，不跟这伙人混在一块。

等他们三杯喝完，岳文文手臂一抬，勾住纪燃："小燃燃，走，我们挤到前面去蹦会儿迪！"

纪燃不感兴趣："你自己玩去。"

"岳文文，你去。"另一头，顾哲站起身来，"把位置让出来，我和纪燃喝几杯。"

岳文文知道顾哲这人不是什么好东西："纪燃要和我去蹦会儿，您老慢慢喝。"

"没听见这人说不去啊？"顾哲已经挤到面前，"刚好，我这有点正经事儿要跟纪燃说，而且纪燃不是从来不跳舞吗……哦，该不是那晚喝醉了，到现在还没缓过来，没法喝酒？"

POP人多口杂，什么破事都能传得人尽皆知。

纪燃听不得刺，朝岳文文摆摆手："你去，把位置让给他。顾哲，你今晚不用找代驾了。"

顾哲问："为什么？"

"我让120送你回家。"纪燃嗤笑一声。

顾哲今天来者不善，闻言冷笑一声，坐下来就挥手，让服务员连拿了好几个杯子上来。

两种洋酒混在一块后，倒满了十杯。

"一杯一杯喝太没意思了。"顾哲道，"我们一次十杯，怎么样？"

岳文文见这阵势，哪还惦记着蹦迪，赶紧找了个位置重新坐下看好戏。顾哲今天也不知道活腻了还是怎么，非要来招惹纪燃。

纪燃把骰盅往桌上一盖："可以。"

"不，等会儿。光我们俩玩没意思。这样吧，我输了，让莉莉喝。"莉莉是顾哲带来的女伴，顾哲笑了一声，往纪燃身后看，"你输了，就让秦大老板喝。"

纪燃一愣，随即道："我们两个喝酒，干别人屁事……"

"可以。"秦满先纪燃一步说道。

"爽快。"顾哲得逞，抬手一招，莉莉便两蹦三跳地到了他身边。

她勾着顾哲的手臂，嘴巴几乎要贴到顾哲脸上了："你好坏呀……为什么非要我喝！"

"放心宝贝，我不会让你喝的。"顾哲得逞，哼笑了一声，突然捏起那几颗骰子往桌上一丢，拿起骰盅随手扫过，骰子尽入骰盅。

他握着那骰盅在空中甩了大半天，只要会的花招都来了一下，然后砰的一声扣在桌面上，脸上尽是得意。

顾哲今天确实不是真心实意要来找纪燃喝酒的，但也不是来找纪燃碴儿的。

比起纪燃，他更讨厌秦家这位高岭之花。秦家以往在生意上抢了他们家许多大单子不说，秦满甚至向大学举报过他，害得他连毕业证书都得花钱买，挨了他老子好一顿揍。

他正愁着什么时候才能报仇呢，秦满就自己送上门来了。

纪燃皱眉，刚要拒绝，就听见身后的人低沉地说："玩，我替你喝。"

这人是不是有病？上赶着给人顶酒？要知道这洋酒度数可不低，两种混在一块更是够呛。

"闭嘴坐着。"纪燃拿起骰盅，随手晃了晃，往桌上一盖，"谁用你替我喝？"

"这不是怕你一会儿醉了，又乱给人砸钱嘛。"秦满道，"你是我的大客户，不能让人抢跑了。"

纪燃无语："那你可真敬业，回头我给你送一面锦旗吧？"

"破费了。"秦满道，"折现给我就好。"

"……"

"纪燃，你好了没？"周围嘈杂，顾哲听不见这两人的对话，见纪燃不动，他讥笑了一声，"该不会是怕了吧？"

纪燃回头，张口就报："五个一。"

两个人十颗骰子，如果十颗骰子里有五个点数一，便是纪燃赢。

顾哲没想到纪燃一来就叫个这么大的，他看了一眼自己的骰子，里头一个一都没，想也不想就把骰盅打开，道："纪燃，原来你玩骰子这么菜？早说嘛，早说我们俩就换个方式，划拳也好啊，不然别人都说我欺负你……我这儿一个一都没有。"

说完，他看向纪燃身后的人，嘲讽意味明显："秦大老板，喝呗。"

这场大戏太刺激，桌上无一人离桌，就连旁边倒酒的服务员都是小心翼翼地偷听着。

秦满连个眼神都没给顾哲，问身前的人："我喝吗？"

"喝个屁。"纪燃食指一挑，面前的骰盅掉落到一旁。

里头的五颗小骰子上分别都只有一个小红点，五个一，"豹子"。

"顾哲，都老大不小了，还找女人给你挡酒呢？赶紧自己喝了完事儿。"纪燃眉梢轻挑，语气张狂，"我说让120送你回家，今天你就得给我乖乖躺上车，明白？"

"就是。"岳文文戏看够了，撑着下巴娇笑着帮腔，"大老爷们的，怎么还让女人顶酒？不好看啊顾大少。"

顾哲愣怔了半瞬，他没想到纪燃居然随手一晃，就能晃个"豹子"出来。

"你什么时候学的技术？"顾哲嘴上笑着，表情却不大好看，"这都能摇出来，该不会在骰盅搞了什么机关吧？"

"你太看得起自己了，喝个酒值得我费这些破心思。"纪燃耸肩，"十杯酒你都想赖？还是真要你女人帮你喝？"

纪燃话里像是问句，里头的不屑却已经藏不住了。

"这有什么赖的。"顾哲笑容尽收，肩膀无情往前一挪，不露痕迹地把莉莉甩开，拿起酒杯，"我也不是真要她帮我喝，这不是想换个玩法吗？"

夜店里的酒杯其实容量不大，但架不住酒烈，顾哲为了整人，买的都还是高度数的洋酒，两种混在一块特别呛口，十杯下去他便有些上了头。

"喝光。"纪燃抬下巴，指了指其中一个还剩了些液体的酒杯，"留这么多，拿来养鱼？"

顾哲忍着气，拿起杯子又喝了一口。莉莉虽然跟了他不久，但也知道他的脾气，让他带着火回去，遭殃的必然是她自己。于是她立刻拿起酒瓶子想给顾哲倒酒，并耍了些小手段，让里面的酒液不至于太满。

顾哲却一抬手，挡住了杯口。

他前面小酌了几杯，再加上这十杯烈酒，已经微醺，胆子也大了不少。他的目光落在了秦满身上。

"秦大老板，光坐着挺无聊吧。"顾哲道，"来，给我倒杯酒。"

周围的视线立刻全聚集到了秦满身上。

只见秦满抬眼，不冷不淡地扫了扫顾哲，动都未动。

纪燃闻言也是挑眉，下意识往后看去。身后的男人眼神锐利，往日的疏离和冷漠一闪而过，很快恢复如常。

见秦满没反应，顾哲催道："快点，别耽误我们喝酒。"

秦满张口刚要说什么，就被纪燃截去了话头。

"他凭什么给你倒酒？"纪燃扬唇笑着，让人分不清纪燃话里是真骂还是开玩笑，"你没手啊，还是这酒吧没服务员了？"

纪燃原本想说"就你也配"，又觉得这句话隐隐抬高了秦满，于是临时改了口。

秦满这就是典型的虎落平阳被犬欺，纪燃自认自己是条恶犬，还是落井下石的一把好手，但秦满是自己花了钱资助的，就算是把这头老虎叼回家四分五裂，也不乐意让旁人过来分上一口，更不用说这人还是顾哲。

顾哲再傻也听出这话不对头："纪燃你这话什么意思？"

"我什么意思你不明白？"纪燃不跟他兜圈子了，张口赶人，"顾哲，我们俩还真没熟到能坐在一块儿喝酒溜人。"

顾哲都喝了这么多杯了，被纪燃这么一戳破，他脸都直接气红了。

"意思你之前都是在耍我玩儿呢？"

纪燃耸耸肩："你看我有那时间陪你玩吗？"

顾哲腾地站起身："你——"

"两位大老板！"在一边站了许久的夜店经理见势不对，立刻快步上前，"您两位怎么坐一块儿了？多挤呀。顾大少，您刚刚的位置我们还留着呢，要不您回去坐吧？"

顾哲还铁青着脸站着，纪燃在这么多人面前下他面子，他这口气要是咽下去了，以后还混个屁。

酒店经理面色发苦，站在原地不知所措，这两位都是脾气不太好的主儿，他都惹不起。

岳文文在那头使劲儿给纪燃使眼色，让纪燃给顾哲一个台阶下。毕竟强龙压不过地头蛇，顾哲和他爸一样，手段出了名的不干净，在这种乱糟糟的地方，真闹起来怕是还真干不过顾哲。

但纪燃压根儿没接收岳文文的暗示。

纪燃本想着不主动去招惹顾哲，但也不代表就怕了顾哲。就在方才短短几分钟里，纪燃算是想明白了，这人三天两头硌硬自己，迟早都得翻脸，那还不如现在就翻。

还想给顾哲找台阶下？纪燃没在身后踹这弱智一脚，都能称得上是和蔼可亲、菩萨心肠了。

"是有点挤。有了自己的位置，怎么还上赶着来占别人的？"秦满突然开口，淡淡道，"难道是缺这一顿酒钱？"

谁也没想到秦满会开腔，顾哲先是一怔，紧跟着瞪大眼："我缺——"

他话还没说完，秦满突然朝纪燃那边靠了靠，语气自然："既然是老朋友，不如你帮他把账结了？"

纪燃懒散地靠在沙发上，姿态很随意，闻言先是顿了一下，便朝经理挥手，施舍般道："记我账上。"

"我缺你这点破钱？你们俩故意的是吧？"顾哲气笑了，先挑软柿子捏，"秦满，我让你插话了？你以为自己是什么东西，真当自己还是以前那个大老板？信不信我今天让你竖着进来，横着出去？"

纪燃最看不得别人在自己面前当耍威风："你吓唬谁呢……"

"你要真有这本事，"秦满面不改色，"半年前哪还会被人打断腿。"

这话一出，大家都愣了愣，就连顾哲都一下噤了声，表情比方才还要震惊。

他之前因为在另一个夜场惹了事，碰了不该碰的人，被对方生生打折了腿，在家躺了好几个月，最近才得以出来活动。

偏偏那人势力大，别说是他，就连他爸都不敢多惹，只能吃下这个闷亏。

可那天他是一个人去的夜店，那事也没宣扬……秦满怎么会知道？！

这事不好看，一旦发酵，那他以后也不用出来丢人现眼了。

顾哲的离开称得上是屁滚尿流。

岳文文看乐了，待那帮妖魔鬼怪走完后便凑上来，隔着纪燃问："秦满，打断腿又是什么故事啊？你可一定给人家说说！"

"也没什么。"秦满笑笑，"他动了不能动的人，被打折了腿。"

"真的？这么搞笑的事，我居然都没听说过？！"岳文文惊呆了，拿出微信翻讨论组，"我那九十九个满城八卦群亡了？！"

秦满道："可能是里面情报员消息还不够灵通。"

"就是，那些人一天天正经事不干，就知道看帅哥。"岳文文握着手机，看向秦满，"秦满哥哥，你已经通过我们八卦群的审核了，怎么样，有没有兴趣？"

"纪燃在里面吗？"秦满问。

纪燃皱眉："跟我有什么关系？"

岳文文桃花眼一扬："燃燃嫌我们吵，不愿意进。"

秦满莞尔："那我也不进了。"

纪燃："……"

岳文文也笑了，朝秦满眨眨眼："行，那哪天你有兴趣了，随时向我发出申请啊。"

岳文文闲不住，大戏一落幕，下一秒便立刻朝舞池里去了。

身边空下来后，纪燃才不轻不重地哼了一声："用这种事儿威胁人，幼不幼稚。"

纪燃本来都做好跟顾哲动手的准备了，谁想事情就这么轻飘飘地结束了。

"管用就行。"秦满道，"这店的安保都是顾哲他爸负责，你跟他动手，吃亏。"

刚说完，不远处有个男人突然上前来，半弯着腰对纪燃道："纪燃，上次的事谢谢你了，你介绍的那个修车厂确实厉害，什么配件都有。我还以为我的车要废了呢，那车跟了我好几年了，我还真舍不得它就这么坏了。"

纪燃道："小事。下次转弯注意一点，你每次都转得太急，容易冲出赛道。"

"好，我这不是想学你漂移，帅一把嘛。不说了，我敬你一杯。"

"别学，你学不会。"纪燃拿起酒杯，跟朋友碰了碰，一口饮尽。

"哈哈哈，行，你厉害。还有就是……"那人又给自己倒满了一杯，越过纪燃，敬了敬秦满："满哥您好，久仰久仰啊。"

方才目睹了全程，男人也没指望秦满会回应，他刚要自己喝一杯，就觉着手中的酒杯被轻轻撞了撞。

"你好。"秦满面色自然，收回酒杯，小酌一口。

那人受宠若惊，赶紧一口干了："满哥，您可能不认识我，我……我以前在酒会上见过您。"

"有点印象。"秦满放下酒杯，状似无意道，"你们刚刚说赛道，是……"

"哦，你不知道？我和纪燃最近进了一家超跑俱乐部，我们闲着没事就去跑两圈，都是正规赛道。满哥，您有兴趣吗？"

"你跟他解释这么多干什么。"纪燃坐直身来打断他，"来，陪我玩会儿骰子。"

"我可不跟你玩，你这骰子能把我玩儿死。"那人嘿嘿笑道，"顾哲以前跟在你屁股后面那么久，居然不知道你玩骰子多厉害？还敢找你比这个，真逗。"

纪燃哼笑一声，拿起骰盅随手晃了晃，盖在桌上："玩两局。"

秦满坐在一旁看着。夜店灯光不亮，打在纪燃脸上，刚好能勾画出这人的轮廓，方才又痞又悍的人，面部线条却出奇地温柔，精致的五官糅在一块，比当今电视上的明星演员好看万倍。

振动感从大腿处传来，秦满收回目光，拿出手机看了一眼，随即站起身："我去厕所。"

秦满走后，面前的人才道："纪燃，我得跟你说啊。秦满不是那么好惹的，你……真别跟他较劲儿。我在酒会上见过他，你知道跟他聊天的都是什么人吗？"

纪燃叼着烟，问："什么人，天王老子？"

"差不多，真不夸张。"

"管他是谁，现在还不是归我管。"纪燃顿了一下，"赶紧喝，别赖。"

秦满走到厕所，接起电话："妈，什么事？"

"还没睡？"中年女人的声音有些疲倦，"那边是什么声音？还在外面呢？"

"嗯，有个局。"秦满道，"你到美国了？"

"对，我和你爸今天才到。刚收拾好房子，你什么时候过来？"

"我还不急，你们先住着，我有空就过去看你们。"

秦母点点头："行，那我把花园里的花养好，等你回来陪我。你也别天天出去应酬了，你爸好不容易才闲下来，又轮到你忙活了。记着，身体要紧，晚上一定要早点睡，三餐也得按时吃。"

"好，我知道。"

挂了电话，秦满转身走到盥洗台洗了洗手。

"秦满？"

秦满闻言抬头，看到身后站着一个熟面孔，是某家公司刚上任的年轻老板。

"真是你。"小老板表情微讶，还藏些惊喜，"你怎么会在这儿？太巧了，我这两天刚好想找你。"

"是巧。我来陪会儿朋友。"秦满抽出纸巾，擦拭两下，笑容淡淡，"找我有事？"

"对……你家的事，我很遗憾。"小老板四处看了看，厕所虽然人不多，但还是有那么三两个醉鬼徘徊在周围，"我们找个安静的地方聊聊？"

秦满拒绝道："就在这儿说吧，我还要回去。"

"行。"小老板道，"那我就不跟你兜圈子了。秦满，你家既然已经是这个状况，你有没有考虑过……去别的环境发展发展？"

"这里说话不太方便，我长话短说吧。我公司年底马上有一个新的大项目，只要你愿意过来，它就是你的了。提成，我能给你这个数。"小老板把手放在下边，虚虚比了个数字。

秦满扫了一眼："贵公司好大方。"

"这哪儿算大方，我知道想招你的公司很多，我这根本不算什么。"小老板眼底一亮，"那你的意思是——"

"不过，抱歉。"秦满笑道，"我目前找了一个不错的兼职，打算休息一阵，暂时还不考虑正式工作的事。"

秦满回到卡座，发现纪燃已经不在座位上了。

他问方才给他敬酒的人："纪燃呢？"

那人愣了愣，忙解释道："纪燃刚刚突然接了个电话，好像是有什么急事吧，匆匆就走了。怎么……纪燃没跟你说吗？"

夜风微凉。秦满走出夜店，随手拦了一辆出租车。

刚给司机报了酒店的地址，就见手机上蓦地跳出一条微信：纪燃给你转账1000元。

紧跟着，一条几秒钟的语音接了上来。那一头的人像是开了车窗，风声呼啸，急促的声音掺杂其中："啧……我有事儿先走了，你拿这钱自己打车回去。"

秦满面色如常地收下钱，顺手转给了微信里一位常年资助福利院的朋友。

第二章 纪惟的订婚宴

纪燃一路疾驰回家，刚驶进小区，就看到停在自家门外的黑色奔驰。

纪燃下意识松了松油门，开到奔驰旁边，拉下车窗，对着奔驰后座黑漆漆的车窗叫了一声："奶奶。"

后座没有任何反应，副驾驶座的车窗倒是先落下来了。驾驶座上的司机道："我先把车库给您打开吧，外面风大，老夫人怕凉。"

纪燃默了两秒，收回视线，车子往前开了些，扫描到车牌后，车库大门缓缓打开。

黑色奔驰先一步驶进车库。

纪燃停好车，下车之前想起什么，把兜里的烟盒拿了出来，随手丢在了座位上。隔壁的黑车终于舍得开车门，一位年迈的老人慢悠悠地从里头出来。

老人头发已经雪白，衣着大方得体，举止优雅从容。她稍稍抬眼，看了看纪燃身上的衣服，眉心微不可见地拧了拧，很快恢复如常。

两人已经许多年未见，纪燃还算恭敬地又喊了一声："奶奶。"

要说纪家还有谁对自己稍稍上点心，也就只有纪老夫人了。没有她，纪燃现在恐怕就是一个举目无亲，还一穷二白的无业游民。

纪燃不是白眼狼，即便能忤逆纪家所有人，也唯独不能忽视自家这位奶奶。

纪老夫人轻轻"嗯"了一声："进去说。"

客厅里，纪老夫人端正坐着，抿了一口自带保温瓶里的热茶。

"这么多年不见，你长高了。"纪老夫人道。

"奶奶，我们七年没见了。"纪燃笑了一声，提醒她，语气说不上多亲热。

纪老夫人点头："七年了，你也就来海城见过我一回。"

纪老夫人七年前便离开满城，前往四季如春的海城定居。

纪燃笑出一口白牙:"我忙啊,奶奶。"

纪老夫人自然知道这是借口,她这见不得人的晚辈,上学那会儿烦老师,毕业了后也没找正经工作,除了花钱玩乐,哪还有什么忙的。

"我离开这些年,你回过几次家?"她问。

纪燃靠在沙发上,坐姿散漫:"您这问的什么话,我天天回家。"

"你坐好些。"纪老夫人皱眉,"你知道我在说什么。"

一提到纪家,纪燃也耐心全失:"奶奶,您老直说,这次找我什么事?"

纪老夫人摘下披肩,放到一边:"这周五是你哥的订婚宴,就在郊外那套有花园的房子办,到时你来一趟。"

这种事其实转告一声也就好了,没必要纪老夫人亲自来这一趟,但纪惟、纪燃这两人因为长辈们的事,注定凑不到一块儿去,别人来转告,怕是叫不动纪燃。

正巧纪老夫人从机场回家,刚好路过这儿,就顺道过来了。

纪燃闻言只是轻轻挑了挑眉,手里把玩着未开锁的手机,突然有点手痒,想抽根烟。

纪老夫人见纪燃不吭声,道:"这是家里的大事,很多媒体都会来,你必须到场。"

在当今这个网络发达的时代,不论一个人权势有多大,都没法把一个大活人完完全全遮掩住。纪燃的存在早就不是一个秘密,若是当天不在场,怕是又会出现"纪家苛待外室孩子"的谣言了。

"纪燃——"

"知道了。"纪燃打断她,笑了,"我会去的。"

见纪燃答应得这么干脆,纪老夫人反而愣了愣。

她多年未见的纪燃此时坐在对面,笑得十分乖巧,再次应诺:"这么重要的场合,我怎么会缺席呢?您放心,我一定准时到场。"

"你真的要去你哥的订婚宴?!"岳文文惊讶道。

"嗯。"纪燃跷着二郎腿,倚在沙发上,撑着下巴无语地看着岳文文。

真没想到自己有朝一日,居然会进这种连墙纸都是粉红 Hello Kitty 的美甲店。

"这里这个花给我画得放肆一点。"岳文文叮嘱美甲师。

"就一个指甲，你还指望别人多放肆，要不给你沾只蜜蜂上去吧。"纪燃嫌弃道，"你好好的，折腾指甲干什么？"

"朋友们组织了一个旗袍局……哎呀，你懂什么！"岳文文道，"那你找我陪你来这儿是想干吗？买衣服吗？哦对，那种场合都要盛装出席吧？你有吗？"

"有。"纪燃想到什么，嗤笑一声，"我奶奶给我送了一整套衣服来。"生怕纪燃在穿着打扮上丢人。

岳文文疑惑道："那你今儿来商城干什么来了？你平时不是最讨厌来逛街吗？"

"我……"纪燃一顿，随手揉了揉耳边的碎发，道，"你之前那头白毛是在哪家理发店做的？"

岳文文道："就在楼上。干吗？你要做头发？你该不会想做造型吧！"

纪燃不跟岳文文废话，起身道："我上去了。"

岳文文："行，我做完就上去找你。"

岳文文指定的花样烦琐，做了足足一个小时才折腾好。

待岳文文走进理发店，跟老板攀谈了好一会儿后才问："哎，纪燃呢？"

老板道："人在里头，刚上完第一层色，在冲水呢。"

岳文文脚步一顿："……上色？"

秦满把车交给泊车小弟，往场地里看了一眼。

别墅花园的面积很大，装饰了许多气球和花草，旁边还挂着两位主角的甜蜜合照，台下此时立满了摄像机，赶来的媒体正在调整机位。

今天是纪家大少爷纪惟的订婚宴，纪惟半月前就给他发了请柬。

"秦满。"正在门口招待客人的纪惟一眼就看到了自己的好友，忙跟面前的人道别，快步走到秦满身边，"我还担心你不来。"

"怎么会。"秦满笑容淡淡，一身黑色西装给他添了些禁欲感，往那儿一站，比精心打扮过的纪惟还要惹眼。

他把手上的礼盒递给纪惟："订婚礼物，恭喜。"

"谢谢，破费了。"纪惟接过礼物，"你家……你没事吧？"

"没事。"秦满道。

"我前段时间一直不在国内，刚听说这事。"纪惟拍了拍他的肩膀，道，"木已成舟，多余的话我就不多说了，以后有什么需要的尽管告诉我。"

周围的媒体见到秦满，各个拿着话筒录音笔跃跃欲试想上前采访。

秦满"嗯"了一声："我先进去，你去招待其他人吧。"

"等等，那个……"纪惟轻咳一声，"你的座位在主桌，别走错了。"

秦满一挑眉，刚要问什么。

"哥。"熟悉的声音自身后响起，两人不约而同、快速地向声源处看去。

看清来人，秦满没忍住，嘴角止不住地向上翘——

纪燃就站在秦满身后，穿着一身高定黑色礼服，窄腰长腿，高贵优雅，再加上这人本就精致好看的五官，原该是个受尽宠爱的模样，偏偏染着一头显眼张扬的绿色头发，在阳光下显得特别……生机勃勃。

看到秦满，纪燃也是一愣，不过纪燃很快就回过神来，挂上无害的笑容，对紧皱着眉头的纪惟道："订婚快乐啊，哥。"

纪惟冷着声音，能看出因为有外人在，隐忍了许多，但语气还是不客气："你怎么在这儿？"

"哥哥订婚，我当然要来道个喜。"纪燃道，"大嫂呢？是哪家姑娘这么倒霉。"

纪惟面色铁青，这人在他眼中，就是父亲背叛家庭的标志。

他在众人眼中是个稳重称职的纪家接班人，但一面对纪燃，他心里的火就怎么也压不住："没人给你寄请柬，滚。"

"哦。"纪燃想起什么，从内侧的口袋里拿出一封精致的请柬，在纪惟面前晃了晃，"我还真有。"

纪惟抿唇，往前一步，压低声音说："纪燃，我警告你，要么你现在就滚，要么把自己当成哑巴，安安静静在里面待好。今天要是出了什么乱子……我一定跟你没完。"

"纪惟，先不说纪家还没轮到你当家做主。"纪燃收起笑容，"就算哪天纪家真落你手上了,我纪燃也跟你没半点关系。你拿什么在这儿跟我指手画脚?"

他们这边气氛微妙,不远处的记者们已经频频转过头,看到纪燃这一头略带暗沉的绿发后,目光便挪不开了,纷纷猜测起这位来宾的身份。

就算当代流量明星颜值高,也鲜少见谁染一头绿色的,更不用说……在别人订婚当天,顶着一头绿来了。

看久了,有人发现这人的五官竟然和纪惟有点相似。

虽然这几年少有人提起,但记者们都没忘记纪家那位外室的存在,这事虽然早就没了热度,但豪门八卦一向是群众最喜闻乐见的,只要稍稍揭露一角,不愁没有讨论度。

很快便有记者恍然回神,拿起摄像机就想往纪燃那头冲去。结果才走了两步,便被牛高马大的保安们拦住了。

听见动静,纪燃往那头看了一眼,很快收回目光,把请柬往纪惟西装里一塞,转身走进场地。

"……让你见笑了。"纪惟很快控制好情绪,他把请柬拿出来,准备一会儿找个垃圾桶丢了。

"没事。"秦满目光放在远去人的背影上,"那我也先进去了。"

纪燃走进场地,一眼就看到了今天的另一位主角。

那是个看起来十分温柔贤惠的女人,穿着一身白纱,身边围绕着好几个打扮精致的闺密,举手投足间,一看便知不是寻常人家的姑娘。

也是,到了纪家这种层面,很少有纯粹的婚姻。

挺好一女的,配纪惟浪费了。纪燃想。

"坐哪儿?"

纪燃吓了一跳,下意识回过身,发现秦满不知何时站到了自己身后。

"你踮着脚走路的?一点声音都没有?"纪燃暗暗松了一口气,"你来这儿做什么,送得起贺礼吗?"

话说到一半,纪燃突然想起什么,眼一眯:"你该不会用我给你的钱,给纪惟买了礼物吧?"

纪燃自知这话问得有些无理取闹,钱到了秦满手上,别人爱怎么花怎么花,但心里难免还是不痛快。

"没有。"秦满道，"我用自己的积蓄买的，一对情侣腕表，没多少钱。"

"……"纪燃拧眉道，"礼物送便宜了会被人看不起的，这道理你不懂？不如干脆别来。"

秦满随口说："你哥会理解的。"

纪燃嗤笑："那你们的感情可真深厚。"

纪老夫人远远瞧见纪燃顶上那一片绿色，教养再好也忍不住把眉头拧成了一个"川"字。

她早该察觉的，纪燃和纪惟一向水火不容，纪燃怎么会老老实实地来参加这场订婚宴？

她担心纪燃会穿便服来，还特地让人挑了一套衣服送过去，可她没想到纪燃居然在自己头发上折腾，她看着只觉得轻浮又懒散。

丢纪家的脸。

但人都在这儿了，再想别的也没什么用。

因为怕张扬，所以纪家这场宴会摆的桌席不多，今天能来的都是有头有脸的长辈级人物。纪燃一眼望过去，没有一个认识的。

这还是纪燃第一次参加纪家的这种宴会，以往都是家宴，不邀请外人。

"秦先生，这边请。"纪老夫人身边跟着的管家朝他们走来，对秦满做了个邀请的手势，说完才看向纪燃，"老夫人让你去第三桌坐着，她提前给你留了位置。"

"知道了。"纪燃应了声，径直朝座位走去。

管家见纪燃在第三桌坐下，心里松了一口气："那秦先生，我带您过去……"

"不用了。"秦满笑笑，"麻烦你在第三桌给我加个位置。"

管家一愣："秦先生，您的位置在主桌……"

纪燃刚坐下，就收到了岳文文的消息。

岳文文："小燃燃！我的朋友圈今夜因你而沸腾！"

纪燃一头雾水："？"

对方发了一张朋友圈截图过来，纪燃打开图片，一眼就看到了自己那头绿色头发。

看起来像是纪燃刚刚下车时被人偷拍的,图片还是高清大图。

"梦里寻他千百度:这张图将陪我度过接下来的夜晚。"

下面的评论占了整个屏幕。

"你胆儿肥啊,知道这是谁吗?"

"存图了,谢谢家人们!"

"这脸这腿这肩,我可以。"

纪燃:"……"

纪燃:"谁拍的?让这人把朋友圈删了。"

岳文文:"好像是哪个摄影师发在一个千人大群里的,删是删了,不过这人微信好友有点儿多,我刚刚看了一下……"

岳文文:"这图已经被发到微博去了,都被转到我首页来了……"

啧。纪燃刚要打字,就觉得耳畔起了阵微风,像是有人在那儿以掌为扇。

这风吹得纪燃背脊一麻,倏然抬头。

秦满很快放下手,十分自然地坐到纪燃身边:"你耳朵怎么这么红?"

"谁准你这样了?"纪燃飞快地关掉聊天框,"……你是跟屁虫吗?"

秦满笑了笑,压低声音道:"我的工作不就是给你当牛做马吗?"

"我不需要。"纪燃道,"有需要的时候我自然会找你,平时没事别总凑上来。"

秦满点点头,佯装受伤:"可你总不吩咐我做事,是对我不满意了?"

两人的组合太奇特,桌上的人都忍不住打量这俩人。

"对。"纪燃被看烦了,只想赶紧结束这段对话,"我就是这么不好伺候,有意见?"

"没有。"秦满莞尔,一边酒窝陷下去,"我就欣赏这样的。"

纪燃无语半响:"……你没必要这么拼,我又不会扣你工资。"

纪惟穿着白色西装,口袋间别着一朵花,脸色到现在还没恢复过来,连笑容都僵硬了几分。

"恭喜恭喜。"一位宾客跟他握了握手,"怎么看起来脸色不太好,紧张了?"

纪惟扯出笑:"是有点。"

把这位合作伙伴迎进去后,纪惟刚要松一口气,就听见一道威严的声音:"纪惟。"

纪惟忙抬头,看着面前的中年男人:"……爸,您来了。"

"嗯。"纪国正刚下飞机,他四处看了看周围的布置,下结论,"办得太小气了,怎么不去酒店的宴会厅办?"

"她说喜欢花园。"话里的她指的是他的未婚妻。

纪国正颔首:"你奶奶到了?"

纪惟说:"已经在里面了。"

纪国正"嗯"了一声,正准备入场,纪惟赶紧向前一步,语气隐忍:"爸……那人怎么也来了?"

纪国正很快反应过来:"纪燃已经到了?是你奶奶的意思,随她。"

纪惟:"爸……妈会不高兴的。"

"是你不高兴还是你妈不高兴?放心,你妈知道轻重。"纪国正看向他,"倒是你,别因为一个无关痛痒的人失了轻重。"

纪惟咬牙:"我明白了。"

"还有,"纪国正好似想起什么,"秦满来了没有?"

纪燃跷着二郎腿,横着手机在玩某款大逃杀游戏,这种场合光是应酬就要花上大半时间,半小时过去了,订婚仪式还没开始。

好在这年代娱乐项目丰富,耳机一戴,游戏一开,周边所有人都与自己无关……

但这话也并不是绝对。

"右下角有人。"

"哦,原来是你的队友吗?"

"队友在聊天框让你开麦呢。"

纪燃烦不胜烦,气得猛地一阵按音量键,把声音调至百分之七十。

右耳的耳机蓦地被摘下,秦满道:"声音开这么大,耳朵不想要了?"

纪燃抢过耳机,小声骂他:"你烦不烦——"

"秦满。"迎宾不知何时已经结束,纪惟走到秦满身边,看也没看纪燃,

"你怎么坐这儿了？你的位置在主桌，这些接待没告诉你吗？"

主桌？

纪燃狐疑地看了秦满一眼，坐在主桌的来宾，基本都是男女双方的家人，剩余几个生面孔，也是上了年纪，一看便知地位不低的中年人。

更不用说纪惟那帮兄弟，都坐到中央往下的位置去了。

秦满这一破产户受邀过来就已经很让人意外了，现在纪惟居然还邀请他去坐主桌？

"我坐这儿就好。"秦满道，"很久没见纪燃了，也好叙叙旧。"

"……你们认识？"纪惟皱眉，"旧什么时候都能叙，那边位置都给你留着了，走吧。"

秦满正要拒绝，就觉得肩上蓦地一重。

张扬霸道的香水味钻进他的鼻腔里。

纪燃右手一抬，直接搭在了秦满的肩上："说了我们俩要叙旧，你听不懂人话？"

纪惟正要发作，秦满先开了腔。他突然抬手，拍了拍纪燃的手背，轻笑道："怎么不认识？是我校友。你去吧，我就不过去了，帮我向纪伯父问好。"

纪燃下意识就想收手，谁想被对方用力制住了手腕，竟然一下没能挣脱。

纪燃："……"

纪惟道："……那行吧。一会儿结束了别走，我刚好想跟你谈谈兴佳路那块地皮的事。"

"好。"

纪惟刚走，纪燃就立刻把手抽了回来。

周围人太多，纪燃又不好发作，于是在桌底下暗暗踹了秦满一下。

之后纪燃就干脆不理他了，视线回到游戏中，才发现自己的游戏人物早被人一枪爆了头，成了盒子。纪燃"啧"了一声，直接退了游戏，开启第二局。

现场的音响声音不小，纪燃戴着耳机还是能听到一些。主持人絮絮叨叨地说了大半会儿，听得出他正在努力制造笑点，但讲得仍旧干瘪乏味，还不如叫岳文文上台给大家讲个相声来得有趣。

两个主角是联姻关系，没什么感情基础，能回顾的往事几乎为零，所以这个环节很快便过去了。

还没迎宾时长的五分之一。

纪燃关掉游戏，心里琢磨着什么时候走人，就听见身后忽然传来一声："秦满。"

纪燃摘耳机的手一顿，下意识回头。

纪国正拿着酒杯，此时正用慈父般的眼神看着秦满，仿佛秦满才是他儿子。

秦满拿起酒杯起身，语气客气："纪伯父，好久不见，您身体还好吗？"

"挺好，你爸妈呢，怎么没有一起来？"纪国正问。

秦满说："他们不太方便。"

纪国正点头，和蔼道："伯父也很久没见你了，记得小时候，你还天天来家里玩。你跟纪惟应该也很久没见了吧？要不今晚你就留下，这房子空房多，你留下，两人聊聊天、叙叙旧也是好的，别年纪一大，幼时的好兄弟就散伙了，多可惜。"

"我哪好意思打扰你们。"秦满说完，突然转过头，"纪燃，你今晚住这儿吗？"

纪燃原就在偷听，没想到秦满会把话带到自己身上，顿时一愣："我当然不……"

"当然。"纪国正收起笑，终于舍得分了纪燃一个眼神，"纪燃，你也好久没回来了，今晚留下，你奶奶有话要跟你说。"

纪燃没想到，这二十多年都挤不进的家门，因为秦满一句话，朝自己敞开了。

但是为什么？

纪燃虽然跟这亲爸不亲厚，但也能从纪国正之前的所作所为看出来，这人绝对不是会到处洒爱心、关爱破产家庭的老好人。

破产都要经过法院，要不是消息出来了，纪燃都要怀疑秦满这段时间都是在自己跟前装孙子。

纪国正丢下这句话，便对秦满道："云总他们刚还跟我问起你，走吧，去跟他们打个招呼。"

"好。"秦满回过头，"我过去一下。"

纪燃："……你去就去，跟我说做什么？"

秦满朝纪燃笑了笑，转身离开。

纪燃晃着手里的红酒，目光紧紧盯着秦满，只见他跟在纪国正身后，敬的都是前几桌的老狐狸。秦满面带微笑，风度翩翩，举手投足间就像是久经商场的商人。

虚伪。纪燃在心里骂了一句，拿起酒杯闷了一口。

过场走完了，便是交际了。周围的人三两成群地聊着天，三两句不离生意。

好在没人上来跟自己搭话，倒也落了个清静。坐久了无聊，纪燃干脆起身，准备去厕所抽根烟。

纪燃刚点上烟，就听见门外几道脚步声。

"秦满怎么回事啊？他真的破产了？"

"这还能有假？不过我看着也不像……纪惟，你知道得多，你说说。"

真是冤家路窄。纪燃吐出烟圈，继续听着。

"当然是真的。"纪惟道。

"那他怎么……我没别的意思啊。我就是看他吃穿挺好的，刚刚还跟在你爸身后去跟那些大佬打招呼了。"

纪惟说："破产又怎么样？我爸看重的是人品，而且我爸本来就挺喜欢他，想提拔他。"

鬼才信。

"这样啊，也是，秦满跟那些老头子关系都挺好的。对了，我刚好像还看到纪燃了？我没看错吧？"

纪惟的声音大了几分："你烦不烦，提那个蠢货干什么？"

"别生气嘛，我就是好奇啊，你为什么把那位请来了？想整人？你直说啊，我们都帮你！"

整我？纪燃一眯眼，心道：你们倒是来啊，看看最后是谁整谁。

纪惟道："我奶奶叫来的。今天是我订婚宴，你们别闹事，我一会儿就让保安把纪燃赶出去。"

纪燃深吸了一口烟，然后把烟摁灭，从这边出来，直接推门闯了进去。

"想赶我？纪惟，你是不是太把自己当回事儿了。"说话间，烟雾从纪燃的口中弥漫出来，"我告诉你，你不仅赶不走我，你今晚还得把大门敞开，请我住进去。"

纪惟脸色立刻沉了下来，他身边的朋友先有了反应："你——"

"我什么我？"纪燃把他堵回去，并上上下下打量了一遍纪惟这些个朋友，"就你们这群小鸡崽子还想整我？个个瘦得跟根棍儿似的，坐办公室坐傻了？平时台风天都不敢出门吧？我一拳过去，你们都能从厕所飞到演讲台上去。"

纪惟怒道："纪燃！"

气氛立刻直转而下，冷如冰窖。

半晌后。

"开个玩笑，我怎么会打人呢。"纪燃语气特别不真诚，看着那群哑了的"社会精英"，满意地整理了一下自己的礼服，轻笑道，"我就不打扰了，你们继续。"

纪燃回到场地，发现自己那一桌已经空了，没人。

纪燃下意识环顾四周，一眼就找到了秦满。秦满还跟在纪国正身后，身边多出了一个女人，她黑发齐肩，穿着小礼裙，正对着秦满温柔地笑。

纪燃认得她，那是纪国正的家人，也是自己的堂妹。

纪燃的手机振动了一下，岳文文又发了信息来。

岳文文：小燃燃，今晚收留收留我。我的旗袍局估计得整到半夜，我爸肯定不给我开门。

纪燃：你的小男友呢？

岳文文：分了啊，伤心着呢。

纪燃：我今晚住纪家，你自己过去吧，密码还是以前那个。睡客房，别睡我房间。

岳文文：……你说你住哪儿？

纪燃：字都看不懂了？

岳文文：你怎么突然住纪家去了？！

纪燃抬眼，瞧见自己那堂妹已经挽上了秦满的胳膊。

秦满稍稍退了退，不露痕迹地躲开女人的动作，淡笑着和女人碰了个杯。

纪燃：我要硌硬死纪惟。行了，不说了。

纪惟那一帮人从厕所回来时，其中几人表情还是讪讪的。有钱人家的孩子一般分两种，管得住的和管不住的。

和纪燃在一块的自然都是些管不住的，小时候就不省事，长大了自然也很野。

纪惟这一帮则是被管得死死的，小时候成绩不好回家都得挨骂，虽说有钱，但还真不敢干什么出格的事儿，所以方才在厕所里，这群人连句嘴都不敢还。

纪燃就这么一路目送着纪惟回到主桌，笑得十分挑衅，中途两人还对视了几秒。

秦满把这些细节看在眼里。

主动的示好被拒绝，小堂妹有些不好意思。见纪惟回来，她忙红着脸叫了声："哥。"

"嗯。"纪惟很快收起方才的不悦，笑道，"你总说想见秦满，这回满意了吧？"

小堂妹："你别胡说，我……我哪有啊……"

纪惟哈哈道："秦满，我这堂妹可是仰慕你很久了，你一会儿怎么着也该陪人家跳段舞吧？"

秦满笑容不变："很久了？"

"对。"纪惟道，"她之前跟我们一个高中的，也算是你小学妹了。"

秦满颔首："抱歉，我不太记得了。"

女生笑容僵了僵，声音仍旧甜美："没事……我本来就不起眼。"

纪惟道："现在认识也是一样的。秦满，我小堂妹特别崇拜你，正在备考你之前上的大学，你既然是学长，不如顺手帮帮她。"

秦满点点头，拿出手机来："既然这样……"

女生眼底一亮，立刻打开自己的微信。

秦满把手机伸到女生面前，上面赫然是一张二维码样式的微信名片："我认识一个学弟，现在还在那边上学，可能更有帮助一些。他非常热情，你联系他，他会帮你的。"

秦满回到桌上时，纪燃正紧紧盯着手机，上面正在进行一场激烈的"枪战"。

"秦满，我提醒你。"纪燃头也没抬，用两人才能听见的声音凶巴巴地说，"你要敢拿着我的钱还去跟乱七八糟的人套近乎，你就等着入土为安吧。"

"……你堂妹，说是想上我之前的大学，找我咨询学校相关的事。"秦满撑着下巴，饶有兴致地看打游戏的纪燃，"我没跟别人套近乎。"

纪燃觉得好笑，纪家是多没人脉，上个大学都要咨询别人？怕是在这位堂妹上学之前，学校里的一切都打点好了吧。

秦满顿了一下，突然问："纪惟为难你了？"

纪燃手上未停："得了吧，就他？"说完又觉得不对，"这是我的事，跟你有什么关系？"

没被欺负就行。

秦满问："你今晚要留下吗？"

"做什么？"

"如果你要留下，就先吃点东西。这宅子你们家好像不常住，附近也没什么外卖，怕你晚上饿了没吃的。"

纪燃很有骨气："不吃，要你管。"

宴会在晚上九点准时结束了。

宾客还没完全退场，管家就先上来把秦满堵住了。

"秦先生，我们给您安排了房间，请您跟我来。"说完，他才转头对纪燃道，"您也跟我一块儿来。"

因为是专门用来度假、办私人宴会的小别墅，这里的客房有不少。管家把秦满带到了楼梯旁的第一间客房："秦先生，床铺旁边有一台座机，有什么需要您直接给我打电话就行，短号都贴在座机上了。"

"谢谢。"秦满颔首，问，"纪燃住我旁边吗？"

"不，您旁边住的是堂小姐。"

"行了，以为在上小学吗？还非要住一块儿。"纪燃打断他们，径直朝末尾的房间去，对管家摆摆手，"我回房间了，有事我会给你打电话。"

客房布置得干净整洁，桌上摆着好几瓶红酒和一簇玫瑰，能看出纪家为了这次晚宴花了不少心思。

房间自带浴室，纪燃冲了个澡出来，走到阳台去吹了吹风。

位于郊区的别墅，四周看来看去都是树，没什么别的景致。纪燃有些后悔了，自己是脑子抽了还是怎么了，为了给纪惟添堵，把自己丢到这荒郊野岭来发呆。

纪燃走回房间，捞起裤子掏了掏，这才发现烟盒不知何时已经空了。

纪燃没烟瘾，但此时却特别想来一根，于是随手套上了件衣服，准备去车上拿烟。

纪燃的房间在走廊最末，且房门处微微凹陷，开门动静若是不大，很难被人察觉，纪燃一拉开门就听见了外面人的谈话。

"刚刚在公共场合不方便说……"是纪惟的声音，"秦满，你和纪燃是怎么认识的？"

纪燃脚步停了下来，往声源处瞥了一眼。

秦满和纪惟站在楼梯边缘，两人背着自己，纪燃看不清他们的表情。

秦满道："说了，是校友。"

"这我当然知道，但你们上学那会儿根本没有接触。"纪惟道，"我知道了，是纪燃去找你的麻烦了？那蠢货就是这样，三天两头想给我找不痛快，见你是我朋友，就想拿你出气……"

"纪惟。"秦满打断他，"虽然我家没落了，但还不至于到那一步，你想多了。而且……'蠢货'这两个字可不好听啊。"

"我明白，我这不是担心纪燃拖你下水吗。还有，你最好别跟这人走太近，掉价。你是没见刚刚那些叔父们都是怎么看你的？"纪惟深吸了一口气，"我也很少这么骂人，但这两个字用在纪燃身上真不冤。你应该知道，纪燃是……"

"你不用跟我说你们的家事。"秦满听起来像是笑了，他的声音飘浮在空气中，不冷不热，"我并不是很感兴趣。"

这时，楼下传来一阵谈话声，听起来像是纪国正邀请了几位客人在客厅议事。

秦满扫了一眼楼下的人，现在是休息时间，他实在不想再去应酬这些人了。于是他颔首："如果没什么事，我先去休息了。"

"等等。"纪惟叫住他，"明天一块儿去打会儿高尔夫？"

秦满笑："再说吧。"

回到房间，秦满把西装外衣解掉，拿起手机，给他的新老板发了一条消息。

Q：今天你开车过来的？

谁知话才发出去，消息前面就多了一个红色感叹号的标志。

——你还不是对方的好友，请发送验证。

秦满一挑眉，笑了。

他又是哪里惹到这位祖宗了？

深夜，秦满睡得正香，突然被一阵敲门声吵醒。

他皱眉，顾忌这是在别人家，只能随手套上白衬衫去开门。

门刚打开一条缝，酒味就顺着门缝飘了进来。

他那位难伺候的新老板此时正站在门外。

纪燃眼底波光粼粼，嘴唇边满是水光，是残余的酒，整个人站得笔直。

秦满道："你怎么……"

"我要进去。"纪燃说，"我那间房有味道，臭。"

秦满闻到纪燃身上的酒味："你醉了？"

"没有。"纪燃皱眉，自己确实没醉，客房里放着的酒度数不高，不过是喝得有些热，有点上头。

纪燃回房间后，越想越不爽——

秦满跟着自己，掉价？

明明我才是秦满的老板，纪惟那孙子懂个屁，只要自己一句话，自己就能让秦满匍匐脚下。

见秦满不说话，纪燃烦躁道："你到底让不让我进？"

秦满问纪燃："不怕我再给你绑起来？"

"算了。"纪燃失去耐心，转头准备走，"我换个地儿。"

去路蓦地被人堵住。

昏暗中，秦满压着声音："进来。"

纪燃一咬牙，便往里走。刚进房，就听见咯噔一声，门被人关上了。

卧室里恢复黑暗，窗帘拉得很紧，纪燃几乎什么也看不见，听觉就变得非常敏感，只能听见中央空调的微弱风声，还能听见秦满沉稳有力的呼吸声。

纪燃这才恍然觉得两人的距离太近，于是下意识往旁边挪了几步，却不小心撞上了摆着装饰花的小桌子，发出一阵闷响。

秦满抓住纪燃的手臂："小心点。"

对方掌心很热，纪燃脱口道："你为什么不开灯？"

秦满笑："谁睡觉会开灯？"

说完，秦满抬手按下墙壁上的开关，开了一盏床头的小灯，勉强把房间照亮。

秦满松开纪燃的手，朝床边走去，慢吞吞地整理身上的衬衣："我还以为是谁……就随便套了件衣服，扣子都没扣好。"

昏黄色灯光照亮了他的上身，在他背部打上了一层阴影，把男人匀称有致的身材衬托得非常养眼。

秦满坐在床上，一条腿搭在另一条腿的膝盖上，道："休息吧。"

纪燃突然有些头疼……自己到底为什么会站在这儿？

上一次自己虽然酒喝多了，但不至于断片。那晚的事纪燃还记得一星半点，而此时此刻，当时的细节就像是捅破了马蜂窝，一股脑地冒了出来。

"……"纪燃伫立不动。

秦满挑眉："怎么了，真怕我再绑了你？"

此时秦满如果能给个台阶，那纪燃可能就这么下去了。

但秦满这哪是给台阶。

纪燃下意识挺直着背，僵硬地走过去，坐到了床边的凳子上。

秦满看着离自己老远的人，睡意早就消失得无影无踪，他忍着笑说："你可真会选地方坐。"

纪燃闻到一股沐浴露的味道，只见秦满的手挪了位，撑在凳子边缘。

两人对视了几秒。

秦满抬手按在纪燃头上，拨弄了几下头发，柔软的质感从掌心传递过来。

纪燃皮肤白，染绿色也不觉得丑。

秦满说："下次别折腾头发了。"

纪燃瞪他道："你这么能管人，怎么不去当幼儿园老师啊？松手。"

秦满一点儿也不气，他噙着笑继续拨弄着纪燃的头发，纪燃没忍住，抬起手跟他过了几招。两人打了个平手，秦满去了卫生间，纪燃躺在床上盯着天花板。

等秦满洗漱回来，纪燃闷声问："有烟吗？"

秦满摇头："没有，我不抽烟。"

"骗鬼呢，上次……"纪燃话说到一半，停了。

"上次抽的是你的。"秦满道，"偶尔一回。"

"你那叫偷。"纪燃说完，从床上弹了起来。

秦满拦住纪燃："去哪儿？"

"去车上拿烟。"

"我去拿吧。"秦满道。

有人上赶着跑腿自然是好，纪燃从裤子口袋里拿出车钥匙，丢在秦满身上："车就停在门口，烟在后备厢。"

秦满接过钥匙，正准备离开。

"等会儿。"纪燃叫住他，"……后面还有方便面，拿一盒过来，我要海鲜味的。"

这人居然还在后备厢放方便面，怪不得今天在饭桌上这么有骨气，说不吃就不吃。

秦满忍笑问："我能拿一盒吗？"

"不行。"纪燃没好气道，"付钱，一盒十二块。"

十分钟后，两人把烟拧灭，打开自己面前的方便面盖子，垃圾食品的香味立刻充斥了整个房间。

吃饱喝足时，天边已经泛起了鱼肚白。

纪燃擦嘴起身："我走了。"

秦满问："不睡一会儿？"

"不。"纪燃哼笑一声，睨着他，讽刺道，"难道你想被你好兄弟再撞见在我面前这卑躬屈膝的样子？"

秦满耸肩："我无所谓。"

"……"

看他这副模样，纪燃不知怎么的，莫名有些窝火。

不就是破个产，至于这么堕落吗？在朋友面前连面子都不要了？

对秦满来说，赚钱应该不是件难事，而且自己还转了不少钱给他，那钱不说能让他大富大贵，至少能做一些小生意了吧。

难道是自己给得太多，所以秦满懈怠了？

纪燃："你这里太小，睡不下我。"

说完，纪燃拿起床头的车钥匙，转身离开。

谁知一打开房门，就被面前的人影吓了一跳。

只见门外站着自家那位小堂妹。女生的手举着，像是想敲门，身上穿着一套运动服。

见到纪燃，她也傻了，下意识道："不好意思，我……我想约秦满一起去晨跑……我敲错门了。"

"你没敲错。"纪燃回头道，"秦满，有人约你晨跑。"

小堂妹："……"

秦满的声音从里面传来："抱歉，我还要睡一会儿，就不去了。"

纪燃道："听见了吗，他说不去。"

小堂妹："……"

纪燃等得不耐烦："让一让，我要出去。"

小堂妹恍然回神，震惊地瞪大了眼。

小堂妹："你们……你们……"

"我们什么我们？"纪燃一甩车钥匙，先发制人地问，"没见过两个人一起吃方便面啊？"

小堂妹："……"

纪惟睡醒就被纪国正叫去书房骂了一通，昨天他们在厕所遇见纪燃的事也不知道经了谁的口，传到了纪国正那边。

再出来时，用人已经准备好早餐了，桌边坐着他的堂妹。

他父母那段婚姻关系已经名存实亡，他妈在半年前便搬出去了。这半年来，他也就在昨天的订婚宴上匆匆见了她一面。

"哥。"堂妹说话间，还忍不住往二楼瞥，"伯父骂你了？"

"没有。"纪惟温和地笑，他看了一眼腕表，"秦满已经回去了吗？"

堂妹一顿："……我不知道。"

纪惟问："你不是要约他去晨跑？"

"……"

堂妹切土司的动作顿了一下，抿着唇把早上的事儿给纪惟说了，然后问："哥，他们关系是不是挺好的？"

纪惟轻轻皱眉，眼神里带了些疑惑："不知道，吃饭吧。"

两人刚用完早餐，秦满便从房间里出来了。

秦满随手关上门，瞥了一眼走廊尽头。那头房门紧闭，他隔着木门都仿佛能感觉到里头的人睡得有多香甜。

他以往虽然有许多事情要处理，但每天的睡眠时间都控制得很好，偶尔熬一回夜还真有些不习惯。

此时他住在别人家，总不好再一觉睡到日上三竿，怎么也得跟主人打个招呼。

"醒了？"纪惟见他下楼，笑道，"你怎么了？之前毕业旅游那会儿，你可是每天都准时早七点起床跑步的。"

秦满道："可能是你们家床铺比较舒服。"

纪惟转头道："杨阿姨，麻烦你多准备一份早餐。"

"不用了，我现在没什么胃口。"秦满道，"伯父现在有空吗？我进去跟他聊两句。"

"有，在书房。"

秦满颔首，刚要朝书房走去，又被纪惟叫住了。

"秦满，等等，"纪惟放下刀叉，"昨晚饿了怎么不给我打电话？方便面吃多了没营养，冰箱里有很多面和食材，比吃那些要好多了。"

"没营养，但是好吃。"秦满笑了笑，"我进去了。"

纪燃是被电话声吵醒的，对方是修理厂的人，通知车子保养好了。

挂了电话后，纪燃看了一眼时间，已经是中午十一点了，但纪燃又把脑袋埋进枕头里，"啧"了一声，原是打算起早一点，再当着纪惟的面大摇大摆离开纪家的，谁知昨晚计划不如变化，加上喝了点酒，压根儿起不来。

……都怪秦满。

想起秦满，纪燃就感到昨晚动手时用到的肌肉有些发酸。枕头阻断了纪燃的呼吸，直到有些憋不住气后，纪燃才腾地站起身来，转身进浴室洗漱。

走出房间，纪燃打了个哈欠，往下一瞥，动作立刻顿住了。

只见楼下的沙发上坐着两个人,纪惟在看文件,另一头则坐着秦满。

秦满跷着二郎腿,正在看杂志,听到开门的声响,他抬头,刚好撞上纪燃的视线。

……这人怎么还在?

纪燃下了楼,也没打算跟纪惟打招呼,转身就要出门。

"你去哪儿?"纪惟眉头皱成"川"字,"不会去跟父亲打个招呼?"

"一会儿让我滚,一会儿又让我去打招呼,纪惟,你精神分裂呢?"纪燃问。

"纪老夫人刚好也在书房。"秦满在纪惟开口之前接过话头,他合上杂志,"你去跟她老人家道个别再走吧。"

纪燃这才想起昨晚纪国正让自己留下时,提到了纪老夫人有话要对自己说。纪燃撇撇嘴,随手把拎着的大衣套上,转身去了书房。

纪燃敲了两下门,就听见纪国正沉声道:"进来。"

纪燃打开门,里面两人见到自己,表情都有些惊讶。

"奶奶。"纪燃叫完,才不情不愿地看向书桌旁的中年男人,"……爸。"

"嗯,你怎么来了?"纪国正问。

纪燃道:"你不是说奶奶有事找我吗?"

纪老夫人跟自己儿子对视一眼,很快就明白过来了。

"我是有点事。"她看了一眼门外,道,"关门进来吧。"

另一边,纪惟见书房门被关上,心里更堵了。纪燃算什么?一个见不得光的第三者的孩子,凭什么进他的家门,又凭什么见他父亲和奶奶?

他从小听话懂事,上进努力,才好不容易在长辈眼底有了一席之地。

他绝不可能让纪燃分去一丝半点。

纪惟很快回神,问身边的人:"秦满,一会儿吃完午饭,一块去打场高尔夫吧。"

"不了,我还有事。"秦满笑,头也未抬,"订婚第一天,不去陪陪未婚妻?"

"她正忙活着她的单身派对,哪有时间分给我。"纪惟道,"那下次吧。"

秦满漫不经心地"嗯"了一声,注意力一直放在身后的书房里。纪燃脾气不太好,嘴巴又笨,他担心书房里头的人聊着聊着就会吵起来。

谁知,十分钟不到,就看见纪燃一脸平静地走出来了。

纪燃阖上门便朝大门方向走去，仿佛客厅沙发上的人不存在。在走出家门的那一刹那，纪燃觉得连空气都清新了几分。

自己果然是和纪家八字不合，不宜久待。

纪燃发动车子，拉开车窗，没急着走，而是掏出烟盒，从里头拿出一根烟来，正送进嘴里准备点燃，一只手臂突然闯入纪燃的视线，手上也蓦地一空。

秦满站在车窗外，手里捏着那根烟："再抽肺都要黑了。"

"我心黑了都不干你事。"纪燃道，"拿来。"

秦满笑了声，手一抬，把烟送到自己嘴边，抿唇夹住。

"……你有病啊。"纪燃瞪他，"穷到连根烟都买不起了？"

"送我一程吧。"秦满说。

纪燃问："你车呢？"

秦满道："都破产了，哪儿来的车。昨天打车上的山。"

纪燃"哦"了一声："不送，你自己走回去吧。"

秦满低头笑了，他点了两下头："行，那你以后还会找我吗？"

跑车的引擎声不小，银色的车身呼啸而去，风里只留下一句话。

"不找，滚。"

秦满盯着车尾看了半响，转身走向自己的车子。

才走了几步，他便硬生生地回过头，把车钥匙往口袋一丢，捏着那根未点燃的烟，徒步朝山下走去。

纪燃开出一段路才想起开导航。

这一片都是豪宅区，纪燃没买过这儿的房子，自然少走这条路。导航打开，这才听见车里的机械女声道："开始导航，距离目的地五十三公里……"

纪燃不由得多看了手机一眼，这儿离市区有这么远？昨天来时怎么没觉得？

又开了一段路，纪燃发现这破山连辆过路的车都没有，想打车，估计得在路边等到天黑。

纪燃冷笑一声。该，就得让秦满在山上受罪。

秦满在山路上走了一会儿，手机响了。

纪惟问："你在哪儿？怎么车还停在我家外面？"

嚣张的引擎声从远处传来，秦满抬眼，看见银色跑车去而复返。

"车先放你那儿，下午我让人来拿。"秦满噙笑道，"我这儿还有事，先挂了。"

见到秦满，银色跑车加快了车速，眼见就要逼上来。

秦满站得笔直，一动未动，车子在他身边急刹停下。

车窗拉下，里面的人一脸凶狠："车费一千，爱坐不坐！"

"可我身上只有四百多。"秦满弯下腰，好声好气地跟纪燃商量，"赊账可以吗？"

纪燃说："你还是走到腿断吧。"

三分钟后，秦满坐在副驾驶座上，顺手扣上安全带。

"住哪里？"纪燃黑着脸问。

"到了市区，你随便找个地方放我下来就行。"秦满道，"我还要去找房子。"

纪燃："找房子？"

"嗯，之前的房子被抵押出去了。"秦满面色如常，"准备租一套先住着。"

"……"

山路蜿蜒，纪燃干脆漂亮地驶过一个弯道。

秦满一只手撑着车门，手背抵在下巴，评价道："车技不错。"

纪燃哼了一声："我上赛道的时候，你还在教室里做试卷呢。"

秦满问："你未成年就开车了？"

幼儿园老师又来了。纪燃翻了个白眼，不回答他的问题："你想找什么价位的房子？"

秦满想了想："月租一千五以内？"

纪燃表情复杂："……怎么，你想租个厕所来住？那你之前都住哪儿？"

"朋友家。"秦满道，"住太久了，不太好意思，就开始找房子了。"

"你还知道不好意思，我还以为你早不要你这张老脸了。"纪燃说，"我之前不是给了你钱吗？不够你住酒店的？"

"都给家里了。"秦满这锅推得十分从容。

"……那你家人呢？"

"怕讨债，躲去国外了。"

纪燃问:"没带上你?"

"没有,我在国内还有要处理的事,不好离开。"秦满笑道,"而且那些来讨债的小伙子也不容易,我要是跑了,他们岂不是得失业?"

没想到这人还有个盛世白莲花的隐藏属性,纪燃简直瞠目结舌:"……你人这么好,怎么不去做慈善呢?"

"之前一直有做,现在没那条件了。"

纪燃闭嘴了。

快到市区了,纪燃又问:"那如果找不到房子,你住哪儿?"

秦满道:"找家旅馆住着吧。"

"旅馆?"

"嗯,现在的民宿旅馆都很便宜,一晚上一百来块。"

纪燃脑海里立刻浮现秦满一身西装,窝在狭窄出租房里的场景,那画面突兀、违和……还有点可怜。

沉默了大半天,纪燃才别扭地开口:"你之前还我那两万块我没收,你拿着去住好点的酒店吧。"

"那两万也给我爸妈了。"秦满道。

"……你怎么不把命都给他们呢?!"

秦满笑了,转头看纪燃:"我的命不是卖给你了?"

纪燃专心开着车,被秦满盯得不自在:"别瞎说,我不干买卖人口这种违法乱纪的事,也不想要你的命。"

电话铃声打断了两人的对话,纪燃扫了一眼来电显示,顺手接了。

"小燃燃,你什么时候回家呢?人家等你好久了,肚子饿了啊。"岳文文的嗓音甜得腻人。

纪燃说:"等我回去把碗塞你嘴里吗?你今天不上班?"

"你干吗这么凶?"岳文文道,"不上,我昨天喝太晚,今天一早起来头疼,翘班了。你到底什么时候回来啊?"

纪燃看了眼窗外:"还有十来分钟……有什么事直说。"

"下午去打球啊,我还约了程鹏和他的小情人。"岳文文道,"程鹏的车子报废返厂去修了,让你过去接他呢。"

程鹏是他们的好友，最近跟他的新情人正你侬我侬，许久没出入娱乐场所了。

纪燃嗤笑道："他皮痒了？找我去当司机？"

"那新球场是我的地，就在他家附近，顺路嘛。"岳文文道，"他的小情人也在那儿，刚好两个一块儿接了。"

"他家附近哪有球场？"纪燃问，"他不是跟爸妈住一块吗？还敢把人带去家里？"

"没，他搬出去了，昨儿一搬就把他的情人带回了家，快活得很。"岳文文道，"行了我挂了，我还要画个眉毛呢，等你呀，么么哒！"

挂了电话，纪燃不耐烦地转过头："……你别用这种眼神看我。"

自纪燃打电话开始，秦满的眼神就没挪开过，嘴唇轻抿，目光幽怨，活像一个弃妇。他听见电话那头的人对纪燃说了一句"么么哒"，纪燃也没有反驳。

"好，我不看。"秦满收回目光，过了半晌，秦满问，"你还有另外在资助的人？"

纪燃差点没踩好刹车："……没有。"

秦满放下心来。他今天睡眠不足，头有些疼，顺口道："哪天你有新的资助对象了，记得告诉我。我虽然穷，但也有自己的原则，到时我会返还你多余的钱。"

说完，车里突然陷入一阵诡异的沉默。

秦满顿了一下，才发现自己踩了雷区。他道："我没有别的意思。"

"我知道。"纪燃一脸无所谓，声音淡淡的，"你放心，我要是有了新的人选，肯定不会留你在跟前添堵。"

说完，纪燃一踩刹车，停在了路边："滚吧。"

第三章 捡走落水狗

"纪燃，过他！过他！"岳文文跑不动了，喘着粗气在别人篮框附近指挥着。

纪燃手上动作干脆，两三下过掉程鹏，起跳就是一个漂亮的灌篮，篮球被纪燃重重扣进篮筐，掉落在地，发出嘭嘭的声响。

"不打了！"程鹏往地上一坐，拉起衣摆擦汗，"你能不能让让别人啊，天天这么欺负人，就不怕以后连个陪你打球的人都没有。"

"不是我欺负人，是你们太菜。"纪燃走到旁边，就见程鹏的小情人给他递了一瓶矿泉水来。对方看上去年纪不大，还留着刘海，眼睛又大又黑，还挺可爱。

纪燃接过水问："你成年了吗？"

那人一愣，点头："成……成……成年了。"

……居然还是个小结巴。

纪燃点点头，打开水，咕噜咕噜喝了一大口。

程鹏道："那你不会让一让？"

"怎么没见你在牌桌上让让我？去年赢了我多少钱，我心里都还记着。"纪燃骂道，"你把钱还我，我抱你起来扣二十个篮都行。"

"你这人怎么这么小气？"程鹏坐着擦汗，抬眼问，"对了，你和秦满那事我可听说了，可以啊你，连对秦满都敢这么来，我是不是得夸你一句艺高人胆大？"

纪燃道："别跟我提他。你不也是吗，直接把人接到家里来住，就不怕被你爸妈发现，让你不好过？"

"我怕他们？而且我家有这么多房间，他们来了，我就说是朋友来寄住。"

程鹏道，"人在我身边方便，好管。"

小情人闻言，耳尖立刻就红透了。

纪燃听完挑了挑眉，没吭声。

"那麻烦让你小情人给我也来一瓶水。"岳文文走过来，随着他们往地上一坐，上下打量了纪燃一遍，"很好，没受伤。我昨晚做梦都梦见你被人堵在订婚现场的厕所里挨揍。"

纪燃冷笑一声："你说反了吧，怎么都该是我堵别人。篮球给我。"

岳文文把篮球丢了过来，纪燃一只手抓起球，独自返回球场。

程鹏观战了好一会儿，忍不住问："纪燃这是怎么了？"

岳文文往后一靠："还能怎么，昨晚回纪家了呗。"

程鹏一愣，压低声音，睁大眼问："怎么，回去跟他哥打了一架？你去了吗？这事怎么不叫我？"

"没，纪惟昨天订婚。"岳文文道，"这厮是道贺去了。"

程鹏眼睛瞪得更大了。

他还记得高中那会儿，纪燃被纪惟叫来的人算计了，被关在厕所整整一节课。

他们闯进去时，刚好听见纪燃冷着脸，对地上的人道："找我麻烦可以，要碰了我朋友，我要你们命。"

"还有，告诉纪惟，今天没亲自来算他幸运，不然我让他死在这里头。"

程鹏原先对纪燃还是挺看不起的，但经过一段时间的接触，再加上这件事后，他就认定了这个朋友。

"你也真行，居然放心让这厮一个人去。"程鹏道。

岳文文说："订婚现场那么多人，连纪老夫人都在，纪惟敢胡闹？纪惟那人多伪君子，你又不是不知道。"

程鹏："……也是。"

打完球，岳文文闹着要去吃海鲜。

跑车只有两个座位，为了方便坐人，纪燃回家时换了一辆奔驰，然后把车钥匙丢给岳文文，自己坐到了后座。

纪燃拿起手机，发现上面有两条未读消息。

——Q 向你转账 600 元。备注：剩下的车费。

Q：今天是我失言，对不起，你别生气。

纪燃没收钱，也没回复。

吃饭期间，程鹏像是想起什么，突然道："对了，我前段时间去参加同学聚会，听说了件特有意思的事。"

岳文文问："什么同学聚会？我和小燃燃怎么不知道？"

"他们说是叫了纪燃，但没得到回复。"程鹏说。

纪燃："有吗？"

"都是你，害我错过了去见高中暗恋对象的机会！"岳文文道，"快，程鹏，你继续说。"

"没去最好，你那暗恋对象已经有啤酒肚了。"程鹏犹豫了一下，还是说了，"就……高中那会儿，纪燃不是被人堵在厕所了吗？"

岳文文道："……怎么突然提这事？"

"你听我说完。那次是教导主任亲自出面，让人把厕所门弄开的，这你们应该还记得吧？"程鹏道，"聚会那天，教导主任也被请来了，喝了两杯，教导主任突然告诉我，那事……是秦满跟他说的。"

纪燃动作一顿。

"真的啊？秦满有那么正义吗？"岳文文道，"其实那次我也觉得挺魔幻的，那老头子平时一直向着纪惟，纪惟天天给小燃燃使绊子，他都没怎么管，那次却狠下心来……"

"行了，有完没完，还吃不吃饭了。"

纪燃打断他们，继续动手夹菜，仿佛刚才那一瞬间的停滞没发生过。

半晌后，纪燃又嘟囔道："……真逊，就知道打小报告。"

岳文文住了一周后，纪燃终于忍不住赶人了。

倒不是不让住，只是纪燃实在受不了岳文文在自己家喷一屋子香水、搞什么牛奶浴了。

"你好残忍。"岳文文泫然欲泣，"人家没有喷香水，那是体香。"

"别把我当那些傻子骗。"纪燃盯着岳文文手里的东西，"你不把这些花瓣丢了，今晚就收拾包袱走人。"

岳文文道:"这些放浴缸里泡一会儿,能让你变成还珠格格里的香妃!香妃你知道吗!你看你,一身汗,也不怕别人嫌弃你有味儿?"

纪燃刚打完球,手上还夹着篮球,闻言一顿:"怕谁嫌弃?谁敢嫌弃我?秦满吗?怎么,我出了钱,还得顾着他的感受了?"

"保持自己的体香,是对身边朋友的一种尊重。"岳文文道,"今晚我约了场麻将,还叫了程鹏,去搓两局?"

纪燃道:"行,今晚一定要让程鹏把去年赢的全吐出来。"

纪燃冲了个澡出来,岳文文正盘腿坐在沙发上,横握着手机:"小燃燃,来打两局'吃鸡'。"

纪燃其实更喜欢玩电脑版的大逃杀游戏,但手机玩起来比较方便。纪燃拎起脖间的浴巾擦了擦头发,坐到旁边的单人沙发上,开了游戏。

进入房间后,纪燃这才发现程鹏也在,程鹏那边开着麦,说的话这头都能听得清清楚楚。

"今晚别回学校了,明早我再送你去。"

那小情人的声音还跟那天听到的一样,唯唯诺诺的:"不……不行,上次你也……这么说的,可……可还是迟到了。"

"你别打扰别人学习成不成?"纪燃出声打断,"你以为人家跟你似的,能一个月都不在学校露面。"

对面沉默了一会儿,小情人羞愤道:"他……他们?"

"……我没关麦,没事宝贝,都是自己人,哎你别走啊。"

"得了啊,腻不腻歪?"纪燃道,"赶紧准备,玩两把出门吃饭。"

纪燃刚说完,就见右边弹出一个组队请求。

Q 请求加入队伍。

纪燃还没反应过来,身为队长的岳文文就率先点了同意,一个穿着原始服装的人物快速进入房间。

"腻歪什么,大家不都是这样的。"程鹏不知这人是谁,继续聊着,"谁还能对天天见面的人冷着张脸啊?难不成现在你和秦满还跟之前那样不对付啊?"

新队员 Q 的麦克风闪了闪:"没有,纪燃对我很好。"

程鹏:"……"

岳文文:"我还以为是你们叫来的,就同意了……"

纪燃头疼道:"你进来做什么?"

秦满沉默了一会儿,道:"想跟你一起打游戏。"

"行了,你自己退了吧,"纪燃道,"你又不会玩。"

那天订婚宴上,秦满连敌人是谁都分不清。

"我会。"秦满道,"我玩了一个星期。"

纪燃:"……"

岳文文看向纪燃:"小燃燃,那我开了啊。"

纪燃撇嘴,最终还是松口了:"开吧。"

纪燃看了秦满的战绩,对方确实一直在玩,前面几页还都是"前十""亚军""吃鸡"的字样。

只是纪燃没想到,秦满不过玩了一星期,就这么厉害了。

当秦满用手雷炸死敌人,达成十三杀时,岳文文已经尖叫连连:"满满你好厉害!你好强!这局结束跟人家加个好友呀!"

"好。"

纪燃看了一眼地图,问距离最近的岳文文:"有没有倍镜?"

"没有,我'穷'死啦,准备去捡秦满'杀'掉的那些盒子。不然我们一块儿去吧,那边全是盒子,捡完肯定富了!"

"不去,太远了。"纪燃看了一眼地图,秦满离他们五百多米,"我自己搜吧。"

游戏中,纪燃搜完这一栋楼,仍是一无所获,正准备等下一波团战时再看能不能摸一个倍镜来,就听见一阵脚步声。

秦满不知何时已经操作人物跑到了自己身边,噔的一声丢下一把枪。

纪燃毫不客气地捡起来,是一把满配98K,消音器和八倍镜都在上面。

"还想要什么?"秦满问,"我都有,都给你。"

这点蝇头小利就想讨好自己?

纪燃故作不耐烦:"不要不要,什么都不要。你起来,挡着我路了。"

几局游戏下来,秦满俨然已经跟程鹏和岳文文打好了感情基础。

"秦满，前面有辆车，我们先开去圈里等他们。"程鹏说。

秦满拒绝："不了，你先去吧。"

纪燃在游戏中顶着毒气搜完最后一栋楼，远远便瞧见一个小小的游戏人物骑在一辆摩托车上，开在自己身边停下。纪燃瞧也不瞧一眼，继续往前跑。

摩托车就跟在纪燃身后，不走也不催。

纪燃跑了一会儿，皱眉道："……你的血条太少了，先吃个药包。"

"我没搜到几个药包，已经用完了。"

秦满刚说完，就见前面那冷酷无情的背影终于停了下来，几秒后，地上多了两个急救包。

他操纵人物下车将东西捡起来补上血量，然后骑上车子继续跟着纪燃："你别生气了。"

纪燃没想到他还在提这事。其实纪燃早就没再气了，从小到大自己不知听了多少冷嘲热讽的话，要是因为一句"小三"就气一个星期，那早就气升天了。

没得到回应，秦满又道："有什么让我弥补的办法吗？"

"……我没生气。"纪燃感受到了岳文文身上的八卦气息，忙打断秦满，回过头坐上他的摩托车，"你能不能认真玩游戏？"

"怎么了？生什么气呀？"岳文文立刻抓住八卦的小尾巴，"怪不得这个星期都没见到你，你怎么惹到小燃燃了？"

"没什么。"秦满笑了笑，状似无意问，"你还住在纪燃家吗？"

"对呀，我很喜欢小燃燃买的这套房子，浴缸和泳池都特别大……"岳文文顿了一下，"哦，你应该来过了吧？"

"哪那么多话。"纪燃喷了一声，"二十五方向有人，'干掉'他们。"

打了一下午游戏，纪燃感觉腹部一阵空虚。

"这局结束不玩了，去吃饭。"

"好啊，我最近发现一家味道不错的川菜馆，正好一块去尝尝味道。"程鹏道。

"又吃川菜！"岳文文话头一转，"哎，满满要不要一块儿来？我们吃完还打算去搓两圈麻将呢。"

"可以吗？"秦满问，"会不会不方便？"

"这有什么不方便的！"

纪燃冷冷道："算了吧，我们玩的都是些没营养的东西，哪好意思浪费你的时间。"

秦满说："如果你不想看到我，我就不去了。"

岳文文抬头紧紧盯着纪燃，一脸批判的表情，眼神里仿佛写着"你怎么这么铁石心肠"。

程鹏道："啧，你们这是唱哪出呢？"

"闭嘴。"纪燃道，"……你想来就来，别搁那儿装可怜。"

"听说那天在酒吧，顾哲找你们碴儿了？"饭桌上，程鹏问道。

岳文文道："是啊。准确来说，是找了秦满的碴儿，不过最后没得逞就是了。"

程鹏点点头，对秦满道："那你最近得小心点，顾哲那人特别阴，就喜欢背地里阴人。"

"真的吗？"岳文文道，"那满满你这段时间还是别走夜路了。他有把柄在你手上，谁知道他被逼急了会做什么。"

秦满笑了笑，语气随意："没事，他应该不会这么大胆。再说，他如果真敢找上门来……"

岳文文："你就给他来顿铁拳教育？"

"我就报警。"

纪燃头也没抬："……那你记得找警察叔叔领小红花。"

岳文文叫了个熟识的朋友来，吃完饭后，四人便搭起一桌麻将来。

程鹏是麻将老手了，一听牌，便去搂小情人的腰："宝贝，你来摸牌。"

"自摸，不好意思，我家宝贝手气比较好。"

几次下来，纪燃忍不住了："你能不能别这么恶心？自己没手抓牌还是怎么的？"

开打四十多分钟了，纪燃还没和过牌，钱倒是不重要，就是闷头输了这么多把，有些憋屈。

又到了抉择打哪张牌的时刻，纪燃犹豫了几秒钟，捏住一张牌刚要打出去，旁边坐着的秦满突然伸出手拦住了纪燃的动作。

"不打这张。"秦满指了另一根牌,"打这张。"

从牌面上看,肯定是打纪燃手里这张听牌的范围才会更广。

"信我。"秦满道。

纪燃顿了一下,抓起秦满说的那张牌丢了出去。结果才一轮过去,岳文文就丢出了纪燃等的那张牌。

自这一局起,秦满就一直给纪燃各种建议,短短半小时,纪燃便赢得盆满钵满,从输家变成了大赢家。

在纪燃又一次摊牌叫和后,程鹏忍不住了:"秦满你该不会在作弊吧?次次都能猜到我们听什么牌,让纪燃把那些牌藏得死死的?"

"你那小宝贝一抓就是自摸,你怎么不说人家作弊?"纪燃反问。

"我……我没有作弊。"

"哎,我真的很好奇。"岳文文瞪大眼问,"你前几把是怎么知道我听什么牌的?"

"算的。"秦满笑了笑,"看看你面前打的牌,就大致能猜到一些。"

纪燃转过头:"……你还会算牌?那你怎么不早点教我,我前面输了这么多。"

秦满道:"我之前不会,刚摸清麻将的规则。"

桌上沉默了半晌。

"才这一会儿你就看懂了,还会算牌?"程鹏拉起袖子,"我不信!快,继续!"

麻将进行到一半,秦满起身去厕所。洗手出来时,刚好遇上程鹏身边的小情人。

那人见到他,先是低头,然后慢吞吞地伸出手来:"你……你好,我叫陈……陈安。"

秦满把手擦净,礼貌握手:"你好。"

许是因为彼此身份相同,之前一直沉默寡言的陈安突然开口问:"那个,你也……也是被逼着来打牌的吗?"

"被……纪燃?"

秦满挑眉,收回自己的手。

他笑着，也不知是不是陈安的错觉，总觉得这人此时的笑容优雅从容，跟方才在纪燃面前的顺从讨好完全不同。

"纪燃不会强迫别人。还有，如果你被逼着做了什么不情愿的事，我建议你还是直接报警。"

"……我的筹码全没了。"程鹏打开抽屉看了一眼，里头空空如也，"纪燃你发财了。"

纪燃道："就这点破钱发什么财，能不能有点出息？"

程鹏气笑了："那你之前天天跟我念叨去年那些破钱做什么？"

"钱无所谓。"纪燃散漫道，"我只是不喜欢输。"

程鹏点燃烟："我就不一样了，你给我钱，让我输多少回都行。"

岳文文道："商人！"

程鹏笑着没反驳，他确实是个商人，万事利为先，反正他觉得这不是什么坏品质。

"既然你觉得无所谓，那不然把筹码还我吧，增进增进我们朋友之间的感情。"程鹏道。

岳文文骂他："你别总想占小燃燃便宜。"

这些筹码的价值加起来横竖不过六位数，纪燃随手拉开抽屉，刚想拿出筹码来，突然想起什么，又砰地关上了柜子。

"不给。"

程鹏说："那你留着，别花了，我下次再亲手赢回来。"

纪燃笑骂道："滚。"

"两局结束了，我的宝贝怎么还没回来。"程鹏道。

岳文文说："急什么，人又不会跑了。话说回来，程鹏你变了啊，以前那些人在你身边通常不超过一个月的，这回都快三个月了吧……怎么，转性了？"

"这个我挺喜欢的，就一直带着了。"

"我看你这小情人年龄不大。"纪燃道，"从哪个学校被你骗来的？"

"那是长相欺诈，人家都二十二岁了行吗？跟我以前身边的那些比，年纪还大了些。"程鹏道，"缺钱，被我从夜场捡回来的。"

程鹏这人最大的缺点就是花心，但好在还算有良心，从不会强迫别人。

话音刚落，门咯噔一声开了，陈安缩着肩膀走进来，转身关门。

"怎么去了这么久？"程鹏道，"过来。"

陈安低头："没有很……很久。"

纪燃看了一眼自己身边空荡荡的椅子，待一局结束，问道："你看见秦满没？"

陈安愣了愣，许久才反应过来对方是在问自己。

"他……他在厕所。"陈安道，"我出来的……时候，他在……在打电话。"

"哦。"纪燃淡淡应了一声。

陈安犹豫了很久，又开口说："他好像，遇到了什么麻……麻烦。"

岳文文凑上去问："什么麻烦？"

陈安摇摇头："我只听到，卖房子……和搬家。"

纪燃把牌一推，打断了他们的对话："和了。"

几人都没什么赌瘾，平时的棋牌局多是消遣，打了几圈岳文文便喊停，说是要去本色找朋友。

大家各自起身道别后，包厢里只剩纪燃和秦满。

纪燃开了窗，点了一支烟，不知道陈安习不习惯吸二手烟，纪燃刚刚一直忍着没抽。

秦满问："还不回去吗？"

纪燃转过身，倚在窗沿，夹着烟的手朝柜子那点了一下："里面的东西你拿走，在前台可以折现。"

秦满打开柜子看了眼，里面满满当当全是筹码。

"不用了。"

"都是你赢的。"纪燃道。

秦满笑："但本金是你的。"

纪燃从口袋里拿出两颗筹码，捏在手心把玩："我的在这儿。行了，别废话，不要就丢掉。"

秦满也没矫情："谢谢。"

走出大门，纪燃把烟摁灭，鬼使神差地回过头问："要不要送你？"

纪燃突然有些好奇秦满现在的住处，毕竟现在没什么比看秦满落魄更让纪燃舒心的事了。纪燃在心里这么说服自己。

秦满莞尔："不用了，我自己回去就行。"

"……"

也不知道谁在山上的时候巴巴地要上自己的车。纪燃转过头，连声再见也没说，便进了地下停车场。

纪燃没有直接回家，而是去了一趟赛车场。

晚上，赛车场几乎没人，纪燃的车子刚驶进车道便吸引了所有人的目光。

"哟，大晚上的，你怎么跑来了？"管理员走出来，四处看了看这车，"可以啊，这是新车？"

"没，买很久了，前段时间拿去保养，刚拿回来。"纪燃看了看四周，"我跑两圈，有人比比吗？"

"呃……"管理员四处看了看，道，"本来是有，但现在应该没了。"

管理员耸耸肩："没人想跟你比的，你可以白天再来撞撞运气。"

"那就不比了。"纪燃道，"我跑两圈就走。"

纪燃娴熟地换上赛车装备，返回车后不久，嚣张的引擎声挑衅般响彻赛道，几秒后，车子离弦般冲出起跑线。

管理员停下手上的工作，跑到正在运行中的监视器前，津津有味地看了起来，半分钟后，所有在场的人都围到了监视器前。

"这人是谁啊？这么嚣张，车子外观设计得好浮夸。"一个新加入赛车行列的新人忍不住嘀咕道。

管理员笑道："那你是没见过那车子里面的发动机，更浮夸，不比那些正儿八经的赛车差。"

那人还想说什么，就见屏幕里的车子以极其漂亮干净的弧度漂过一个弯道。他是看了赛车比赛后开始关注赛车运动的，这一刻，他甚至觉得这个弯道过得比电视里那些赛车比赛还要酷炫。他惊呼出声："漂亮！"

"你运气好，刚来两天就能见到纪燃。"管理员拍拍他的肩，"别的地方我不清楚，但纪燃的车技在满城是出了名的，不过这两年来玩得少了。你是不知道，平时有多少人天天往赛车场跑，就为了看纪燃飙一回车。"

"……真这么厉害？这人看起来年纪也不大啊。"那人问，"那纪燃为什么不去做赛车手？我听说现在赛车手赚得可多了。"

"看看那台车，你觉得那位缺那钱？"管理员道，"我是听说不少俱乐部找上门过，不过全都没下文，具体我也不清楚。"

纪燃跑了几圈，车子停下时，那狂飙的肾上腺素还未完全平息下来。

爽。

赛车的魅力就是，不论多少次，只要你坐在那个位置上，集中精力，狂踩油门，它都能成功挑起你所有的激情和挑战欲。

听着车子的引擎声，纪燃就觉得整个世界只剩下自己一个人，所有事情都抛之脑后，无忧无虑。

就是时间太短暂了，加上纪燃这几年早已经把满城所有赛道都跑熟了，少了些挑战未知的刺激感。

"还是很快。"管理员在终点等着，待纪燃降下车窗，便迫不及待道，"下个月有场比赛，你有兴趣吗？顾大少出钱赞助的……"

纪燃道："没兴趣。"

"行吧。"管理员已经习惯了，"再跑两圈？"

纪燃看了一眼旁边站着的人，道："不跑了，影响你生意。"

回家路上，纪燃突然接到棋牌会所的电话，说是自己的打火机落在那儿了。

那打火机是限量款，纪燃还挺喜欢的，干脆掉头，又回了一趟棋牌馆。

车子临时停靠在路边，纪燃刚下车，就看到一个顾长的身影。

秦满还穿着方才的衣服，正站在会所大门旁打电话，看起来就像是一直没离开过。

待他挂了电话，纪燃拧眉犹豫了一会儿，还是走了过去："你怎么还在这里？"

秦满转过头来，脸上难得出现一丝惊讶："我……你怎么回来了？"

"是我在问你。"

"我，"秦满顿了一下，"在等车。"

纪燃嗤笑："你就是等飞机，这会儿也该上天了。"

秦满笑了，他低下头，晃了晃手机："好吧。我在找地方住。"这次不等纪燃问，他便自己说了，"我爸的欠款有点多，那边等不及了，找到我这儿来……租的房子不太安全，我暂时还不方便回去。"

纪燃："……那你去住酒店啊。"

秦满委婉道："他们有我的身份信息。"

纪燃皱眉："你不是知道要报警吗？"

"欠钱理亏，算了，让他们闹一闹，回去也才好交差。"秦满又问，"你怎么回来了？"

"……我打火机落下了。"

秦满点头："去吧。"

纪燃默了默："那你打算怎么办？总不能就在大街上站着吧。"

"我等晚一点，再去找住的地方。"秦满道，"你不用担心我。"

纪燃一噎："谁担心你了？你慢慢等着吧，我进去了。"

"好。"

纪燃拿了打火机出来，发现外面下了点小雨，风里带了些凉意。

方才在门口站着的人已经挪到了旁边的小店面，借着头上的铁片躲雨。对上纪燃的眼神，秦满笑了笑，做了个再见的手势。

纪燃突然想起高一某个夜晚，自己在废弃教学楼遇见秦满的场景。

当时纪燃待在走廊尽头，正坐在窗沿上看外面。秦满突然从拐角处出来，冷冷地说："纪同学，我是今晚的巡逻员，你再不下来回教室，我就把你的名字上报学校了。"

两个身形完美重叠在一起，不同的是秦满的神态。

一个冷漠，一个温和。

落水狗。

纪燃在心里骂。

纪燃用拇指挑开打火机的外壳，噌的一声点亮火，又迅速灭掉。

半分钟后，纪燃走下台阶，一路到了秦满面前。

"秦满，你是不是故意的？现在谁都知道你是我罩的，让我朋友瞧见你住那几十一百的破旅馆，我的脸还往哪儿搁？"纪燃学着秦满当时逮着自己抽烟的表情，别开眼冷着声音，不容置喙道，"……我家里用人房还空着，你先滚去那儿住。"

深夜两点，纪燃戴着口罩，脸色沉得不能再沉。

纪燃想自己应该是被鬼上了身，才会大半夜不睡觉跑来折腾这种破事。

秦满的行李还在租来的房子里，说是白天都有讨债的在门外守着，半夜两点左右才离开，他们得趁这个时间空隙来把行李带走。

纪燃坐在车里，看着面前这小区的公寓楼："秦满，我看起来很好骗？这栋公寓楼月租只要一千？"

"是八百。"秦满说，"朋友好心租给我的房子，正因为房东是朋友，所以我也不好意思在这儿住了。"

纪燃道："……你还知道不好意思。"

秦满笑了笑，一点没生气："把车子开进小区停车场吧，车子太显眼，我怕会被他们注意到。"

自己明明开的是家里最便宜的那辆车，纪燃边往停车场里开边嘟囔道："这车子哪儿显眼了，那些讨债的是多没见识，这都能注意到。"

停好车，秦满解开安全带："你在这儿等我，我马上下来，十分钟后如果没看到我……"

纪燃问："我就帮你报个警？"

"不用，那太麻烦了。"秦满说，"你就走吧，回去睡觉。"

"……"

秦满刚下车，就听见车门打开的声音，纪燃下车后随手从车上拿出顶鸭舌帽，往头上一套。

"看你这没几两肉的身材，真遇到人，估计一拳就得被打趴下，我跟你一块儿上去。"

说完，纪燃便率先往前走去，几步后回头："走啊，愣着干什么？早点解决早点回家。"

前面的人明明比自己还要矮小一些，却反过来说自己身材差，秦满忍着笑意跟上去："好。"

一路上了二十楼，电梯门一开，纪燃颇有气势地一脚迈出电梯，往四周看了看。

"没人，你动作快点。"纪燃道。

秦满开了门，纪燃往里瞥了一眼，这公寓地段不错，空间也很大，看起来价格不菲，看来秦满那朋友也挺够意思的。

"我去收拾行李。"秦满问，"给你倒杯水？"

"你是来收拾东西跑路的，不是带我来做客的。"纪燃白了他一眼。

秦满进去后，纪燃关上大门，往沙发上一坐，百般无聊地看起房子里的装潢。

装修很简洁，色调是灰白色，好看是好看，就是有些没意思。

纪燃注意到墙上有一幅画，画上是大榕树和一片海。

纪燃不会赏画，就只是觉得这画画得不错，而且不知怎么的，总觉得这画中的场景有点熟悉，却又一时想不起来了。画的右下角似乎还有署名，纪燃站起来，正准备走近多看两眼，就听见卧室房间传来一阵声响。

"好了。"秦满把小巧的行李袋拎起来，"我们走吧。"

纪燃转过头，惊讶道："……这么快？而且你这行李未免也太少了吧？"

秦满说："我原本就没带多少东西出来。"

"算了，走吧，缺了什么，大不了再买。"纪燃指了指墙上的画，"你这画，不带走啊？"

看到那幅画，秦满微不可见地挑了挑眉："……那画不是我的，是房主的。"

"哦。"纪燃多看了一眼，脱口问，"房主是谁，这画他卖不卖？"

"你很喜欢？"秦满问。

"还行吧，就是觉得挂墙上挺好看的。"

"画是房主自己画的。"秦满扬唇，"他应该不卖。"

闻言，纪燃没再执着这画，本身自己就是没什么艺术细胞的人，这也是头一回对一幅画感兴趣。

两人顺利地回到车上，纪燃把帽子往后座一丢，重新发动车子。

"我搬过去，会不会打扰到你？"秦满问。

"不会，你别把自己看得太重要。"纪燃道，"怎么，行李都到我车上了才想起问这个？"

秦满道："最近岳文文不也住你家吗？"

"那又怎么样？不影响。"

秦满笑了："好。"

车子一路开回家，刚拐进小区，纪燃就看见一辆出租车停在自家门口，堵住了自己进车库的路。

出租车停在那儿迟迟没动静，在纪燃耐心消失之前，后车门终于开了。

一个穿着黑色丝袜、超短裙和宽大牛仔大衣的浓妆女人从车里摇摇晃晃地走了出来。

女人顶着一头黑色大波浪，出来后也没急着走，而是一只手撑在车门上，弯腰对司机飞了个媚眼，声音十分娇媚："大晚上也要好好开车啊……"

说完，女人转过身，扶着墙艰难地走到大门前，从包里找出钥匙准备开门。

秦满刚才跟着纪燃回家换车，自然知道这女人开的是纪燃的家门。

他还来不及问，就见纪燃解开安全带，低声骂了一句，快速下了车。

纪燃匆匆跑到女人身边，没有质问，也没发脾气，而是接过那女人的包，顺手扶住了她的腰。

秦满微微眯起眼，看了几秒钟后，跟着下了车。

短短几秒钟，秦满就整理好了表情。他面带微笑，走到那两人面前问："需要我帮忙吗？"

那人在纪燃身上扑腾了好一会儿："小燃燃……你怎么现在才回来啊？刚好，你帮我洗个澡吧。"

纪燃拎着包，还要把人扶稳，别提多烦躁了："不需要，你回车上等着……不，我扶人进去，你直接把车子开进车库吧。"

那人头垂得厉害，秦满看不清脸，半晌后问："她是你什么人吗？"

纪燃闻言一愣："什么？"

"你交友类型还挺丰富？什么人都往家里带？"秦满噙着笑问。

纪燃反应过来了，气笑了："是，怎么样，你有意见？"

秦满站在原地，思考了十来秒。

纪燃："你站着发什么呆？让开，挡着我开门了。"

"我在想。"秦满淡淡道，"怎么把她赶走。"

纪燃一时间以为自己听岔了："什么？"

"开玩笑的。"秦满恢复往日的笑容，满脸和善，"我帮你扶着，你来开门吧。"

说完，他二话不说便抓住女人的手，把人接了过来。

大晚上的，纪燃也不想站门外吹冷风，用指纹快速打开大门，把备用钥匙丢回包里："你先把这个酒鬼送进去，我把车开进车库。"

这女人比秦满想象中要重一些，他稳稳当当把人扶好，手放在对方的肩膀和腰上，尽量避免了那些敏感地带："好。"

进了屋子，秦满笑容尽收，把人扶到了沙发上。他正准备起身，女人突然抬手，紧紧握住了秦满的手腕。

"松开。"秦满道。

因为喝了酒，女人说话有些磕巴："我……我喝醉了吗？"

秦满没应，正准备收回手，没想到对方的手劲也忽然变大了。

"我一定是，喝醉了。"女人呜咽道，"是我飘了，我居然敢做这种梦，我居然连秦满都敢梦，我……我真大胆。"

秦满皱眉，眼底带了些疑惑。半晌后，他问："你认识我？"

女人没应他，梦里的对话毫无意义。她紧紧握着秦满的手，挣扎地坐直身子："但，既然如此！那我……"

纪燃停好车，从侧门回了家，一打开门就听见一阵隐隐约约的痛吟声。

"呜呜呜，痛……小燃燃，杀人了……呜呜呜，嗝。"

纪燃快步走到客厅，立马就被眼前的场景震惊得说不出话。

只见秦满把人押在沙发上，一边手把对方往沙发上按，另一边轻轻松松地桎梏住了对方的双手，还曲着膝盖压制着。

那是一个漂亮的制伏动作，被压着的人会感到疼痛，并且几乎没有动弹之力。

纪燃震惊道："秦满，你在干什么？"

秦满道："这人刚刚想偷袭我。"

纪燃："……"

纪燃揉揉太阳穴，觉得头疼："你先把人放开。"

秦满得寸进尺："我建议你还是把人赶走。"

"……你是不是瞎?"纪燃忍无可忍,"这是岳文文!!你赶紧把人放开!!"

秦满:"……"

岳文文:"嘤嘤嘤……"

岳文文没醉死,经过这一折腾,吓得酒都醒了半分,虽没有完全清醒,但也没刚才那么昏昏沉沉了,此时正委屈地坐在沙发上抽泣,可怜巴巴地把手伸到纪燃面前:"呜呜呜,小燃燃,我的手是不是脱臼了?会不会是断了啊?我……我好痛啊,呜呜呜……"

"没有,都好着。"纪燃道,"臭死了你,快点去洗澡。"

秦满坐得笔直,语气诚恳:"对不起。"

岳文文拿起桌上的水又喝了一口:"小燃燃,我怎么还晕着啊,我还看得见秦满怎么办啊?"

"你别发酒疯了,不然你以为你的手怎么伤到的?"纪燃道。

岳文文顿了一下,问眼前的人:"……你真是秦满?"

秦满道:"是我。"

"那我刚刚……"岳文文又哭了,"我不是故意的,我还以为我在做梦。小燃燃,你知道我的,我平时哪有这个胆子啊。"

"是是是。"纪燃习惯了岳文文发酒疯的样子,"你先去洗个澡。"

"那你会跟我生气吗?"岳文文可怜兮兮地问。

纪燃叹了一口气,懒得纠正岳文文的话:"不会。"

岳文文松了一口气:"那就好。"

岳文文喝醉是常事,虽然脑子还有些不清醒,但还是乖乖转身去浴室清洗自己了,不需要人搀着,最后还精致地往脸上涂了一堆护肤品,才慢吞吞回了自己房间。

"岳文文平时不这样,今晚是醉了。"纪燃拿起地上的行李包,丢到秦满身上,"你房间是那间,自己收拾。"

纪燃不喜欢陌生人来家里,平时只雇了钟点工定时来打扫,收拾好便走,所以家里根本没有所谓的用人房。

家里的房间不多,客房只准备了两间,岳文文占了一间,另一间就在主卧这一层。

之前把岳文文赶到二楼的客房就是为了清静,现在看来,还不如让岳文文睡旁边。

秦满稳稳地接住行李包:"好。"

纪燃转身正准备进屋,突然又想起什么,回过头警告他:"你要是吵着我,就滚回去住你的小旅馆。"

第四章 得加钱

家里的隔音不差，一晚上隔壁都没传来什么怪异声音，纪燃睡得还算安稳。

第二天，纪燃是被一阵油烟味熏醒的。

也不知道是哪家传来的油烟味。昨晚窗帘没拉好，一道阳光刚好打在了纪燃眼睛上，纪燃眯着眼睛，换了个姿势，正准备再睡。

床头柜上的手机轻轻振动了一声。

纪燃把头埋在枕头里，几秒后，纪燃伸手拿过手机，伸到自己眼前。

屏幕上都是岳文文发来的消息，只是时间不同。

岳文文：小燃燃，我头好疼，昨天被那群死丫头灌太多了，难受了一晚上。你知道吗，我昨晚还梦见秦满了……不过不是什么奇奇怪怪的梦！我保证！

岳文文：？？？

岳文文：我刚刚出去倒水！看到了秦满？！我是疯了吗？我酒还没醒？

岳文文：……小燃燃我走了，命要紧，我先回家躲躲！有事再联系啊！

"……"

纪燃打了个哈欠，把手机丢到一边，还准备继续睡，突然听见门外传来物品落地的声音。

纪燃猛地从床上坐起，随便套了件衣服便出了房间，只见秦满一个人站在厨房里，听见动静后回头："吵醒你了？"

一打开门，方才的油烟味就更重了，纪燃这才后知后觉原来是自家发出的味道。

"……你在干什么？"纪燃皱眉问。

秦满道："想给你做一份早餐。"

他打开盖子，一股煳味弥漫出来："……不过很显然，没能成功。"

纪燃走过去看了一眼，里面的粥已经被煮得不成样子，没法再喝了。

厨房也被折腾得乱七八糟，纪燃的起床气在这一瞬间简直达到了顶点。

"连煮粥都不会，以前怎么没饿死你？"纪燃气得一边骂一边蹲下来收拾碎掉的勺子碎片。

"是岳文文说，让我给你随便做份粥。"秦满道，"我以后不会乱动了。"

纪燃蹲在地上闷头捡碎片，透过上衣可以看到这人背部线条流畅，肩胛骨微微凸起。

秦满垂眼看了一会儿，突然蹲到了纪燃身边，惊得纪燃起了一身鸡皮疙瘩，险些没蹲稳。

"你干什么？！"纪燃骂道。

"我来捡。"秦满看了一眼旁边的窗户，"你去换件衣服。"

纪燃不喜欢房子里暗沉沉的，所以哪哪都做了落地窗，好让阳光都能照射进来。厨房也不例外，右侧就能看到外头的小花园，行人路过时还能打个招呼。

当然，纪燃从没跟街坊邻居打过什么招呼。

纪燃手一顿，把垃圾丢进垃圾桶，转身回房间："在我出来前把这些收好！"

再出来时，秦满已经坐到了沙发上，腿上还放着手提电脑。

看见纪燃，秦满"啪"地合上电脑："我点一份外卖？"

"不用。"这附近的外卖都吃腻了，而且纪燃现在心情不太好，想吃些清淡的。

纪燃走到厨房，洗锅开火放油，动作一气呵成。听见身边的脚步声，纪燃动作一顿："你进来做什么？"

虽然纪燃的态度恶劣，但秦满一点儿也没受影响："你会做饭？"

纪燃语气不佳："不然呢？"

"我还以为你是外卖族。"秦满问，"怎么不请阿姨来家里做？"

纪燃以前确实请过阿姨，结果没几天就吃出问题来，深夜被岳文文扛去了急诊室。等急救回来后正想算账，才发现那位阿姨已经消失得无影无踪。

事后，警方在饭菜中检测出药物，幸好药量不重。

虽然警方一直没查出那个阿姨的下落和意图，但纪燃心里早就有了底。

自那以后，纪燃就学着自己动手做饭，好不好吃不重要，吃不死就行。

纪燃顿了一下，才出声："干你什么事，滚出去，以后别进我厨房。"

纪燃给自己煎了两个荷包蛋，热了两片土司，食用过程中直接无视掉了坐在沙发上的人。吃饱喝足后，纪燃随便挑了个车钥匙便准备出门。

出来时，秦满正站在窗边打电话。

"不用，我现在挺好。"对方不知问了句什么，秦满突然抬眼看了看纪燃，"我住在……一个朋友家。嗯，老朋友，你不认识。"

纪燃正打算路过，就听秦满继续道。

"帮我感谢纪伯父的好意，不过我下午恐怕没时间。晚饭？……行吧，那晚上见。"

秦满挂了电话，看向站在自己身边的人："怎么了？"

"纪惟？"纪燃问。

"嗯，他约我晚上见一面。"

纪燃嗤笑一声："你跟纪惟关系这么好，你都落魄成这样了，怎么也不见他接济接济你啊？"

秦满说："他确实说过帮我，不过被我拒绝了。"

这人真是奇怪，拒绝了自己所有好朋友的帮助，却愿意接受自己的资助，在自己面前做小伏低。

"秦满。"纪燃突然好奇起来，"你说你这么好面子，为什么要收我的钱，听我的话？你就不怕这事传出去，丢你的人？"

"传了也没关系。至于我听你的话……"秦满顿了一下，意味深长道，"如果不是亲眼所见，他们不会相信的。"

也是，这事要是放在几个月前，纪燃自己也不信。

纪燃拿出手机，笑道："我现在就给纪惟打电话。"

"好啊。"秦满一脸真诚，"你有他电话号码吗？需不需要我给你？"

纪燃还真没有纪惟的电话号码，而且秦满这副德行，摆明认准了自己不会跟纪惟说。

"……电话里说不过瘾。"纪燃觉得没意思，把手机丢回口袋里，转身朝车库走去，"下次我当面告诉他。"

台球室。纪燃坐在旁边的椅子上，兴致索然地跷着二郎腿。

"干坐着干吗呢？"程鹏拿着球杆，一边把球打进洞一边问，"怎么一副没精打采的样子，没带秦满一块儿来？"

"带他来做什么？你以为谁都跟你似的，身边离不开人，要天天把那小东西带在身边，生怕别人不知道你有情人？"

"我喜欢的人，当然要亲自带着。"程鹏道。

纪燃哼笑道："这么喜欢，转正得了？"

"还没到那地步。"程鹏笑道，"不过，我一直想问，难道你不是真可怜秦满？"

纪燃闻言，震惊道："我怎么可能会可怜他？"

程鹏问："不可怜他，你给他钱干什么？钱多得烧得慌？"

"我是因为……"

"就因为你讨厌他？"最后一个球入洞，程鹏把球杆往桌上一丢，坐在了纪燃身边。

"纪燃，其实我一直挺好奇的。你以前怎么那么喜欢找秦满碴啊？他好像也没怎么着你吧？"

纪燃讨厌秦满，是这群玩得好的朋友都知道的事。

上学那会儿，在秦满值日当天，纪燃会在对方打扫接近尾声时，故意去把教室弄得乱七八糟。

次日，秦满就回敬纪燃一抽屉的垃圾。

周一学校升旗，纪燃把秦满的演讲稿换成了毫不相关的稿件，秦满捏着纸张面不改色地背完了演讲稿。

次日，纪燃的手机就中了病毒，不论按什么都会弹出跟那份稿件上一模一样的文字内容。

纪燃前脚在老师办公室偷走秦满的作业本，秦满后脚便补上了作业的复印件。

次日，学生会突击检查，纪燃私藏在宿舍里的宝贝全部被缴。

……这类事情数不胜数，从初中一直维持到了高一下学期。

这么想来，秦满的脾气倒还算好，换作是别人，必定要跟纪燃真人大战个三天三夜。

这场没有硝烟的战争始于纪燃，终于秦满。

不知为何，自高二起，不论纪燃怎么折腾秦满，秦满都不再给予纪燃任何回应，纪燃的每回恶作剧都被秦满游刃有余地化解，并且没有了下文。纪燃觉得没趣，没多久也停了。

谁想几年过去，秦满破产后，这两人的关系居然发生了这么大的改变……着实令人费解。

"看他不爽，有问题？"纪燃道。

"他现在都破产了，你要真想折磨他，有的是办法。"程鹏余光一扫，"何必搞这一手？"

纪燃垂眼抽了一口烟，也不知道要怎么解释，随口道："我就乐意这么干。"

"行行行。"程鹏失笑，"那你接下来打算怎么办？在别人面前羞辱他？就那天看来，他好像并不在意那些。"

纪燃有些烦躁："……再说吧。"

"那不然我教你个办法？"

纪燃转过头，狐疑道："什么办法？"

"你来。"程鹏朝纪燃勾勾手指，待纪燃凑近后，他才低声说了几句。

纪燃在听清的那瞬间像是被电着似的，往回一缩，下意识骂了句脏话。

"哈哈哈。"程鹏道，"你这是什么反应？"

纪燃猛吸一口烟压惊，心想要是按他说的办，到底是谁遭殃啊？！

"不是吧，我开玩笑的，你该不会当真了吧？"见纪燃沉默，程鹏瞪大眼，"我劝你别啊，我真是瞎说的。秦满就算破产，手里还是有些人脉的，这事你要真干了，肯定得被他告到死……"

"我没当真。"纪燃道，"闭嘴。"

纪燃赶走了程鹏，正准备再点一根烟，手机猛地响起。

纪燃余光扫了一眼来电显示，点烟的动作紧跟着一顿，半晌后才调整好情绪，慢吞吞地接起电话，懒散地喊了声："……爸。"

纪燃坐在驾驶座上，看着面前缓缓打开的黑色铁门，迟迟未动。

这门漆黑庄严，能看出被用人细细保养着。

这就是纪家，连铁门都要好生照顾。

之前在郊外别墅见过的管家就站在门口，见车子未动，便迎上前来说："我带您去车库。"

纪燃收回视线，"嗯"了一声。

纪家老宅占地面积很大，但真正住在这家里头的也就只有纪国正。纪惟成年之后便搬了出去，那位纪夫人也早早离家跟丈夫分居。

纪燃把车停好，随着管家走进老宅，回想起自己第一次来这儿时还是一个不会说话的孩童，所以对这儿的印象已经很模糊了，只记得妈妈因为紧张，抱着自己的力道很重，痛得自己只能不停地哭。

在那次之后，纪燃就再也没到过这里。

路上，管家问："您喜欢喝咖啡还是别的？我一会儿让人给你送进去。"

"不用。"纪燃道，反正很快就走了。

"我还是给你泡一杯咖啡吧，半糖半奶，可以吗？"管家脸上笑眯眯的，仿佛彼此已经相处了许久。

纪燃道："……随你。"

管家把纪燃送到房门前，敲了两下门，里面传来纪国正的声音："进。"

纪燃对自己这个父亲的感情很复杂。

两人并不亲密，别说交流，就连见面的次数都屈指可数，在那次订婚宴之前，纪国正的模样在纪燃印象中都是模糊的。

但要说两人完全没关系也不对，毕竟自己身上流着纪国正的血，拥有相似的模样，自己的名字也是纪国正取的。

纪国正虽从不见纪燃，但会给纪燃安排好学校，每月按时打钱，逢年过节，数目还会增加不少。虽然纪燃知道这其中有纪老夫人的助力，但纪国正做得未免也太到位了。

纪燃对这个家本能地抗拒，但也不是什么白眼狼，知道自己欠纪国正的，目前还还不清。

所以纪燃来了。

中年男人坐在书桌前，身着西装，戴着一副眼镜，风度翩翩。

"来了。"纪国正头也没抬,"坐。"

纪燃坐到旁边的会客沙发上。

纪国正指着桌前的椅子:"坐我面前来。"

十分钟后,待纪国正看完手上的报表,才终于抬起头来。

见到纪燃,纪国正狠狠地皱了皱眉。

"你把头发折腾成这样,像什么样?"

"染个头不犯罪吧?您找我有事?"

纪国正垂下眼,大有眼不见为净的意思:"我听说,你和秦满关系不错。"

怎么又是秦满?

纪燃想也不想便道:"没有,我和他不熟。"

"棠棠说,她亲眼瞧见你一大早从秦满房间出来。"说到这儿,纪国正想起什么来,"你也真是的,怎么能拿方便面去招待客人?"

棠棠就是纪燃那位小堂妹,纪棠。

"……"提到那晚的事,纪燃的心脏重重跳了几下,"那是……"

"行了,我是要跟你说正事,你把腰坐直,总一副没精打采的模样像什么样。"纪国正道,"秦满家里的事你也应该知道,他最近有没有跟你提过,他未来打算朝哪儿发展?"

纪燃一噎。别说,还真有,秦满说是打算跟在自己屁股后面拿点小钱,躺着过日子。

纪燃:"没。"

纪国正点头:"秦满是个不可多得的人才,他家出事之后,很多公司都想雇他,但目前看来他还在观望阶段。这次叫你来,是想让你去跟他谈一谈,我们公司最近也挺缺人才的……"

纪燃一愣:"你想招他进永世?"

永世便是纪国正手下的产业。纪国正从抽屉里拿出一份文件:"这是我们开出的条件,到时你拿给他看看,他如果不满意,我们还能再酌情修改。"

纪燃简直要听笑了。

永世虽不能说富可敌国,但在国内也是叫得上号的老企业,现在纪国正却愿意拉下脸来,开出一堆好条件去聘请一个缺乏经验的小辈?

公司缺人才什么的更是屁话，外头不知多少高才生捧着高学历，就为了让高端企业看他们一眼。

"你想要我帮忙，起码也得把事情给我说清楚吧。"纪燃道，"你为什么非要聘请他？"

"人才对企业的重要性，你是不会明白的。"纪国正没解释。

纪燃道："秦满不在这儿，你说得天花乱坠也没用。"

纪国正沉下脸："你只要照着我的话去做就行了。"

纪燃跟自己这位父亲对视良久，轻笑了声，接过文件。

"行啊，我帮你给他。至于他愿不愿意去，我就不知道了。"

纪国正道："一会儿就把文件给他。"

纪燃随口道："不行啊，我和他起码半年才见一次面。"

"我已经帮你约好晚饭了。"纪国正拿起手边的名片，"地址在上面。"

晚饭？

纪燃立刻想起秦满今早接到的那通电话，想也不想便拒绝道："我不去。"

睡眠不足影响了纪燃一整天的心情，实在没精力去应付纪惟。

"我是通知你，并不是在征询你的意见。"纪国正重新戴上眼镜，"还有，你今年也不小了，该去公司里历练一下了，我会让你哥给你安排一份工作。"

纪燃脱口想拒绝，话到嘴边，突然又咽了回去。

"……好啊。"半晌后，纪燃笑了笑，"你打算让我去什么职位？太低就算了。"

纪燃再怎么样也姓纪，纪国正自然不可能让自己去公司里当个打印文件的小职员。

"你放心，我都给你安排好了，过段时间就会有人联系你。"纪国正低头，"行了，我这还有文件要看，你出去吧。"

管家端着刚泡好的咖啡，正打算敲门，就见书房门自己先开了。

见到他，纪燃笑了一声："这咖啡，您留着自己喝吧。"

管家表情如常，快步跟上道："您别急着走，老夫人给您准备了份礼物，就在客厅。"

最后，纪燃带着文件夹和一个小巧精致的盒子离开了纪家。

中餐厅的包厢里，三人坐在一张偌大的饭桌上，气氛诡异。

饭桌上的菜品精致可口，却没人动筷子。

"她刚好在附近，我就顺便一道叫来了。"纪惟打开话碴，"你不介意吧？"

纪棠今天特地打扮过，穿了一条某大牌的吊带小裙子，妆也化得很精致。闻言，她朝秦满眨眨眼："如果打扰到你们谈事情，我走也没关系的，附近还有很多家饭馆。"

秦满面上没什么表情，客气道："不介意。"

"那我们继续聊。秦满，我这次找你，主要还是想跟你谈谈公司的事……"纪惟话还没说完，包间的门就被打开了。

纪燃站在门口，一边眉梢高高挑起，似笑非笑道："晚上好啊。"

见到纪燃，纪惟的嘴角立刻垂了下来。

纪棠同样有些茫然无措，疑惑地看向纪惟。之前明明说好了，这场饭局只有他们三人，结束后纪惟会拜托秦满送她回家，可从没说过还有纪燃在。

纪惟也是临时接到了父亲的通知，僵硬道："纪燃……刚刚也在附近。你不介意吧？"

"不介意。"秦满看着门口的人，笑了，"你怎么没跟我说你今晚要跟你哥吃饭？"

纪燃收起笑，坐到秦满身边："……我为什么要告诉你？"

"纪燃，对兄长说话要客气一点。"纪惟面无表情地说完，继续回到刚才的话题，"秦满，公司情况应该也不用我多介绍了，你都知道，只要你愿意来，公司是不会亏待你的。"

"还记得以前在实验小组，我们合作得非常愉快……等你来了公司，我可以向父亲申请把你调到我这儿，公司很多大项目在我手上，肯定不会让你觉得无趣。"

这种对话，纪燃简直听得想睡觉，于是拿起筷子，开始夹菜吃饭，仿佛跟身边正经谈话的人只是拼桌关系。

秦满静静听着，偶尔颔首，就是没表态。

纪惟说了一大通，中途还试图跟秦满碰杯。

秦满看了一眼旁边正在抿酒的人，笑说："抱歉，我一会儿要开车，不能喝。"

纪燃心里嗤笑道，开车？你哪儿来的车，小黄车？

纪惟说话间不断看向纪燃。

纪燃就安安分分地坐在那儿吃东西，没插嘴没捣乱，让他有些意外。

纪惟絮絮叨叨说了二十分钟，终于丢出尾声："秦满，我是真诚邀请你加入我们公司，加入我的团队。"

秦满抬眼，刚准备说什么。

"喂。"纪燃放下筷子来，转头看向秦满，不客气地问，"你到底进不进永世？"

"纪燃！"没想到纪燃会在最后关头插嘴，纪惟低声呵斥道，"吃你的饭！"

"没跟你说话。"纪燃看都不看他一眼，"问你话呢，你进不进？"

秦满忍着笑问："非得进吗？"

纪燃道："你说呢。"

秦满默了一会儿，故作勉强地点点头："那我今晚回去考虑一下，行不行？"

纪燃想了想："行。"

旁边还有其他人在，纪燃不好抬出老板身份压制他，回去再谈也好。

"……纪燃平时就是有点不懂事。"纪惟笑着，话里有些咬牙切齿的意味，"你别生气。说了这么久也该饿了，我们先吃饭吧？"

秦满："好。"

话说了，任务也就结束了，纪燃寻思着把碗里的王八汤喝了再走。

"秦满哥。"纪棠终于有机会开口，"我之前查学校资料的时候，看到您写的论文了，我觉得您写得非常棒……"

秦满道："谢谢。"

"您高中的演讲视频我也看过了。"纪棠红着脸道，"讲得真好，你穿校服……也特……特别好看。"

小女生的心思再明显不过。纪燃喝着汤，心想，自己这小堂妹眼光似乎有些毛病，秦满高中那会儿简直就是个书呆子好吗，又丑又土，哪里好看了？

纪燃正腹诽着，突然觉得脚尖被什么东西踢了一下。

"喀喀喀……我……喀喀！"纪燃直接被汤给呛住了，猛地抬起头看向身边的人。

"怎么了？"秦满笑着，递过来一张纸，"慢点喝，别着急。"

纪燃很快镇定下来，拿纸擦了嘴，把脚挪开再稍稍抬起，稳稳当当踩在了那只锃亮的皮鞋上。

秦满捏着筷子的力道紧了一些。

秦满心里失笑，他只是想逗逗纪燃，谁知这人脾气这么大。

这场饭局太无聊，他原本早打算走人，正准备应付两句，纪燃就来了。

他离桌的动作也因此停顿下来。

"我一直觉得挺遗憾的。"纪惟根本没动筷，他今晚的心思就不在吃饭上，"北海那个项目，我其实很期待跟你来场竞争，谁知……"

秦满道："总有机会。"

两人正说着，纪燃忽然站起身，纪惟见状问："你去哪儿？"

纪燃没搭理他。

纪惟语气嘲讽："这么大个人了，连跟长辈道个别都不会？"

纪燃原本打算安安静静走人，谁也别招惹谁，万事大吉。

但既然纪惟非要跟自己掰扯两句，纪燃便停下脚步，转过头，压根儿不搭理纪惟，看向秦满，语气霸道："你走不走？"

不是想挖人吗？那自己就把人带走，看纪惟还怎么挖，就让他自个儿坐这儿跟纪棠交流堂兄妹感情吧。

纪惟皱眉，刚准备说什么，身边的人先动了。

秦满站起身来，打断了他的话头。

"我还有点事，今天就先到这儿吧，先走一步。"他笑了笑，"有机会再约。"

纪燃和纪惟关系不和这件事是摆在明面上的，秦满此时的道别，基本就等于是在站队了。

纪惟得尽力克制，才能保证不让自己像订婚宴那天一样失态。

他在纪燃和秦满之间来回打量了一会儿，无视掉纪棠着急的眼神，硬生生扯出笑来："没想到你还跟以前一样，是个大忙人。我原以为你家出事后……"他说到这儿，顿了一下，"算了，那你去吧，有空再说。"

待两人离开后，纪棠终于忍不住开口。

"哥，你不是答应我，今晚要让秦满送我回家吗？"她道，"为什么……"

"他不愿意留下，我有什么办法？"纪惟拿起酒杯喝了一口。

"……那他还会去大伯的公司吗？"纪棠道，"哥，你和秦满以前真的是同学？我都觉得纪燃才是他朋友了……"

她低头说着，没发现纪惟的脸色越来越差。

"嘭。"纪惟猛地把杯子砸在桌上，发出一声闷响，打断了纪棠的碎碎念。

纪棠吓了一跳："哥……我就是随便说说。我……我们吃饭吧。"

纪惟没应她，又往杯子里倒了些红酒。

他好心好意想给秦满一份好工作，谁承想这人却为那蠢货几次三番下他的脸。

纪惟从小养尊处优，优渥的家世让他有着足够的底气，还从没受过这种委屈。要不是为了秦满手上那些东西，他早跟这人翻脸了。

但更让他疑惑的是，秦满和纪燃的关系真的有这么好吗？

"棠棠。"纪惟想到什么，问，"订婚宴那天，纪燃真是从秦满房间出来的？"

纪棠一愣，咬着筷子想了想："是啊，就是那天，我不会看错的。"

纪惟拧紧眉。

纪棠问："哥，怎么了？"

"没事。"纪惟收回思绪，把疑问留在心里，"吃吧，吃完我送你回去。"

走出包间，纪燃把车钥匙丢给秦满："你先回去。"

秦满稳稳接住："你去哪儿？"

"吃消夜。"纪燃最讨厌来这种餐厅吃饭，价格倒无所谓，就是量少，吃不过瘾，而且在纪惟面前也吃不香。

"一起去吧。"秦满说，"我觉得，我们还有些关于工作方面的事情需要谈。"

纪燃说："回去再谈，我要去的地方你吃不惯。"

"没什么吃不惯的。"秦满打开车门，"走吧，你指路，我开车。"

车子一路到了某家露天烧烤店才停下。

纪燃走到老板娘面前,大手一挥:"老板娘,给我来三十串羊肉,二十串牛肉,五串鸡翅,五串韭菜。你吃什么?"

秦满:"你不是点了吗?"

"我点的都是我自己要吃的。"纪燃道。

"……"秦满看了一眼纪燃挑出来的那一摞肉串,失笑道,"这么多?可我看你身上没长什么肉。"

纪燃呛了回去:"我长不长肉干你什么事?你爱吃吃,不吃拉倒。"

点完菜,两人随便找了个位置。

纪燃还点了几瓶啤酒。夜市晚上太热闹,服务员忙不过来,纪燃自顾自拿一个开酒器,娴熟地撬开瓶盖:"你喝不喝?"

"不喝,我开车。"

"虽然我被你坑了一大笔钱,但代驾还是请得起的。"纪燃递给他一瓶酒。

秦满摇头:"我要是喝了,今晚谁照顾你?"

"……谁要你照顾了。"纪燃收回手,把酒往桌上一搁,"说吧,你要谈什么?"

秦满道:"我去你哥那儿工作的事……"

"去个屁。"纪燃打断他,蛮横道,"你是我的小弟,敢去他那儿试试?"

秦满闻言一笑:"你的小弟?"

纪燃:"是我给你出的钱,你就只能听我的!"

"你确实出了钱,在某些方面,我会听你的。"秦满笑了笑,"但不是全部。"

"那我现在改变主意了。"纪燃压低声音,"我不要求你做别的事了,跟我进公司就行。"

"那不行。"秦满道,"这两件不是等价物品,没法交换。"

纪燃问:"什么意思?"

"意思是,如果我进了永世,那我在公司里能创造的商业价值,可比你之前给我的那些数额要多得多。"秦满顿了一下,"太亏,我不愿意。"

纪燃冷哼道:"你是不是太看得起自己了?"

"我只是对自身价值有充分的了解。"秦满耸肩,"说实话,近期联系我的公司,没有一家开的价格比你给我的低。"

纪燃气笑了:"那还真是委屈你了。"

"不委屈。毕竟是你在第一时间向我伸出援手,帮我解了燃眉之急,所以我愿意继续维持我们的资助关系,只是协议中并不包括让我给你家公司打工这一项。"秦满往后一靠,"当然,我也不是完全拒绝你。你是我的恩人,你如果真的需要我,我也不会无情无义……"

纪燃面无表情:"说重点。"

"我可以进永世,不过,"秦满笑得和煦,"得加钱。"

"……"

纪燃还以为他是多清高一人呢,结果弯弯绕绕下来,还是一身铜臭味。

纪燃翻了个白眼:"你就不能直说?说吧,要多少。"

"这次数额太大,按你之前给我的一半来算……你怕是给不起。"

秦满慢悠悠地报了个数字。

纪燃差点又被啤酒呛到:"给你能的,你怎么不去抢银行呢?!"

"那就算了。"秦满道,"我再跟你哥谈吧。"

"……你等会儿!"

纪燃花了几分钟时间冷静下来。

钱对纪燃而言是身外之物,秦满报的数字虽然离谱,但自己也不是完全出不起,不过是卖几辆车的事。

纪燃狐疑地看了一眼对面的人,就秦满如今的抢手程度来看,这些钱秦满说不准还真能给自己赚回来,亏损不了多少。

最关键的是……以后要是自己想在公司跟纪惟打对台,不说没秦满不行,至少不能让秦满站到自己的对立面去。

……值!

"可以是可以。"一下要有这么一大笔支出,饶是大手大脚惯了的纪燃也有些心疼了,忍不住给自己点了一支烟,"……不过这么多钱我一下拿不出来,你得给我点时间。而且,这次的协议必须走合同。"

"多久?"

纪燃在心里算了算卖车的流程:"不知道,几个月吧……我又不会赖你的。"

这对话似曾相识。

"几个月？这笔钱我光放银行，利息都不少了。"

纪燃怒了："这么多钱谁能一下子拿出来？秦满，你少得寸进尺！"

"你别生气。"秦满笑了，"我这不是想了个别的办法吗？"

"……你说。"

"这笔钱，我给你打对折。"秦满坐正身子，把西装外套上的纽扣一一解了，慢条斯理地把牌全部摊开，"什么时候给也无所谓。"

"不过你得答应我三个条件。"

纪燃狐疑地看着他，没应。

因为纪燃实在想不出有什么条件能让秦满给自己一下打对折，纪燃还没来得及细想，秦满又开了口："第一个条件是，你以后出门都得带上我。"

纪燃一愣，表情复杂。

"第二个条件……我要搬到你那间主卧去。"

纪燃表情扭曲。

"第三个条件，"秦满挑眉，"我还没想好，暂时保留着。"

纪燃沉默了大半晌，问："秦满，你觉得这种玩笑有意思吗？"

"我没开玩笑。"秦满认真道。

"我出门带着你做什么？"

"我觉得你和你身边的人都很有趣，想多接触接触。"

纪燃仍是满脸疑惑，但这不是最重要的。

"为什么要搬来主卧？！"

秦满微笑，恬不知耻地丢出一句："我怕黑，也不敢一个人待着。"

纪燃："？？？"

纪燃震惊又嫌弃："那你可以出去睡，我准了。"纪燃没心情吃烤串了，妥协道，"行……行吧，我放宽对你私生活的限制，这总可以了吧？"

"不行，我有职业操守的。"秦满朝纪燃笑了笑，"要全心全意为资助方服务。"

老板娘把剩余的烤串端上来："哟，好久没见到你了。你这头发染得真好看！个性！"

纪燃被叫回神，待老板娘走后，纪燃才恢复了些理智，咬牙道："是你皮痒了欠揍，还是我脸上写了傻子两个字？"

付了钱，自己还得把主卧的空间给人让一半？

老板到底是自己还是秦满？！

果然人一到晚上就容易冲动消费，刚刚一晃神，纪燃差一点儿就脱口应了！

"你不愿意也没关系，我们可以继续跟上一个协议走。"秦满莞尔，"毕竟这件事，主动权还是在你手上。先吃夜宵吧，再放着该凉了。"

纪燃拿起一串羊肉串，狠狠地咬了一口，问："既然有这么多公司在挖你，为什么不去工作？我不知道你公司欠了多少钱，但至少能补上一点窟窿吧，也不至于被人追上门讨债啊。"

"我打算休息一段时间，暂时不想工作。"秦满道，"而且那讨债公司最近变本加厉，多算了很多利息，我还得不痛快。在跟他们达成共识之前，我不会把钱给他们。"

"得。"纪燃哑然，"要不怎么说欠钱的是大爷呢。"

秦满笑笑不语。

吃完夜宵，两人上车回家。

纪燃喝了点酒，有了前两次教训，今晚克制着只喝了几杯，还是啤的。现在，纪燃万分清醒，开着车窗正有一口没一口地抽烟。

看旁边的车子一辆辆超过自己，车主还频频转过头往车里瞟，纪燃不满地啧了一声。

"你能不能开快点？"纪燃看了一眼时速表，"五十迈？你属乌龟的？你到底会不会开车，不会就起开让我来开。"

"你喝酒了，"秦满道，"而且这个路段有限速。"

"我不管，"纪燃不耐烦道，"开快点，我赶着回家睡觉。"

"好。"

五十迈稳稳当当越到了五十五迈。

纪燃没再看，转头望向窗外，继续想着秦满方才说的新协议。

到了车库，纪燃率先下了车，叫住秦满："喂，你说的事，给我几天考虑时间。"

秦满停下脚步,挑了挑眉:"怕我给你挖坑?"

"……我怕个屁!"纪燃掩饰般地提高音量,"是你开的价格太高,我总得评估评估,我可不想做赔本的买卖。"

"行,我等你。"秦满抬手,晃了晃勾在指头上的车钥匙,"这个放哪儿?"

"你拿着。"纪燃转身回房间,"以后开车出门,别让街坊邻居看到你从我家出去搭公交车,你不要脸我还要呢。"

秦满失笑:"公交车还不至于……"

"啰唆。"房门砰地关上了。

"是秦满亲口给你开的这个价?"程鹏抹了一把头上的汗,把篮球随手丢到球场里去。

"嗯。"纪燃没打球,穿着一件牛仔外衣,懒洋洋地坐在观众台上,"值不值?"

"真不愧是秦满。"一旁的岳文文惊叹道,"我还从来没见过这么贵的人。"

一看就知道这人方才没在认真听两人的对话。

纪燃也没见过,于是又问程鹏:"秦满开的这个价格,你觉得怎么样?"

程鹏一边喝水一边挪了过来,沉吟了许久,然后问:"你知道我刚刚在想什么吗?"

"……我又不是你那小情人,没兴趣猜你的心思。"纪燃皱眉,"快说。"

"我在想,如果我下手把秦满抢了,你会不会跟我绝交。"程鹏笑了声,"就这价格你还要考虑?你知不知道秦满现在有多抢手?据我所知,抢他的公司就不下这么多家,开的条件也都不差。"

程鹏说着,比了个数字。

看来秦满没骗人。

那纪燃就更好奇了:"他真有这么厉害?"

程鹏点头:"他个人能力我就不说了,算是这一辈里最有名气的,据说他搞的第一个单子价值八位数,而那会儿他才刚上大学。再后来,我也就不多说了。"

纪燃:"……"

纪燃想起自己之前给秦满转的那一半钱，突然有种赚了的错觉。

程鹏顿了一下："不过，他这么抢手，据说还有别的原因。"

"什么？"

"地。"

纪燃一愣："地？"

程鹏"嗯"了一声："秦家以前之所以能这么风光，是因为秦满他爸娶了农业大亨的女儿，这事儿你该知道吧？秦满他妈是独生女，听说他外祖父离世之前，给他留了不少东西，里面就包括地皮。你知道现在地皮是什么概念吗？比钱还值钱的东西。尤其前几年，不少地皮突然被回收，赔偿金的数额让你想都不敢想。"

"听说秦满拿到钱后，低价买了很多地皮的使用权，这几年到处都在开发。"程鹏感慨，"这事要是真的，那秦满随随便便掰扯出一块，就够那些企业争的了。"

"这些人这么能编，还开什么公司，拍戏去得了。"纪燃听完，不屑地笑了声，"他们怎么不说秦满是天神下凡、战神再世啊？"

要不是秦满天天在自己面前哭穷，落魄到没地儿住，还被追债，纪燃可差点就信了。

"我也只是听说。我爸不想参与竞争，我也就没仔细去查。"程鹏突然话锋一转，"不过他为什么给你开的价钱这么低？"

纪燃还来不及应，程鹏就笑了："看来你们俩相处得很好嘛。"

纪燃："……"

想起秦满昨晚的话，纪燃反驳道："别胡说，谁跟他处得好了？我资助他，他回报我，多正常。"

"得，你说什么是什么。"程鹏道，"要我说，你就别考虑了，赶紧去跟秦满把事情定下来，要真被别人抢了，血亏。"

"行了。"纪燃烦躁地捋了捋头发，"我再考虑考虑。"

"小满满什么时候搬离你家啊。"岳文文道，"我还想搬回去呢。"

纪燃道："就算他走了，你也别想住进来，回你自己家去。"

"你好小气。"岳文文凑过来，撑着下巴问，"对了，小燃燃，过段时间有个赛车比赛，你有没有兴趣？"

程鹏道："纪燃早就不参加比赛了。"

"我知道……但是这次比赛的奖励，是切斯特·肯内利的签名手套哎。"

纪燃玩手机的动作一顿。

程鹏皱眉："算了吧纪燃，一副手套而已，你如果想要，我到时候帮你找找。那比赛是顾哲办的，肯定有不少破事儿……"

"找不到了。"纪燃放下手机，"那手套。"

饶是纪燃这种从小怼天怼地无法无天的人，也有放在心里崇拜着的偶像——国外一流职业赛车手——切斯特·肯内利，而这位赛车手早在几年前的比赛中就意外去世了。

切斯特·肯内利是出了名的低调，平时连独家采访都很少，签名更是千金难求，纪燃找了许久，也只找到过一件对方只用过一次的比赛服。

"比赛时间？"纪燃问。

"下个月初。"岳文文道，"小燃燃，比赛就算了，不然我去问问顾哲那手套愿不愿意卖？"

纪燃嗤笑道："你觉得他会卖给你？"

"不会。"岳文文甚至怀疑顾哲办的这次比赛是冲着纪燃来的。

"不然这样。"程鹏出主意道，"我们先观望着，等比赛结束了，再去找冠军买回来？"

岳文文眼睛一亮："我觉得这办法不错！"

"得了，别折腾。"纪燃站起身来，对岳文文道，"我之前把顾哲拉黑了，你去给我报个名。"

"真报呀？"岳文文问。

"废话。"纪燃弯腰，拍了拍身上沾染的灰尘，"得让这孙子知道厉害，以后他才不会来我面前瞎蹦跶。"

到家时家里没人，纪燃去浴室泡了个澡，洗完正准备给自己泡杯咖啡，才发现秦满的房间门半掩着，从门缝里望进去，能看见客房里简洁干净，跟以往没什么区别，要不是桌上放着个手提电脑，纪燃都要以为没人住。

真是无趣的一个人。

纪燃回到自己房间，看着墙上悬挂着的各种拼图海报，和排列柜上的赛车模型，终于觉得自在了些，刚打算再找程鹏问些细节，几条短信突然蹦了进来。

陌生号码：你私底下给秦满开了什么条件？他说在等你答复，是什么意思？

陌生号码：这事你不要再插手，公司的事跟你无关。

纪燃很快反应过来短信是谁发来的了。

这秦满，居然又去跟纪惟谈条件了？

纪燃直接给秦满打了个电话。那头很快接起来，背景音有些嘈杂。

"怎么了？"秦满问。

"我不是说了给我点时间考虑吗？"纪燃道，"你转头就去找纪惟是什么意思？觉得我出不起那钱是吧。"

身边好友递来疑问的眼神，秦满笑了一声，做了个手势便往外走去。

"我没联系纪惟。"到了安静地方，秦满才道，"是他主动给我打了电话，不过你放心，我在等你考虑，并没有答应他。"

"……"纪燃这才发觉自己有些猴急了，干脆无赖道，"不行，电话也不准接。"

秦满无奈一笑："你不答应我，又不让我和别人接洽，世上哪有这种道理？"

"谁说我不答——"

那头突然没了声音，秦满噙着笑："嗯？"

"……你能不能好好说话？"纪燃闭眼皱眉，烦躁地把自己前额的碎发拨到后头，"……我会让人准备合同的。你就收拾好自己，做好给我卖命的准备吧。"

秦满垂下眼，对这个结果并不意外。

"好的。"他莞尔一笑，"随时准备着。"

秦满挂了电话，返回茶馆里。

"接了个电话。"他落座，解释道。

"没事。"对面坐着同样西装笔挺的男人，是秦满之前在公司里的助理刘辰。刘辰摊开资料，继续道，"我把您给的地址都实地考察了一遍，觉得这三处都不错。这个在市中心，视野好，楼层高，只是价格偏贵；另一个靠海，楼层不低，周围绿化好；最后这个位置有些偏僻，不过地方大，便宜。"

秦满接过资料，刘辰很贴心，每处地段都拍了不少照片罗列在上头。

他翻到第二幅的海景，停了动作："就这里吧。"

刘辰没想到他这么快就决定下来，反而愣了愣："就……就定了吗？"

"嗯。"秦满作出决定后，才翻到下一页，仔细看起建筑周边的环境来。

刘辰笑道："看来您很喜欢海啊。那我就去跟他们敲定下来了，还有名字的事……"

秦满打断他："那个以后再说吧。"

刘辰一怔："但注册的话，首先得把名字定下来。"

秦满笑："流程我比你清楚。"

刘辰："那您的意思是？"

"暂时先不注册了。"看完资料，秦满还算满意，把文件合上放了回去。

这和他们上个月说的不太相符，刘辰慌张地接回文件："是出什么事了吗？那这个……"

"先买下来。"秦满道，"你去挑几名装修师傅，桌椅等采购情况都要汇报给我，我来做决定，剩下的等我通知。"

刘辰其实年纪比秦满要大得多，经验丰富，被分到秦满手下时，秦满不过二十出头，刘辰当时心里是极其不愿意的。

结果在一块儿共事一年后，他就觉得自己可能是被天上的馅饼砸中，注定要出人头地。

他几次三番想问，最终还是忍了下来："好的，我会去办。"

"你放心，不是什么大问题。"秦满笑了笑，"只是我的一点私事，需要耽误一阵子，这段时间的工资，我会照常开给你。"

"我不是在担心这个……"这话一出，刘辰自己也觉得有点虚伪了，他接过文件，妥当放好，"那好吧，这段时间您有什么需要尽管联系我，我就先待命了。"

秦满问："还有什么要汇报吗？"

"暂时没有了。"

秦满起身道："那我先走了。"

"等等。"刘辰忙站起身来，"我送您吧。"

"不用。"秦满留下钱结账，转身离开，"我自己有车。"

结完账，刘辰紧跟着走出茶馆，想着怎么着也要目送老板离开才算称职。

结果他刚走出大门，就见一辆十分高调的灰色法拉利从他面前驶过。

刘辰愣在原地，满脸震惊和怀疑。

……那辆豪车上坐的是他老板吗？

不会吧？他记得老板说过自己不喜欢中看不中用、座位少、空间小的车子，之前嘱托他买车时，还特地叮嘱不要太高调的。

刘辰想了想，认定是自己看错人了。

纪燃挂了电话，打开大逃杀游戏玩了一会儿，结果刚落地就被人摁倒在地，看着屏幕上的阵亡界面，重重地叹了一口气——

啧，还是冲动消费了。

早知道就该把秦满的电话号码拉进黑名单，至少还能有个缓冲的时间。

再说，别人至少还有个退货功能，秦满这怎么退啊？！

就算能退，纪燃也拉不下那脸来。

纪燃原本想打游戏放松放松心情，谁想"死"得太快，反而更烦躁了，于是起身给岳文文发去信息。

纪燃：给我推荐点电视剧或者电影，要逗人开心的。

岳文文：好的呢亲亲，稍等一下哦。

纪燃：……

岳文文：【分享链接：梦想制作人第四期，一百进五十！淘汰机制开启！】

纪燃没仔细看标题就点了进去。

三分钟后，纪燃逃命似的溜了出来。

纪燃：我让你推荐喜剧，你发一百个男人过来干什么？

岳文文：这里面有足足一百个男人在逗你开心啊！这可是天堂啊！这还不够吗？！

岳文文：顺带一提，人家pick（选中）里面的XXX，高冷帅哥的长相，邻家小弟的心！说到这儿，小燃燃你快帮我投下票，VIP账号能投十票呢！爱你！

岳文文：【投票链接：点此为你最喜欢的选手投票。】

纪燃：滚吧。你要是再给我发这些，我找人把这小偶像刷掉。

纪燃恐吓般地发了一句，然后气势汹汹地点进这个链接，凶神恶煞地帮岳文文喜欢的小偶像投了十票。

岳文文是指望不上了，纪燃打开视频软件，随便点了个欧美大片，摆在枕头前看了起来。

……

纪燃是被几声爆炸声惊醒的，自己趴在床上，睡姿没有变过，只是脑袋稍稍歪了些。

爆炸声是手机里传来的，纪燃下意识抬头看了眼，电影已经进行到六十二分钟，反派正在里头大杀特杀，随时准备毁灭地球。

都这么多年了，拯救地球的梗还没过时。纪燃抬手关掉手机，换了个睡姿准备继续睡。

叩叩。

两声闷重的敲门声。

看来刚才吵醒自己的也不一定是电影里的音效，纪燃动也没动，语气不善地问："谁？"

还能有谁？

秦满道："是我。"

纪燃语气很差："干什么？"

"放些东西。"

秦满原以为自己还要在门外站一会儿，没想到话音刚落，门"咔嗒"一声就开了，一颗绿色的脑袋探了出来。

因为没睡够，纪燃眼底泛红，许是睡觉的姿势不好，脸上还有几道红印，在白皙皮肤的衬托下特别明显。

纪燃不想跟他废话，开门想赶人，看清面前的情景后把话吞了回去。

只见秦满一只手抱着枕头，另一只手拖着他那破烂行李袋，正笔直地站在门外。

纪燃："……你干什么？"

"协议不是说好了。"秦满道，"以后我也睡主卧。"

纪燃清醒了："协议还没签，你睡个屁！滚！"

"那就当作是定金？"秦满说，"东西都收拾好了，再放回去会很麻烦。"

"谁管你麻不麻烦？"纪燃骂道，"滚回你的房间睡！"

纪燃正准备关门，谁知秦满动作更快，先一步抵住了门。

"你答应这个，之前谈的第三个条件就作废。"秦满压低声音，打着商量。

纪燃："……"这怎么看都是自己比较赚。

片刻，秦满顺利地进了屋。

纪燃想通了，不就是早几天跟他分享房间吗，早晚都是要来的。

再说，自己的这间主卧当时是由两间房改成一间的，中间的墙虽然打掉了一半，但还是隔成了两个空间，纪燃为了舒适度更高，甚至两边各放了一张床。

当然，这样的设计也就没什么隔音效果可言了。

不过，自己睡眠质量好，旁边放头猪都能睡得着，房间里多个人又算什么？

五分钟后，纪燃盘腿抱臂坐在床上，冷眼盯着秦满把行李包里的东西一一拿出来。

看到秦满把自己收藏的书籍放到书柜上时，纪燃忍不住皱眉。

这人的东西有这么多吗？怎么他之前住的那间客房看起来冷冷清清的？

秦满收拾好东西，刚碰着床，就听见面前的人冷冷地道："你晚上睡觉不梦游、不磨牙、不打鼾吧？"

"我怎么会知道？"秦满挑眉，"之前酒店你不是也在吗，你没发现？"

纪燃睡得沉，一晚上做了百八十个梦，连身旁的人是谁都不知道，怎么可能记得对方的睡觉习性。

"谁会记得那些破事？"纪燃躺下来，把被子往身上一盖，恶狠狠地放话，"晚上你要是把我吵醒，我就揍你。"

秦满看着眼前人的背影，笑道："好。"

收拾好东西，秦满去洗了个澡，再出来时，床上的人已经变了个姿势，嘴巴不自觉地微微张着，看起来睡得很香。

这个人醒时张牙舞爪要吃人，睡着后却乖得不行，没有任何恶习，像一只肚腩朝天的刺猬。

秦满轻声走过去，给纪燃盖好了被掀开的被子。

半晌后，秦满关了灯上床，刚闭眼不过五分钟，纪燃便在黑暗中倏然睁大了眼睛，重重地喘息了好几下——

刚刚居然梦见秦满给自己盖被子？！

他甚至还捏住自己的鼻子不让自己呼吸？！

纪燃惊魂未定地看着眼前的人，心想：你平时找我碴也就算了，梦里还阴魂不散！

也不知道是不是对秦满妥协时想得太满，纪燃今晚难得地没睡好。

秦满倒是安静得很，没打鼾说梦话，只是纪燃自己翻来覆去一直没睡沉，反反复复地做梦，最过分的一个梦里，秦满把自己鼻子都给吃了——纪燃今晚注定跟这鼻子过不去了。

于是第二天，纪燃早早起了床，进浴室洗漱。

洗漱台上摆了剃须刀，应该是秦满昨晚放的，下头还多了一个牙刷杯，就放在自己的旁边。

纪燃拿起自己的牙刷，刷牙时打量了下镜子里的自己，总觉得眼底多了一层青紫。

刷着刷着，纪燃突然抬手拿起秦满的刷牙杯，重重地放到自己杯子的另一角去。

再出来时，秦满已经醒了，他半靠在床上看手机，听见动静后抬头："这么早？"

纪燃没理他，打了个哈欠。

秦满起身，进浴室之前问："一起去晨跑吗？"

说到这儿，纪燃才想起自己已经好久没运动了，也许就是这个原因才导致昨晚没睡好。

"不去。"纪燃嘲讽道，"老年人运动。"

秦满洗漱出来时，刚好听见纪燃在打电话。

"还早？都快八点了，快点起床，去健身房待一会儿。"纪燃用肩膀夹着电话，手上正在扣裤子纽扣，"常去的那家，离你那儿近……我一会儿要是到了健身房没见着你人，你那小偶像明天就得被退赛，明白？"

挂了电话，纪燃一个转身，对上了秦满的视线。

秦满挑眉，刚要说什么，纪燃就先把他的话堵了回去："闭嘴，别再提什么奇奇怪怪的要求。"

秦满："……"

"协议还没生效，昨天让你睡这儿已经是我和蔼可亲了。"纪燃拿起一会儿要换的运动服往包里一塞，"别跟着我。"

秦满失笑："我只是想问，要不要一块儿吃个早餐？"

半小时后，岳文文坐在角落里昏昏欲睡，眯眼盯着正在吃早点的纪燃。

"……你到底是来吃早餐的还是来运动的？"岳文文实在困得忍不住了，"哎，别吃完啊，人家这儿还饿着呢。"

纪燃放下那份汤面，喝了一口水。

岳文文道："小燃燃你好狠的心，我就是因为不想早起才天天翘班，你却一大早就拉我来这儿浪费光阴。"

纪燃道："你不是很喜欢来这儿吗？"

岳文文环视了一遍空荡荡的健身房，有气无力地强调："我喜欢有肌肉男的健身房，不喜欢早上八点的健身房。"

纪燃翻了个白眼，站起身来换衣服。

岳文文问："这几天小满满怎么没跟你一块儿啊。"

"提他做什么？"纪燃道，"上回是谁见到他就跑了的？"

"我这不是在他面前耍了酒疯，不太好意思吗？"岳文文撑着下巴，"小燃燃，我问你啊。"

纪燃："说。"

"你都让秦满住你家里去了，怎么还有兴致出门？"

纪燃："……什么意思？"

"你不是说资助他就是要看他低三下四的样子，人都在跟前了，你……"

纪燃问:"你这脑子能不能用来想点正经事儿?"

"正经事太麻烦了,我才不乐意想。"岳文文往后一躺,"对了,报名的事,我跟顾哲说了。"

"嗯。"

"他让你把他微信加回来。"

"不加。"纪燃道,"这玩意儿天天在朋友圈蹦跶,看着烦。"

从健身房出来,两人去了趟程鹏家,纪燃要去跟他讨论一下合同方面的事,岳文文则是去蹭饭,据说陈安的厨艺很好。

刚一碰面,程鹏一脸玩味,刚把人请进屋便对纪燃道:"看来你夜生活很精彩啊。"

纪燃往沙发上一倒,懒散地问:"什么?"

"黑眼圈都成这样了,熬到挺晚的吧?"

岳文文闻言便道:"对,我就说今天怎么看你脸色不太对劲呢!"

"……别胡说八道,"纪燃铁青着脸,"我只是没睡好。"

"为什么睡不好?"岳文文八卦地问。

纪燃没接话,问:"你们晚上睡觉,房间多了个大活人,不觉得别扭?"

"偶尔吧。"岳文文道。

纪燃:"偶尔?"

"嗯啊,就是跟我前任热恋期的时候,一起躺着我都会睡不着。"岳文文捧着脸说。

"……"纪燃面无表情,"我寻思着你最近闲得慌,话也变多了。还是去谈个恋爱吧,你都几年没谈恋爱了,光耍嘴皮子能过瘾吗?你不是喜欢那个小偶像吗,我去找人帮你拿联系方式。"

岳文文闻言直摇头:"那些我都是当儿子看的,只想'养'着不想泡。"

"行了。"程鹏出声打断,拿出一份文件来递给纪燃,"这是我给你整理出来的补充条约,你拿回去给律师。"

"谢了。"纪燃接过来。

"还有,"程鹏道,"秦满他家的事,我也帮你查了一下。"

纪燃意外地挑了挑眉。

岳文文问："你查秦满做什么呀？"

"闲的。"程鹏顿了一下，看向纪燃，"而且我觉得，你和他之间的协议有点奇怪。"

能不奇怪吗？还有好几个不能列在合同里的附加条件呢，不过这事纪燃没跟两人说，只问："结果呢？"

"结果……"程鹏耸了耸肩，"没惊喜。他爸真破产，有欠债，父母确实都出国去了。"

纪燃"哦"了一声，问："还查到什么了？"

"秦满前两年在他爸公司只接了几个单子，结果那几个单子是公司全年盈利最高的，能看出他实力确实不错。"

纪燃对这些不感兴趣，走到窗前，点了一支烟，沉默半晌后突然问："他以前有没有女朋友？"

这话一出，房里三人都愣了愣。

没得到回复，纪燃疑惑地转过头。

岳文文道："小燃燃，你这个话头转得有点硬哦。"

纪燃："……我只是想知道秦满以前有没有祸害谁，影响我们的协议。"

"明白。"岳文文点头，"我懂。"

纪燃："……我看你一点没懂。"

"这我倒是没查。"程鹏调侃道，"不过你如果有兴趣的话……"

"随口问问，没兴趣。"纪燃把烟掐灭，结束了这个话题。

纪燃玩到半夜才回家，到家时秦满已经睡了，也省了吵嘴的力气，加上昨晚睡得不好，纪燃几乎是一沾床就有了睡意。

就在纪燃快要进入浅眠时，床边突然多了个人，一只大手跟着伸了过来，直直放在了自己的脑袋上。

纪燃骤然清醒，连带着昨晚的脾气也上来了："秦满你——"

秦满安抚似的揉了两下纪燃的头："别闹，娇娇。"

"……"什么玩意儿？这人叫自己什么？

秦满的另一只手也搭在了纪燃脑袋上，又轻轻地揉了两下，含糊不清地说："乖。"

纪燃后知后觉地想，秦满可能是梦到前任了。

……没想到这人还真的有前任。

纪燃还没来得及细想，秦满就突然凑了上来，跟狗似的嗅了嗅："你换沐浴露了？"

虽然知道跟梦游中的人吵嘴没意义，但纪燃还是忍不住丢出一句脏话。

骂完，纪燃挣扎着想掰开秦满的手，谁知对方用足了力，纪燃掰扯了半天都没能挣脱开。

纪燃忍无可忍，抬手想把人打醒，秦满却抢先一步，转而压住了纪燃的被子，限制了纪燃的行动。

秦满的手轻拍着被子，纪燃能感受到他动作间的温柔。

"娇娇，乖点，爸爸在睡觉。"秦满的声音自头顶传来，还带了丝威胁，"再动，以后不给你找小母狗了。"

纪燃："……"脑子里立刻浮现出秦满家那只丑不拉几的美国恶霸犬。

神你个娇娇，果然宠物的名字和主人的智商成正比。

跟个梦游还说梦话的人计较未免太小气了，而且纪燃刚才也还没睡熟，算不上被吵醒。

纪燃"啧"了一声，收回蓄着力的拳头，费力挪开对方的手，然后翻了个身，强迫自己忽略掉床边的人。

第五章 偶像的力量

不到一周合同便拟好了。

律师把合同递给纪燃："您看看有没有什么需要修改添加的。"

纪燃打开匆匆掠了几眼便合上了："够了。"

回到家，纪燃把合同丢到茶几桌上。

坐在沙发上看电影的人抬起眼来："这是？"

"合同。"纪燃往旁边的沙发上一躺，"你看看有没有什么要加要改的，没有就签了。"

秦满接过合同，慢悠悠翻开，目光触及甲方姓名时，噙着笑问："……甲方是你个人？"

纪燃道："那不然？"

"不是永世吗？"

"不是。"想起自己这几天恶劣的睡眠环境，纪燃不耐烦道，"你到底签不签？"

如果是要秦满签永世，自己闲着没事跑去费心费力跟纪惟争人做什么？给别人铺台阶好让对方顺顺利利接手永世吗？

秦满看了近十分钟。纪燃等得烦了，撑着下巴问："看这么仔细，怕我坑你？"

不等秦满应，纪燃又冷冷地道："那你可得看好了，我在里面加了好多不平等条约，你现在不改，签了之后就来不及了。"

秦满勾唇，正好翻到了合同最后一面。

甲方那里已经签好了纪燃的名字，字迹潦草随意，却不丑。

秦满慢条斯理地从西装上衣口袋里拿出钢笔，正要签名，又想起什么来，问:"我们说的那些条件可没在上面,我如果签了,你不会耍赖吧?"

纪燃拧眉:"你以为我跟你们这些奸商一样?我说到做到。"

秦满没反驳,寥寥几笔签上自己的名,再把合同递回去:"合作愉快。"

能愉快才怪了,纪燃一把拿过合同,起身离开。

刚走到车库,开车门前纪燃忍不住转身问身后的人:"你跟着我干什么?"

秦满道:"才说的话,现在就翻脸了?"

"……你一个大男人,自己就没点别的事干吗?"纪燃坐进车里,"你钱都收了,永世的资料到底有没有看过?对公司的了解又有多少?我不希望自己花这么多钱,最后请回一个废物。"

"你放心,永世现在的情况,我比你还要清楚。公司现在是你爸做主,虽说去年曾在高层会议上放话要放权给纪惟,实际上纪惟能拿到的项目不多。公司还有几个老人,其中有两个跟纪惟关系匪浅,你若是进了公司,肯定少不了他们的刁难……"

秦满缓缓叙述,说了近十分钟,他看着听入神的纪燃,莞尔道:"……这方面的事,我以后都会跟你说明白,现在的环境和场合,好像并不合适谈这些。"

纪燃以前曾经答应过纪老夫人,不会跟纪惟争永世,所以从来没去了解过公司。

这两年纪燃虽因某件事开始着手调查永世,查是查到了一些,但远远不如秦满知道的多,秦满连公司那几个老顽固妻女的信息都了如指掌!纪燃掩去眼底的惊讶,按下车门的开锁键。

"……上车。"

纪燃去了一趟修车厂。

秦满对车子执念不大,平时使用的车子如果出现什么故障,也都是安排助理拿去修理,鲜少来这些地方。

他环顾四周,发现他们所处的修车厂似乎跟其他的不太相同,里头都是些价格不菲的赛车。其中外观最高调的是一辆深灰色赛车,就停在厂子正中央,上面还画着不少黄色的横杠。

岳文文和程鹏早就到了,就坐在那辆车旁边,车子主人不言而喻。

纪燃没熄火便开门下车，故意使唤他："你帮我找个地方把这车停了。"

秦满挑眉："好。"

他看着纪燃走到那辆车子面前，抬手摸了摸它的尾翼，连眼神都温柔了许多。

纪燃问："都弄好了？检查过吗？"

维修手和纪燃是老朋友了，说话也很随意："都弄好了，已经检查过，完美。"

他摘下手套，拍了拍纪燃的肩，"你好像很久没跑比赛了吧，加油。到时记得给我们修车厂打打广告。"

维修手虽戴着手套，但手指上还是有一些污黑，随着动作染在纪燃价值不菲的限量牌子衣服上。

纪燃却一点没在意，颔首道："谢了。"

"小燃燃，你来得也太晚了吧。"岳文文将手机里播放的选秀节目暂停，抱怨道，"我和程鹏都在这儿等半小时了。"

"说了让你们不用来。"纪燃道，"有事耽误了，一会儿请你们吃饭。"

"我可不是来等你的。"程鹏说。

纪燃嘲讽道："那你来看风景？"

程鹏道："我来给陈安订辆车。"

纪燃："……"

这边虽然是修车厂，但老板有背景有渠道，跟很多车行都有合作，在这儿买车，要比在门店提车速度快。

程鹏乐了："干吗这么看我，买辆车而已，不是很正常的事吗？"

维修工说车子还要清洗一下。纪燃找了张椅子等着，问："订了哪辆？"

程鹏报了个型号，不是豪车，但全车配下来也得要个一百来万。

"你们在一块儿才多久，就送车了。"岳文文道，"可真舍得。"

"小钱而已。"程鹏想到什么，"对了，车子最近在打折，你们谁有需要可以趁这时候买了。"

纪燃道："不买，不差打折那十几万。我车库放不下了。"

秦满此时已经停好了车，走了过来。

程鹏对上秦满的目光，跟对方颔首算是打了个招呼，然后用纪燃才能听见的音量笑着说："你可以给秦满买一辆。"

"……我为什么要给他买车？我又没病。"纪燃道。

"小满满。"岳文文瞧见来人，笑眯眯地打招呼，"你怎么也来了？"

"你好。"秦满笑了笑，"对了，上次的事是我不小心，手还疼吗？"

这温柔的语句让岳文文怪不好意思的："……不疼了。"

岳文文拉过旁边一张空椅，热情道："来，你坐这儿吧。"

这虚伪的笑容也就骗骗岳文文了。

纪燃不悦地别过脸去。

"谢谢。"秦满坦荡地坐下，明知故问道，"你来修车？"

岳文文愣了愣："啊，是要修车，不过不是我。这不是小燃燃马上要比赛了嘛，来给车做个检查。怎么，小燃燃没跟你说吗？"

秦满问："比赛？"

程鹏微笑道："嗯。顾哲举办的，就在下个月初。"

"跟他说那么多干什么？"纪燃腾地站起身来，"我去厕所。"

待纪燃走了，秦满才确认般地问："赛车比赛？私人性质的吗？"

"不算私人，顾哲有关系，估计给比赛挂了个名头吧，是正规赛道。"程鹏道。

听见顾哲的名字，秦满随意搭在腿上的食指轻轻点了两下，突然问："纪燃玩赛车多久了？"

"一直在玩呀。"岳文文从手机中抬头，给秦满抛去个眼神，"你该不会还没见过小燃燃开赛车吧？"

他还真没见过。

秦满瞬间有些好奇起来，忍不住看了一眼停靠在厂子中间的赛车。

"开得好吗？"

"那当然啦！"岳文文道，"以前不知道多少家赛车俱乐部来挖人呢。不过小燃燃好像不太想当赛车手，全拒绝了，后来连比赛都不去了。这次要不是冲着冠军奖品，肯定也是不会去的。"

秦满问："什么奖品？"

"切斯特·肯内利的签名手套。"岳文文眨眨眼,"那可是小燃燃的偶像哦。"

秦满很快便看到纪燃赛车时的模样。

临近比赛,纪燃当天就把车提了,并包了个车道训练。

纪燃换上赛车服出来时,秦满看了对方半天。

纪燃的赛车服是黑红相间的,上面没有多余的品牌标志,跟车子比起来素了不少,唯一的点缀是背部有一团火焰花纹。这套衣服勾勒出这人颀长的身形,看着甚是养眼。

此刻纪燃手里夹着头盔,正在跟管理员说着什么。

秦满的视线不一会儿就被发现了,纪燃对上他的目光,警惕地问:"……看什么?"

秦满笑道:"看美景。"

纪燃:"……"

马屁精。

管理员特别识相:"那我先去调整一下闭路电视。"

纪燃道:"我今天不知道要跑多久,如果你等烦了就回去,没人逼你在这儿坐着。"

"好,我不走。"秦满道,"你注意安全。"

纪燃乐了:"你是不是还想叫我开慢点啊?"

秦满刚想说什么,兜里的手机便响了。他拿出来看了一眼来电显示,轻轻蹙了蹙眉。

"小燃燃!"另一头,岳文文手里捏着赛车旗标催道,"电视装好了!可以开始了!"

纪燃没再跟秦满啰唆,大步向前坐进车里,熟练地给自己戴上头套。

秦满把手机放回口袋,没有要接的意思,不承想那边刚挂,就又打了一个电话过来。

他敛下嘴角,拿起手机往外走。

打电话来的是纪棠,她不知道从哪儿知道了秦满的电话号码,这几天一直在约他，还向他请教了许多鸡肋的问题。他拒绝了无数次，对方却越挫越勇。

"秦满哥哥。"女生的声音小心翼翼，带了些期待，"今天你有空吗？最近有部欧美大片刚上映，你感不感兴趣呀？"

"抱歉，我今天有事情要办。"秦满声音淡淡。

"啊，这样啊……"纪棠鼓起勇气，"我能问问是什么事吗？"

秦满看着不远处的车子，言简意赅："要陪别人。"

那头足足沉默了半分钟。

纪棠不死心地道："可我哥说你没有……"

秦满打断了她："我和纪惟毕业之后很少联系，他可能不太知道我的近况。"

暗含的意思是，我跟纪惟也不太熟。

纪棠心里又委屈又不甘："没……没关系，我可以再订两张电影票，我们一起。"

"不了。"秦满想起纪燃刚刚那个警告的眼神，低头笑了一声，"我有约在身，不好和别人走太近，以后如果有什么急事或需要帮忙……"

纪棠本以为他接下来会说"就再联系我吧"，没想到那头的人顿了一下，而后轻飘飘道："我建议你还是直接联系纪惟，他会帮你。"

这边的事情解决掉后，秦满挂断电话，回到休息区域。

"回来了？正好，车载摄像头刚安好。"程鹏坐在沙发上，拿出烟盒来，"来一根？"

"不了。"秦满拒绝。

他用余光瞥向前边的屏幕，瞬间便有些移不开眼。

其中一个车载摄像头就放在方向盘不远处，把驾驶座的情况拍得一清二楚，正完完整整地呈现在屏幕上。

纪燃已经戴好了头盔，整张脸遮得结结实实，秦满只能看到一双眼睛，好在这人睫毛很长，深邃的琥珀色眸子不经意睨了一眼摄像头，眼神不羁又随意。

程鹏吐出烟圈，突然开口："这么一看，纪燃长得可真好。"

秦满收回目光，回头望了程鹏一眼。此时的他，跟在纪燃面前那个温和听话的秦满判若两人。

程鹏捏烟的指尖都忍不住紧了紧,被盯得头皮发麻。他正准备说什么缓和一下气氛,就见不远处的岳文文一挥旗子,伴随着震天的引擎声,赛车似闪电般冲出了赛道。

再回首,秦满脸色已经恢复如常,他坐在旁边的沙发上,气定神闲地看起了跑道实况,仿佛方才的对视只是程鹏的错觉。

"……"

程鹏忍不住深吸了一口烟,突然担忧起了自己的好友。

对于不懂赛车的人来说,在没有竞争对手、没有解说的情况下看闭路电视,就等于在看哑剧,至少在秦满眼里是这样。

以前他有个合作伙伴就很热爱赛车,他曾为了应酬,陪对方看了一场完整的赛车比赛,只觉得无趣无味,他可能天生就对车子不感兴趣。

但今天他知道了,天性也是会视情况而变的。

明明就是一辆车子在兜圈子,驾驶座上的人连表情都没变过,但秦满仍看得津津有味。直到纪燃停下来,秦满都还有些意犹未尽。

纪燃却没有下车的意思,掀开头盔问:"多少秒?"

"三圈,四分四十七秒。"管理员笑道,"可以,宝刀未老啊,看来这次的冠军你拿定了。"

纪燃没听他的马屁,眉头皱得死紧。

慢了。

自从不再玩比赛后,自己平时分给赛车的时间也少了很多,退步是情理之中,纪燃重新扣上头盔盖子:"继续。"

"成。"

纪燃一直练到晚上,车轮胎都换了好几次。

程鹏和岳文文早早就离开了,只有秦满还坐在休息区。他解了西装外衣的纽扣,两手搭在沙发上,看起来还算惬意。

纪燃中途休息了许多回,但一直在车边徘徊,要么就是跟特地约来的教练讨论如何缩短时长,要么就给修车厂打电话,要求对方再帮忙整改车子的某处。

直到晚上，两人都没能说上一句话。

纪燃跟管理员预约了接下来几天的场地后，才往休息区走去，随手拿起旁边的矿泉水拧开，猛地灌了一口，余光触及坐在沙发上的人。

"喀……"纪燃呛了一下，手背捂着嘴重重咳了几声，"你怎么还在这儿？"

"不然还能在哪儿？"秦满道。

纪燃："我不是说了，你随时可以走吗？"

就连岳文文、程鹏这些喜欢看赛车的都坚持不了一天，更不用说这个古板的呆子。

"我看得很享受，为什么要离开？"秦满道，"你坐这么久，腰酸不酸？"

秦满不说纪燃还没发觉，现在腰部确实有些泛酸，特别想躺下。

许久没在车里待这么长时间，自己竟然已经有些不习惯了。

"不酸。"纪燃道，"……你再等会儿，我去换衣服。"

两人离开休息区，秦满很自然地打开驾驶座的门："我来开，你休息一会儿。"

这个赛车场离家还有一段距离，就秦满这车速，至少得开上半小时。还好纪燃早有准备，今天出门开的小轿车，能睡觉。

纪燃坐在了副驾驶座上，把座椅往后一拉，系上安全带，车子还未开动就已经闭眼睡了过去。

车上没有放音乐，秦满开出一段路，便听见身边传来沉稳的呼吸声。

红灯，秦满停下车，转过头看了一眼。身边的人为了舒适，脸朝车窗那歪了一些，鼻梁线条在黑暗中显得很好看。

刚刚还在赛道上风驰电掣的人，现在毫无防备地睡在身边。

到了夜晚，天气微凉，这天气不适合开空调也不适合关窗。风从窗缝里吹进来，纪燃前额的碎发被吹得往后拨去。

秦满盯着这人看了半晌，才把自己外套脱掉盖到对方身上。

纪燃在赛车场待的第四天，接到了纪国正电话。当时刚好跑完一圈休息，看见来电显示，纪燃皱着眉头摘下头盔，拿着手机走到一旁才接起电话。

秦满通过闭路电视看着画面中的人。通话时间很短，不过三分钟，电话就挂了,纪燃也没有再回车里的意思,嘱咐完管理员几句,走到休息区来。

秦满问:"今天就练到这儿?"

"嗯。"纪燃匆匆去换了衣服,出来时把车钥匙丢到秦满身上,"你开。"

秦满稳稳接住:"去哪儿?"

"永世。"

和秦满签约的事,纪燃没有直接通知自己那位父亲,而是发了封邮件。

显然,纪国正现在才看到那封邮件。

车子停到永世总部的地下车库,秦满问:"需要我陪你上去吗?"

"不用。"纪燃道,"你在这儿等我。"

纪燃下了车,临走前想了想,又从车后座拿出一顶鸭舌帽来戴上,略略掩盖了一下自己的发色。

纪燃大摇大摆地走进公司,在会客室里等了近二十分钟。又是一局游戏"落地成盒"(游戏设定,即开局就"死亡"),纪燃烦躁地"啧"了一声,耐心消失殆尽,起身拉开会议室的门便想走,谁知正好碰上刚从会议室出来的纪国正,他身后还跟着几个公司高管。

纪燃今天为了方便,穿得比较随意,跟这些西装笔挺的人面对面站着,有股说不出的违和感。

纪国正和员工的谈话被开门声打断,他转头看见会客室里的人,眉头止不住皱了起来。

"看来纪总还有事要处理。"其中一个中年男人识趣道,"不然我们晚点再来汇报吧?"

纪国正"嗯"了一声。待几人离开后,他把目光从纪燃那儿收了回来,仿佛一眼都不想多看这个人:"你进来。"

"刚刚那些人都是你的长辈,见到人怎么不打招呼?"办公室里,纪国正落座后问。

纪燃站姿随意,懒懒道:"我又不认识他们,有什么好说的?"

"以后你要进公司,都得跟他们搞好关系。"纪国正说完,直入正题,"你和秦满的合同是什么时候签的?法务部怎么没来通知我。"

纪燃笑了一声:"他们自己都不知道,怎么通知你?"

纪国正抬眼："什么意思？"

"秦满是和我个人签的合同，与永世无关。"

纪国正先是一愣，而后不轻不重地拍了一下桌子："胡闹！你知不知道合同里的门道有多复杂？里头随随便便一个条款就能给你设无数个陷阱！"

"合同在哪儿？给我看看！"

"没带。我找律师看过了，合同没问题。"纪燃挑眉，"再说……就算真有什么问题，也牵连不到永世。你不用操心。"

纪国正明白了："你这是在拿工作上的事跟你哥置气？"

"我可不敢。"纪燃嘴上是这么说的，语气却极其不屑，纪燃懒得多费口舌，干脆把锅一推，"是秦满自己不想签在永世，我可是软磨硬泡了好久，才把他留下来的。"

纪国正没想到纪燃会闹这么一出，更没想到秦满居然真答应签了那种合同，他一时间还真想不出什么解决的办法来。

算了，横竖人也算是在纪燃这儿了，只能等以后再看着办。

纪国正情绪收敛得很快，他沉默半响，道："我让秘书整理了一份公司的资料，一会儿你带回去，下个月我会让人通知你上班时间，这几天你先好好待在家里把文件都看一遍。我打算把你安排在你哥的部门，其余的他会教你。"

"还有，你这头发必须染回来。"

"你要是不担心我和纪惟会闹得很难看，尽管把我放在他那儿。"纪燃笑了笑。

"……"纪国正写字的动作一顿，最终妥协，"回去等通知。"

纪燃已经习惯了这种公式化口吻，闻言转身便走，拉开办公室大门时，又好似想起什么，回头嗤笑道："爸，还有，这发色我挺喜欢的，就先不染回来了。再说，员工们平时工作多累啊，他们偶尔瞧我一眼，没准还能缓解缓解眼部压力。"

门外的秘书忍不住"扑哧"了一声。

纪国正恨铁不成钢："你……"

"走了。"纪燃朝他挥挥手，头也不回，"您老多喝热水。"

纪燃勤于练车，到了比赛当天，车速已经提升不少。毕竟底子还在，练一练手感就回来了。

比赛时间在下午，地点在满阳某个平时不对外开放的赛车场。

"顾哲真抠。"岳文文到赛车场，道，"这赛道能让我家小燃燃尽兴吗？"

"已经不错了。"程鹏搂着陈安的腰，"比赛规模本来就比较私人性质，这个赛道算是矮子里面挑高个吧。"

陈安在程鹏怀里，紧张地朝四周看了看："这……这个，违法……吗？"

"嘘！"岳文文故意吓唬道，"没关系，如果警察来了，也先抓那些在车上的，我们还有时间跑呢。"

陈安立刻被吓得不敢吭声了。

纪燃站在后面，戴着一只耳机，没搭腔。

这一行人走进休息区域，很快吸引了大半人的目光。

秦满问："比赛几点开始？"

"三点。"纪燃想起什么，道，"一会儿如果顾哲又找你碴，你就顶回去，不怕那孙子。"

秦满道："可我说不过他。"

"……我看你平时挺能说的，一天净叽里呱啦了。"纪燃道，"说不过换种方式让他服，都多大了，这点道理不用我教你吧？"

秦满笑了："担心我受欺负？"

纪燃冷冷道："你别想多了，好歹你今天是跟我一块来的，打狗也得看主人不是。"

"纪燃。"说曹操曹操到，顾哲已经换上了赛车服，他表情如常，仿佛之前跟纪燃在酒吧发生冲突的不是他，"你来得也太晚了，怎么连衣服都没换？"

纪燃瞥了他一眼，没说话。

岳文文道："可以啊顾哲，你这阵仗弄得还像模像样的。"

"那可不，我还请了不少帅哥美女来，晚上有派对，比赛完了直接过去，保准让你们尽兴。"顾哲目光终于看向秦满，"哎，秦总，酒吧那次我有点醉了，你应该没放在心上吧？"

秦满神色淡漠，嘴边挂着疏离的笑，没应他。

"我没空去什么破派对。"纪燃道。

"是吗，冠军的颁奖礼就在派对上，我还以为你会感兴趣呢。"顾哲道。

意思是想拿奖品，就得去参加派对。

纪燃懒得理他，转身便去了更衣室。

程鹏道："行了，我们这些观众自己会找座位，就不麻烦你这主办方了。"

顾哲走后，大家找了个空位坐了下来。

"我怎么看这顾哲怎么不对劲。"岳文文刚坐下便忍不住了，"他今天未免也太热情了吧？"

程鹏"嗯"了一声，不太放心："要不要提醒一下纪燃？"

"都到现场来了，现在说还有什么用……"

"没事。"秦满打断道，"比赛里应该不会出现什么问题。"

岳文文转过头："为什么？"

秦满道："这比赛挂了名头，又是顾哲自己张罗办的，出了事第一个算在他头上。纪燃怎么说也是纪家人，顾哲不敢在比赛上使手段。"

反倒是晚上那个派对，让他有点在意。

岳文文想想也对："好像是这个理，而且我们几个都在这儿坐着呢，他应该不敢使什么手段。"

说话间，秦满看到纪燃从更衣室出来，身上已经换上了赛车服。

车子已经让厂子事先送来了。纪燃走到车子旁，伸手摸了摸车身，和做最后检查的工作人员说着什么。

秦满余光看见一个人影正朝厕所走去。他收回目光，起身："我去趟厕所。"

顾哲上完厕所，洗手后正准备离开，转身便撞上了秦满。

他还记得在酒吧吃的亏，但今天他有大事要做，在那之前不好跟这群人翻脸。

他挂上假笑："真巧，休息室里安排的点心还满意吗？"

"不巧。"秦满淡淡道，"我来找你。"

顾哲一愣："怎么？"

"我是来建议你，今天最好别有什么出格的念头。"秦满道，"不然怕你收不了场。"

顾哲也是觉得奇了,纪燃都没给他放狠话,这秦满是什么意思?一破产户这么嚣张的吗?

"……你别以为手上抓了我的把柄就猖狂。"顾哲也摆不出什么好脸了,"告诉你,我还真不怕你把那件事说出去。我大不了就丢个人,而你还指不定要遭什么罪。"

秦满却一点也不惊慌,似笑非笑道:"让我遭罪?就你?"

顾哲冷笑一声:"我要真想把你怎么着了,你以为有人能拦着?纪燃算什么东西……"

"顾哲。"

秦满嘴角那点可怜的笑意瞬间敛了回去,他面色阴沉,高大的身材在此时起了十足的作用。

顾哲原本还想说,蓦地被这气势镇得噤了声。

……他只是担心对话被别人听到,会打乱他的计划,绝不是怕了秦满。

"干什么?"他强装镇定,"吓唬我啊?你搞清楚这是谁的地盘。"

秦满道:"我只是好心劝劝你。"

"……劝我什么?"

秦满走到顾哲身边,洗了把手,擦净后拍了拍他的肩。

"别搞事。"秦满头也不回地离开厕所,余下一句,"活着挺好的。"

秦满回到座位上时,比赛已经进入准备阶段。

"你去哪儿啦?"岳文文问,"去了这么久,比赛都快开始了。"

"人多,排了会儿队。"

这时,大屏幕上的镜头刚好切到了纪燃的车里。

赛场里突然响起一道声浪,是顾哲上了车后故意制造出来的声音。

屏幕里的人显然也听见了。

纪燃旁边便是顾哲的车,只见纪燃转过头,跟顾哲来了个对视。

顾哲朝纪燃点了点头,像是在打招呼。

纪燃盯着顾哲看了一会儿,然后伸出被手套包裹着的手掌,对着顾哲比了个中指。

顾哲："……"

秦满忍不住笑了。

比赛快开始之前，陈安好奇地问："纪燃赛车，厉害吗？能……能赢顾哲吗？"

"废话！"岳文文道，"顾哲就是个半吊子，赛车就从来没赢过纪燃。这就是个小比赛，顾哲办来玩儿的，没什么厉害的赛车手。要说谁能跟小燃燃争的话……那辆黑白色的车主好像是个名气挺足的新人。"

因为换胎加油太麻烦，所以这次的比赛规则是跑八圈，非故障不回维修站。

只有八个人参赛，纪燃的出场顺序是第七个。

比赛开始几分钟后，纪燃还坐在车上等着，下意识抬头看了眼屏幕，刚好看到顾哲因为轮胎锁死被开了黄旗。纪燃嗤笑一声，问旁边的人："我还要等多久？"

二十秒后，只听一阵声浪，灰色赛车拐弯出现在众人视线中，以离弦的速度加入了这场比赛。

这条赛道比纪燃想象中要简单得多，拐弯不多，连弯只有一个，练了会儿就已经熟悉赛道了。

纪燃一路顺风顺水，精准地驶过所有弯道，车子在地上留下漂亮的S形车痕，很快就进入了第二圈。

"小燃燃这速度。"数据出来后，岳文文惊叹道，"……比第二那个新人快了足足十二秒！"

秦满也有些意外，看来纪燃确实有加入俱乐部的实力。

就在纪燃准备过弯时，同样正在过弯的车子突然朝纪燃的方向靠了靠。

在比赛过程中，为了防止受伤，规则是选手在过弯的时候要给予后方留下一定的空间，以免两车相撞，而这辆车已经明显与纪燃靠得太近了。这种程度，在比赛中一定会被裁判亮牌。

"靠！"程鹏看见了，表情凝重起来，"这是顾哲的车，他想干什么？？"

秦满紧抿着唇，专注地看着大屏幕。

好在顾哲虽靠得近，但纪燃一瞬间就加了速，漂亮地超过顾哲，并把对方远远甩在了屁股后面。顾哲的危险动作几乎没给纪燃带来任何不便。

岳文文骂了一句,但还是咽不下这口气,起身道:"我去找裁判评评理,这都不罚停?!"

屏幕上,灰黄色赛车在过下一个弯道时,油门突然变慢了一些。

秦满立刻伸手拽住岳文文:"等等。"

顾哲当然不会拿自己的安危开玩笑,只是想吓吓纪燃。他心里正美滋滋呢,没想到几秒后又跟纪燃打了个照面。

这一回,变成纪燃朝他挤过来了。

顾哲吓了一跳,赶紧往外一挪,车子差点就开到草丛上面去。

他减速缓过神来后,已经连纪燃的车屁股都看不见了。

睚眦必报的纪燃。

秦满心里一时有些复杂,这么危险的报复行为也就这人做得出来。

岳文文原本还理直气壮地想去找顾哲麻烦,看到这一幕又默默坐了回去:"……小燃燃也是个狠人。"

这场比赛虽然中途有些插曲,但结果没有悬念,纪燃以领先第二名十七秒的优势获得了第一名。

纪燃跑得很爽,摘下头盔,看到隔壁顾哲惊魂未定的表情后,忍不住乐了。

"小燃燃!"岳文文冲了过来,"你也太帅了吧!"

纪燃挑眉:"我哪场不帅?"

聊了大半天,纪燃才发现站在最末的人一直没开腔。

"喂。"纪燃喝水时,用手肘碰了碰秦满,"发什么呆?"

放在平时,秦满难道不该献上几句奉承话吗?

秦满垂下眼,跟眼前的人对视几秒,没吭声。

纪燃:"?"

去派对现场的路上,秦满没说几句话。

程鹏带着陈安先走了,岳文文秉着免费酒水不喝白不喝的心理,蹭上了纪燃的车。

派对地点无非就在酒吧,不止来了方才的参赛人员,顾哲还请了不少男男女女。

纪燃刚落座，顾哲那讨人嫌的就迎了上来。

"你还一直在练车？我以为你早没玩了。"顾哲坐到了纪燃的对面。

"是很久没玩了。不过跟你跑，随便练两天都能赢。"纪燃冷冷地看着他，"说到这儿，你现在的小动作还挺多啊？"

就知道纪燃要提这件事。顾哲脸色一变："……我那是没握稳方向盘。"

"别在我面前装。"纪燃道。

顾哲说："那你不也还回来了吗？"

"那是我手下留情。"纪燃冷笑一声，"要不是怕麻烦，我刚刚就让你去地府蹦迪了。"

赛车比赛里最忌讳的就是这种行为，害人害己，因为这种个人行为使他人丧命的事早就屡见不鲜。

顾哲脸色变了变，最后敷衍道："行，算我不对。"

岳文文原以为顾哲会跟上次一样翻脸，没想到对方居然忍下来了。

岳文文私底下拉了拉纪燃的衣服，示意纪燃别说得太过分，毕竟现在就三个人在这儿，不好惹事。

纪燃也懒得跟他掰扯这个，还想着离开派对后去吃个消夜呢。

"奖品拿来。"

"那个还得等会儿。"顾哲道，"你先坐会儿，我马上让人拿过来。"

顾哲走后，岳文文便闹着玩骰子，当然不是跟纪燃玩。

秦满："我不太会。"

"没关系，"岳文文道，"就随便摇摇。"

秦满妥协道："好吧。"

这人一路上屁话不说，现在倒跟人玩儿起骰子来了。纪燃翻了个白眼，点了一支烟看他们玩。

秦满说不会还真不是谦虚，几轮下来，几瓶酒几乎全进了他嘴里。

纪燃觉得稀罕——原来这世上还有秦满不会的东西。

不过能看出秦满的酒量极佳，完全不显醉态。

纪燃正看得起劲，顾哲去而复返："纪燃，奖品回来了，你要不要一块去拿？"

纪燃也很想快点拿到手套，立马起身把烟拧灭，跟在顾哲后头，一路走到了吧台。

顾哲把黑色的包装盒推过去，笑得很和善："喏，你检查检查？"

纪燃打开看了眼，确实是切斯特·肯内利的手套，自己在电视上看到许多回，品牌商独家定制，世上没有第二副。

纪燃合上盖子，面色稍霁，转身便想离开。

"哎，等会儿。"顾哲连忙抓住纪燃的肩。

"之前我们之间有点误会，你别太放在心上。"顾哲拿过身前早就备好的两杯酒，递了一杯给纪燃，语气真诚，"喝了这杯，之前的恩怨一笔勾销，怎么样？"

纪燃抬眼看他。

顾哲"啧"了一声："冤家宜解不宜结啊，都在满城混，抬头不见低头见的，何必？我听说你要进你爸公司了，以后没准我们还能在生意场上打照面呢。"

纪燃接过那杯酒，放在掌心轻轻晃了晃。

顾哲见状立刻把自己手里那杯酒给喝了，干脆利落，一滴不剩。

纪燃犹豫了一下，心里总觉得哪儿不对劲，稍稍把手抬了起来，还没来得及说话，掌心蓦地一空。

只见秦满捏着那杯酒，递到顾哲面前，微笑着道："既然你这么喜欢喝酒，不然你两杯都喝了？"

纪燃一怔："你跟过来做什么？"

秦满哂笑了声："我再不过来，那个合同可就要失效了。"

这话别人听不懂，纪燃却瞬间了然。原本纪燃就起了疑心，现下几乎马上就明白过来，下意识看向顾哲，对方正面色铁青、满脸憎恨地盯着秦满。

纪燃登时就发毛了："你在酒里面加了东西？"

他们这边动静不小，很多人都凑了过来。下药这种事怎么说都不光彩，顾哲扯出一抹笑，咬牙否认："怎么可能？"

"那你把这酒喝了。"纪燃道。

顾哲额间冒了些汗，心虚道："我再喝就要醉了，一会儿我还得……"

纪燃猛地一把扯过顾哲的衣领，没给他说话的机会，想也不想就往他脸上挥了一拳！

顾哲吓了一跳，加上喝了酒，动作迟缓，竟然一下没能反抗。纪燃抓住时机就把他摁在地上，第二拳紧随而下。

岳文文被这变故惊呆了，上来就想拦："小燃燃！别打了！"

纪燃在气头上，岳文文完全拉不动。就在第三拳要下去时，纪燃突然感觉到一股力量，牢牢阻碍着自己的动作。

秦满把纪燃拦下来，交给岳文文，岳文文连忙把人抓稳，并死死抱住纪燃的胳膊。

顾哲只觉得疼痛难忍，他抬手在鼻子上抹了一把，居然摸到了血。

"你们站着看我挨打？"他对旁边围观着的狐朋狗友道，"还愣着？上去揍啊！"

"我看谁敢。"

那群人还没来得及动，秦满就先开了口："不怕被父母知道你们干的这些破事，只管动手。"

"你天天除了抬老师、家长，还会干什么？！"顾哲骂他。

纪燃气得手脚直扑腾："松开我！顾哲我今天非要让你好看！"

秦满从容地站在两人中间，拿起吧台上的酒，蹲到顾哲面前，寒着嗓音问："里面放了什么？"

顾哲还倔着："我没放东西！"

顾哲挣扎着想起来，却被秦满按住了肩膀。顾哲还没反应过来，秦满猛地捏住他的下巴，暗暗使劲，强迫他把嘴巴张开。

秦满手劲很大，又按到了刚才被纪燃打伤的地方，顾哲完全没有还手之力。

秦满面无表情地把那杯酒灌进了顾哲的嘴里，许多酒液洒落在顾哲衣服上，看上去狼狈不堪。

等杯子空了，秦满才慢悠悠站起身来。

大家都被他这举动惊着了，就连纪燃也跟着愣了愣。

"呸……喀喀喀，秦满，我一定不会放过你，呸呸呸！"顾哲忙想把酒呕出来。

纪燃回过神来："你吓唬谁呢？"说着，纪燃趁岳文文不注意，使劲儿把手抽了出来，作势还要揍顾哲。

秦满却先一步走上前，挡住了纪燃的去路。

纪燃："你让开，我今天非要……"

秦满趁纪燃没有防备，直接把纪燃的双手反剪在其背后，打断了纪燃的话。

纪燃使劲扑腾："干什么？！你放开我！"

秦满加大手上的力道，拿起吧台上的黑色盒子，对岳文文道："看看有没有什么损坏，帮忙付下钱。明天我会转给你。"

岳文文已经傻了，只知道点头："哦……哦，好！"

秦满就这么当着几十号人的面，"押"着纪燃离开了酒吧。

"秦满，我要跟你同归于尽。"到了车前，纪燃已经没力气了，放弃了挣扎，跟着秦满的步子往前挪，"我杀了你。"

"嗯。"秦满道，"你来开车，我喝酒了。"

"……"

"如果你实在气不过，再回去也行。"

刚在里头丢了这么大的脸，纪燃怎么可能回去。

纪燃踹了他一脚："放开我！"

坐上车，纪燃越想越气："你刚刚拦我做什么？这种人就该打死。"

"刚刚有人在录影。"秦满淡淡道，"你想惹麻烦吗？"

纪燃挑起眉："那你还灌他药？要是真喝出什么问题了，我们岂不是还得负责……"

"他应该还没那胆子给你投毒。"秦满冷冷地道，"而且那是他该担心的事，药是他带来的，警察一查就知道。"

纪燃哑然，半晌后才道："那你也不能就这么把我带出来，丢不丢人啊。"

旁边没了声音。

车里一下恢复寂静，纪燃忍不住转头看了秦满一眼，只见秦满目视前方，脸上没有表情。

十分钟后，纪燃终于彻底冷静下来了。

其实纪燃知道秦满说的都对，但自己当时正在气头上，怎么可能忍得下来。

想起自己刚刚的不受控，秦满估计没少挨自己的踹。

纪燃犹豫了一会儿，别扭地开了口："……谢了，刚才。"

仍是没有声音。

纪燃皱眉："我在跟你道谢，你好歹应一声。"

"你几岁了？"秦满冷不防地问。

纪燃莫名道："二十四啊。"

"这么大个人了，别人递的酒还敢乱喝？"秦满道，"我看你像十二岁，一点防备意识都没有，报复时不顾自己的生命安危，还喜欢用拳头解决事情。"

纪燃瞪大眼："我怎么知道顾哲这么变态，会给我下药？！"

"但凡有点脑子的人，都能看出顾哲今天不对劲。"

"你说谁没脑子呢？"纪燃没想到自己道个谢反而引来一顿责备。

纪燃把车停进车库，冷笑道："再说了，就算我喝了那酒又怎么样？顾哲难道带得走我？大不了就是难受一晚上，实在不行，我去医院洗个胃不就完了？"

"不需要洗胃，你面前就有个现成可以照顾你的。"秦满突然转过头，直直地看着纪燃，"但你敢用吗？"

纪燃正发着脾气，愣是被秦满一个眼神给灭了火。

纪燃一噎，过了半晌才道："我怎么不敢？你以为我资助你是为了什么？"

秦满脸上没什么表情："那你用啊。"

"……我对使唤你没兴趣。"纪燃转过头，掩饰般地熄火。

秦满说："对使唤我没兴趣，那你还费这么大劲资助我做什么？"

纪燃说："我这不是在反悔了吗？"

纪燃原以为自己会跟秦满在车上大吵一架，没想到秦满闻言沉默了几秒钟，便解开安全带下车了。

纪燃坐在驾驶座上，还有些愣怔。

纪燃烦躁地揉了揉头发，觉得自己脑子有些发热，下车后也没急着进门，先走到院子那儿吹了会儿风，趁空闲点了一支烟，刚吸没两口，岳文文的电话就进来了。

"小燃燃，你到家了吗？"岳文文那头没什么声音，应该是已经离开酒吧了，"刚刚弄碎了几个杯子，我已经把赔偿金付了。你没事吧？有没有伤到，要不要去医院？"

"我能有什么事。"纪燃道，"那孙子呢？"

岳文文啐了一口："被他朋友带去医院了，那死变态。"

纪燃刚刚消下去的怒火又冒了上来。

"你去查查他在哪家医院。"

岳文文愣了愣："查这个做什么？"

"我要让他再痛一点。"

岳文文已经很少见纪燃发这么大脾气了，哪还敢多说，赶紧先把人稳住："……这我哪查得到，反正也没发生什么大事，你先忍一忍。"

"对了，刚刚顾哲走的时候，一直扬言要对付秦满……不然这几天让小满满就先在家里待着，暂时别出门了吧。"

纪燃道："我会怕他？"

"你当然不怕，但秦满现在的情况你又不是不知道。顾哲要真想下手，也不是不可能。"岳文文委婉道，"顾哲家里你也知道，小满满他家……"

"不就是破个产？秦满就算跑到街上当乞丐，顾哲都够不到他一根脚指头。"纪燃打断他，把烟拧灭，"我这儿还有事，先挂了。"

回到房间，纪燃把手机往床上一丢，秦满刚好从浴室走出来。

纪燃看了他一眼："……这几天你先在家里待着，顾哲喜欢来阴的，他现在记恨你，可能会对你下黑手。"

"不会太久，我尽快把事情全部解决好。"

秦满面色如常，像是压根儿没把话听进去："去洗澡。"

"……"

纪燃洗了个澡出来，就见秦满站在阳台打电话，途经窗边时，纪燃零零散散能听到几句。

"嗯，辛苦。"

"我没事。"

"明天见。"

纪燃听得直皱眉。

这么晚了，秦满在跟谁打电话？还约了明天见？自己明明才嘱咐过他，让他这几天暂时在家里待着。

通话对象也不可能是秦满的父母，那对夫妇现在应该在国外才对。

算了，管他要跟谁见面，劝告也带到了，真出了事也怪不到自己头上。

好心当作驴肝肺。

纪燃关灯躺进被窝，心里偷偷骂了一会儿，直到听见阳台的窗户门打开，才消停下来。

秦满跟往常一样躺上了床，手机屏幕的微弱灯光勉强把房间照亮。

纪燃睁眼闭眼好一会儿，还是忍不住开口，再强调了一遍："顾哲这人心里阴暗，干过不少背后阴人的事，这几天你少出点门。"

"要真有什么急事……可以把人叫来家里谈，我也不是不允许。"

房间里静悄悄的，纪燃等了一会儿没得到回应，刚想起身，那边的床铺就响起一阵动静。

"……你干什么？"纪燃一震，下意识想躲。

秦满过来把纪燃的被子掖得严严实实，言简意赅："睡觉。"

秦满力气很大，纪燃觉得自己整个人都被束缚在被子里，挣扎不得。

纪燃真的很讨厌这种感觉。

纪燃轻轻喘着气，瞪着他："滚。"

两人在黑暗中静静对峙，过了会儿秦满松了手，纪燃坐起身，点燃一支烟。

秦满在床边坐下，问道："还有吗？"

纪燃扫了秦满一眼，给他扔了根烟过去。

秦满点了烟，极其自然地抿了一口，然后吐出烟圈。昏暗的灯光中，男人的侧面像是被雕琢过，在烟雾的衬托下十分迷人。

"你和顾哲怎么认识的？"秦满突然开口。

"我们一个高中，他在隔壁班。"纪燃道。

"他以前欺负过你吗？"

纪燃像是听见了什么笑话："没人能欺负我。"

"他就是明面上什么事都不敢做，才会背地里使小手段。"

"下次别再上套了。"秦满拧灭烟，"你知道他的目的吗？"

"不就是想看我出糗，他会下的药，估计是有副作用。"

"我跟你说过，当时有人在录影。"秦满转过头，眼底黑沉沉的，"那人用的是专业摄像机。你觉得会有人把那些东西带来夜店？"

"他们想拍你。到时候录影一传播，不论是发在网络上还是发到你家人面前，你都没有好果子吃。"

纪燃在心里骂了句脏话："你怎么不早告诉我？"

"你知道了，然后呢？"秦满道，"返回去再揍人一顿？"

"你做事太冲动了。"

纪燃气笑了："那我要怎么做？跟他说一声没关系，然后跟他碰个杯再走？"

感觉身边的人又有了点脾气，秦满决定顺着毛捋。

"你什么都不用做。顾哲平时亏心事干得不少，过不了多久就会摔跟头。"

纪燃沉默了。大半夜的，纪燃不想再提顾哲，平白给自己添堵。

半响后，纪燃想起什么，问："你搬来我这儿住，你那条狗怎么办？"

秦满挑眉："娇娇？"

"……"

所以你为什么要给一条公狗取这个名字？纪燃很不解。

"它跟我父母出国了。"秦满顿了一下，"你怎么知道我养了条狗？"

纪燃一掀被子，躺下闭眼："不知道，瞎猜的。"

秦满的话里带了些笑意："你看我朋友圈了？"

"……没看。"

"我只在朋友圈发过它。"

"说了没看。"纪燃不耐烦地问，"你睡不睡觉？不睡就滚远点，别吵我。"

第六章 入职永世

岳文文一晚上没睡好觉。纪燃的性子还跟以前一样，知道挑着别人的痛处下手，要不是秦满在，纪燃估计不会就这么算了。

第二天岳文文就和程鹏聚了头，准备商量商量这事儿该怎么解决。

"我查了一下，顾哲昨晚没上医院，他估计也怕事情闹大。"程鹏开着车，道，"好像没受什么重伤。"

"便宜他了。"岳文文打开车子上头的镜子，左右看了看，"我昨晚吓得没怎么睡，面膜也没心情敷，喏，黑眼圈都起来了。"

"打点粉就遮上了。"程鹏道。

岳文文阖上镜子，心疼道："小燃燃肯定气得一晚上没睡好。"

到了纪燃家，岳文文用密码开了门，一进去便听见厨房那边传来窸窸窣窣的声响。

程鹏去停车了。岳文文拎着袋子走进客厅，头也没回地问："我就知道你肯定没睡好，给你买了点水果，要不要帮你切了？"

厨房那头安静了一会儿。

"谢谢。"

岳文文动作一顿，倏然回头。

厨房里，秦满正在打蛋，旁边还放着一包待煮的面。他穿着一件白衬衫，纽扣解了几颗，看起来大方又随意。

"……我还以为是纪燃。"岳文文道，"小燃燃人呢？还没醒吗？"

"醒了，在刷牙。"秦满笑，"你等等。"

岳文文点点头："好……你在煮面？"

"嗯。"秦满说，"需要给你做一份吗？不过我做得不好吃。"

"好啊。"岳文文原本打算叫纪燃出去一块吃，刚好放松放松心情，既然秦满都做了，当然也就不去了，"程鹏也来了，辛苦你多做两份，谢谢啦。"

秦满道："没事。"

程鹏见到秦满并不意外，两人打了个招呼，程鹏便坐到了岳文文边上。

"小满满，"岳文文没话找话，"昨天那事吓着你了吧？"

说完又觉得自己在说傻话，昨晚秦满捏着顾哲下巴灌酒的场景，岳文文到现在都还记忆犹新。

秦满道："有点，不过没关系。"

岳文文刚要说些什么，就听见咔嗒一声，主卧的门开了。

纪燃头发凌乱地从里面出来，只穿了一件长T恤，惺忪着眼，还沉浸在睡意里，没完全清醒。

"你又在做什么……"

纪燃的嗓子沙哑得如同破了的锣。

一个苹果掉落到地毯上，发出一声闷响。

纪燃听见动静，一个转头，和沙发上的两人对上了目光。

纪燃："……"

一晚上没睡好觉的岳文文："……"

一大早就被拽出家门的程鹏："嗨。"

纪燃面无表情地转身回到卧室。

五分钟后，纪燃收拾好了自己才再出来。

"你们怎么在这儿？"纪燃问道。

程鹏道："来跟你商量一下顾哲的事，你打算怎么解决？"

怎么解决？

纪燃内心完全没有想法，喉咙也难受得紧，连话都不想说。

"他被毒死了吗？"

程鹏道："没，今早健健康康地从酒店里出来了。"

"……"

纪燃走到厨房里，看着那锅没什么颜色的"汤"，皱起眉问身边的人："就你这点水平，以后能不能离厨房远点？"

"我怕你起床饿了。"秦满舀起一小勺汤,"看看缺了什么。"

纪燃极不情愿地喝了一口。

"盐少了,汤熬得也不浓。"纪燃确实饿了,有总比没有强。而且,不过是做碗面,也难吃不到哪儿去,"最后记得放点香油提味。"

岳文文看得目瞪口呆。

纪燃坐到沙发上,问程鹏:"昨天还有谁在场?那些跟顾哲一伙的,你把名字都发给我。"

说完,纪燃捂着嘴巴狠咳了几声。

"你怎么知道我查了这个?"程鹏笑了,"我一会儿发到你手机上。不过,你打算做什么?就那一大帮傻子,一个一个报复回来,你忙得过来吗?"

"我没那精力。"纪燃"啧"了一声,"我记仇不行?"

"行。"程鹏转头问岳文文,"你们昨天续第二摊了?"

岳文文剥了个橘子塞到嘴里:"哪还有心情去续摊,直接回家了。干吗?"

"没。我就是看纪燃声音哑成这样,还以为你们跑去KTV嗨了一晚上。"程鹏道。

纪燃:"你废话挺多。"

程鹏耸耸肩,起身往厨房走去:"我去帮个手,饿了。"

纪燃坐了一会儿,实在忍不住了,从口袋里掏出口罩给自己戴上,弯腰咳了大半会儿。

岳文文立刻挪了过来。

"喝点水。"岳文文将水递过去,帮纪燃顺着背,关切地问,"小燃燃,你没事吧?是不是昨天那会儿吼秦满吼多了?"

纪燃还好没喝水,不然这会儿能被呛死。

纪燃喉咙疼得很,压根儿懒得解释。

虽然叮嘱过,但面的味道还是淡了。岳文文一勺一勺地往面里加辣椒。

"岳文文。"纪燃头也没抬,"一会儿吃完你洗碗。"

岳文文一顿,难以置信道:"为什么?我这手每天涂四层护手霜,细皮嫩肉的,怎么能拿去洗碗?"

"秦满煮,程鹏打下手,你洗碗,很公平。"

岳文文："那你呢？"

"我出食材、包场地，还送调料，你还想怎么样？"纪燃说话的声音越来越哑。

秦满起身倒了一杯热水，放在了纪燃面前。

程鹏显然对这面不是很满意，吃了两口便停下了："这事顾哲不一定会善罢甘休，你们俩这几天还是注意一点儿吧。"

"是他该小心。"纪燃道，"我还没答应放过他。"

见纪燃没事，程鹏便赶着回公司去了。稀奇的是岳文文居然也主动说要走，换作平时，这人一定在这儿赖下，当作不去上班的借口。

纪燃把人送到门口，岳文文拉着纪燃的手腕，一副慈祥的模样，说道："我明白，我都明白。不过你还是得注意注意身体，你看你嗓子都哑成这样了……"

纪燃的声音透过口罩传出来："滚。"

纪燃嗓子会变成这样，也不全是因为昨天，其实前两天嗓子就在隐隐发疼，只是到了今天才发作。

纪燃喝了一口热水，抬头就见秦满从房间里走了出来，身上换回了平日的西装。

纪燃一愣："你要出去？"

"嗯，约了朋友。"秦满道，"放心，顾哲不敢找我麻烦。"

"……谁担心你啊？"纪燃打开电视。

秦满走到沙发边，系好领带："我会早点回来，别给陌生人开门。"

纪燃无语："你当我是三岁小孩？"

秦满走后，纪燃回了被窝。

纪燃虽然不常生病，但一旦病了就得费上好一段时间才能痊愈，所以打算干脆在家里待到病好为止。

谁承想，纪燃刚躺下，手机就响了，是一个陌生号码打来的。

"谁？"纪燃接通电话后问。

那头是个陌生的声音："您好，我叫许麟，是您之后在永世的工作助理。"

"纪总让我通知您，下周三您就可以来公司上班了。不知道您现在有没有空？我整理了很多工作上的资料，方便的话，我们约个地点见面吧？"

半小时后，纪燃准时出现在两人约好的餐厅里，还把自己里三层外三层包了起来，戴着鸭舌帽和口罩，在人群中十分瞩目。

纪燃抬眼，看到餐厅一角坐着的陌生人站起身来，正在朝自己挥手。

那人穿着淡灰色职业装，看起来年纪在三十上下，打扮整洁，样貌端正。

"我在电话里听到你嗓子好像不太舒服，所以给你点了一杯绿茶。"许麟道，"你不喜欢喝的话，可以点别的。"

"不用。"纪燃坐下来，忍着喉间的不适，"资料呢？"

许麟把资料递过去："都在这儿，这些是我这几天整理出来的，你看看有没有什么缺漏的。"

纪燃接过来，没翻开："你以前就是永世的员工？"

"对，我以前是纪总的助理。"

纪燃一顿："纪总？纪惟？"

许麟的笑容看不出任何破绽："是的，三个月前我离开他的部门。"

纪燃觉得好笑："你倒是诚实，他让你来监视我？"

"这些事以后你进了公司也会查到，没什么好瞒的。"许麟落落大方，看不出一丝窘迫，"是我和纪总的工作习性不合，所以我通过纪董，自愿调职到了您这儿。绝对不是监视。"

纪燃本来是想来赶人的，自己才不需要什么助理，再说秦满就足以填补这个空缺了。但听许麟这么说，反而觉得有点意思了。

哪听说过普通员工因为和上司"工作习性不合"，找大老板申请调职的？

"我这儿也不是什么人都要。"纪燃往后一靠，"你的履历呢？"

"在资料的最后一页。"许麟道。

纪燃翻开一看，履历上头是密密麻麻的工作经历，光是这几年参与的项目数量就能体现出许麟的工作能力。

入职七年，这人在纪惟手下工作了七年？

七年，是条狗都养出感情了。纪燃玩味地笑了笑，然后合上文件。

"成，我觉得我们的工作习性应该挺合。你就留下吧。"

"谢谢您收留我。"许麟笑道，"那这些资料就麻烦您回去翻阅一遍，我整理了这两年公司的项目企划案,还有未来几年的发展方向,您有什么不明白的尽管问我,打电话或者见面谈都行,我随时有空。"

纪燃这才认真看起文件来,翻了几页后便觉得不对。

……这人整理的项目内容和未通过的提案,几乎跟秦满给自己的那份一模一样。

唯一的区别是,秦满那份相对而言更加完善和充分。两人对方案的总结也各不相同,就仿佛是同一道题,两种不同的解法。

纪燃莫名觉得面前这些文件就像是高中时期的课外辅导书,顿时头更疼了。

许麟比纪燃想象中的要好相处,就算是问与工作不相干的问题,也会耐着性子一一回答。

伸手不打笑脸人,除非那人叫秦满。

所以就算这人真是纪惟派来监视自己的,纪燃也不好再开口说什么。

"你一上任就当了纪惟的助理?"话题弯弯绕绕,又回到了最初的话题,"永世挑人还算是挺严格的吧,你怎么做到的?"

纪惟一进永世,职位就不低。

许麟笑道:"我和纪总以前是同学,他对我还算信任,就让我先做他的助理,权当实习了。"

纪燃"哦"了一声:"然后这么多年过去了,还是让你当助理?纪惟这也太不厚道了。"

"还行,纪总对我挺好的。"许麟低头,抿了一口茶。

纪燃还要说什么,手机蓦地振了几下,是秦满发来的微信消息。

Q:你出门了吗?

纪燃:干你什么事?

这时,许麟电话紧跟着响了起来。看到来电显示,这人面色微变,站起身来:"不好意思,我去接个电话。"

"别去了。"纪燃拿起桌上的文件,"我今天没时间,就聊到这里,先走了。"

"等等……"许麟连忙叫住纪燃,"我这儿还有些事要汇报。"

"下次吧。"纪燃说,"我突然想起一点急事。"

许麟问:"下次是什么时候呢?"

纪燃:"……过几天。"

"明天方便吗?"许麟步步紧逼,"周三你就要上班了,留给我们的时间真的非常少。你是第一次接触这方面的工作,肯定有很多流程还不明白。"

纪燃听得头疼:"再说吧。"

"我是为了你以后在永世的发展着想……"

"知道了,知道了。"纪燃打断道,"明天别订这种茶餐厅,我不喜欢喝茶。还有,这电话,"纪燃指了指许麟握着的手机,"要么接,要么挂,铃声听起来太烦人了。"

纪燃说完,拿着那些文件往手里一扣,像平时拿着头盔的姿势,大步离开了茶馆。纪燃这模样和打扮都十分引人注目,就这一小段路,几乎收获了茶馆里所有人的目光。

许麟目送纪燃离开后,又坐了回去。

纪惟说得没错,纪燃确实傲慢、无礼,并且目中无人,看来自己以后的工作进行得不会太顺利……但总比以前好。

许麟盯着来电显示看了半晌,想接的欲望也淡了许多。三十秒后,电话因为无人接听,自动切断。

纪燃说有急事并不是诓许麟,刚刚就觉得嘴巴里被茶味搅得泛苦,非要去去味,所以现在急着去喝奶茶。

纪燃最讨厌苦味。

纪燃开车回了一趟母校,那也是满城最好的一所学校,囊括了小学、初中、高中三个教学阶段,纪燃初高中的整整六年就是在这儿度过的。

学校旁边有一家奶茶店,开了十多年,价格优惠,分量足,再加上老板娘人好心善,十多年来客源不断。纪燃也是常客之一,就算毕业了,隔三岔五还是会跟岳文文一块来这儿喝奶茶。

因为是上学时间,店里没什么客人,老板娘正拿着抹布擦桌子,见到熟人,笑得特别温柔:"小燃,回来了?要喝什么?"

"嗯。"纪燃坐到老位置,"跟以前一样。"

老板娘一愣:"你声音怎么了?"

纪燃说:"只是有点感冒。"

"年轻人身强力壮的,怎么就感冒了?要注意多添衣服。奶茶我就给你做热的吧。"老板娘道。

纪燃应了声"好",撑着下巴往右侧的墙上看了一眼。

这面墙是树洞墙,上面贴满了便利贴,都是学生们闲来无事的消遣物。因为不用署名,这上面布满了吐槽语、真心话,还有不少用来给某某人告白的字条。

店开了十年,这墙再大也不够贴的。一旦墙面被贴满,老板娘就会把这些便利贴取下来收好,在每年的三月、六月、九月、十二月会拿出来一部分重新贴上去,选出的字条都是随机的,特别有意思。所以每年一到这几个月,店里都会多出许多慕名而来的"游客",这墙甚至还上过电视节目。

现在正好是三月,再过不久,店里估计就热闹了。

纪燃漫不经心地盯着面前的字条。

"XX,月色与雪色间,你是第三种绝色。"娟秀的字体,仿佛能从里头看出女生那些羞于告人的小心思。

"这次篮球赛一定要赢三班!"

这张字条下还有不同颜色笔迹的回复。

"你做梦!"

"三班必胜!"

"有本事留名字!"

……

一群小学生。

纪燃看着竟然觉得好笑,扯下口罩,吸了一口新鲜空气,余光往角落一瞥。

——"秦满丑八怪。"

字条上的字迹潦草,能看出主人写下这句话时心情并不是太好。

纪燃先是一震,瞳仁倏然变大。

这张字条下面的"回复"最多,所以就算老板娘把它贴在角落,仍是显眼。

"秦满是我们学校的校草好吗?你才丑呢!"

"这是哪个癞蛤蟆写的字条?是在嫉妒吗?祝你一辈子没人爱!"

"我看到写这字条的人了！是 X 班的 XXX！"

"才不是我写的，谁写谁弱智。"

你才弱智。

纪燃骂了一句，怒气冲冲地扯下那张字条来。

老板娘送奶茶时碰巧看见了，忙说："小燃，这个不能摘的。"

纪燃没有把字条还回去的意思："……这是哪一年的字条啊？"

"2009年。"老板娘反应过来，笑了，"是你的字条吗？"

"不是我的。"纪燃矢口否认，随口扯谎，"这是岳文文写的，但我觉得这内容不太合适，就帮你摘了，免得有记者什么的过来被拍到。"

老板娘倒吸一口气："……还有这事。"

"嗯，真不像话。"纪燃冷静道，"我帮忙拿回去。"

老板娘犹豫了一下："那好，你还得劝劝文文，有些事还是要早早放下的好。"

"好。"

纪燃又坐了一会儿，手放在口袋里，手里捏着那张便利贴，安安静静地把面前的奶茶喝完。

二十分钟后，纪燃站起身，打算趁人流量大之前离开奶茶店。

"小燃，就走了？"老板娘从吧台里抬眼，"又不回学校看看吗？这时间也快放学了吧。"

"没什么好看的。"纪燃把钱放在吧台上。

回到家，纪燃刚把车子驶进车库，就接到了岳文文的电话。

因为心虚，纪燃说话的语气都柔和了几分："……怎么了？"

"小燃燃！"岳文文压低声音，"你在哪儿呢？"

纪燃觉得莫名其妙："在家。"

"我看到秦满了！"岳文文道。

纪燃顿了一下："见到就见到了，给我打电话做什么？"

"不是……关键他和纪惟坐在一块儿呢。"

"……"

"真的，就在缪斯餐厅！不信你可以过来看看！"岳文文道。

纪燃问:"有什么好看的?"

"啊?"

"这些破事能不能别拿来烦我。"纪燃道,"他爱见谁见谁,告诉我干什么?"

岳文文想想也对:"是哦。人家就是条件反射了……行吧,那我挂了。"

"等等。"纪燃皱眉,半晌后问,"他们说什么了?"

"这我怎么知道?!"

纪燃忽然觉得喉咙更疼了,还在微微发痒,怎么咳都难受。

"挂了。"

把电话丢进口袋,纪燃走了两步,又突然想起什么,从口袋拿出那张便利贴来。

老板娘把便利贴保管得很好,这么多年过去了,上面只有一道被折叠起来的痕迹。

纪燃盯着字条看了一会儿,然后猛地握紧手掌,把便利贴拧成一团,丢到了垃圾桶里。

秦满回来的时候,纪燃正在电视机前打电玩,之前买了几个游戏碟,一直闲置着没碰,今天总算想起它们来了。可能是戴着口罩,又套了一件厚外套的原因,纪燃整个人看起来都懒洋洋的。

秦满把塑料袋放到桌上,纪燃一眼没看,置若罔闻。

就在纪燃准备打 Boss(老板,此处指游戏中的终极目标)时,额头被人碰了碰。

秦满道:"没发烧。"

纪燃手上动作一滞,猛地一扭头:"滚开,别挡着我玩游戏。"

秦满睨了一眼屏幕:"我买了药回来,打了这局吃一点。"

"你下毒了,不吃。"

秦满觉着好笑:"病着不难受?"

纪燃没搭理他,手上操作娴熟,不到十分钟就把 Boss 打死了,这才回头想喝口水,就见秦满正坐在身后的沙发上,饶有兴致地看着自己。

纪燃拿出另外一张碟,重新开始另一个游戏。

秦满看到沙发边上的文件夹，挑了挑眉，拿过来随便翻了几页。

半分钟后，他盯着文件末尾的署名，问："你今天去见谁了？"

纪燃道："别碰我东西。"

秦满把文件放下："如果我没记错的话，许麟应该是纪惟的助理？还是纪惟的左膀右臂，你去见纪惟的人做什么……许麟还给你带了这些资料？"

"许麟以后是我的人。"

秦满以为自己听岔了："什么？"

"许麟以后是我的助理。"纪燃丢下手柄，从他手中夺过资料。

秦满皱眉："许麟和纪惟关系亲密，我不建议你把他放在身边……"

"那你呢？"纪燃突然打断他。

"你还是纪惟的同窗好友，多年的兄弟。"纪燃笑得嘲讽，一边眉梢轻挑，"我还不是允许你出现在我家里了？"

这话一出，客厅里安静了半分钟，只剩下游戏的背景音乐。

秦满想了想，无辜地皱眉："我哪里惹着你了？"

纪燃把资料丢进卧室，出来又坐到地毯上开始打游戏。

秦满坐过来，慢条斯理地解着领带，重复道："吃点药。"

"你能不能别在我面前假惺惺的，我当初签的合同里没包括这个吧？"纪燃道。

秦满笑道："是附赠服务。"

"我不需要，再吵吵，我就毁约了。"

秦满点头："好。"

说完，他站起身来进了卧室，关门声清脆。

这就走了？还真是附赠服务？

纪燃黑着脸，把屏幕上的敌人乱棍打死。

到了晚上，纪燃早早洗了澡便睡下了，因为喉咙发炎，连带着体温也无法避免地高了一些，连做了好几个噩梦后终于被人叫醒。

纪燃艰难地睁眼，看着眼前的人，没好气地问："……干什么？"

纪燃张了嘴才发现自己已经没法出声，说的话几乎都是气音。

秦满神情凝重，将手覆上了纪燃的额头。

"你一直在说梦话。"秦满坐起身来,"你发烧了,我们去医院。"

纪燃看了一眼时间,把被子往身上一盖:"都三点了,去什么医院?不去……我要睡觉,你别烦我。"

半分钟后,秦满掀开盖在纪燃身上的被子。秦满已经换了身便服,他道:"要么你自己起来,要么我押你去。"

"说了不去。"

话音刚落,秦满就直接上了手。他强行把纪燃扶起来,从衣柜随便抓起衣服就往纪燃身上套,将纪燃裹得很严实。

纪燃被动地伸手抬腿,嘴里骂道:"等我病好了再收拾你……这衣服都过季了,我不穿。你听见没?"

秦满耐着性子帮纪燃穿好衣服,心想这人少说两句,也不会病成这样了。

他半跪在床边,盯着纪燃:"我再问你一遍,你自己走还是我押着你去?"

纪燃垂头跟他对视了几秒钟,又撇开视线:"……你站起来,扶我。"

人一发烧就犯困,纪燃强撑着眼皮,盯着车窗外的景色。

半夜三点,街上空荡荡的。

秦满开得很快,纪燃扫了眼时速表:"注意你的时速。"

"我知道分寸。"秦满道。

"……这是附赠服务还是收费服务?"纪燃道,"话说在前头,我不会帮你交罚款的,你休想强制我消费。"

秦满笑了笑:"不收你钱,放心吧。"

纪燃烧得有点高,被医生直接挂上了吊瓶。

纪燃懒懒地靠在椅子上,看着那根针缓缓扎入皮肤。

"你这是喉咙发炎引起的,这几天要少吃油炸食品,多喝水。"护士细心地把针固定好,问旁边的人,"这是你朋友吗?"

秦满道:"对。"

"这些药最好是饭后吃,不然你先帮忙去买点吃的?附近有两家粥店,都是二十四小时营业。"

"我不吃。"纪燃闷声道。

护士:"……"

秦满道："我来照顾吧，麻烦你了。"

待护士走后，秦满坐了过来，熟练地把药全挤到一个药盒子里："吃了。"

纪燃觉得稀奇，秦满居然没逼自己喝粥？就他之前的性子，怎么着也得说两句虚伪的场面话。

纪燃盯着那个药盒子，突然硬巴巴道："我要喝粥。"

秦满挑眉："不是不吃吗？"

"我又想吃了不行？"纪燃问，"你买不买，不买我自己点外卖。"

秦满很快就把粥买了回来。纪燃喝了粥后胃里暖暖的，整个人也舒服了许多，把药吃下后，看了眼头上的吊瓶，使唤道："差不多了，你让护士来拔针吧。"

秦满一动不动："药水才打了一半。"

"我不想坐了，吃了药睡两小时就好。"纪燃道，"快去。"

"打完。"

纪燃头昏脑涨，没力气跟他多说，往后一靠，打算在椅子上睡一会儿。

"许麟在纪惟手下做了很多年。"秦满突然开口，"虽然只是个助理，但纪惟手下的项目这人都掺了一手，基本等同于纪惟的心腹。你真的放心调来你部门吗？"

"不干你的事。"纪燃闭着眼，自嘲地问，"难为你对纪惟的助手都这么了解。怎么着，你是别人肚子里的蛔虫？"

秦满失笑："不止许麟，纪惟的员工我或多或少都查了一点，不也全部给你看了吗？"

那些资料纪燃只匆匆看了一眼，都还没来得及细读，眼下淡定地"哦"了一声："我还以为是许麟跳槽让纪惟慌了神，特地叫你出去给他支支招。"

"支招？"秦满顿了一下，很快明白过来，"你是说下午的事？"

纪燃道："没有。"

想起在餐厅见到的岳文文，秦满解释道："下午我约了朋友，聊完之后凑巧碰见纪惟。他说要跟我商量同学聚会的事，我不好拒绝。"

纪燃："……没人想知道你下午见了谁。别吵我，我要睡觉。"

等纪燃吊完水，两人离开医院时已经接近五点了。

回到家，纪燃闷头往屋里走，就想躺回床上好好睡上一觉，其他什么也不想管。

秦满从车里拿出药，锁上车门，正要跟上前，余光一瞥，看到了垃圾桶里有一个十分显眼的粉色纸团。

纪燃每天在停车场停留的时间不长，因为自己来了这么多天，这垃圾桶几乎没出现什么垃圾。

秦满多看了两眼，正准备离开，却见纸团一角似乎有个黑色的点。

像是个感叹号。

纪燃第二天是被电话铃声吵醒的。

是许麟打来的电话，纪燃瞬间清醒过来，跟对方约好了地点，就要从床上起来。

谁知脚才刚刚落地，身后就蓦地多出一只手来，把纪燃摁回了床上坐着，而那人的另一只手贴上了纪燃的额头。

纪燃的烧退了一些，力气也回来了，抬手用力一拍，把人推开："做什么？"

"看看你退烧了没。"秦满收回手，"谁的电话？"

"许麟。"

纪燃洗漱出来，见秦满已经换好了衣服，白T配牛仔裤，总算有了点年轻人的气息。

"去见人之前，要不要先去吃个早餐？"秦满问。

纪燃整理发型的动作一顿："我过去了再吃。"

秦满点头："那我去洗漱，你要是收拾好了，可以先去车上等我。"

纪燃问："你也要去？我是去谈工作，你去干什么？"

"之前的条件先不说。"秦满走进浴室，"我们之间还有一纸工作合同，所以我认为工作上的事，我也算是有资格在场吧？"

纪燃想了想，就许麟那唐僧体质，自己去了估计也听不进什么，带着秦满去，没准还能把他当备忘录用用。

"随你。"纪燃换上衣服，往屋外走去，"你动作快点。"

纪燃进了车库，刚要上车，忽然想起什么来，一个转身，几步走到垃圾桶旁边，猛地蹲下去。

垃圾桶里只有一个垫着底的黑色塑料袋，其余什么都没有，连烟灰都没瞧见。

不应该啊。

纪燃蹲在垃圾桶旁边找了大半天也没找到，眉头都拧成了一个结，又回想了好一会儿，正准备再找找，就听见外面传来一阵脚步声。

纪燃一个激灵，连忙站起身来，迅速把身上的灰尘拍干净。

秦满走进车库，见纪燃站在角落，眉毛一挑："怎么还站在这儿？"

"没什么。"纪燃走向车子。

秦满环顾四周："在找什么东西吗？"

"没，检查一下阿姨的打扫工作到不到位。"纪燃发动车子，"你上不上车？"

许麟见到秦满时有些意外，但很快就收回情绪，和气地朝秦满伸出手："你好秦先生，久仰大名。"

"你好。"秦满回握对方，"我也常听说你。"

简直是大型相互吹捧、客套现场。

纪燃跷着个二郎腿，听得特别腻味。趁此刻闲着，纪燃低头用手机给清洁阿姨发了一条微信消息，问对方这两天有没有来过家里。

"我原以为要等进了公司才有机会见到你。"许麟道，"其实我有很多工作方面的事想跟你讨教，现在终于有机会了。"

"怎么会。"秦满笑了笑，"我现在就住在纪燃家，你有什么想问的，尽管让纪燃转告就是了。"

"你们直接交换个联系方式不行？找我传话，你付得起那钱吗？"纪燃头也没抬。

许麟一愣，这对话内容里的信息量也太大了吧。半个月前，纪惟不止一次在自己面前因为秦满和纪燃发过脾气，还让自己去查过这两个人的过往。

许麟查过，这两人除了同校之外，没有别的交集。

秦满丝毫不在意，他拿出手机："那不然，我们交换一下联系方式？"

许麟猛地回神，忙拿出手机："好的。"

纪燃觉得自己真是有先见之明。许麟今天准备的资料足足比昨天多出了一倍，秦满偶尔翻阅文件，偶尔抬头询问，一直聊到了中午。

纪燃坐得不耐烦了，两人谈话内容全是些自己听不懂的，正准备开口打断他们，手机就猛地振动了一下。

是一条陌生号码发来的消息。

"纪燃，你故意搞我？"

纪燃皱眉，回了句"你是谁"。

几秒钟后，对面立刻回复过来——

"顾哲。"

秦满刚想问身边人的饿不饿，就见纪燃腾地站起身来，捏着手机转身就走。

他抬眼："去哪儿？"

纪燃头也没回："厕所。"

到了厕所，纪燃想也不想就拨打了顾哲的电话。

对方估计没想到纪燃的电话会来得这么快，十来秒后才接起来。

"你还敢来找我？"纪燃点了一支烟，冷冷地问，"怎么着，赶着过清明？"

顾哲冷冷地道："纪燃，我一直觉得你好歹算是个直性子的人，没想到你手段这么阴！"

纪燃走到阳台："你在胡说八道些什么？"

"我爸那几个在谈项目是你搞黄的吧？"顾哲咬牙切齿地问，"纪燃你有本事直接冲我来，别搞这些下三滥的手段！"

纪燃气笑了："你也知道什么叫下三滥的手段？顾哲我告诉你，你惹我就要有心理准备，我不会动你爸，我专盯着你整。下次再让我看见你，小心你那只搞小动作的烂手。"

"那你来啊！我怕你不成？谁动谁还不知道呢！"顾哲红着脸逞能道，"那你先把我爸的项目还回来！"

"你会不会听人话？我没整你爸。"纪燃吹出一个烟圈，"你全家倒霉的事别都算我头上来，你更倒霉的还在后头。"

顾哲其实也不相信这事是纪燃弄的。纪燃虽说是纪家人，但这人，爹不疼妈不在的，谁都知道纪家好多人不待见这位，按理说应该没人帮忙出头才是。

但顾哲他爸跟进那几个项目的时候，对方突然就不愿意合作了，他爸追问下去，都说是他顾哲最近惹到了不该惹的人，不敢再和他们顾家合作了。

顾哲最近才经历了骨折，刚出关没几天，哪有时间招惹谁，加上他这人本身就欺软怕硬的，前前后后算来，也就只有纪燃勉强符合这一条件。

顾哲道："不是你还能有谁？"

"你不如想想自己惹到谁身上了。"纪燃把烟拧灭，"你现在在哪儿？"

"干什么？"顾哲道。

"找你还债。"纪燃道，"难道我还去找你喝酒聊天？"

顾哲本来也带着一身气，他那晚别提多折磨了，这几天又因为副作用一直反胃，这口气他是无论如何都没法咽下去。

他连去埋伏纪燃的人都安排好了。

但这些在他爸那几个项目面前屁都不算，因为这事，他又挨了他爸一顿胖揍。他爸下手重得很，他差点被自己亲爹送进医院。

"行啊。"顾哲听纪燃这么说，一时也泄了气，"我被我爸锁在家里，你要能把我救出去，我随便你揍。可你有那本事吗？"

顾父进房就听到了这句话。

顾父牛高马大的，一米九的身高，满身肌肉，上来对着顾哲脑袋就是一巴掌："你说话客气点。"

他的声音跟他的人一样，浑厚有力。

纪燃听见了，问："谁啊？"

顾哲忙放下手机，叫了声："……爸。"

"你跟纪燃说明白了没有？"顾父皱着眉问。

别人的家务事纪燃没兴趣干涉，正准备挂电话，就听见那一头换了个人。

"喂。"顾父道，"纪燃？"

纪燃顿了一下："干什么？"

纪燃不善跟长辈打交道，更何况对方是仇人的爹。

"顾哲对你做了混账事，是吧？"顾父道，"你说个解决办法吧，要钱，还是想揍他一顿，你直说。"

纪燃："……"

"不过我们要事先说好，揍归揍。"顾父声音一沉，"人不能缺胳膊少腿，命也得留下。"

……这世界上有比顾哲一家还要奇葩的人吗？

纪燃一时间无语，竟然不知道该说什么。

"这是我和顾哲的事，我会跟他解决，不需要通过你的调节。"半响后，纪燃"啧"了一声，"你家的事也不是我做的，不要什么锅都往我头上扣。"

说完，纪燃直接挂了电话，把手机丢回了口袋。

另一头，顾哲简直想就地去世。

他爸本身就是个脾气极差的人，现在被一个小辈这么不客气地挂了电话……该不会拿他出气吧？

"爸，我和纪燃不熟的，还打过架……"

顾父转身就狠狠地给了顾哲一下子，顾哲都蒙了。

"我跟你说过多少次到底该怎么处理这些事？你倒好，上次骨折了不说，现在还把生意搞丢了，你说你到底有什么用？！"顾父黑着脸。

"……对不起。"顾哲讷讷道。

"这次的事你不用管了。"顾父把他的手机往地上一丢。

顾哲忙道："爸，你打算怎么办？项目还能追回来吗？"

"项目不要了。"做生意太难了，还不如他干老本行来得畅快，想起方才纪燃的语气，顾父黑着脸往外走，声音冷冷的，"你再怎么废物，也是我顾老二的儿子，被这种人欺负，是想丢光我的脸吗？"

"你就在这儿给我待着，我来教教你解决事情的办法。"

纪燃刚离座，秦满就放下了手中的文件。

许麟问："看完了吗？"

"这整理方式，纪惟之前好几个企划案都是你一手包办的吧？"秦满笑了笑。

许麟"呵呵"两声："都是我应该做的。"

"据我所知，纪惟在工作方面没薄待过你，虽然工资也就小几万，但车子房子可都没少给。"秦满抬眼，似笑非笑地问，"他是做了多伤人的事，才能逼着你转组？我原以为他最近在忙婚礼，应该没什么时间管理公司。"

许麟合上文件："看来秦先生查得很详细。"

"彼此彼此。"秦满意味深长地说。

"纪总是分了我车子房子，不过车子是公司年终的奖励，这件事全公司都知道，房子我也已经退回去了。我和纪总除了工作，没有任何纠缠。至于转组，是因为我想换一个新环境，同时也算是给自己重新设置一个工作目标。"许麟道，"那秦先生又是为了什么呢？你应该也不缺永世那点工资吧。"

"谁让我和纪燃是好朋友呢？"秦满道。

许麟："那你们的关系，倒比我和纪惟要牢固得多了。"

秦满往后一靠，道："你是个聪明人，我也就不绕弯子了，如果你是替纪惟来办事的，那我建议你现在就回去，不然一旦发生什么事情，纪惟也保不了……也没立场保你。这你应该知道。"

"你放心。"许麟垂下眼，"我有自己的底线。"

"你们聊完没有？"纪燃从厕所回来，身上带了些烟味，"我饿了，赶着吃饭。"

许麟道："这家餐厅有午饭的。"

"谁要吃这种十多块钱的套餐饭啊。"纪燃拿起帽子往头上一扣，"你现在把工作都聊完了，下个星期上班还有事干吗？"

许麟想了想："好吧，那我们下周三见，上班时间是早上八点。"

秦满起身，颔首道："告辞。"

两人上了车，纪燃突然问："这几天顾哲没找你麻烦吧？"

"没。"秦满转过头，"为什么这么问？"

"没事。那傻子刚刚给我打电话，说他爸工作上被人针对了，非说是我弄的。"纪燃道，"我闲着没事干，去整他爸做什么？"

秦满沉默几秒，问："还说什么了？"

"没说什么，后来他爸就来了。"纪燃顿了一下，"他爸也是个狠人，我在电话里都能听见动静。"

秦满在某次晚会上见过顾父，西装在他身上十分遭罪，身上的肌肉藏也藏不住，胡子茂密，眼神中戾气十足。

当时对方还想来跟秦父搭讪，秦满抢在前头叫走了秦父。

顾哲他爸虽说是转了行了，但骨子里的个性还是没变，据说特别喜欢欺负小型企业。那些企业敢怒不敢言，生怕一个不小心就做不下去了。

秦满跳过这个话题，问："我们现在去哪儿？"

"回家。"想来是太困了，纪燃的烧也还没完全退下去，体温一直维持在 38.5℃左右，现在急需补充睡眠。

纪燃在家里足足待了四天，烧才完全退了下去。

在这期间，岳文文和程鹏来过一回，然后岳文文和程鹏的小情人纷纷被传染了，回到家之后也发烧了。

岳文文一气之下，把纪燃的备注改成了"病毒携带体"，并把对话框截图下来发给了纪燃。

纪燃：你赶紧改掉，不知道的还以为我得了什么奇怪的病。

岳文文：哈哈哈，我不！多亏有小满满在，不然只能由我送你去医院，那我们此时此刻估计在面对面吊水呢。唏嘘。

岳文文：还是小满满厉害，跟你待在一块儿这么多天都没被传染。

纪燃看了一眼正好整以暇坐在自己身边的人，心道可惜了。

门铃响了一声，纪燃站起身来，走到玄关处打开电子猫眼，看清门外的人后被吓得一个激灵。

秦满许久没听见动静，抬眼问："怎么了？是谁？"

纪燃回过神来，慌里慌张地往里跑，推着秦满起身："你赶紧起来！快走！"

"谁？"秦满皱眉，思绪转得飞快，"我不能见的人？"

纪燃没空跟他斗嘴："我奶奶！"

秦满"哦"了一声，笑了："没事，我和她老人家也认识，刚好打个招呼。"

"打什么招呼！"纪燃急了，纪燃对纪老夫人还算有点了解，她在上一辈也算是个人物，女强人，谁知道能被她问出些什么，"我奶奶可精了！你赶紧走！"

"精就精，我无所谓，不会被套话的。"秦满道。

"我有所谓！"纪燃把沙发上的外套丢给他，"你从车库走，快点！"

秦满才走了两步，就又被纪燃拽了回去。

"不行不行，司机会把车开到车库的，你们肯定会撞上！"

秦满无奈地看着纪燃："那我要怎么办？"

"躲……你躲客房里去！"门铃又响了一声，纪燃急道。

下一秒，秦满就被推到客房里，纪燃刚要锁门，想想还是觉得不妥："不然你再找个地方藏一藏？"

秦满："什么？"

"……这房间很大，能藏人的地方不少。"纪燃扫视一圈，"就是……你得保持安静才行。"

秦满看了眼纪燃视线落下的地方，气笑了。

纪老夫人这两回来得都有些猝不及防，没有事先通知，自顾自就上门来了。

纪燃抱腰倚在车库门口，等人下了车便问："怎么了？"

"我马上要回美国了，先来看你一眼。"纪老夫人走了过来，抬眼问，"家里还有茶吗？"

"……有。"

"给我泡一壶。"说完，她率先一步进了家门。

纪燃不会泡茶，热水往茶叶上一倒就算好了。

纪老夫人拿起杯子抿了一口，微不可察地皱了皱眉，便把杯子放回了原处："你倒是会浪费这些好茶叶。"

"我又不喝，放着不算浪费。"纪燃靠在沙发上，目光不自觉往客房瞥了一眼，很快收回视线，"……你找我有事？"

"我就不能来看看你？"纪老夫人笑了笑。

经过岁月的沉淀，纪老夫人年轻时候的气势已经全部褪去，只剩下那些被细细打磨过的贵妇的优雅。

纪燃自认功力不够，猜不出她的心思，只知道对方没事绝不会想到自己。

纪燃耸耸肩："当然可以，打算看多久？"

"你马上就要去上班了，"纪老夫人极其自然地转移话题，"要做的准备都做好了吗？"

纪燃道："差不多。"

"听说纪惟的助理也调去你那儿了。"纪老夫人给了司机一个眼神，对方立刻放下手中的物件，拿起茶杯重新回厨房泡茶。

纪燃淡淡地"嗯"了一声，看来那些关于纪老夫人已经完全把公司放权给纪国正管理的传言也不全是真的。

纪老夫人垂下眼，正色问："你还记得，我去美国前你答应过我的事吗？"

"差不多吧，记不太清了。"纪燃笑了一声，"不然您老再提醒提醒我？"

纪老夫人也没恼，她重复道："你答应过我，这辈子都不会跟纪惟争永世，这也是我当初给纪惟母亲的承诺之一。"

"我原本想着在永世给你找个闲职，总比你天天在外游手好闲的好。结果你还没上任，就抢了你哥哥的助理，你是故意的吗？"

"我抢了他助理？"纪燃嗤笑道，"他跟你说的？明明是许麟自愿调的职，跟我有什么关系？"

"你如果不想要这人，你大可不收，难道许麟还能强行到你组里去？"纪老夫人并不好糊弄，她看向纪燃，探究着问，"许麟暂且不谈。小惟为了拉拢秦满，也算是花了不少心思，你却跟秦满以个人名义签了合同？"

"……我就是为了硌硬纪惟，怎么了？"纪燃克制着情绪，不在脸上表现出来。

"你有什么资格跟他作对呢？"纪老夫人面色温柔，却说着残忍的话，"是你和你母亲不对在先，他哪里做错了？难道你还奢望他把你当亲人看待？"

纪燃一双手在身侧，攥得死紧，连掌心的皮肉都在发疼。

"我稀罕他？"纪燃暗自深吸了一口气，无所谓地笑了一声，"他当初找人找我碴，想要置我于死地，就该想到我会报复他。"

纪老夫人闻言一顿，脸上情绪十分复杂，眉目间还带着一丝疑惑。

她沉默了许久，才道："可你现在也好好活着了。"

"是啊，他没折腾死我，算他倒霉吧。"

"他以后不会再做危害你性命的事了。"纪老夫人道，"这你放心。"

纪燃不置可否地"哼"了一声。

"这次安排你进公司，是想借这个机会，管束管束你的性子。"纪老夫人接过司机递来的茶，"你好好做着，别有什么非分之想，明白吗？"

难得地，纪燃从奶奶语气中听出一丝后悔来。

可她后悔什么？后悔让自己进公司了？

也是，当初他们让自己进公司，不过也就是想给纪惟一点压力——据说纪惟母亲最近又回来找纪家父子了，目的不纯。

纪燃没有应，主要是自己脾气不好，一开口就会控制不住情绪。

说到这儿，纪老夫人认为这个话题就可以告一段落了。纪燃这孩子其实不笨，话说到一个点上，自然就明白。

这十年来，纪燃也一直按着她的心思去活。不过现在纪燃长大了，想法变多了也是自然的，只要她好好扼制住纪燃的发展就好了。

"老胡。"她把司机叫到身边来，"那些东西，你拿给这孩子看看。"

老胡忙点头："好的，您稍等。"

没几分钟，老胡便跟个衣架子似的，从车里拎出了好几套衣服来。

"都是要去上班的人了，以后不能再穿这种……"纪老夫人看着纪燃身上五颜六色的T恤，半晌后才道，"花里胡哨的衣服。这些是我让人给你挑的，你试试。"

"不试了，上次那件就挺合适的。"纪燃撑着下巴，"放沙发上吧。"

"这些不能放在沙发上的，会起皱褶，我帮您挂起来吧。"老胡说完便往卧室方向去。

纪燃心里在想事情，直到听见客房里发出一道声响，纪燃才回过神来。

"等会儿！那间不是我房间！"纪燃叫住刚打开客卧门的老胡。

可方才客房里传出来的闷响声不小，三个人全听见了。

老胡面色尴尬，看了一眼纪老夫人。

老夫人放下茶杯，十分冷静地问："养了小动物？"

"……"纪燃道，"算是吧。旁边才是我的房间，你挂好就出来。"

老胡忙退出客卧，把门关紧："好的。"

半分钟后，卧室又传来老胡的声音："没想到您已经准备好了衣服。这几套再塞进去，衣柜差不多就满了。"

"……你随便塞就是了。"纪燃皱着眉，不耐烦道。

待老胡出来，纪老夫人迤迤然起身。

"先到这里吧。"她道，"我一会儿还有个约会。"

纪燃把人送到了车库。

纪老夫人上车之前，突然回过头问："过几天是她的祭日？"

已经很久没有人在纪燃面前提"她"的事情了。

在这一瞬间，纪燃几乎要把那句在喉间兜兜转转了两年多的问题问出来。

纪燃捏着车库门的力道一紧，指尖全部泛了白，艰难地微微张开口："她到底……"

纪燃的声音难得地低沉，纪老夫人年纪大了，没听见，继续兀自道："她那些粉丝可能会去祭拜她，也不知道会不会有媒体在场。你现在已经是永世的人了，那天就不要过去了，被撞见了也不好。"

"……"

纪燃握着门把的手蓦地松开，嘴边挂上一抹自嘲的笑容，笔直站着不说话。

没得到回应，纪老夫人转过头，见纪燃正站在原地，眼底晦涩不明，看不出在想什么。

于是她又问："听见了吗？"

短短几秒，纪燃便恢复往日那副吊儿郎当的模样，抬头催促她："你快走吧，我还赶着回去打游戏。"

纪老夫人颔首："那奶奶走了。"

纪燃看着车子驶出家门，拐弯，彻底消失在自己的视线中。

许久后，纪燃低头一笑。

自己这奶奶可真是一点儿都不了解娱乐圈的事。

一个去世十多年的小女星，活着时就没多少影迷，死后又有谁会记得她？

没人会去祭拜，也没人会在那天因为她有一点点伤心难过的情绪。

至于媒体，也只有在聊到豪门恩怨时，才会把她拖到字里行间，好让人们在阅读到她这儿时产生愤怒的情绪，继而增加热度。

谁会记得她呢？

纪燃在原地站了大半会儿才转身回屋，走到客房。

秦满侧身坐在衣柜里面，两边手肘随意地搭在膝盖上，两条长腿无措地抵在另一头。他长得高，这坐姿，一眼望过去都让人觉得难受。

"她走了？"秦满问。

秦满起初没准备躲，谁知老胡还真要来开客房的门，他没办法，只得钻到衣柜里。

他还从来没做过这种事，无奈中还带了些新奇。

上边的人沉默了会儿，才闷闷地"嗯"了一声。

秦满抬眼，看见对方一副心不在焉的模样。

"怎么了？"他站起身来，趁机揉了一把纪燃的头发，"老夫人骂你了？"

秦满本以为自己会挨一顿骂。在他们相处时，纪燃就不爱他碰自己的头发，说像是在逗孩子。紧跟着，纪燃就发散思维，最后还会把他归结为变态。

但这次纪燃没有表现出不耐烦的样子，只是低头盯着秦满的拖鞋，突然问："秦满，你爸妈平时对你好不好？"

秦满一怔，而后道："好啊，怎么了？"

"你爷爷奶奶呢？"

"爷爷去世了。"秦满想了想，"奶奶在海南养老，一个人也过得不错。"

"哦。"

秦满觉得纪燃有些奇怪，又问："怎么了。"

"怪不得会教出你这样的孩子。"纪燃骂他，"原来你是被宠坏的。"

秦满失笑："我是什么样的孩子？"

"清高、傲慢、冷漠、自大。"纪燃道，"活该破产后被我这种人欺负。"

秦满原本还笑着，听完忍不住皱了皱眉："你是哪种人？"

纪燃心想自己的缺点那可太多了，怕是一只手都数不过来，也不乐意在秦满面前数，便反问："你觉得呢？"

"大方、直率、嘴硬心软。"秦满笑了，"是个好孩子。"

纪燃想，这或许就是出了钱的好处，至少在合约有效期间，秦满都会顺着自己。

"我数了你四个，你只数了我三个。"纪燃冷着脸，命令道，"你再想一个，快点。"

秦满一看就知道，这人是在纪老夫人那儿受委屈了。

"你长得很好看。"秦满还多送了一个，"也很坚强。"

纪燃沉默了半晌,才转身向外走去,留下一句:"……马屁精。"

翌日醒来,纪燃手机上有一条陌生号码发来的信息。

"您好,我是老胡。打您的电话没接,故以短信形式联系您。老夫人让我转告您一声……"

懒觉带来的好心情一下就被这条短信给糟蹋了,纪燃冷着脸把短信删掉,随手将手机丢到桌上,走到衣柜旁,把昨天纪老夫人送来的衣服全拿出来,丢到了椅子上。

秦满闻声抬起头:"怎么了?"

"没怎么。"纪燃说。

秦满看了一眼那几件新款衣服,不解道:"是不合身,还是不喜欢这些款式?"

"不合身,也不喜欢。"

秦满把那些衣服从椅子上拿起来:"这种衣服不能这么放,会起褶子。"

"起就起了,我又不穿。"纪燃道,"你想要就拿去。"

秦满看着衣服的尺寸,委婉道:"这些不太适合我。"

"那拿来。"

秦满递了过来:"要丢了吗?"

纪燃用看傻子的目光瞥了他一眼:"这是新的,为什么要丢?"

纪燃走出卧室,一路走到走廊尽头,打开了公共浴室对面的小房间。

秦满在这儿住了这么些天,还从没进过这个房间。这间房的房门一直紧闭着,他原以为是另一间客房。

直到今天他才知道,这是衣帽间,里面满满当当全是衣服,中间的玻璃柜里放满了腕表。不过这些衣物一眼望去,似乎都是新的。

"你这是……"秦满倚在门框上,问,"收集癖?"

纪燃没收集癖,这里面是纪老夫人和纪国正这些年给纪燃送来的东西,但纪燃基本没碰过,只穿过纪老夫人在纪惟订婚宴给置办的那一件。

"不是。"

秦满头抵在门沿上:"你有自己的正装吗?"

"上个班而已,穿什么正装。"纪燃擦着他的肩,回房间洗漱。

三分钟后，纪燃一边刷着牙，一边听秦满在旁边道："正式场合，衣装打扮也很重要，穿正装是一种礼仪。"

　　"你工作之后去跟其他人谈合作，总不能再穿着便服去，对方可能会认为你不尊重他，给谈判增加难度。"

　　"而且你穿正装也很不错。"

　　纪燃咬着牙刷，转头瞪了他一眼，含糊不清地骂："……你烦不烦？"

　　刷完牙，纪燃随便去下了一碗面条，毕竟实在不想吃秦满做的那些清水汤面了，肚子饿又没耐心等外卖，干脆自己动手。

　　吃饱喝足，纪燃换衣服出了门。

　　"去哪儿？"秦满系上安全带。

　　"买衣服。"纪燃道，"用来堵住你的嘴。"

　　纪燃直接开车去了满城最大的一家商城。

　　这家商城占地面积大，里面多是大牌，看起来格调高，客人却没几个。不过由于在这里一次的消费金额能抵别的小商场半天的销售额，所以照样开得红火。

　　秦满驾轻就熟地带纪燃去了一家正装店。

　　销售员见到他，连忙迎了上来："秦先生好。"

　　纪燃见状，心道看来秦满还是这儿的常客，也是，秦满穿正装的次数比自己穿便装还要多。

　　秦满颔首："最近有什么新款？"

　　"刚送来几件，您想要什么款式的？"

　　秦满道："适合我身边这位穿的。"

　　纪燃坐到沙发上，打断他们："你把你们的新款都拿出来。"

　　销售员忙看了秦满一眼，秦满点头道："去吧。"

　　没多久，销售员就拎着几套正装到了更衣室。

　　纪燃对正装这玩意儿没什么审美，看来看去都一个样，古板严肃，几套试下来，没喜欢的，也没不喜欢的。

　　直到试最后一件时，秦满才挑了个配饰上来："戴这个试试。"

　　纪燃嫌麻烦："不戴。"

"您光这么试会有些单调，加了配饰会好一些。"销售员忙道。

纪燃"啧"了一声，抢过配饰，随便往脖子上一套。

"不是这么弄的。"秦满走到纪燃身前，低下头，认真地帮纪燃戴好配饰。秦满的手指修长，骨节分明，在暗红色配饰的衬托下很是赏心悦目。

旁边的销售员愣愣地看着秦满的动作，好半天没回过神来。

直到秦满帮纪燃把一切弄好后，销售员这才反应过来，连忙推销道："您看，这是不是顺眼多了？这一套很适合您，显得贵气，也显腿长，特别好看。如果您把头发染回黑色，一定会更好看的。"

她从没把这种推销时的场面话说得这么真挚过，但纪燃身上确实有种贵族的气质，随便换上一套衣服，撇开发色，她觉得比一些明星都要好看。

纪燃最烦逛街买衣服，以往买衣服也都靠岳文文。岳文文眼光好，看见合适的衣服就会发照片给纪燃，纪燃再给岳文文转钱，没几天衣服就到手上了。

不愿意再折腾的纪燃道："这些都包起来……"

"算了。"秦满打断自己的话，转过身问，"现在定制的话，下周三能拿到吗？"

销售员一愣："这我得咨询一下总部……"

"不用了，我认识总部的人，我私底下再跟他沟通吧。"秦满道，"你先量一量尺寸吧。"

纪燃皱眉："定制？直接买就行了，麻不麻烦。"

"不麻烦。"秦满道，"你量就是了，我到时候再来帮你取。"

纪燃道："你怎么这么多事……"

秦满莞尔："人生中的第一件正装，自然要郑重一些。"

纪燃顿了一下，哪是什么第一件，自己在订婚宴上明明就穿过一回了。

秦满看出了对方的疑惑，道："那一套只能算是租来的礼服，用来应付场面，这一套才是真正属于你自己的。"

那套衣服在订婚宴结束后，便被纪燃丢回了衣帽间里，再也没拿出来过，其实看起来和其他全新的正装并无二致。就像秦满说的，那仿佛只是为了应付场面租借的衣服，时间一到就还回去了。

纪燃抿了抿唇："随你。"

秦满刚要说什么,手机就先响了起来。他看了一眼来电显示,道:"接个电话。"

待他走后,销售员连忙说:"您稍等,我去拿软尺。"

"等会儿。"纪燃叫住了销售员,随后解开配饰,递给销售员,"……这个,帮我包起来。"

秦满回来时,看着纪燃手上的小盒子:"买什么了?"

"关你什么事?"纪燃把盒子捏在手上。

秦满没在意:"我有个老朋友回国了,约我去见个面。"

纪燃刚要应,又觉得不对,回过头问:"秦满,你弄清楚,我才是你老板,凭什么你说要跟来就跟来,说要走就走?我答应了吗?"

秦满点点头:"那你跟我一块儿去?"

纪燃觉得更不对劲儿了,自己没事去见秦满的朋友干什么?

"你想得美,滚吧。"纪燃嫌弃地朝他摆摆手。

秦满走后,纪燃没回家。前段时间生病一直在家窝着,纪燃觉得身上都快长草了,于是给好友们打了电话,直接约在了篮球场。

几人里岳文文到得最早,纪燃从后座拿出干净的运动服来,找地方换上。

"啧啧啧……"岳文文一眼看到,撑着下巴,眼里满是羡慕,"小燃燃,你这身材真是……"

纪燃动作一顿,加快了套衣服的速度,岳文文还在一旁絮絮叨叨。

纪燃:"你这么能说,怎么没人找你上春晚演小品?"

"我倒是想上,你有门路吗?"岳文文问。

"什么门路?"程鹏停好车,朝这两人走来。

"没什么。"岳文文看了一眼腕表,"你怎么来这么晚?"

程鹏说:"刚送陈安去学校报到。"

纪燃手上一顿,岳文文先笑了:"你什么时候也接起这种活儿了?"

"以前没做过,偶尔一回,感觉还行。"程鹏闷笑了一声,"就是陈安那些同学都叫我叔,怪不习惯的,我也才毕业没几年呢。那些小孩还闹着要我一起去聚餐,我可是逃出来的。"

说到这儿,岳文文想起什么来,上来就挽住了纪燃的手臂:"对了,小燃燃,我跟你商量个事儿。"

纪燃任岳文文挽着，手上捏着篮球："说。"

"哪天晚上有空，我们一块去本色呗？"

纪燃皱眉："不去。"

本色是满城很出名的酒吧，纪燃却不爱去，因为那里面妖魔鬼怪特别多，自己第一次去的时候，还险些被人吃了豆腐。

"去嘛。"岳文文道，"你带秦满去一回，就一回。"

纪燃转过头："带他做什么？"

"还不是我那些小姐妹吗，大家真的特想见见小满满。就见一面，让大家开开眼界嘛，不做别的。"岳文文晃了晃纪燃手臂，"上回你拒绝我，害我被姐妹们好一通说，那群人都在我耳边念叨好久了。"

纪燃想也没想："不去。"

岳文文问："为什么啊？你就当是去消遣放松了。"

"就是。"程鹏道，"一块儿喝个酒，也没什么大不了的。而且，你当初不就是想羞辱秦满吗？把他带去酒吧，被一群人围着看着，也够他难受的。"

程鹏嘴边带笑，盯着纪燃："还是你狠不下这个心了？"

"有什么狠不下心的？"纪燃抽出手，拍了两下篮球，下意识反驳道，"我只是不想去本色。"

"这简单。"程鹏说，"你下周三正式上班，那天晚上我们给你开个庆祝会。小文，到时候把你那群小姐妹带来，我也好久没见了。"

"好！"岳文文搭着程鹏的肩，问纪燃，"小燃燃，这下总可以了吧？"

"上个班而已，有什么好庆祝的？"纪燃道。

"我和小文开始上班那会儿，也开了庆祝会。这是规矩。"程鹏意味深长地看了纪燃一眼，"怎么，现在签了合同，你就想把秦满一直藏起来，怕别人把他挖走？"

纪燃一愣，当即脱口道："我藏他做什么？"

岳文文眼底一亮："那就是同意了？"

"……随便。你们爱开就开，想看几眼看几眼，跟我没关系。"

纪燃把篮球往篮筐一丢，球飞到半空便重重坠下，连篮筐的边缘都没碰着。

第七章 上班风云

上班第一天，纪燃的手机响了三回。

一回是许麟打来的，一回是老胡，最后是岳文文，他们都怕纪燃上班迟到，一大早就打了电话过来。

纪燃咬着面包，挂了岳文文的电话。其实纪燃早就起了，而且还是被秦满吵醒的。

"这套衣服很合适你。"秦满把牛奶放到纪燃手边，一脸讨好的表情。

"少巴结我。"纪燃沉着脸，打了个哈欠，"等我清醒了再跟你算账。"

秦满看了一眼腕表："时间差不多了，我去开车，你吃完就出来？"

"我饱了。"纪燃站起身，朝车库走去，"就你那车速，想害我迟到？"

到了永世，纪燃把车驶向停车场。以往显示屏上都会显示"临时车牌"，今天显示的却是"员工车牌"。

不得不说，许麟这人在各个方面都做得很周到。

现在是上班高峰期，停车场不断有车驶进，纪燃把车开到和保安事先沟通好的位置，熄火下车。谁知刚走出车门，纪燃就能感受到周围几道炽热的视线，再一回望，那些员工立刻收回视线，直视前方。

倒是秦满捕捉到了一道没来得及收回去的目光。他跟对方对视了两秒，然后颔首示意，那女人回过神来，忙点头打招呼，慌张得要命。

这两天，纪燃要上任的事儿早已经传遍了整个公司，大家心里都隐隐有些期待，不过不是多期待这个新的项目组长，而是想看看这个传说中的也流着纪家的血的孩子到底是个什么样的人。

电梯间站满了人，纪燃刚走进去，就迎来了在场所有人的注目礼。电梯里头全是好奇、惊讶、探究的视线，还有少部分掺杂着微妙的情绪。

在原地站了一会儿的纪燃，终于忍无可忍："看猴呢？"

那些视线唰地收了回去。

秦满嘴边噙着笑，他突然觉得纪燃脾气差点儿也挺好，至少不会忍气吞声。

一路到达二十三楼，电梯门一开，许麟就已经在外面等着了。

"组长，秦先生。"见纪燃没迟到，许麟就率先松了一口气，"我带你们去办公室。"

进了项目组，纪燃扫视了一圈。不出所料，这办公室里零零散散地坐着不过五个人，加上秦满、许麟和自己，一共也就八人。

那几人见到组长来了，连忙站起身来打招呼。

"组长好。"

"组长早！"

纪燃往常在夜店，那是从进门到落座一路都有人前来打招呼的，早习惯了这样的场面，淡定地"嗯"了一声，问许麟："我跟他们坐一起？"语气不是很愉快。

许麟笑着道："当然不是，你的办公室在那儿。"

许麟指了指左边那一处被隔出来的房间。组里人少，纪燃的办公室却挺大，有一扇能俯瞰市景的落地窗，一套待客的大沙发，还有一块全方位覆盖的地毯。

纪燃看了一眼自己座位旁多出的一套桌椅："这是什么？"

许麟道："这是秦先生的位置。"

"……"

秦满把电脑往桌上一放："辛苦。"

许麟笑道："应该的。"

纪燃"啧"了一声："他的位置放外面去不行吗？非跟我挤着做什么？"

"你初来乍到，在工作上可能会比较生疏，我是想着秦先生在你身边可能会方便一些。"

算了。纪燃摆摆手："行了，你出去吧。"

许麟走后，纪燃往老板椅上一坐，不合时宜地又打了个哈欠。

秦满刚要说什么，就听见几下叩门声，一个女员工走了进来，把文件放到纪燃桌上。

"组长，这是我们组目前负责的项目，您看看，有什么不明白的尽管问我就好。"

纪燃随手翻了两页就翻到底了，不满道："怎么，这个部门马上要解散了是吗？"

女员工脸一红，忙解释道："不是的，因为我们是临时被召集起来的小组，所以项目相对也会少一些。"

其实这些纪燃早就知道了，资料上都有提过。他们这里说是小组，实际上就是从各部门随便挑了几个人凑在一块儿。五人中有自愿过来的，也有因为工作方面的问题被其他部门赶出来的。

面前这个是自愿者之一。

纪燃道："知道了，你出去吧。"

他们组不止项目少，还都是些小项目，流水来回不过几十万元。纪燃把文件随意丢到一边，往后一仰，将腿架在了办公桌上。

"纪惟的办公室短号是多少？"纪燃转头问旁边的人。

秦满走了过来，拿起项目书翻了几页。这些项目比他最初拿到的资料还要少一些，应该是中途又换过了。

"不知道。"他答。

"你去问问许麟。"

"你打给纪惟，然后呢？"秦满慢条斯理地放下文件，"难道他会给你新项目？"

"谁说我要去拿项目了？谁稀罕。"纪燃道。

"你也不能全怪纪惟，没有哪个新人一进公司就能拿到大项目。做完这几个，后面的项目含金量也会越来越高。"秦满把文件推了过来，"这些也只是让你熟悉熟悉流程。而且好项目是要靠抢的，等我们把这些项目做完，我再带你去谈新项目。"

"……谁要你带着。"纪燃盯着他，"你是纪惟派来当说客的？"

"怎么会。"秦满笑了，"我是你的，合同上白纸黑字写得清清楚楚。"

"……"纪燃嫌弃地拿起文件夹，看了几行字，忽然抬起眼来，"喂。"

"去给我泡杯咖啡。"纪燃用命令的语气道，"糖、奶都要，我不喝苦的。"

秦满拿着空杯子走出办公室，听见开门声，几人忍不住都望了过去。

"啊，那个。"来送资料的女人忙起身，"秦……助理，我帮你去倒吧。"

这段时间公司传遍了关于秦满的消息，就连原本不认识他的现在也都知道了。

"不用。"秦满拒绝道，"茶水间在哪儿？"

"哦，我带你去吧。"

到了茶水间，秦满慢条斯理地撕开包装纸："你叫什么名字？"

女人一愣："曲冉。"

"曲冉。"秦满扬了扬唇，"麻烦你了。我已经认识路了，你先回去吧。"

曲冉被这个笑弄得脑袋发晕："好……好的。"

秦满正泡着咖啡，兜里的手机响了。

他停下动作，接起道："嗯？"

"你来公司了吗？"电话另一头是纪惟，"还习惯吗？"

"挺好的。"

"我的办公室在三十一楼，我们见一面？"

"不了，我这边还有点事情要处理。"

"能有什么事要处理？"纪惟把玩着手里的物件，沉默半晌，问，"许麟在你旁边吗？"

"没有，我在茶水间。"

"行，今晚一块儿吃顿饭？当给你接风了。"

"我今晚有事，改天吧。"

纪惟也没多说："那你有什么事需要帮忙，再联系我。"

秦满挂了电话，转身回办公室，路过隔壁部门时刚巧听见两个男人正在聊天。

"隔壁那位来了？"

"来了，范儿可大。"

"关系户就是不一样，一来就是个组长。"

"哈哈，那算什么关系户啊？你又不是不知道隔壁组手里都是些什么项目。要说还是我们纪总大方，换作是我，我肯定让那人饿死在外头，连进公司的门的机会都没有。"

"这你就不懂了,纪总这是变着法儿在羞辱人呢,把人放在自己眼皮子底下,还不是想怎么整就怎么整。"

"哈哈,也对。不过话说回来,真不愧是明星生的,长得可真不错。"

他正笑着,余光一瞥,看到了站在玻璃门外的男人,笑容立刻僵在脸上,后面的话也全都咽了回去。

秦满拿着杯子,朝他笑了笑,可他总觉得秦满的笑容不是太友好,便趁机看了一眼工作牌上的名字,表情更难看了:"……秦……秦先生,久仰。"

另一个人听见也是一愣,忙回过头来。

秦满没说话,捏着咖啡杯兀自转身离开。

两人半天才回过神。

"那是秦满?他听见了?"其中一个懊悔道,"他不会回去告诉纪燃吧?"

"应……应该不会,况且我们说的都是实话。"

"可我怎么感觉他刚刚在看我们的工作牌啊……"

"那又怎么样?你冷静一点,他就算厉害,现在也破产了,难不成他还能报复我们?"

"……也是。"那人抹了一把汗。

纪燃等得无聊,就地开了一局游戏,岳文文也在线,强行跟纪燃组了队。

"小燃燃,第一天上班感觉怎么样?"岳文文用队内语音问道。

"无聊。"纪燃道。

"你那儿还有办公室坐呢,我在我爸那儿,还要指挥拖拉机!"岳文文想想就气,"我花了一整天时间做的发型!他要我戴安全帽!我刚做好的指甲!他要我戴那脏得要命的手套!我刚买到的限量版衣服!他要我站在狂风中当稻草人!!!"

"……那你别干不就行了。"

"不行。"岳文文能屈能伸,"不干就没钱,难道你给我钱啊?"

这话刚好被进门的秦满听见,他挑了挑眉,把咖啡放到桌上:"尝尝味道够不够。"

"我也没钱。"纪燃喝了一口咖啡,"我的钱全被一个王八蛋骗走了,你叫他分你一点。"

岳文文听见秦满的声音，立刻改口："我们是'好姐妹'，我怎么会要你的钱呢？你全给他吧。小满满，我们晚上见哟。"

秦满笑着应道："好。"

纪燃抬手把麦克风和音响都给闭了："啧，你别跟我朋友套近乎。"

秦满问："咖啡合口味吗？"

"……还行。"

秦满回想了一下自己加的奶量和糖量："喜欢吃甜的？"

"没。"纪燃头也没抬，"只是不喜欢苦味。这些项目你拿去看看，有没有要改的，没有我就签字了。"

"好。"

纪燃打了一下午游戏，打累了就在旁边的沙发上睡觉。直到开门声响起，纪燃才醒过来。

"组长，平时没什么事的话，你五点就能下班……"许麟话说到一半，看见躺在沙发上的人，"……我打扰到你了？"

"没有。"纪燃坐起身，挥手道，"那你们下班吧。"

许麟："……好的。"

许麟走后，秦满站起身，从衣架上拿过外套穿好，顺手把文件放到纪燃面前："明天你把这些资料看一遍，再交上去。"

纪燃翻了几页，发现上面都做了详细的批注，有些行业术语旁边甚至贴着打印出来的注释。

秦满一天的时间估计就花在这小几十万的破项目上了。

纪燃即将脱口而出的拒绝默默变成了："……知道了。"

庆祝会的地点在程鹏名下的一栋海边小别墅。

把车停好，纪燃下了车，道："我在外面抽支烟，你先进去。"

"嗯。"秦满说，"少抽点。"

"啰唆。"

附近的海景很漂亮，纪燃在门口看了许久，直到岳文文的催促电话进来，纪燃才转身进了屋。

"你总算来了。"程鹏瞧见后,道,"我买了很多食材,在冰箱里,你想吃什么自己拿自己烤。"

"知道了。"

"还有,"程鹏把柜子上的盒子递过来,"庆祝你上班的礼物。"

"矫不矫情?"纪燃接过来。

"陈安喜欢惊喜,我习惯了准备这些。你这是沾光。"

"谁要沾这光。"纪燃笑着撞了撞他的肩膀,"走,一块儿进去。"

"我还要去厨房,烧烤比较简单,我就没请厨子。"程鹏道,"自己随便腌一腌。"

"陈安不帮你?"

"在楼上复习呢。"

"……"纪燃放下礼物,"我跟你一起去。"

"别。"程鹏突然停下脚步,看了一眼客厅的方向,意味深长道,"你还是赶紧进去吧,去晚了,可没看戏的好位置了。"

纪燃还没走进客厅,就听见里面传来的对话声。

"你穿西装热不热?我帮你拿去挂起来吧。"是一道温和的声音。

秦满:"不用,谢谢。"

紧跟着就是起哄声。

"秦满你可千万别把衣服给出去,我怕温笑晚上会开心得睡不着。"

"别这么说,秦满,温笑可都崇拜你好多年了,多可怜啊,你就让人家摸摸你衣服嘛。"

最初那个声音的主人显然就是温笑,此时话里竟然有些害羞:"你们别胡说。"

"什么情况啊,温笑不是有男朋友吗?"岳文文有些蒙,"不是早就对小满满没兴趣了吗?"

"什么没兴趣啊,你是不知道,上回你没把秦满叫来,温笑那晚喝了个烂醉,还掉了眼泪呢。"

岳文文:"……"

"不是的。那天我是因为和男朋友吵架了,才会哭的。"温笑垂着眼,不敢看秦满的眼神。

秦满暗地里叹了一口气:"没事。"

温笑心里一跳,鼓起勇气抬起头:"不过我确实崇拜你很久了……"

"喂。"

一道声音打断了温笑的话。

众人的目光不自觉往声源处瞧,只见纪燃走了过来,用脚碰了碰温笑的凳子。

"让个位置。"纪燃看也不看秦满一眼。

那人也算是知道纪燃脾气有多差,见这阵势,连忙站起身来:"好呢。"

纪燃坐下来,跷着二郎腿,皱着眉问身边那些静止不动的人:"接着烤啊,看我干什么?"

"还有你。"纪燃看向秦满身边柔柔弱弱的人,"继续说,都听着呢。"

纪燃这话一出,在场几个人面面相觑。

岳文文知道温笑以前喜欢秦满,不过温笑和男朋友都好了半年多,谁能想到人家现在还惦记着。

为了先缓和气氛,岳文文赶紧把手上的烤串递给纪燃:"小燃燃,吃鸡翅。"

"没熟,想毒死我?"纪燃扫了一眼。

"哦,那我再烤一会儿。"岳文文把烤串放回去,"不然我们打会儿游戏,等程鹏来了一块儿吃?"

"不玩。"纪燃看着温笑,"不是要讲故事吗,怎么停了?"

温笑慌忙地给岳文文递了个求助的眼神。

不是说纪燃只是为了报复秦满才资助秦满的吗,现在怎么还吓唬起人来了?

纪燃的私事,岳文文自然不可能说得这么详细,便赶紧皱眉,给了温笑一个眼神以示警告,让对方别折腾了。

温笑却不甘心,毕竟机会来之不易,连在梦里都没想过自己能和秦满坐得这么近,就这么放弃是不可能的。

"其实也没什么故事。"温笑低下头,含羞带怯地笑了笑,"就是前几年,我第一次去酒吧的时候喝醉了被人缠上,是秦满帮的我。"

纪燃"哦"了一声："怎么帮的？"

"我也不知道，好像是他说了两句话，那个人就走了。"温笑道。

"那你记性还挺好，醉了还能把这破事儿记到现在。"纪燃冷冷道。

其他人听纪燃的语气，似乎也没有真生气，于是放下心来，有几个心大的也开始参与对话。

"那可不，有段时间温笑只要进酒吧，都要看一眼秦满在不在。"

"对啊。秦满，这事你记得吗？"

秦满面色如常："不记得。"

温笑的笑容僵了一瞬："过这么久了，不记得也正常，我还记得就好了。"

半晌后，温笑不死心地又开口道："我们当时在繁星酒吧。"

这么一提，秦满倒有了印象。没别的，繁星的老板是他朋友，开店时缺资金，是他填补上窟窿的，所以他也算是繁星的半个股东，刚开业那一阵子，他常被朋友叫去坐一坐。

既然是自家酒吧，那看到闹事的，自然也得管一管。

不过他管的事也不止一两件，温笑这人他是完全不记得了。他正准备反驳，却见对面的人正散漫地坐着，一脸无所谓的模样。

秦满沉默半晌，挑唇道："有点印象。"

没想到秦满会回应，大家皆是一怔。

温笑眼睛都亮了："当时你穿着黑色上衣、白鞋，我……我那会儿头发比现在要短很多，也没现在白，所以你一开始没认出来也正常……"

程鹏走出来，把腌好的肉放在桌上，打断他们的对话："在说什么？"

岳文文瞥了一眼旁边的人，松了一口气："没说什么，快来一块儿吃点烧烤。今天辛苦你啦。"

"陈安想吃，你们只是顺便。"程鹏道，"我上楼看看。"

"别！"岳文文实在顶不住，要早知道温笑还觊觎秦满，今晚肯定不会邀请她来，"陈安学习呢，你就别打扰人家了，大不了一会儿烤好了再送上去嘛。"岳文文连忙让出纪燃旁边的位置，"快，你坐这儿。"

程鹏看了纪燃一眼，纪燃正咬着掌中宝，一脸不爽快。程鹏想了想，还是坐到了位子上。

纪燃和秦满隔着一张长桌，面对面坐着。距离不远，那边低声说的话，这边也能听见。

"其实我们后来还见过一面。"温笑仍在继续，"在云塔那家旋转餐厅，我还跟你打了招呼。"

秦满："是吗？"

温笑："嗯，但是你好像没听见。"

由于程鹏的加入，位置又紧凑了一些，温笑捏着椅子，红着脸往秦满那儿挤了挤。

"咔嚓。"

纪燃一口咬碎嘴里的掌中宝。

"味道怎么样？"程鹏睨了纪燃一眼，笑道，"看你吃得挺香。"

纪燃咽下去："有酒吗？"

"你别喝酒了，明天还要上班。"程鹏说。

"有还是没有？"

岳文文探过头来："我刚刚买了一些，放在冰箱呢。没事，少喝点就好了。我一会儿叫几个代驾来。我去帮你拿？"

"不用。"纪燃腾地站起身来，"我自己拿。"

到了厨房，纪燃把手中的竹签棍狠狠往垃圾桶一丢。

那温笑是什么意思？还谈起崇拜来了？秦满又不是明星偶像。那温笑看起来也不像学习上进的主，崇拜个什么劲儿？崇拜他长得帅吗？

纪燃开冰箱的手一顿。别说，岳文文那群小姐妹还真有可能因为长相去崇拜一个人。

"你拿个酒怎么这么久？"

纪燃一愣，回头看见程鹏正靠在门口。

"他们也要喝，怕你拿不完，我过来搭把手。"程鹏走上前来。

纪燃"哦"了一声，从冰箱拿出一打酒放到他手上。

"哟，这也太重了吧。"程鹏盯着旁边的人道，"我怎么瞧着你今天有点奇怪？"

纪燃："哪里奇怪？"

"脸臭。谁惹着你了？"程鹏道，"还是看温笑一直找秦满聊天，不高兴了？"

纪燃就像是被踩着尾巴的狼，差点把程鹏掀翻在地。

"我有什么不高兴的？"

"不高兴别忍着。"程鹏仿佛没听见，扫了外头一眼，"要是我的人敢跟陈安这么套近乎，我也不会干看着，何况你本来就烦她。"

别说，听完这句话，纪燃还真有种冲动。

自己也不该干看着，应该卸了秦满的手，让他以后没法吃烤串！

纪燃沉着脸："正常社交，聊两句而已，至于吗？"这话是在说程鹏，也是说自己。

"至于。"程鹏道，"陈安的事，全归我管。"

连纪燃都感觉得出，程鹏对陈安上心了。

纪燃拧眉道："……你也悠着点吧，忘了你是从哪儿把陈安找来的？"

陈安以前是在夜场工作的。

当然，纪燃丝毫没有看不起陈安的意思，只是那个行业比较复杂，最好还是防范着点。

"我知道，但陈安那都是迫于无奈。再说，我也不是什么正经人。"程鹏问，"要不我把温笑赶走？"

"别，就让那人待着吧。"

"就秦满这种性子，要真是不想搭理的人，他一眼都不会多看，更不会让温笑这么贴着。"

纪燃冷笑一声："万一两人真看对眼了呢？"

程鹏："然后呢？"

纪燃说："然后我一棒子打死这对鸳鸯。"

见他们回来了，岳文文忙给程鹏递了个眼色。

程鹏眨眨眼，意思是算是安抚好了纪燃。

另一头，秦满觉得自己像是进了盘丝洞。

两边朝他弥漫过来的香水味混在一起，掺杂在烧烤中，让他有些反胃。

"酒拿来了？"温笑道，"麻烦也给我两瓶吧。"

旁边人道："这么猛，一来就开两瓶？"

温笑："不是，我想帮秦满拿一瓶……"

狗腿，烦人。

纪燃全然不知自己的嫌恶已经挂在脸上，正打算开酒，就感觉兜里的手机振动了一声。纪燃拿手机的时候，不小心把兜里的烟也带了出来。

"那个，"温笑也不知怎的，一眼就看见了，"纪燃，我闻不了烟味，你能不能出去抽啊？"

"是吗？"纪燃把烟塞回去，"那你去酒吧的时候怎么没被呛死呢？"

温笑："……对不起，我只是……"

周围的眼光小心翼翼地投射过来，不知道的还以为纪燃欺负人了。

"哎，熟了熟了。"岳文文赶紧打圆场，心里琢磨着把温笑赶走，"都可以吃了，我这儿有辣椒和烧烤酱，想要的过来拿。"

纪燃放多了辣椒，禁不住拿起酒长灌一口。这酒在冰箱里冰镇了许久，冰凉的液体顺着喉咙滚落，凉意十足。

"这是我烤的鸡翅和火腿肠，我还特地放了些酱料在里头一块儿烤，味道要比其他的香一些。"温笑从自己的盘子里拿出几串烤串，"你尝尝？"

秦满盯着那几串东西，笑着接过："谢谢。"

温笑的脸登时就红了："没……没关系。你要喜欢吃，我这儿还有，都给你。"

岳文文给温笑发去第七条微信，确定对方看见了，但一直没有回复。岳文文看了一眼旁边把食物当人肉嚼的纪燃，讨好地贡献出自己的食物。

"小燃燃，吃吗？我这儿有好多。"

纪燃问："你这些烤的时候放酱料了吗？"

岳文文愣了愣："什么酱料？程鹏不是腌过吗？你想吃什么样的，蘸什么酱料，我重新给你烤。"

纪燃一把接过岳文文递来的食物："我就吃没蘸酱料的。"

岳文文："……"

在纪燃打开第四瓶酒时，秦满像才刚发现似的，开口道："少喝一点。"

纪燃没理他，兀自跟程鹏碰了碰杯。

这时，岳文文举着杯子站起身："别吃了，我们先恭喜小燃燃终于踏入朝九晚五一族。"

其他人纷纷应和。

程鹏道："是。希望你能坚持久一点，起码坚持三个月再走人。"

纪燃举杯笑骂："去你的。"

碰完杯，其他人都坐下了，只有温笑一个人还站着，并给自己倒满酒，举到了秦满面前。

"……秦满，也恭喜你找到新工作。"温笑道，"我现在在聚安上班，离你们公司挺近的，以后有空可以一块儿出来吃饭。"

"上班时间谁有空啊？"岳文文打断道，"我都忘了，小满满也是新上任，来，再走一个吧。"

纪燃不动："别人这是委曲求全才愿意来的永世，有什么好庆祝的？"

"没委屈。"秦满拿起杯子，主动碰了碰纪燃搁在桌上的酒瓶。

温笑双手捧着酒杯，紧张地凑上去，趁机也跟秦满碰了杯。

纪燃心里一阵窝火，直接把竹签往桌上一丢，起身道："我饱了，你们吃。"

"去哪儿？"程鹏问。

"抽烟。"

纪燃刚出去不久，温笑就把二维码送到秦满面前。

"秦满，我能跟你加个微信吗？"温笑道。

秦满脸上那点可怜的笑意早就收了个干净，淡淡道："抱歉，我不加陌生人。"

跟几年前在酒吧那晚的语气一模一样。

秦满的态度转变太快，温笑一怔，尴尬地保持着笑容："……你如果不喜欢聊天，我就乖乖地躺在你的好友列表里也行，一定不烦你。以后你遇到什么困难，我都会帮忙的！"温笑深吸了几口气，温声道，"不管是工作上的忙，还是私事，我一定尽力帮你，可以吗？"

秦满刚要说什么，手机先轻轻响了一声。

纪燃：滚出来。

微信里没有说清楚地点，秦满最后在花园里找到了纪燃。

纪燃蹲在花圃前面，撑着下巴盯着花，不知道在想什么。

这人喝了酒，蹲得不太稳，有些摇摇晃晃的。

听见动静，纪燃回头见到了秦满，本想撑着膝盖站起来，没想到用力过猛，身子往前倾了一些，眼见脸蛋快要碰到花上，就被坚硬有力的手臂拉住了。

纪燃隐约闻到了秦满身上沾染到的香水味。

纪燃低骂了一声，手肘往后一撞，结结实实撞在了秦满身上："离我远点。"

秦满吃疼，也没急着放手，直到确定对方能站稳后，才把手松开。

"怎么了？"秦满问。

纪燃没应，垂着头盯着他衣服下摆。

秦满挑眉，还准备再问，就见纪燃突然伸出手来，用食指点了点他胃所在的位置。

"吐出来。"纪燃道。

秦满："什么？"

"刚才那些烧烤，全吐出来。"

秦满没躲，任由对方指着："为什么？"

纪燃张口，刚想说什么，话到嘴边又吞了回去。

为什么？当然是温笑真的太讨厌了，自己最讨厌温笑这样的人了，更讨厌她和自己的朋友套近乎。秦满算不算自己的朋友这事另说，反正纪燃就是不乐意秦满吃那温笑烤出来的东西。

但这话纪燃是不会说出口的。

纪燃没醉，所以心里很清楚，自己和秦满只是资助与被资助的关系，就算是合约以外的协议，也没有"不准吃温笑烤的食物"这一条。

"算了。"半晌后，纪燃猛地放下手，"你滚回去吧。"

纪燃拿出烟盒，准备点一支烟，结果身边人半天没有动静。

纪燃道："滚啊，还站着干什么？"

秦满笑了笑："不回去了。"

后面传来开门声，温笑从里面出来，手里还拿着一块西瓜。

见到纪燃，便立刻装作一副很惊讶的模样："啊，原来纪燃也在……怎么办，我只带了一块西瓜。"

后花园里两人都没搭理这突然出现的人，温笑作势要走过去，干笑道："秦满，这块是给你的，我再回去给纪燃拿一块吧。"

秦满仍背着身，没看温笑，用两人才能听见的音量问旁边的人："吃西瓜吗？"

"吃呗。"纪燃原本灭了一些的火又噌地蹿了上来，"你吃了，以后岳文文家工地附近那块瓜田就是你的安息之地。"

秦满沉思了一会儿："那瓜田面积挺大的，想包下一块地，一年得花不少钱。"

"……你放心躺着。"纪燃皮笑肉不笑，大方地说，"多少钱我都给你包了。"

温笑走近，只听到后面几句，疑惑地问："什么钱？包什么？"温笑看向秦满，"你需要钱吗？我这儿有，我可以借你的。"

"这儿有你什么事？"纪燃问。

温笑："……我只是想帮帮朋友。"

纪燃正要发作，秦满先开了口。

"不用。"他不露痕迹地和温笑拉开了一些距离。脱离了烧烤味，温笑身上的香水味就更浓郁了，闻着不舒服。

他笑道："我可还不起。"

温笑："不用你还……不，我的意思是你如果现在手头很紧，我可以补贴你一些……"

纪燃打断道："你在这儿笑话谁呢？秦满现在是谁接济着的，你心里没点数？他能缺你的补贴？要是钱在口袋烧得慌，就拿到大街上去撒。"

温笑像是被吓着了，呆立在原地，满脸通红，过了半天才道："我只是想帮朋友一把，你为什么要把话说得这么难听？"

见纪燃不反驳，温笑嘴巴微微往上噘，像是被气急了："你别以为有钱就了不起，谁没几个钱呢？秦满，这人平时也这么对你的吗？你是不是受委屈了？不然你现在跟我走吧，以后我借你钱，你能还就还，还不上也就算了。别在这儿受气了，行不行？"

秦满闻言，看了纪燃一眼。

纪燃跟秦满一对视，以为秦满是被温笑的话说动了："怎么着，很想去？"

"你不要威胁秦满了。"温笑忙说。

岳文文隐约听见了一些动静，走到阳台刚好看见这一幕，吓得心脏都要跳出喉咙了，张口就瞎说："温笑，你男朋友来了，你去外头接接他！"

温笑愣了愣，回头道："……他怎么会来？"

"反正人现在在外面等着了。"岳文文道，"你赶紧去吧。"

温笑还想对秦满说什么，又觉得现在还不是时机，只好咬了咬下唇："我……我先出去一趟。秦满，我刚刚说的话一直算数，你随时可以来找我。"

温笑一走，岳文文不敢多听，"砰"地把阳台门关上了。

"你还站着做什么？"纪燃打破安静，"想去就去啊。"

秦满声音如常："我已经和你签了合同了。"

"那是工作合同，又不是卖身契。"纪燃冷笑，"你让温笑把我之前给你的那些钱帮你补上，你安心去就得了。"

纪燃觉得自己现在特烦躁，心里像被什么东西堵着，闷得要命。

"别人这么崇拜你，给你烤东西，给你送西瓜，连你几年前穿的什么都记得清清楚楚。"

"你还挑剔什么？"

"哦，你不喜欢当第三者。放心，我瞧温笑那德行，会愿意为了你把男朋友甩了的。"

秦满安安静静听着，听完了还沉思片刻："好像是不错。"

他垂眼问："真的能去吗？"

"滚。"纪燃骂。

秦满点点头，像想起什么似的，从口袋里拿出一瓶酸奶。

"记得把这个喝了。"

纪燃背过身，继续盯着那些不知名的花："滚。"

花园里安静了片刻。

"滚啊。"纪燃道，"等着我给你发辞退补贴？"

纪燃话音刚落，就听见球鞋踩在地板上的摩擦声，听起来秦满是真的要走了。

纪燃脑子一热，猛地转身，一把抓住秦满的衣领："你还真敢去？！你信不信我卸了你胳膊……"

秦满依着对方的力道停了下来，转身看纪燃。

"真以为我吃素的？"因为酒精作祟，纪燃的头已经有些发晕，手上力道却仍然努力克制着，想到什么说什么，"你还敢吃那人烤的串儿？我今晚就给你下毒，然后把事儿推到温笑身上，我让你们俩滚去地府做一对鬼鸳鸯！"

秦满道："我为什么要跟别人做鬼鸳鸯？"

"我怎么知道？"纪燃捶他肚子，"你眼瞎。"

"……"秦满失笑，握住纪燃的手腕，"别捶了，捶不出东西，我压根儿就没吃。"

秦满只是虚虚握着，根本桎梏不住酒精上头的人，纪燃加大力度："死骗子。"

秦满："真没有。"

纪燃想到什么，更气了："我威胁你了是吗？是谁跟我讨价还价，谁开口就要我一半财产，又是谁还天天在当跟屁虫？我哪里威胁你了？这事你情我愿，我出钱你干活，我哪儿威胁你了？"

"你没威胁我。"秦满索性也没再拦纪燃的拳头了，"你特好。"

"滚，少拍马屁。"纪燃道，"还是说你知道我特好，觉得我不会生气，才跟那人那么亲近？还是你看上人家了？"

说到最后，纪燃蓦地停下了手。

秦满以为纪燃捶累了，刚想低头安抚纪燃两句，谁想胸膛上猛地挨了一拳，力道不小。

"不行，我讨厌死温笑了，你再靠近这人试试！"

纪燃忽然想通了，瞎子都看得出温笑觊觎秦满，秦满又是自己出了大价钱资助的，这人踩了自己的雷区，凭什么不能发脾气？

也不算发脾气，这叫提前防范。

温笑算个什么东西，敢在太岁头上动土？

这秦满更不是个东西。

秦满没说话，纪燃打了个酒嗝："你听见没？再让我看到你搭理那个温笑，我……"

"我不记得那人,更谈不上喜欢。"秦满道,"既然你不高兴我和温笑坐在一块儿,为什么不说出来?"

这简直就是恶人先告状。

"我不说,你就不会自觉点吗?"

秦满道:"可我需要听你说出来。"

"……"纪燃一噎,"你是幼儿园学生?非要听了指令才会做事?"

秦满笑了,伸手把人又扶了扶。

纪燃酒劲上来了,歪歪扭扭地站着,也懒得挣扎,干脆没骨头似的靠在那儿。

"你就当我是吧。"秦满道,"以后你就多给我提点要求。别去哪儿,别靠近谁,别做什么事……我都会听的。"

"只要你提。"

"……"

纪燃脾气虽然不好,但鲜少给别人提什么要求。小时候的纪燃倒是提过不少,却常常被人说成是想争宠,白日做梦,野鸡想变凤凰。

其实小朋友的愿望,不过就是见父亲一面,哪想过那么复杂。

"如果我要让你去死呢?"纪燃沉默许久,道。

"你带着我一起?"秦满道,"也不是不行。"

"……"

真幼稚。

温笑被骗着去了一趟小区门口,还险些在电话里跟男友吵了一架。

回到别墅后,温笑问岳文文:"谁跟你说我男朋友来了?"

岳文文头也不抬道:"哦,没来吗?那是我听错了。"

温笑道:"你是故意的?"

"东西都吃完了,也用不着你收拾。"岳文文道,"你现在走吧,我就不送你了。"

"这是程鹏的家吧?"温笑忍不住说了一句,最后还是把脾气收了回来,"文文,你也知道,我喜欢秦满好多年了……"

"我才不知道呢!"岳文文气得差点跳起来,"你是要现在走,还是要我找程鹏来赶你啊？"

"……"温笑道，"那我跟朋友们打声招呼再走吧。"

"不用，我会帮你转告的。"岳文文想了想，还是把话说开了，"温笑，我告诉你，你要是再让纪燃不痛快，我们这朋友没得做。"

温笑皱眉："你要跟我绝交？文文，我们可是认识八年了。"

"认识十八年都没用。"

"纪燃到底对你哪里好了，这人凶巴巴的……"

"温笑。"岳文文忍无可忍，拿起温笑的背包就丢了过去，"你再不走，我赶人了啊！"

温笑咬咬牙，在心里思忖片刻。

今晚看似顺利，其实自己连秦满的联系方式都没拿到，就连秦满的态度也还没捉摸透，现在要是跟岳文文闹翻，以后还不知道有没有机会再接触秦满了。

"行。"温笑像受了委屈般低下头，"你别生气，我走就是了。"

程鹏给陈安送完消夜，一下来就见岳文文跟贼似的守在阳台旁边的沙发上。

"干吗呢？"程鹏道。

岳文文见到他，赶紧把事情说了一遍，哭丧着脸说："我瞧着那两人好像在吵架。程鹏，我是不是完了？我要被小燃燃辣手摧花了吧。"

"没关系。"程鹏倒平静，他看了一眼阳台的方向，道，"放心，没什么事。"

"真的？"

"嗯。"程鹏道，"真有什么大事，那也是秦满首当其冲，你担心什么？"

"那我跟秦满的抗压能力不一样啊！"

程鹏沉思片刻："也是。"

"……"

岳文文还想说什么，就听见"咔嗒"一声，阳台门开了。

纪燃走在最前头，看见屋里的两人，便问："你们在这儿干什么？"

"吃太饱了，随便转转。"岳文文瞧见纪燃的火气好像退了许多，悬着的心也落回去一些，"那什么，你们聊完了？"

"谁跟他聊了？"纪燃道，"我吹风。"

程鹏见纪燃脸色发红，浑身还散发着酒气，道："吃也吃饱了，时间也不早了，回去吧。文文，你帮忙叫个代驾。"

岳文文忙拿出手机，刚打开软件，纪燃就开口了："别叫了。"

纪燃今天起得太早，一整天也没补眠，刚刚又喝酒发了一通脾气，现在困得沾床就能睡："我今天睡这儿。"

"我这房子就一间客房。"程鹏道。

纪燃："我一个人难道还能睡两间？"

程鹏看了一眼秦满。

秦满手里拿着一杯喝了一半的酸奶，问："沙发能睡吗？"

程鹏叹了一口气，道："能。那行吧，我让陈安给你收拾出来。"

送走岳文文和那群人后，程鹏走上楼，撞见了正在楼梯口四处张望的陈安。

"怎么了？"程鹏把人拉到自己面前。

"没……没怎么。"陈安看了一眼客房，"纪燃今天，要睡这儿？"

"嗯，就睡一晚，明天就走了。"

陈安点点头："那你刚刚让我，多……多拿一床被子……"

"放在哪儿？我去拿。"程鹏道，"楼下还有一个客人要住。"

陈安立刻猜到另一位客人是谁，道："在床上。"

待程鹏走后，陈安犹豫了一会儿，转身去泡了一杯蜂蜜水才进了客房。

"喝……喝点蜂蜜水吗？"

纪燃睁眼看到来人，接过水杯一口喝完，把杯子随便往桌上一放："谢了。"

陈安一愣，没想到纪燃居然会跟自己道谢。

感觉到了对方的眼神，纪燃皱眉："看什么？"

"没……没……没什么！"陈安道，"我……我和程鹏的房间就……就在隔壁，你如果有……有什么需要……"

陈安本身就是个小结巴，被纪燃这么一瞪，说话就更不利索了。

纪燃赶紧打断道："行了，我知道。你回去吧，我想睡一会儿。"

"哦，哦。"

陈安刚走到门口，突然又被身后人叫住："等等。"

陈安停下脚步："怎么了？"

纪燃撑着身子，沉默片刻："……蜂蜜水，还有吗？"

"有，你……你如果还想喝，我就再……再给你倒一杯。"

"楼下那人也喝了点酒。"纪燃顿了一下，"如果方便的话，麻烦你给他送一杯，你要觉得麻烦就算了。"

陈安一愣："不麻烦，只……只是这别墅，不常住，没有多……多的杯子了。"

"那就用这个。"

陈安回过神，忙拿过那个空杯子："好。"

"还有，"纪燃把被子盖至头顶，因为被厚物遮挡，声音特别沉闷，"别说是我叫你去的。"

程鹏抱着被子下楼，见秦满握着手机坐在沙发上，似乎在看文件。

听见脚步声，秦满按下锁屏键，屏幕恢复一片黑暗。

"谢谢。"秦满扬了扬嘴角，"给你添麻烦了。"

"给我添麻烦倒是没事。"程鹏把被子丢在沙发一侧，抱腰倚在墙上，开门见山道，"只是纪燃天生不擅长应付麻烦，性格又比较冲，容易闯祸。我不希望因为你，让我朋友树立一个仇人。"

温笑能打进岳文文的好友圈，当然不是靠柔弱纯洁的"白莲花"性子。温笑有点家底，最厉害的是，能做到让所有前男友都对她念念不忘，分手了也愿意替她做许多事。

秦满笑容不变："这就不劳你费心了，我都会处理干净。"

"秦满，你也太自信了。"程鹏挑眉，"你口气这么大，难道忘了自己是个破产户？"

"处理事情，除了金钱，还有很多种解决方法。"

程鹏笑了声，没应，转身准备上楼。

"对了，还有，我不是你公司的客户，你没必要把对付客户的手段用在我身上。"秦满笑道，"你要真对我有什么好奇的，可以直接问，不需要大动干戈，花费这么多人力查我。"

程鹏被发现也没慌张，他回过头，坦荡道："纪燃是我朋友，我也只是不放心。如果冒犯了你，那我很抱歉。"不过这话里一点歉意都没有。

"你是纪燃的朋友,我当然不会怪你。"秦满把手机丢到桌上,"只是你也该多花点心思在自己身上,别到时只顾着旁人,自己却栽了跟头。"

"什么意思?"程鹏的表情略有松动,"你查我?"

"礼尚往来。"

程鹏还想再问,就听见上方传来一阵脚步声。

陈安穿着拖鞋走下来,见状愣了愣:"我打扰……到你们了吗?"

"没有。"程鹏道,"你怎么下来了?"

陈安:"我泡了蜂蜜水,给秦……秦满。"

秦满接过水杯,道:"谢谢。"

这个话题因为陈安的出现被打断,程鹏不想在陈安面前讨论这些事,于是道:"明天起床时动静小一点,安安这两天不去学校,需要充足的睡眠。"

陈安忙说:"我没……没关系的!"

"知道了。"秦满笑了笑,"陈安,这儿有多余的毛巾吗?我出了一些汗,想擦擦身子。"

纪燃原本特别困,往床上这么一躺,反倒睡不着了。虽入了夏,但纪燃还是被空调吹得有些冷,只好习惯性往旁边一挪,突然意识到自己今晚是一个人在房间里睡。

纪燃打住已经飞远的思绪,才发现自己已经不冷了,再想下去,空调的温度恐怕还得调低一些,只好闭眼,打算强迫自己睡觉。

寂静的夜里,突然传来一道扭动门锁的声音。

是谁?又是陈安?

纪燃不想再应付那个小结巴,干脆闭眼装睡,连呼吸都装得十分完美。

来人动作很轻,走路都放慢了力道,几乎听不见脚步声,但纪燃能感觉到对方正朝自己这儿走来。

我都睡着了,小结巴怎么还要过来?纪燃在心里"啧"了一声,正想睁眼赶人。

"睡了吗?"

居然是秦满的声音。

纪燃一愣,下意识居然是继续装睡,而不是立刻起身把人踢出去。

不是，我为什么要装睡？那小结巴居然没锁门吗？还有，这王八蛋大半夜来自己房间做什么？难不成是刚才在后花园骂狠了，所以他咽不下这口气，趁月黑风高来报复了？

纪燃正胡思乱想，就觉得身边的床铺一沉，床边的人小心翼翼地把因为自己刚刚翻身而显得很凌乱的空调被整理平顺。

既然选了装睡这条路，纪燃肯定是要硬着头皮装到底的——就算醒了，纪燃也不知道要怎么面对这个场面。

如果这人敢得寸进尺，我一定跳起来打爆他的头。纪燃心想。

纪燃心里正吐槽得欢快，身上却突然被人隔着被子拍了拍。

"先起来。"

照顾过纪燃这么多回，秦满早已经有了经验。这人一旦醉狠了，睡下去就基本没了意识，就算中途被吵醒，也还能继续安安稳稳地睡回去。

所以秦满没有迟疑就把纪燃叫醒了。

纪燃则是吓了一跳，立刻瞪大眼——这人早知道自己在装睡？

玩我呢？

纪燃嘴里那句"狗东西"刚要脱口而出，就见秦满挪到了床头，将手上的水杯递了过来。

蜂蜜的味道甜得发腻，飘散在空气中。

"喝点水再继续睡。"黑夜中，秦满的声音特别沉，带着十足的耐心。

第八章 打入内部

纪燃在正式上班的第二天就迟到了。

程鹏的别墅和公司有一段距离，又是上班高峰期，车被堵在路上，纹丝不动，纪燃到公司时已经超了上班时间。

怕时间来不及，纪燃特意自己开车，没想到还是没赶上。下了车，纪燃道："如果迟到被扣工资，我赔给你。"

秦满挑眉，没拒绝："好。"

纪燃刚走了两步，脚步就停了下来。

上班时间已过，停车场几乎没什么人，只有迟到的员工，和不需要准时到公司的老板，或老板儿子。

纪惟的车位在不远处，迈巴赫刚停稳，他就穿着一身白色西装下了车。平日里水火不容的两个人头一回有了默契，没几秒就对上了眼神。

纪燃"啧"了一声，转身进了电梯间。

"现在是九点三十六分。"纪惟的声音从身后传来，"员工迟到，扣全勤奖，评级扣分。"

纪燃懒得搭理他，连头都没回。

大清早的，纪惟也不想吵架，他问身边的人："怎么样，做了一天，还习惯吗？"

秦满淡淡道："挺好。"

"同事之间相处得好不好？"纪惟又问。

秦满好似没听懂，简洁道："还不错。"

纪惟顿了一下："……许麟做得怎么样？"

秦满失笑："才上了一天班，一个项目都还没做完，我很难回答你这个问题。"

"我的员工做得怎么样跟你有什么关系？"电梯到达，纪燃打断他们的对话，走了进去，"操心你自己的事。"

实际上，纪惟已经是公司员工心里认定的下一任掌权人，但现在他还没正式上任，纪燃手下的员工确实不关他的事。纪惟脸色微沉，不打算把宝贵的时间浪费在纪燃身上。

到了纪燃办公室所在的楼层，秦满跟纪惟道别后，便跟着纪燃出了电梯。

办公室里人员齐整，大家面色如常，并不觉得纪燃迟到是什么奇怪的事。

纪燃特别困，再加上昨晚没睡好，满脑子都是事，顶着醉意睁眼到了凌晨四点才勉强睡着。

纪燃把外套随手挂在衣架上，往老板椅上一躺，刚闭上眼想小憩片刻，又忍不住眯开一条缝，偷看坐在自己左侧角落的人。

秦满背脊挺直，才进来没几分钟，他就已经进入了工作状态，低头专心看着同事刚送进来的文件。

纪燃开始怀疑昨晚是不是自己喝多，出现幻觉了啊？

昨晚秦满临走前，也没忘记再一次帮自己把被子盖严实，还贴心地在床头柜处放了一瓶水。

纪燃想了很久，只得出了一个结论——

在老板看不见的地方也要努力工作，对所有性质的工作都一视同仁，任打任骂还怀有极大的耐心和素养……

这难道就是传说中的职业操守？

秦满是个完美主义者？

……别说，还真像。

开门声打断了纪燃的思绪。

"组长，有一个项目，签约时间在今天下午……"许麟走进来，瞧见了坐在办公椅上的人，不自觉噤了声。

纪燃收回目光："地点呢？怎么说到一半停了。"

"哦，"许麟收回目光，道，"地点就在我们公司，他们会派负责人过来。需要我现在去开一间会议室吗？"

"去吧。"纪燃刚说完，忽然想到什么，"……等等。"

"嗯？有什么事吗？"

"给我一个公司内部的登录账号。"纪燃道。

秦满审核资料的速度慢了一些。

大多数公司为了避免被社交软件APP偷窥商业隐私，都有属于自己的内部聊天软件，永世自然也有。永世的内部软件里不止有聊天功能，职位高一些的员工还拥有查阅部门聊天记录的权限，聊天记录甚至能追溯到好久之前。

公司很多公告都是通过内部软件发布的，所以在永世，就连一个小职员入职都能收到登录账号，许麟当然没有忘了这一茬。

但偏偏，上头就是没发放纪燃的登录账号。

"这个……"许麟顿了一下，"是我疏忽了，我马上去向上面申请一个。"

"申请？"纪燃道，"要等多久？"

"很快。"

纪燃"啧"了一声："那你快点，我有急用。"

许麟应了一声"好"，又问："是有什么急事吗？"

"是啊。"纪燃撑着下巴，"天天坐这儿无聊死了，我赶着跟人聊天呢，不行？"

许麟沉默片刻，道："那我尽快。"

许麟出去后，纪燃才慢吞吞地打开工作电脑，随便点开一个项目。

好在秦满之前给自己做了点功课，再加上自己学的专业和这些相关，所以这些企划案纪燃勉强也能看得懂。

但纪燃看了两眼，眼睛就不自觉歪到左边去了。

也是怪了，明明两人都没换衣服，为什么偏偏秦满的看起来就整洁一些？

纪燃突然想到什么："喂。"

秦满停下手中的钢笔："嗯？"

"你的内部账号呢？"纪燃道，"给我。"

秦满笑了笑："我是你带来的人，永世怎么会给我内部账号？给我一张办公桌都算多的了。"

纪燃撇嘴，把杯子往前一放："那你去给我泡杯咖啡。"

"昨晚刚喝完酒，"秦满道，"还是喝牛奶吧，茶水间有。"

"……随你，快去。"

秦满刚离开，纪燃就立刻关掉了文件页，然后娴熟地输入永世内部网址，跳转到登录页后，快速输入一串数字，上面很快跳转"登录成功"字样。

姓名：赵四

部门：后勤部

ID 号：91198

……

纪燃轻车熟路地点开聊天记录，发现没登录的这两天，后勤部的聊天记录又多了两页，纪燃一字不漏地看完，发现不过是几个职员的日常对话。

当然，身为永世这个月的焦点人物，纪燃的名字也掺杂在聊天记录里，但相关内容大多不是什么好话。

纪燃懒得多看，略显烦躁地关掉了网页，然后给程鹏打了个电话："你能不能帮我再弄来一个员工的账号？"

程鹏道："你以为你们家的产业是个小卖部吗？一个高权限的内部账号涉及多少机密，能这么容易就弄来？你爸不是给了你个组长的职位吗，怎么着也比那小后勤的账号要好吧，你登录上去看过没？"

"什么我们家的产业，我跟永世没关系。"纪燃说，"他们没给我内部账号。"

"……这都行。"程鹏顿了一下，道，"知道了，我再试试吧。"

纪燃挂了电话，沉思片刻，抬手把浏览痕迹全部清除了。

下午，纪燃踩着点走进会议室。

合作方早就到了，纪燃用余光扫了一眼，看清来人后，连带着脚步也慢了一拍。

温笑穿着一身灰色西装，头发仔细定过型，画了眉毛、打了粉，正笑吟吟地看着自己……身后的秦满。

"好巧，没想到会是你们负责这次合作。"温笑朝纪燃伸出手，"希望我们合作愉快。"

纪燃压根儿不理人，径直往位子上一坐。

温笑带来的人瞧见了，表情微妙了几分："纪组长，这位是我们公司的温主管……"

"我又不是你们公司的人，介绍给我做什么？"纪燃道，"合同之前都谈好了，速战速决。"

身边人正要发作，却被温笑拦住了。温笑抿了抿唇，给秦满递了个无助的眼神。

秦满并不接受，他迤迤然坐到纪燃旁边，把合同递了过去。

"这是我方拟定的合同，之前已经给你们传过一次复印件，你们再核对一遍，如果没出错，我们就签字吧。"

因为是之前谈好的项目，就差签合约了，所以对方核查过一遍后便签了名。

纪燃到这会儿才发现自己没带笔，摩挲了几下指尖，刚要说什么。

"用这个。"秦满突然递上一支钢笔。

在办公室偷窥得久了，纪燃一下便认出这支笔不是秦满自用的那支。

"……哪来的笔？"

"那天路过店面，突然看见的。"秦满语气自然，"想着你应该能用到。"

纪燃没怎么犹豫就接了过来，在合同上写下了自己的名字。

秦满看了一眼，纪燃的字没变过，虽然还是潦草，但不丑。

温笑的笑容保持得很好，大概是早知道自家公司和永世有合作，打探到秦满会在签约现场，便立刻把这活捞了过来。

签完约，几人一块儿走出会议室。纪燃刚准备回办公室，身后人就先开了口。

"等等。"温笑身边的男人道，"签完约就让客户自行离开，这就是贵公司的待客之道？"

纪燃停下脚步："怎么，你们不识路吗？我给你们开个导航？"

"你……"

"没事。"温笑给身后人做了个噤声的手势，笑道，"其实我是刚接手这个项目，项目我倒是了解得差不多了，就是合作的细节我还想跟你们谈一谈。比起听助理转述，我认为跟你们面谈会更详细一些。"

"你贵人事多，我就不麻烦你了。"温笑眨眨眼，"我借一下你的助理，你应该不介意吧？"

秦满难得有些后悔。

要知道纪燃会不高兴到喝这么多酒，他昨晚就不会那样。

错误不会再犯第二次，秦满一脸淡漠，正要拒绝，纪燃就先开口了。

"你这话就说错了。"纪燃沉默半晌，突然笑了笑，"我闲人一个，除了钱，就时间最多。"

"你不是不识路吗？走吧，我送你。"

没想到这人突然转变了态度，温笑嘴角的弧度一滞："就不麻烦你了，秦满送我就好……"

"那怎么行，他一个小小助理，哪送得起你这尊菩萨？"纪燃把合同丢在秦满手上，"你先回办公室。"

"小小助理"接过文件，低声道："我和你一起。"

"干吗？想趁机接近温笑？"纪燃也压低声音，不讲道理地问。

秦满失笑："……我回去等你。"

温笑一脸不舍地看着秦满走远，直到身边的助理出声提醒才回过神来。

"别看了，这人跟你半点关系没有。"纪燃嗤笑一声，"走，让我好好送送你。"

温笑其实有点怵纪燃。

纪燃是在圈子里掀起过一阵话题的人，岳文文刚带纪燃来本色那一晚，纪燃的照片就已经在各大群里流传，温笑是亲眼见着自己的朋友一个个迎上去，又一个个被骂回来的。

要不是身边有助理和律师陪着，温笑还真不敢去，怕被纪燃揍。

纪燃走在前头，一言不发地把两人带到了停车场。

"我们的车就在这儿，就不劳烦你送了。"到了车位旁，助理道。

温笑赶紧开门想走。

纪燃抢先一步，把手抵在了门上，语气散漫："急什么，聊会儿。"

温笑眨眨眼，有些惊慌失措："我……"

"怎么着，"纪燃看出对方的想法，道，"难道我还能在公司停车场，在你同事面前揍你？"

温笑犹豫了一下，觉得这人说得也有道理，而且自己正好也有些话想对纪燃说："行，我们过去说。"

两人到了电梯间左侧的角落。

"你资助了秦满多少钱？"温笑问。

纪燃没想到对方会先开口，一挑眉："干你什么事？"

"我可以资助他更多。"温笑咬了咬下唇，"你把他的合约转给我吧。"

纪燃一愣，紧跟着气笑了，没想到秦满还有这么多人惦记着呢。

纪燃想也不想，报出了比实际金额高出两倍的数目。

温笑一惊，狐疑地看着纪燃："这么多？"

"是啊。"纪燃道，"出不起就滚。"

温笑低头犹豫了很久："……不能少一点吗？"

"你以为自己是在菜市场买菜，挑挑拣拣，还能讲价？"

温笑道："可你都已经资助了他几个月，他应该没有那么困难了……"

纪燃实在觉得自己没法跟温笑正常沟通，这人就像是长在自己的雷区上，说话、举止、行为，哪哪都让人觉得恶心。

"你把一个大活人当什么了？"纪燃嗤笑道，"东西吗？我转让给你，是不是还得给你保修三年啊？"

温笑："……那你到底要怎么样才愿意把他的合约转给我？哦对，你新上任，一定很想要业绩吧。我可以给你项目，只要你提要求。"

这些几十万的小项目，温笑随随便便都能从手上分几个出来。

"我会稀罕你那几个破项目？实话跟你说了，就今天这个签约会，我都觉得是在浪费自己时间。"

温笑沉默片刻，突然从兜里拿出一盒烟来，给自己点上一支烟壮胆。

纪燃"哟"了一声："自己抽就不嫌熏人了？"

"纪燃你……你别这么得意。"温笑抖着嗓子道，"你不过就是碰上了好时机，刚好遇到他落魄的时候，他是走投无路才会选择接受你的资助。"

纪燃不气反笑："是啊，你这种后到的就只能站旁边看着。"

温笑道："你说话一直就这么得罪人吗？"

"不至于。"纪燃懒懒道，"我只是特喜欢气一些蠢货。"

我的死对头

酱子贝 著
Jiang Zi Bei Works

从第一眼开始，
就覆水难收，无法拯救。

2020052013140199511

······

登录

忘记密码？ 没有帐号去注册 更多

温笑:"……"

果然,自己就不该来找纪燃。温笑还准备说什么,就见有电梯从上面降下来,从门口上方的透明玻璃能看见里面站着的人。

温笑一怔,紧跟着把烟拧灭,调整语气,低声道:"纪燃,我是真的很喜欢秦满,我暗恋他好多年了。我出钱也不是想折辱他,我只是不想他受委屈……当然,我没有怪你的意思。相反,你在他落难的时候帮了他一把,我很感激你。"

"感激我?"纪燃眯眼,"那是他要想的事,你感激我做什么?少给自己脸上贴金。"

"……"温笑做了个吞咽动作,"行吧,刚刚你说的价格我接受了,你把他的合约转给我,这总行了吧?不过这笔钱金额太大,我暂时拿不出来,需要点时间,不长,最多一星期。"

纪燃没想到自己随口一说,温笑居然还真的答应了。

"我反悔了。"纪燃抬起一根手指,"你考虑了五分钟,我现在要加一千万。"

温笑瞪大眼,涨红着脸说:"纪燃,你不要太过分!你又不是真心想资助他,这笔生意对你来说只赚不亏,你别得寸进尺。"

"我确实不是真心想资助,但我讨厌你啊。"纪燃道,"你快点考虑吧,再想我又得涨价了……"

"不用考虑了。"男人低沉的声音从身后传来。

纪燃一顿。

"温笑,如果你有这方面的想法,应该直接联系我。"秦满一边说一边走上前来,把文件递给纪燃,"这份文件比较紧急,要赶在下班之前送到上面,需要你的签名。"

纪燃下意识接过文件,快速签了名。

"下次签名之前要仔细看看内容。"秦满笑,"万一是卖身契呢?"

纪燃:"……"

温笑一脸紧张:"秦满,你……你都听见了?"

秦满这才看了温笑一眼:"只听了一些。"

"对不起，我只是想帮帮你。"温笑捏着衣角，"我原本是想联系你，又怕纪燃不肯，就擅作主张地和你老板先谈谈。"

纪燃："我——"

"那我正式回答你，我不愿意。"秦满道。

霎时间，停车场安静了片刻。

秦满看着温笑惨白的脸，语调客气又自然，仿佛他们是在方才的会议厅里谈公事："我现在暂时不缺钱，没想过要换老板，对你也没什么兴趣。这样说够明确了吗？"

温笑讷讷地张着嘴，脸一阵红一阵白，半天没说话。

"还有，我希望你以后不要再打扰纪燃。如果把我老板惹生气了，会让我很难办。"秦满道。

温笑是红着眼睛走的。

待温笑的车子离去，秦满才回身道："那我先把合同送回去了。"

纪燃顿了一下，回头说："……等会儿，我也要上去。"

电梯门合上，狭小的空间里寂静无声。

纪燃把温笑叫去角落，原本是想奚落这人一番的，没想最后光听温笑在那儿演深情了，什么都没来得及说。

……不过秦满那简短几句，让纪燃觉得很爽。

电梯门干净得反光，纪燃透过玻璃偷偷看了秦满一眼。对方站得笔直，脸上没什么情绪。自秦满破产以后，纪燃已经很久没见过他这副表情了。

纪燃这才想起自己之前和温笑的对话被这人听去了，刚想开口解释，但话到嘴边又硬生生吞了回去，心想那些一听就知道是耍人的话，谁会当真啊？再说，为什么一定要跟秦满解释，这样一来反倒显得自己很心虚似的。

纪燃挪开目光道："你刚刚的话什么意思，你哪儿难办了，想让别人以为我欺负你啊？"

秦满淡淡道："没有。"

"……"

回到办公室，纪燃状似随意地问："今晚吃什么？"

在纪燃心里，这就是给对方递橄榄枝了。

秦满头也没抬，专心看着文件："随你。"

好，橄榄枝断了。

看来秦满是真生气了，但自己说的那些话不过是说给温笑听的，他当什么真？纪燃从不干热脸贴冷屁股的事儿，当即封上了嘴，心道：再跟你说话我是猪。

于是，直到下班，两人都没有工作以外的交流。

在办公室坐了一天，纪燃懒得下厨，干脆点了个满汉全席，铺满了客厅的桌子。

两人坐在桌上各吃各的，电视机里的气氛都要比他们热闹。

冷脸怪，小气鬼，傻子。

纪燃面上平静，心里实则已经骂翻了天。

只有傻子才会把自己刚才说的话当真，一个是温笑，另一个就是秦满。

手机响起，是岳文文发来的消息。

岳文文：今天温笑又去烦你了？我有个朋友被她叫去酒吧，这会儿她正一边喝一边哭诉你的恶行呢。

纪燃：这人怎么还没喝出点事？你帮我送两包纸去，说是我的一点心意，让温笑慢慢哭，别着急停。

岳文文：冲你这句话，我亲自去送。

纪燃吃饱后，手机又振动了一下。

岳文文发来一张图片，纪燃点开一看，终于没忍住笑出了声。

照片背景是酒吧，岳文文只有一只手出镜了，手上拿着两包未开封的纸巾，另一头，温笑湿着眼眶，茫然地看着镜头，正伸着手想接过纸巾。

岳文文：话给你带到了，温笑哭得更惨了，拍个小视频给你看看？

纪燃连回了几个表情包，敲着手机：不要，碍眼。

第二天是周六，纪燃一觉睡到了下午，醒来时刚好看见秦满在换衣服。

"醒了？"秦满道，"要不要多睡一会儿。"

纪燃动也没动，看了秦满一眼就又闭上了眼："你去哪儿？"

"出去跟朋友谈点事情，晚上要去一趟同学聚会。"秦满问，"一块儿去吗？"

"不去。"纪燃被子盖至头顶，想想又觉得不对，拉下来问，"同学聚会？"

"嗯。"不等纪燃问，秦满便先说，"纪惟也在。"

"秦满，你胆儿肥了？"纪燃冷笑一声，"我答应让你去了？"

"那我不去了，和朋友谈完事情就回来。"秦满顿了一下，"是关于我家旧宅的事。"

"旧宅？"

秦满语气如常："嗯，那里我住了二十多年，不太舍得，现在打算把它买回来，有些流程要去问清楚。"

纪燃沉默几秒："钱够不够？"

"应该够吧，不够我再找朋友借。"

"……你当我是死的啊？"纪燃道，"不准找别人借钱，丢我的脸。"

说完，纪燃挣扎地起了身，探出半个身子来，拉开了床头的柜子，找出一张卡丢给他："我之前给你那张卡里面还有钱，你看看够不够，不够就用这张。还是那个密码。"

秦满面上带了些笑意："你真好。"

"少来这套……"纪燃突然想起什么，"同学聚会的话，许麟也在？"

"许麟？"秦满挑眉，"不在，我和这人之前不认识。"

秦满和纪惟做了六年同学，从初中至高中。

那许麟是纪惟哪门子的同学？按许麟当时的说法，他们应该认识很久了，如果说是大学同学，未免相识得有些晚。资料上显示，纪惟大学时就在公司实习了，当时许麟已经跟着他进了公司。

纪燃还有些困倦，便把这事丢到一边，打算等清醒了再想，现在只想睡个回笼觉。

纪燃重新把被子拉了回去："你怎么还不走？"

"现在就走。"秦满给纪燃理了理被子，"我下午谈完事情就回来。"

待秦满走了，纪燃慢吞吞地探出个脑袋来，盯着天花板，渐渐清醒。

秦满又在做什么？

刚刚我怎么没掀被骂人啊？

纪燃想着下次一定得跟秦满谈一谈这事。他们是资助与被资助的关系，不是小朋友和保姆阿姨，不需要贴心到这种程度。

纪燃刚起床，程鹏的电话就来了，来约纪燃出门打球。

纪燃腿脚酸痛得很，打不动，又不想待在家里，于是干脆过去当个观众。

岳文文早早就在观众席就位了，见纪燃来了，手摇得像拨浪鼓。纪燃刚走近，岳文文就忍不住问："小燃燃，你感冒了？怎么穿这么厚。"

纪燃摘下帽子，随手拨了拨头发："别管。"

岳文文看清对方的脸，又问："你眼睛怎么肿了？没睡好？"

纪燃怎么可能没睡好，都睡了整整十二个小时。

"为什么换球场了？"纪燃懒得解释，索性岔开话题。

"哦，程鹏说这球场离陈安的学校近，陈安今天有考试，一会儿程鹏接人的时候方便点。"岳文文道，"程鹏这回看起来是真上心了。哎，秦满怎么没来？"

"你管他做什么？"

"行呗，不问就不问。"岳文文拿起手机，翻出一个视频来，"你快看，我昨晚录的。"

纪燃还没看清屏幕上的内容，就听见了温笑的声音。

"岳文文你什么意思啊……呜，非得欺负我吗？"

纪燃皱眉看了一眼："旁边这人是谁？"

"哦，应该是温笑某个前任吧，谁知道呢。"岳文文道。

程鹏打累了，把球往别处一丢，朝他们走来。

"今晚一块儿去吃顿饭？"程鹏道，"我订了酒店。"

岳文文："订酒店？怎么突然这么郑重。"

"今天是陈安生日。"

纪燃看了一眼不远处的大学城："陈安不和同学一起过生日？"

以前他们上学那会儿，生日基本都是跟班里同学一块庆祝的。

"我没答应。"程鹏自然道。

岳文文道："你怎么连别人怎么过生日都要管？"

程鹏笑了一声，没解释。

陈安这人太单纯，容易交友不慎。大学里跟陈安交情最好的同学，在程鹏上次去学校接人时，向程鹏告白了。

与其和这种人一块儿过生日，不如他强制性把人带回来。

陈安上车时，表情十分沉重。

程鹏知道陈安在耍性子，也不急着哄人，想着等陈安不生气了再慢慢说。

倒是岳文文凑了上去："陈安，不好意思啊，我现在才知道今天是你生日，也没给你买什么礼物，等以后我再给你补上。"

陈安一愣，局促地摇头道："不……不用了。"

纪燃抱腰看着窗外，懒得插进他们对话，张嘴打了个哈欠，突然手机在手心里振动了一下。

Q：醒了吗？我现在回家，给你带点吃的？

纪燃往后一靠，问了程鹏酒店的地址，给秦满发了过去。

纪燃：用我给你的那张卡在街上随便买个礼物带过来，今天是陈安生日。

程鹏订的是满城最奢靡的一家酒店餐厅，菜精量少，一份尊贵套餐吃下来，肚子都填不饱。

这家餐厅坐落在满城最高一栋大楼的顶层，能俯瞰整个满城，面积大，座位少，环境舒适优雅，价格昂贵却体面，适合聚餐、约会和工作会谈。

他们才落座没多久，秦满就到了，手上拿着一个礼物盒子。

"你怎么来得这么快？"纪燃道。

"刚好就在这附近。"秦满把礼物递给陈安，"生日快乐，这是纪燃让我买来的。"

陈安瞪大眼，先是看了一眼纪燃，然后受宠若惊地收下："谢……谢谢……"

"秦满，快坐。"待秦满坐下，岳文文双手合十，特别诚恳，"温笑的事我还没跟你道歉呢，对不起啊，我当时不知道这人会这么烦人。"

秦满笑得特别和善："没事。"

程鹏看了一眼自己身边的人。

陈安的身材比较娇小，再加上现在缩着肩膀，双手放在桌子底下玩着手机，看起来有些可怜。

"你还在生气？"程鹏叹了一口气，问，"怎么一直在玩手机？"

"没有。"陈安声音很委屈，"我在……跟……跟同学道歉。"

程鹏问："道什么歉？"

陈安道："本来说……说好了，一起过生日。"

"生日不跟我过，跑去约那些不相干的人做什么？"

"……他们是我朋友。"陈安倔强道，"不是不相干的人。"

"行行行。下次有机会，我再给他们补回去。"程鹏随口丢出一个不会履行的承诺。

纪燃听他们聊天，乐了："程鹏，你哄孩子呢？"

程鹏挑眉："差不多。"

陈安原本还有些生气，听完这话后愣了半天，脸唰地红透了。

很快菜品就端了上来，纪燃兴致索然，刀叉都懒得动。

秦满问："怎么不吃？"

"没胃口。"比起这些价格上千才一小块的牛排，纪燃更喜欢外头的大排档里那超大份的羊肉锅。

秦满："我帮你切？"

岳文文立刻撇撇嘴："你们干吗啊？欺负我旁边没人是吧？"

"不要。"纪燃道，"我的手又没断，你吃自己的，别管我。"

那一头，陈安正吃着程鹏给自己切的牛肉，闻言忍不住咳嗽了两声。

耳边是优雅的小提琴声，纪燃越听越觉得无聊，便拿旁边的毛巾擦了擦手，站起身来。

岳文文忙问："去哪儿？"

"厕所。"

纪燃没去厕所，倚在走廊的栏杆上透气，看着跟出来的人，便吸了一口烟，无语道："跟屁虫。"

秦满一笑，从兜里拿出一个小巧的礼物盒，道："给你的。"

纪燃："……什么东西？"

"刚刚给陈安买礼物的时候刚好看见，就买了。"

纪燃没接，吐了一口烟雾，笑道："拿我的钱给我买礼物，要不怎么说你们这些商人可恶呢。"

"我用自己的卡买的,你卡里的钱没动。"秦满把卡放到礼物盒上,一块儿递过去,"看看喜不喜欢。"

纪燃打开小盒子,想看看这回秦满的葫芦里又卖的什么药,看清里面的东西后,指间的烟都险些没拿稳。

纪燃不知道该说什么:"秦满,你……"

"你别不收。"秦满道,"这是给你的生日礼物。"

纪燃更莫名其妙了:"我生日都过了三个月了。"

"我知道,当时没赶上,现在补给你。"

"……我又不是小孩子,没那么矫情。"纪燃丢回去,"我不要。"

纪燃原以为秦满会坚持把礼物给自己,谁想秦满沉默了半晌,紧接着就把东西从盒子里拿了出来,慢悠悠地放进自己口袋里。

竟然就这么算了,啧,一看就不是诚心想送。纪燃想。

秦满早猜到纪燃不会这么轻易收下,他把戒指收好,问:"还有烟吗?"

纪燃从口袋里拿出烟盒,丢在秦满手上。

秦满娴熟地弹了弹烟盒末端,一根香烟跳了出来,他低头含住。

纪燃不自觉看了秦满一眼,这人别的不怎么样,这张脸倒是出类拔萃。

秦满抬起眼看过来,纪燃晃了晃神,半晌才想起自己没给他打火机,手伸进兜里,拿出来递给他。

两人抽着烟,又说了会儿话。

"秦满?"

一道熟悉的声音自不远处响起。

两人同时往声源处看去。

一身休闲装扮的纪惟站在走廊另一头,身边是一群跟他年纪相仿的男男女女,所有人脸上都挂着惊讶。

看清和秦满站在一起的是纪燃,纪惟眉头拧得更紧了。

"纪燃?"纪惟表情复杂,片刻后才道,"秦满,你不是说晚上有急事,不能参加聚会吗?怎么会在这儿?"

这群人正是秦满的高中同学。

没想到在这儿都能撞见纪惟，纪燃保持着刚刚的姿势，立在原地半天没动静。

"人还挺多。"秦满却一点也不着急，他回过身，用两人才听得见的音量说。

纪惟也不是没有怀疑过秦满和纪燃是不是暗地里在计划些什么，只是这两人从前八竿子打不着，怎么秦家宣布破产后，他们反倒搞成了什么资助关系？

但他很快就否定了这个想法，一是，他从来没听说过秦满有对付自己的意向；二是，他并不觉得纪燃身上有任何能值得秦满利用的东西。

但现在这两人之间的氛围，显然比外界传言的要和谐太多。

空气安静了一瞬，纪惟身边的男人率先打破场面，笑道："秦满，你这可就不够意思了，可得跟我们好好解释解释。"

秦满轻笑，吐出一口烟雾，转过身时已然换了一副表情，淡淡地解释："朋友在这儿过生日。"

其中有眼尖的人瞧见了纪燃，"哟"了一声："那不是纪燃吗？你们俩……还有联系呢？"

跟在纪惟身边的那几个人大多看不起纪燃，上学那会儿在食堂操场遇见纪燃，他们也没少对纪燃冷言冷语。虽然后面被纪燃用拳头吓了回去，但他们的心里对纪燃仍是轻蔑的，就连现在看纪燃，他们的眼神里都还带着戏谑和嘲讽。

纪燃虽然脾气不好，但也不是没有头脑，纪惟那边一大帮人在，现在搭理他们，吃亏的无疑是自己。

"晦气。"纪燃把烟拧灭，留下这句话，转身朝餐厅入口走去。

"那人刚刚说什么？"待纪燃走后，那个男人才反应过来，脸色极其难看，"秦满，你怎么会跟纪燃在一块儿？那人该不会还在找你碴吧？"

"我这儿还有事，你们继续。"秦满没应他，颔首算是打了招呼，紧跟在纪燃身后离去。

秦满这个态度他们其实早就习惯了。在上学那会儿，秦满就一直是冷冷淡淡的，班里没人能与他深交，仿佛他们是凑巧搭了一辆公交车，只是到站就下车分别的陌生人。

"这两人跟以前一模一样……"

"哎，你们听说吗？"

"什么？"

"秦满家里破产了啊！"

"这谁还不知道啊？真够惨的，这么高傲的一个人，也要开始为钱发愁了啊。"

"那可不。"

话里虽然是惋惜，但大多人的脸上都挂着有些幸灾乐祸的表情。

纪惟沉吟片刻，开口打断他们："行了，走吧。"

另一头，纪燃走了几步，蓦地想起什么来，转过头来质问："你故意的？"

秦满跟着停下来，挑眉："什么？"

"你早就知道那群人会在这儿聚会，为什么不说？"

秦满失笑："他们原先订的地点不在这儿。再说了，就算我说了，你们会改地点吗？"

纪燃当然不会，那群人算是什么东西，凭什么让他们改地点？

只是如果早知道纪惟他们会来这儿，纪燃就不会叫秦满过来了。

纪燃顿了一下，把车钥匙丢给他："车我让人停在楼下，你开回去吧。"

秦满没接钥匙："那你呢？"

"我自己会打车。"

"怎么了？"秦满道，"我惹你生气了？"

"……不是。"纪燃皱着眉，道，"你想见那帮人啊？"

方才那群人心里的想法全写在脸上了，纪燃看着都不爽，更别说秦满了。

"可是我不是来见他们的。"秦满把钥匙放回纪燃的口袋里，"走吧，别让大家等久了。"

他们一顿饭吃完，很快就有人端了个蛋糕上来。

陈安有些意外，但脸上总归是没有那么委屈了。纪燃撑着下巴，心想程鹏的脾气可真好，要换作是自己，肯定没有这么好说话。

岳文文笑眯眯道："我们一块儿唱个《生日快乐》歌？"

无人响应。

"不……不用了。"陈安低着头，总归还是不自在，"我很高兴，谢……谢谢你。"

"切开看看。"程鹏道。

陈安弱弱地点了点头，拿起服务员给的刀小心翼翼地切了下去。

陈安切了一半就切不动了。

"你拨开。"程鹏说。

陈安把奶油撇开，露出了下面的小盒子。

盒子用一层塑料膜遮着，没有弄脏。陈安看着那个盒子，吓得动作都停了下来。

盒子的大小，一看便知里面是什么。

岳文文一愣，没想到自己嘴巴这么灵光："程鹏，你这……"认真的吗？

后面的话岳文文没说出来。

陈安不安道："这个是什么？"

"生日礼物。"程鹏说，"打开看看。"

盒子里是一枚漂亮的戒指。

"这……这……这是什么意……意思？"陈安的结巴更严重了。

"是什么意思都随你。"程鹏笑了笑，"别怕，先收着。"

他这话里的意思，就是求婚了？岳文文想。

那能还是不能，陈安好歹给个准话啊。

陈安沉默了很久很久。

纪燃第一次见到陈安脸上有这么丰富的表情，下意识看了一眼程鹏。程鹏微微笑着，一声不吭。

"说话。"纪燃看不下去，张口催了一句。

陈安吓得一抖："……程鹏，谢谢你。"说完，陈安并没把戒指戴上，而是将戒指放到了自己口袋里，这几个动作仿佛用尽了陈安的全部力气，"我……我会好好保管的。"

桌上一片死寂。

"没事。"程鹏打破寂静，道，"还有甜品，大家来吃点儿。"

纪燃觉得，这哥们儿谈场恋爱都搞得这么卑微，也算是奇闻轶事了。

换作自己，如果对方敢不接自己的戒指……

下一秒，纪燃立刻打住这个念头——我为什么要送人戒指，我又没疯！

纪燃正有一搭没一搭地想着，就听见身后传来一阵脚步声。

"秦满，原来你坐在这儿啊，让我们一顿好找。"

回头一看，几个西装笔挺的男人站在身后，正是方才站在纪惟身边那几个人。

"打扰一下，我们是秦满的高中同学。"其中一人道，"秦满，我看你这蛋糕也切完了，甜品也上了，要不去我们那边坐坐叙叙旧？就在后边的包厢里。"

秦满扬了扬唇，没动："不了。"

"来嘛。"另一个人忍不住了，道，"我们这不也是为你好吗？你的情况我们都了解，你跟我们过去，没准有人能帮上你呢？"

秦满还没说话，纪燃先不屑道："帮他？就你们？"

这几人都变了变脸色，无视纪燃："秦满，走吧。"

周围的客人都忍不住往这边瞟，秦满不想给桌上的人添麻烦，颔首："那我过去聊两句，很快回来。"

秦满刚站起来，纪燃也跟着起了身。

立刻有人警觉道："纪燃，我们可没邀请你。"

"你以为你请得动我？"纪燃笑了，"我有话跟纪惟说，干你们什么事？"

那人还想说什么，立刻有人给他使了眼色。

怕什么，包厢里都是我们的人，难道纪燃还能砸场子不成？

"……行呗，那就一块来。"

岳文文原本也想跟去，却被纪燃按回位子上。

他们刚走出几步，就听见秦满低声说："你不用跟来，我去说两句话就走。"

纪燃不跟秦满啰唆，步子迈得比他还大。

几人来到包厢，其他人见到纪燃，表情都有些微妙。

纪惟坐在正中央，抿唇看着他们，没吭声。

纪燃没落座，而是双手抱胸站在秦满身后，打算看看这群人到底想做什么。

"秦满，你可终于来了。"一个秃了顶的男人站起身来，"你是不知道，这群女人听说你不来，个个垂头丧气的，哈哈哈。"

"别开我玩笑了。"秦满勾了勾嘴角，笑容里却没什么温度，跟他在上学那会儿一样，虽然会帮大家伙解题，但话里话外都是冷漠。

秦满举起杯子："来一杯？"

"哟哟哟。"有人双手捧着杯子跟他碰了碰，嘴里却说，"我有生之年居然能和秦满一块儿喝酒，我还以为以后都只能在财经杂志上看见你了呢。"

那人把酒饮尽，道："兄弟，听说你最近混得不太好啊。"

秦满在班里的人缘说不上差，但也不算好。看到他从云端坠落，幸灾乐祸的人有，但落井下石的少。

偏偏这人就是其中一个。原因无他，这秃头男暗恋了三年的女生，在高中跟秦满表白了四次，却一次都没成功。今天那女生也到场了，秃头男自然想找回面子。

"还成。"秦满道。

"别逞强了，大家都是兄弟，有什么不好说的。"秃头男道，"缺钱吗？我这儿有点积蓄，你若是要，我可以借你一点；或者你有工作没？我有点门路，有个坐班的岗位，一个月工资扣完税后还有八千块呢，要不我给你介绍介绍？"

秦满挑眉："八千？"

"对，你可别嫌少，你平时养尊处优惯了可能不知道，我们这些毕业几年的，一个月工资能近万都已经很了不起了。"

秦满似懂非懂地点点头，问："那你现在一个月工资是？"

"加上提成，扣完税后一个月有个四五万吧。"秃头男红光满面。

一个班级里不可能都是"富二代"，他们班里家底丰厚的就只有纪惟和秦满，其余大多是小康家庭，刚毕业几年就能拿到这样的工资，其实已经十分优秀了。

"你这人不厚道啊。"立刻有人帮腔道，"自己拿几万块的工资，却只给秦满介绍个八千块的工作，秦满肯定看不上。"

"我知道委屈他了，但他这不是缺钱嘛。"秃头男扬扬下巴，"对了，秦满，破产是不是都要查封资产的？那你家岂不是也被封了？你现在有没有地方住，要不要我给你找个房子？你爸妈是跑路了还是进去了？"

这些话听起来是好心，却句句往别人痛处戳。

纪燃听得一阵窝火，忍不住嗤笑一声。然而纪燃本就是包厢里令人瞩目的存在，这么一声笑，引了所有人的目光。

秃头男顿了一下："纪燃，你怎么在这儿，你笑什么？"

"笑你像一头驴。"纪燃道。

秃头男一愣："你……"

"还是头秃驴。"

这话一出，包间里好几个女生忍不住笑出了声，其中就包括秃头男的女神。

秃头男涨红了脸："你怎么还是这么没家教！纪惟，你管管……"

"他管得了我？再说，我哪儿说错了？"纪燃道，"你也不看看自己是什么东西，一个月拿那小几万工资就在这儿嘚瑟。"

纪惟皱眉："纪燃，你少说两句。"

纪燃却当作没听见，看秃头男红了脸，才觉得痛快："八千？八千块你买得起秦满一小时吗？你看不起谁呢？"

"他家里再怎么落魄，他照样学历比你高，长得比你好，赚得比你多。秦满现在在我这儿做事，我给他开的工资就不说了，反正是你的十几倍，我还送车送房。他的工作干得我高兴了，我还能送他个老婆。放心吧，他现在过得可比你这老秃驴要好，不需要你给他介绍工作。"

"倒是你，我送你几瓶生发剂吧？"

"你——"

秃头男举起酒杯就想砸过去，手腕却被人紧紧桎梏住，动弹不得。

秦满捏着他的手腕，睨着他，道："动手就不好了吧。"

他的声音很冷，听得秃头男心里一颤。

秃头男咬咬牙："秦满，我没想到你居然会给纪燃打工，你就不觉得对不起纪惟吗？"

"我为什么对不起纪惟？"秦满嗤笑着问，"我和纪惟只是普通同学，他和纪燃的恩怨与我何干？"

纪惟喝了一口酒，显然不打算掺和进来。

秦满对公司而言还有用，没必要跟他翻脸。

秦满说完，蓦地放开了秃头男的手。秃头男还使着劲想挣脱，差点没摔到地上。

纪燃眯眼向前："老秃驴，你刚刚说什么？"

秦满不露痕迹地往右一步，挡在了纪燃面前。秦满拿起一杯酒，笑容冷淡又随意："我再敬各位一杯。今晚我还有事，就不奉陪了，祝大家玩得愉快。"说罢，他将杯中的酒一饮而尽，十分自然地推着纪燃的肩膀往外走，"走吧。"

纪燃不是傻子，这么多人在呢，等那群人反应过来，自己肯定打不赢也骂不赢，干脆爽快地跟秦满走出了包厢。

"高中的时候我就看那人不爽。"纪燃走出去还在嘟囔。

秦满问："为什么？"

"他上学时不是天天模仿你吗？球鞋、书包，连袜子都跟你买同款。"纪燃啐了一声。

下一秒，纪燃就听见旁边的人发出一道急促的轻笑，便疑惑地转过头，问道："你笑什么？"

"没有。"秦满忍着笑，走了一会儿，终于还是忍不住了，问，"你怎么知道得这么清楚啊？"

纪燃不止知道这些，还知道秦满喜欢穿什么样的衣裤。

住校那一会儿，纪燃曾经想使坏去偷秦满的衣服，却连续几天在阳台看到了一模一样的衣裤，便无从下手。后来纪燃才知道，秦满班里有个模仿怪，天天照着秦满的打扮穿。

纪燃一顿，避重就轻道："……我记性好，不行？"

两人回到座位，发现蛋糕和甜点都撤了，桌上只剩岳文文一个人。

见到纪燃，岳文文忙道："刚刚陈安接了个电话，说是有急事就走了，程鹏怎么留都留不住。"

纪燃有些意外："程鹏居然拦不住？"

"估计看陈安生日，也不想发脾气吧，反正两人小吵了一架。"岳文文道，"陈安走后，程鹏就说工作上有事，也走了。哦，账倒是结了。"

纪燃："……程鹏花钱买了个祖宗回来？"

"谁知道呢？"岳文文撑着下巴，"程鹏临走前说，他这几天都有事情要处理，让我们先自己玩几天。小燃燃，你说他这是不是被陈安伤着了，要自己疗伤去啊？"

"应该不是。"秦满落座，"他应该是忙拍卖会的事去了。"

纪燃看向他："拍卖会？"

"嗯，最近有块好地的使用权空出来了，程鹏的公司也在争取。"

纪燃："你怎么知道？"

秦满笑得无害："我听朋友说的，据说争那块地的公司不少，永世原本也有些想法，但不在公司今年的开发区域内，所以没有参与。"

纪燃点点头，没多想。

程鹏确实也不是感情用事的人，再说，他经验丰富，要是他真想治陈安，办法多得是，轮不到纪燃和岳文文操心。

跟岳文文道别后，他们直接回了家。

纪燃拿衣服进了浴室，没几秒，秦满就听见里面传来了清脆的反锁门的声音。

手机铃声打断了秦满的思绪，他垂眼看了看来电显示，拿起手机走到阳台，才慢悠悠地接起来。

"爸。"

"嗯。"秦父的声音十分温和从容，"吃饭了没？"

"刚吃完，你们呢？"

"我和你妈刚从餐厅回来。"秦父顿了一下，试探道，"你公司怎么样了？流程都走完了吗，有没有什么需要爸爸帮忙的？"

"还没有，我目前正在处理一些私事。"

秦父犹豫了一会儿，还是把想问的话丢了出来："可我怎么听说，你到永世去了？"

"只是暂时待在永世，我有个朋友在里面上班，对方刚接触这方面的事，没什么经验，我只是去帮帮忙。"

秦父更觉得奇怪了。他这儿子生性冷淡，从来不是个热心肠的人。

"是不是爸爸的事连累你了？"秦父问，"那边的债务我已经缴清了，他们该不会还缠着你吧？"

"没有，你别多想。"秦满岔开话题，"妈呢？"

"在旁边，我开着免提。"

秦父的语气里仍是担忧。

他儿子跟他不同，秦满自出生到现在，几乎没让父母担心过，也从没尝过失败的滋味，还遗传了祖辈的经商头脑，目光长远，手段高超。也正是因为这样，祖辈留给儿子的东西比留给他的还多得多。

秦父对此倒没觉得什么，在工作这方面，他一直抱着得过且过的心态，没他儿子那么远大的抱负。所以他破产后唯一的担忧，就是怕影响到儿子。

"嗯，你们注意身体，我有空了再过去看你们。"听见身后水声停了下来，秦满道，"我这儿还有点事，先挂了。"

秦父叫住他："等会儿，你现在住在哪儿？"

"朋友家里。"

"法院那边传出消息，说是家里的封条要拆了。我们打算把房子买回来，到时候你就搬回去住吧，总不能一直打扰别人。"秦父问，"哪个朋友？"

"以前一个关系很好的校友。"秦满道，"我住得挺好的，暂时还不考虑回去，你们不用担心。"

"校友？"秦父愣了愣，他就没见秦满毕业后跟哪个同学联系过，这会儿怎么还冒出个校友来了，"会不会太麻烦人家了？"

"不会。"

秦满转了个身，倚在栏杆上，看着刚从浴室走出来的人。

纪燃正在用浴巾擦拭头发，察觉到不对，抬头对上了秦满的视线，眼底带着疑问。

秦满嘴唇一勾，心情顿好，把后面的话说完："这位校友很照顾我……也需要我帮忙，你们放心。"

第九章 被发现了

虽说上班没什么事要干，但每天都要待在办公室里，纪燃仍是觉得烦。

尤其是某个日子快到了，纪燃的脾气也一天比一天暴躁。

终于又挨到周末，纪燃正琢磨着睡个好觉，谁想大清早就被电话铃声吵醒了。

纪燃的手机调了静音，所以响的自然是……

"秦满。"纪燃把头埋在枕头里，"把你的手机丢出去。"

秦满翻身起来，看了一眼手机："……是岳文文的电话。"

岳文文给纪燃打了N个电话都没人接，这才想起秦满来。

从秦满手中接过手机，纪燃的声音冷得不能再冷："什么事？"

岳文文跟纪燃相识多年，自然知道这段时间是纪燃的雷区，能不踩就不踩。

但这事闹得有些大了，岳文文也不敢不告诉纪燃。

"小燃燃，你的照片和视频被营销号'轮'了好几波了！"

纪燃闭眼躺着，没听明白："什么轮？店里进新车轮了？"

十分钟后，纪燃半躺在床上，手里捏着手机，满是戾气地把那些未读消息一一删除。

短短一个晚上，纪燃的微信消息暴增，就连那些平时只是点头之交的酒友也发来了消息，可惜并不是夸赞，只是问纪燃是不是要红了。

纪燃重重地敲手机键盘：红你个头。

从昨晚八点开始，纪燃的照片和视频突然出现在微博上，无数个营销号同时发布，愣是把纪燃推到了风口浪尖上。

那些照片是那次参加纪惟订婚宴时拍的，纪燃绿发配礼服，长腿正从豪车里迈出来，就连露出来的半截脚踝都比常人好看。

而视频，居然是那次赛车的全程录像经过剪辑后的个人秀。

其中一条微博的评论高达两万条，转发数达到了五万。

秦满也凑过来，看着微博下面的评论。半晌后，他原本散漫的表情也渐渐凝重起来。

"我单方面宣布这是我新对象。"

"一看就知道又好看又有钱！反正我爱了！"

"我第一次看到能把绿色衬得这么好看的人！"

"一晚上过去了，我还没有掌握这个人的资料。这届网友不行。"

纪燃沉着脸，给岳文文打了个电话。

"帮我把这些撤掉。"纪燃道。

"我联系过这群营销号了，他们根本不回复。"岳文文道，"照片传出去也就罢了，这视频是怎么……"

纪燃暂时没空去理别的："怎么样才行？"

"发律师函吧，就说侵犯了肖像权。"

发律师函也是需要时间的，还要等那边接收才能走流程。

纪燃黑脸坐在沙发上，正在跟律师交代事情。秦满从卧室出来，坐了过来："没事，已经撤掉了。"

纪燃动作一顿："……怎么撤的？"

"我直接联系了发微博的人。"秦满说。

"谢了。"纪燃挂掉电话，睡意早就消失了，"花了多少钱？我给你报销。"

"没花钱。"秦满问，"这视频是怎么回事？"

还能怎么回事，视频当然是只有比赛主办方才有。

纪燃找人拿了顾哲的电话号码，打过去便是一通骂："顾哲你活腻了？要不要让你爹给你换条命玩玩？"

顾哲被骂得一脸蒙："……什么东西？大清早的你有病啊？"

两人无厘头地吵了一会儿，顾哲终于把事情听明白了。

"那不是我弄的。我的卡都被我爸停用了，我哪儿来的钱搞这么大的阵仗让你出道？"

顾哲虽然嘴上否认着，但他心里隐隐约约猜到了一些。

他当然不会把自己的猜想告诉纪燃,轻咳一声,道:"……这事不也挺好的?就你这张脸,当明星不是更轻松吗?没准还能吸引一拨头脑简单的粉丝……"

顾哲话里的字眼就像一根细针,往纪燃的痛处轻轻戳去。

"我看你就挺头脑简单的。"纪燃咬牙切齿道,"顾哲,这事最好跟你没关系,要让我查到什么,我一定饶不了你。"

纪燃这个周末过得并不愉快,无数好友来询问这照片的事情,都被纪燃一一骂了回去。

微博上的热度虽然降下去了,可纪燃心里总踏实不下来。没有哪个普通人会因为几张照片引起这么大的动静,但如果是人为,那对方的目的是什么?

纪燃没有苦恼多久。

周一,随着人们开始上班,一个关于赵清彤的词条悄悄出现在了大众眼前。

——原来前两天的绿发新人是已故女演员赵清彤的孩子!怪不得长得这么好看,原来是遗传了妈妈啊!

这次的微博九宫格配图中是一个黑发大眼的女人,女人嘴角微弯,明眸皓齿,正朝镜头微笑着。她的五官极美,就是放到现在来看,也是标准的大美人。

网友们纷纷表示被惊艳到了,早前的评论几乎都是对她的夸赞,还大呼红颜薄命。

谁知还没过半小时,评论的风向就变了。

"等会儿?我记忆错乱了?这女的不是……"

"你没记错!就是她!我妈跟我说的!这女的后来下场也很惨!"

"我找到报道了,是真的!"

"等会儿,赵清彤是这样的话,那这个人?"

"知情者现身。这人叫纪燃,确实是你们猜的那样,这人现在还赖在纪家,脾气巨差,从小就惹祸,长大更是不得了……现在进了纪家的公司,过得特别快活。反倒是这人的那富豪爸据说要离婚了。嘻,这世界就是这么真实。"

这八卦来得突然,短短一小时就引起了众多网友的关注,又碰巧是上班时间,许多上班族在上班路途中都了解了一番。

曲冉到办公室的时候,刚把微博下面的热门评论看完。

热门评论现在可谓是大型认亲现场，短短半小时，纪燃的同学、邻居、朋友全冒了出来，但说来说去，都是在说纪燃的错处。

她忍不住往办公室紧闭的大门处看了一眼。

里面静到吓人，百叶窗没有合紧，她能隐约看到里面人穿着的黑色正装。

新上司真的是这样的人吗？可她跟纪燃接触了一段时间，觉得上司除了脾气不太好，也比较爱偷懒以外，没有别的缺点了啊……

就连上次，纪燃在门口听见隔壁两桌同事跟其他组成员在讨论自己的事，也只是警告般地瞪了他们一眼，没有责罚，也没有背地里给他们穿小鞋。

"哎，你看微博没有？"旁边那两人又开始了。

"当然看了，精彩绝伦！"

"我知道那位不是什么好人，没想到居然坏到这种程度……"

"曲冉你看，亏你之前还一直帮这人说话。"

曲冉顿了一下："网上说的也不一定就是真的啊……"

"这么多证人都出来了，还能有假？"

曲冉还准备说什么。

"不要随便议论别人的事情。"许麟不知何时到了他们身后，"工作都做完了？周报马上就要交了，写完了就发到我邮箱来。"

许麟的话成功让这两人噤了声。

相比外头，办公室内一片静谧。

纪燃的手机振动个不停，都是岳文文发来的消息。纪燃跷着二郎腿坐在椅子上，慢悠悠地往下翻评论，姿势随意，表情淡漠，仿佛屏幕里那些难听的话说的是别人。

纪燃早知道的，这世界上天上掉馅饼、出门撞大运的好事再多，也没一件会是自己的，一夜爆红更是不可能。

有了这个认知，当这件破事落到自己头上时，也就没那么难以接受了。

自出生的那一刻起纪燃就清楚，自己从来就不是好运气的人。

一时的好运就像小时候从纪老夫人手中接过的棒棒糖，那颗糖都还没舔尽，自己和赵清彤就被连人带行李地丢出了家门。

网友们把赵清彤当年的报道都转发了一遍，再扯出"逝者已逝"的大旗，最后把矛头全指向了纪燃。

不知是谁，在评论下面曝光了纪燃仅有七百个粉丝的微博主页，此时主页上那条两年前的微博已经有近万条评论了。

纪燃连回复界面都没打开，盯着最热评论右下角显示的几千个点赞数，突然觉得特别可笑。

桌上的座机骤然响起，在纪燃上班这段时间里，这个电话还是第一次发出声音。

纪燃放下手机，沉默地拿起来。

纪惟的声音严肃又低沉："马上来我办公室。"

纪燃没应，径直挂了电话，把手机随意往桌上一丢，连外套都没穿便要出去。

秦满从文件中抽身，挑眉问："去哪儿？"

回应秦满的是一道关门声。

秦满看着那扇紧闭的门，总觉得不太安心。他拿起水杯，正打算追上去，办公室的门又开了。

许麟走了进来，表情有些凝重，沉默片刻后道："秦助，你知道网上的事吗……别怪我多嘴，我只是有些担心。"

秦满微微松了手，钢笔直直从指间坠落，发出一道清脆的声响。

他道："你说。"

纪燃走进办公室的时候，里面还有员工在向纪惟汇报工作。

听见动静，员工的视线忍不住在纪燃身上停留了几秒。

纪惟拧眉，把文件往面前一丢，满脸烦躁："你先出去。"

人都走光后，纪燃问："什么事？"

纪惟看到眼前人这副冷冷淡淡的模样，心里那股无名火更盛了："你还好意思问我什么事？！"

"既然你想学你妈，去走戏子的路，为什么要进公司？！纪家是你这种人能用来炒作造势的吗？！"

纪燃嗤笑："我拿你们纪家炒作？你太高看自己了吧？"

"那这些报道是怎么回事？难道那些媒体会免费送你这么大的热度吗？！"纪惟道，"今天一大清早，我就被父亲和奶奶的电话搅得不得安宁！"

纪燃淡淡地"哦"了一声："原来那些不是你放出去的吗？"

想想也是，纪惟再讨厌自己，也不会把纪家当枪使。

"这事不用你管。"纪燃现在只觉得身心疲惫，懒得和纪惟吵下去，"我自己会处理。"

纪惟却被纪燃这副无所谓的模样激怒了。

"你处理？你怎么处理？你从小到大都只会惹祸，只会给别人添麻烦！"

"你看看你现在的德行！让你来公司上班，你什么都不做，只知道偷懒！白吃白喝也就算了，还天天在外面丢人现眼！你还记不记得自己答应父亲什么？你说了不会继续赛车！现在好了，视频都传上网了！"

纪燃不是乖乖站着挨骂的主，冷冷道："这是我和纪国正的事情，跟你没关系，你气什么？要不是你这老古板去跟他说赛车的事，我会被禁赛？"

"你自己做错事还有理了？我就不该告诉父亲，我该直接报警！"

"你怎么可能会报警？"纪燃讥笑道，话里嘲讽的意味十足，"那多影响你们纪家的名声啊？"

"总比你这样不要脸的好。"纪惟冷哼一声，不甘示弱，"十年前是你妈，带着纪家上了所有热门报刊，害得我母亲颜面尽失，每天都想着怎么躲着媒体！现在轮到你了。"

说到这儿，纪惟讥笑一声："为了红，你连你妈都拖出来了，这事她在地下知不知道……"

接下来的话，纪惟没能说完。

纪燃就像一个被猛然点爆的炸药桶，上来就抓起纪惟的衣领，蓦地举起了拳头。

纪惟常年埋头在学习和工作上，身板弱得很，纪燃几乎没费什么力气就把他从座位拎了起来。

眼见要挨打，纪惟也没有在怕的，嘴边的笑容反而更大了。

"说到你的痛处了？"纪惟道，"你有话能反驳我吗？你没有，因为你知道这都是事实。你就像是一个野蛮人，只知道用暴力解决事情。"

纪燃的拳头高高举着，却一直没有砸下去。

门突然被撞开，秦满和许麟赶到了现场。

许麟见到这一幕，当即慌了："纪燃，你别——"

纪燃置若罔闻："你再说一遍？什么是事实？"

"我说你妈毁了我们家！"纪惟也濒临爆发，"而你为了红，不惜搬出你那死去十多年的妈，甚至想破坏我们家几十年辛辛苦苦维持的名声！"

"你闭嘴！"纪燃拧紧他的衣领，目眦尽裂，眼底满是血丝，"她怎么跟纪家扯上关系的，你难道心里不清楚吗？！你凭什么骂她？！你们纪家才是那吃人不吐骨头的狼窝！"

纪燃嗤笑道："纪惟，你这辈子最遗憾的事，一定是以前没能把我解决了。"

纪燃哑声说完，耐心也仿佛消失殆尽了一般，拳头紧跟着就要落到纪惟脸上，却砸进了一个温热的掌心里。

秦满及时出现，拦下了这个拳头。

"没事。"秦满说，"事情还没查清楚，我们回去慢慢说，嗯？"

纪燃喘着气，不看他："你不要多管闲事。"

"外面的人都在看，要是有人报警了，还怎么处理下面的事？"秦满安抚着纪燃，说话的同时，他抬眼望向办公室外，冷冰冰的视线吓坏了正在偷看的员工们。

许麟立刻把所有门窗都关紧。

"什么……我怎么你了？秦满，你放开！"纪惟从震惊中回神，"让这个厚脸皮的人把下面的话说完，我倒要看看，这人还能怎么往下编！"

纪燃刚要说什么，秦满就先一步挡在了纪燃的身前。秦满的声音很低，也很沉，语气称不上和善，正对纪惟一字一句地说着："你别弄错了，我只是不希望纪燃为了你去派出所走一遭，不值得。这件事我们不会用暴力解决，但也不是就这么过去了，你好自为之。"

说完，他伸手揽过纪燃的肩膀。纪燃就像是泄了气的气球，好似所有的劲儿刚刚就用完了，任秦满带着走。

两人走出办公室，秦满稍稍侧了侧身子，挡住所有不友好的视线，沉着脸把纪燃带上了电梯。

看他按了地下一层的键，纪燃哑声道："我的手机还在办公室。"

"我拿了。"

纪燃看了一眼秦满的侧脸，想叫秦满松开手，嘴唇动了动，最终还是什么也没说。

车上，两人都没有说话。车窗开了一条缝，纪燃感受着吹进来的凉风，方才堆积在胸口的怒火已经褪去，眼底空荡荡的，看不出在想些什么。

秦满难得开了一次快车。

到了家，纪燃一言不发地下了车，回家后走到冰箱前，把贮藏了几个月的啤酒连着塑料袋一块拿了出来，酒瓶在袋子里发出清脆的碰撞声。

"不准敲门，不准烦我。"

纪燃丢下这句话，转身进了房间。

秦满没急着跟进去。

他抬手解开西装外衣的扣子，坐在沙发上，慢条斯理地拨出一通电话，交代了一番。

有了前两天的经验，刘辰很快回复："好的，我马上去办。"

"再查一下今天这件事的幕后推手。"

秦满向来不管这方面的事，所以刘辰对这类的业务还不算熟悉，道："可能需要一点时间……"

"多久？"

"明晚之前。"

"嗯。"

桌上还有一盒被主人遗忘的烟。秦满从里面挑出一根，捏在指尖中把玩了一会儿，又生生把这支烟拧断了。

他把烟丢到烟灰缸里，语气淡淡，带着不易察觉的狠戾。

"问清楚，是谁让他们办的事，我要知道打款人。"秦满道，"还有下面那些说认识纪燃、恶意抹黑当事人私生活的人，保留证据，一一起诉。"

刘辰抹了一把汗："评论的人太多了，取证时我不太好分辨真假对错……"

秦满盯着卧室的木门，淡淡道："只要是不好的评论，就都是假的，办就是了。"

刘辰对这方面的业务不算熟悉，怕他折腾得太慢，秦满又给认识的好友打了个电话。等一切解决完，已经是半小时后了。

秦满这才脱了外套朝主卧走去。

纪燃没有反锁门，秦满刚进去，就闻到满室的酒味。

房内空调温度有些低，没开灯，只有床前的电视机亮着，上面播放着的视频画质不好，极具年代感。

纪燃就这么坐在地上，倚着床尾的木板子，有一口没一口地喝酒。

电视光线打在纪燃脸颊上，能看出这人眼底泛红，还带了些水光，看得秦满有些不是滋味。

听见动静，纪燃把那点可怜的眼泪挤回去，说道："我不是不让你进来吗？"

虽然纪燃的话不客气，但语气有气无力的，听起来也不是真要赶人的样子。

秦满走过去，坐下："我陪你喝。"

"连啤酒都蹭，你穷到什么地步了？不准，我自己都不够喝。"纪燃回过头，继续看屏幕，举起酒瓶灌了一口。

秦满依言，没动纪燃的酒，只是静静地坐着。

屏幕上，女人正系着围裙在做饭，背景里突然传出一句声音软糯的"妈妈"。女人立刻回过头，姣好的面容完全展露在视频中，俨然就是今天因为照片又火了一把的赵清彤。

赵清彤走出镜头外，声音温柔："怎么了小燃？"

"小燃什么时候能去游乐园？"小孩声音稚嫩，听上去不过五六岁，咬字发音都不太清楚，"纪惟哥哥说，那里特别好玩，可……可是他说我不能去。小燃为什么不能去？"

视频里的女人沉默了许久。

"妈……妈妈？"小孩好似慌了，"你为什么哭？是我做错事了吗？"

"……没有，小燃没做错事，小燃最乖了。是妈妈刚刚做菜切到手了，有点疼。"

里头传来几道吹气声，能听出小孩是真的很努力地在吐气："呼呼，妈妈别哭，痛痛马上飞走了……"

十来秒后，女人走回镜头前。她双眼发红，捂着嘴不让自己哭出声，抖着手关掉视频录制。

她这副神态，让人怎么都无法把那些恶毒的标签往她身上贴。

屏幕恢复黑暗，不过几秒，又是一段画面接了上来。这回不再是录制的画面，而是一部电视剧的剧情剪辑片段。

这是赵清彤演的第一部电视剧，她是女三号，出镜的总时长加起来还不到两集。

这盘录像带纪燃已经几年没打开了，除了纪燃以外没有任何人看过，包括纪国正。

换作平时，纪燃是不会允许别人多看一眼的，但此时不同，纪燃身心疲倦，又喝了不少酒，没有精力去赶人。

秦满道："她很漂亮。"

秦满这话不是奉承，赵清彤的五官确实出挑，放到现在也是能靠脸吃饭的那种。相比纪国正，纪燃要更像赵清彤一些。

"漂亮有什么用？"纪燃声音懒懒，"又笨又弱小，只知道任人摆布，这样的漂亮只会让人遭罪。"

秦满委婉地反驳道："那个年代网络还不发达，也没那么多求助的渠道，有的时候顺从比反抗更加有用。"

一瓶酒被塞到了秦满的手上，纪燃面上带着不耐："话这么多，这个能不能堵你的嘴？"

秦满笑了笑，刚要接过来，就见纪燃把手缩了回去，将酒瓶伸进嘴里，牙齿轻轻一挑，瓶盖轻而易举被打开，然后再伸到秦满面前。

纪燃用遥控器关掉屏幕，随便开了一档现代的电视偶像剧。

两人沉默着喝了一会儿，纪燃问："你刚刚那么说，不怕被纪惟报复啊？他要是赶你出公司，或是要跟你绝交，我可是不会负责的。"

"赶就赶了，我的老板是你，不是他，不算失业。"秦满倒看得开，"我也不缺他这么一个朋友。"

纪燃显然被这话安抚到了，脸色稍霁，继续闷头喝酒。

纪燃其实喝得已经很多了，头脑发晕，但就是不愿意睡。

秦满道："网上的事很快就会过去，你别放在心上。"

纪燃一顿："你都看见了？"

秦满这人比纪燃想象中无聊得多，自己好歹还有个尘封已久的微博账号，秦满却是连个微博账号都没有的人，所以纪燃一直以为秦满还不知道今天发生的事。

"你觉得他们说的，是真的还是假的？"纪燃突然转过头问他。

秦满道："假的。"

纪燃嗤笑一声，脑袋垂落在左肩，像是终于忍不住了："那群傻子，喀喀……我要是真违法犯罪，会有这么多知情者？！"

"我都不知道自己还有这多朋友、亲戚，怎么这会儿，全冒出来了？"

"还说我……说我在学校里欺负人？"想起上学那会儿的遭遇，纪燃气极反笑，"我欺负谁了？"

纪燃眯着眼转头，看着秦满和脑子里那个穿校服的冰山脸重合在一块，笑得更大声了，恍然大悟："哦，秦满，我是欺负过你……你去骂我吧，别人不行，但你可以。我给你注册个微博账号，你去找媒体爆个料，能赚不少钱。"

秦满的微笑越来越浓，问道："真的只欺负过我？"

纪燃把自己全身重量都压在床尾板上，以为秦满真的要去告状，语气都变恶劣了："是啊，怎么样？"

"为什么欺负我？"秦满问。

"你这么傲，活该。"纪燃打了个嗝，"我才要问你呢，天天用鼻孔看人……有没有教养？"

秦满撑着下巴，循循善诱地问："就因为这个？"

纪燃盯着他看，眼角泛红，也不知道是醉的还是哭时留下来的痕迹。纪燃放弃辩解，恨恨道："……不是。"

"谁让你过得那么好？"

秦满失笑，这是什么理由。

"明明你脾气比我还差，最多……最多就是学习比我好一点，出身比我好一点……"纪燃道，"凭什么我天天被针对、被嘲讽，你的人生就顺风顺水、一路通畅？"

这话要是被别人听了，肯定得跟纪燃吵一架。

但秦满没有,他依着对方的话说:"嗯,不应该……所以我的报应来了,我不是破产了吗?"

谁知纪燃听完先是一怔,眼泪突然毫无防备地从眼眶里掉了出来。

秦满一顿,被纪燃的眼泪打得措手不及:"怎么了……"

"你为什么破产了?"纪燃哭着骂,"我都放过你了,你怎么还是栽了?你就不能好好活到老吗?"

秦满安抚纪燃道:"我现在也很好。"

"放屁,你现在什么事都要听我的,你不好!"

"……"

其他人都不明白,上学那会儿纪燃为什么非要去招惹秦满。

只有纪燃知道,那是自己丑恶的嫉妒心在作祟。

自己就像是只夹缝里求生的怪物,一举一动,全是错的。

秦满却生来就是天之骄子,受众人尊敬,连一个冷淡的眼神都仿佛是施舍。

而自己就是街边的乞丐。

于是纪燃便捉弄秦满,偷他的作业本,窜改他的发言稿,给他手机发垃圾短信……这些小把戏最后全被秦满一一还了回来。

直到有一天,秦满不再还击了,不论纪燃做多少事,都会被秦满轻松化解,然后没了下文。

纪燃原本想去质问,问他为什么不报复自己了。谁知刚跟着秦满走进学校的小树林,就撞见了告白现场。

向秦满告白的人,学习好,长得又白又可爱,正红着脸对秦满说着喜欢。

如果当时纪燃去叫来老师,那绝对是最有力的一次出击。

但当时纪燃压根儿没想到这些,只觉得满脑子空白,最后拖着沉甸甸的步子,转身离开。

从那之后,纪燃再也没有找过秦满。他们两人之间那点小打小闹就像是做了个梦一样,从没发生过。

秦满不知道这人在想什么,他挪了挪身子,刚要开口。

"你去注册个微博账号吧。"纪燃抬手抹掉眼泪,脸上干干净净,什么也没剩,"去说我欺负你,跟他们一块骂我。"

秦满失笑："我为什么要去？"

"报复我啊。现在不是最佳时机吗？我们合同都签了。"纪燃喝得脸颊泛红，说话没头没脑的，"钱我也付了，没法反悔。你去了，里面好歹多了个说真话的人，我才不觉得冤。"

这是什么逻辑？

秦满挑眉道："真去吗？"

纪燃又冒出脾气来："去啊！我难道还能拦着你？"

秦满默了半晌，突然伸手把纪燃的头发揉得乱七八糟。

纪燃一愣，刚要继续胡言乱语。

"不去。"秦满道，"你又没欺负我。"

纪燃："睁眼说瞎话。"

"你真觉得就那些小把戏称得上是欺负吗？"秦满莞尔一笑。

纪燃一顿："……你看不起谁呢？"

"没看不起你。"秦满道，"以后要是真想欺负谁，就要下手狠一点。"

纪燃瞪他："秦满，你别得了便宜还卖乖……"

纪燃已经是一副醉态，却皱着眉，摆出凶狠的模样。

秦满继续道："就说现在吧，你要是真讨厌我，就该把我绑起来，对我也要粗暴一点，最好给我留一身伤……总嘴上逞强，算怎么回事？"

纪燃醉得糊涂："你以为我不敢！"

秦满气定神闲地看着纪燃："你是不敢。"

纪燃重重地深吸一口气，凶狠地看了秦满一会儿，猛地凑上前，狠狠地用自己的额头面对面撞向秦满，一点儿没留情。

秦满："……"

纪燃捂着头坐回原位，咬着牙说："知道痛了吧？"

这回轮到秦满深呼吸了。

片刻后，他放弃劝导，刚准备干脆陪着纪燃发泄怒火，却见纪燃的头歪着，已经睡着了。

秦满沉默了半晌，无奈地叹了一口气，然后轻轻把人扶起来，安安稳稳地放回了床上。

纪燃是被渴醒的,睁眼时,周边一片黑暗,窗帘被拉死了,房间里暗得什么也看不见。纪燃缓慢坐起身,手在床头柜上摸索片刻,把闹钟转了个角度。

5:59。

纪燃头疼得有些厉害,偏偏昨晚的记忆不放过纪燃,全部往头脑里钻。

正好想起自己撞秦满的那一幕,纪燃懊悔地捋了捋头发。

一定要戒酒了——这是纪燃今年第三次这么告诉自己。

秦满不在房间,厕所里也没人。纪燃小心翼翼地下床,打开灯,把昨晚被自己无情抛弃在地板上的手机捡起来,顺手按了开机键。

屏幕亮起的那一刹那,无数短信提示音接连响起,响到纪燃嫌烦了,赶紧按下了静音。

谁的信息都有,里头甚至有纪老夫人的未接电话。

纪燃并不觉得意外,虽然她身在国外,但对于国内的消息的掌握有时比自己还灵通。

其中数岳文文发的短信最多。

岳文文:小燃燃,程鹏说他让他公司的律师团出面了,你放心,明天一定给你把热度降下来,你先别急啊。

岳文文:网上那些人都是乱说的,你别跟他们一般见识!

岳文文:我去你家找你,陪你打打电玩?

岳文文:小燃燃,你接电话啊!

……

最后一条让自己好好休息的消息是十分钟前发来的,纪燃懒得打字,直接给岳文文回了个电话。

岳文文迅速接起:"小燃燃!你醒了?!我还以为你得醉到中午呢!"

"嗯,你那儿怎么这么吵。"纪燃走到浴室,冲了把脸,"……你怎么知道我喝酒了?"

"我昨晚去你家了啊。看到床头柜上的药没?觉得头痛或反胃你就吃一点。"岳文文道,"我被我爸抓来工地干活,热腾腾的,讨厌死了。"

纪燃"哦"了一声:"……昨晚秦满给你开的门?"

"是呀。"

纪燃走到床头,发现闹钟旁边就是大盒小盒的药,还有一杯水。

空调温度太低,水已经凉透了,纪燃咕噜喝了一大口,嗓子才缓过来。

"程鹏怎么说?"

"哦,这事……"岳文文道,"放心,那些都已经没热度了,不过不是鹏鹏办的。他昨天刚联系对方,就已经弄好了,那些博主也都删微博了。现在微博上风平浪静,你可以放心了!"

纪燃皱眉:"不是程鹏?那是谁弄的?"

"秦满没跟你说吗?"岳文文刚要说什么,就听见那边传来机器引擎的嘈杂声,"……我一会儿跟你说吧,这边太吵了,我压根儿听不见……"

纪燃还没来得及问,那边就挂了电话。

秦满?

纪燃突然想起自己第一次"红"的时候,也是秦满帮的忙。

虽然纪燃不懂这些事,但也知道点规矩,之前那次还能用侵犯肖像权的名义让平台处理,可昨天的话题已经牵扯到了赵清彤,甚至搬出了以前的新闻报道,不可能一两句话就能解决掉。

纪燃找出秦满的电话,正想拨过去,又想起昨晚自己干的事,默默收回了手,决定还是先去洗个澡解解乏。

温水落在肌肤上的那一刹那,纪燃身心都放松下来,慢悠悠地翻起了微信里的上百条消息。

其他的倒无关紧要,但纪燃没想到纪惟也发来了消息,纪燃甚至都记不清他们是什么时候加的好友了。

纪惟:你今天在公司说的话是什么意思?赵清彤是怎么和我们家扯上关系的?你说清楚!

哭一场真的是宣泄情绪的最佳办法,经过一夜,纪燃已经平静了很多,也懒得再和这人吵架,正打算把他拉入黑名单,谁想手机振动了一下,又一条消息出现在页面上。

纪惟:还有,你说我没能把你解决了,又是什么意思?

纪燃一条腿挂在浴缸边缘上,懒散地敲键盘。

纪燃：怎么，敢做不敢认？

纪惟：我什么都没做，为什么要承认？

纪惟：你如果是指高中那帮人，那是我叫来的。不过我可没想要闹大，毕竟我不会为了你这种人毁了自己的人生。

纪燃：之前来我家工作的那个保姆，你敢说和你没关系？

纪燃的怀疑并不是无凭无据的，保姆消失之后，纪燃私底下也做过调查，发现那中年妇女连名字都是假的，唯一有用且确切的消息，便是她曾经在纪家做过几天临时工。

纪惟：那个让你进医院的？纪燃，我告诉你，你别什么锅都往我头上扣！明明是你自己平时态度不好招惹了她，才会引来这样的报应！

那件事已经过去许久，警察都没找到那人的下落，纪燃其实早对查清真相不抱什么希望了。

现在旧事重提，难免让人腻味和厌烦。

纪燃点进纪惟的微信资料，干脆利落地将人拉入了黑名单。

天一点点亮了，纪燃看着窗户外的天，稍稍放空。本来醒来时的第一念头就是解决掉微博上的事，但没想到已经有人帮忙善了后，纪燃现在只觉得浑身轻松，宿醉的后遗症慢慢上来，只想再睡一个回笼觉。

纪燃想着想着就真的睡着了，还做了个梦，梦见自己在海里抓鱼，潜进水里之后，就捞上来一个巨大的贝壳，撬开一看，里头放着一张字条——"秦满丑八怪"。

纪燃此时已经恍惚意识到自己在做梦了，还没来得及作反应，就见贝壳突然往前一凑，紧跟着用力地合上，夹住了自己的嘴唇。

纪燃惊醒，一睁眼就听到浴室门发出剧烈的撞击声。

秦满在门外，一边喊着纪燃的名字，一边撞门。

纪燃竟一时间不知作何反应，几秒后才应了声。

"你在干什么？！"纪燃震惊地问。

秦满停下动作："救人。"

"你刚刚一直没有回应，我怕你淹死在里面。"

纪燃迅速起身围上浴巾，过去打开了门，然后看了一眼门外的秦满："……

你去哪儿了?"

"晨跑。"秦满走到盥洗台前,把肩上的毛巾拿下来擦了擦汗,"想洗个澡,没想到你会这么想不开。"

纪燃回过神,喊了起来:"你才想不开!出去!"

秦满莞尔:"行……"

秦满转身就要出去,纪燃听见塑料袋摩擦发出的声音,这才发现秦满手上还拿着个小袋子。刚想问,就见秦满突然停下脚步回身,抬手贴在了自己额头上。

纪燃一顿:"做什么?"

"看看你发烧没。"秦满挑眉,"你一喝醉就容易生病,是体质问题?"

纪燃哑然。

什么鬼体质问题,自己好歹混迹夜店多年,要真的喝个酒就生病,那早入土安息了。

纪燃这下是真不困了,洗完澡擦着头发,问沙发对面的人:"你怎么把微博上的事处理好的?"

秦满道:"我有朋友有门路。"

"你朋友是慈善家?免费帮你办事?"纪燃嗤笑着问,"你不是商人吗,怎么还做起亏本生意来了?说吧,多少钱,我把两次的费用一块儿结给你。"

"行吧,是花了点钱。"秦满顿了一下,随即笑道,"但不多。就当我讨好你的,你要是满意了……"

纪燃:"就给你打个五星好评?"

"我又没有其他资助方,要好评有什么用?"秦满撑着下巴,笑道,"你要是满意,就考虑一下续费吧?"

纪燃一愣。

他们这合同生效期都还没到半年,怎么就谈上续费了?

纪燃还没来得及说什么,手机就先响了起来。

纪燃看了一眼来电显示,脸色迅速垮掉,半晌后才接起来,不冷不淡地喊了声:"爸。"

秦满稍稍抬眼。

纪国正显然没打算跟这个许久未见的孩子寒暄，开门见山地问："社交软件上的事是你折腾的吗？"

纪燃："不是。"

纪国正默了默："不是就行。"

听起像是相信纪燃的话，实则是他不愿意花时间争论这些小事情。他早就找人安排下去了，不论微博上那群人怎么闹，最后都不会牵扯到自己身上。

他问："今天怎么没来上班？"

纪燃意味不明地笑了一声："有点事。"

"以后有事记得请假，不要把你生活上那些做派带到公司来。"纪国正道，"我知道你对你现在手上的项目不满意，但谁不是从底层一步步做起来的，就连你哥当时进来的时候职位也比你高不了多少。"

纪燃心不在焉地听着。

纪国正说了一大通安抚的话后，话题稍稍一转："秦满在公司做得怎么样？"

纪燃下意识看了一眼对面的人，秦满正勾起嘴角，看着自己。

纪燃仓皇挪开视线："……还行。"

"秦满个人的工作能力很强，你多跟他学学。"纪国正语气自然，道出这通电话的目的，"这周六，你把时间空下来，回家一趟，顺便把秦满也叫来。"

纪燃："回去做什么？"

纪国正顿了一下："我过生日。"

纪燃一怔，继而失笑。

这是自己第一次受邀参加纪国正的生日宴。

"我就不去了，您慢慢过，提前跟您说一声生日快乐。"纪燃道。

"别胡闹。"纪国正不容置喙地说，"邀请函我会让人送到你家里，必须准时到，不准有什么差错。"

"你爸居然让你回家？"岳文文咬着吸管，问，"那你回去吗？他过生日，岂不是全纪家人……"说到这儿，岳文文改了改口，"那岂不是一帮亲戚都在？"

纪燃靠在墙上，鸭舌帽帽檐遮住了大半眼睛，看不出情绪："没想好。"

岳文文说想念母校附近的奶茶了，今天非把他们拖到了奶茶店。

"要不你干脆别去了,别怪我说话不好听,你那帮亲戚,大多都狗眼看人低。"岳文文担忧道。

纪燃没回应,心思大半都在旁边的时光墙上,确认上面没有熟悉的字体后,才松了一口气,而后又喝了一口奶茶,问对面的人:"怎么不说话?"

程鹏挑眉,像是刚回神:"没,你们说到哪儿了?"

纪燃问岳文文:"他怎么了?"

"还能怎么,你没见今天陈安没跟来啊?"岳文文一语道破。

程鹏显然不想多谈这件事:"秦满不也没来?"

纪燃:"他有事出门了。"

碰巧有三五成群的逃课高中生从店门口路过,岳文文看得心痒痒:"我们一会儿回学校看看?"

"不去,"纪燃想也没想,拒绝道,"要去你自己去。"

老板娘把小吃端上来,打断了他们的对话。

"今天炸了点鸡块,你们尝尝。"放到纪燃面前时,她道,"上回我就想给你端一份,哪知刚炸好,你就走了。"

纪燃想拦住她的话,却为时已晚。

"好啊,你居然背着我们偷偷来这儿了!"岳文文道,"什么时候的事啊?"

"路过……"

"就前不久呀。"说起这个,老板娘担忧地看了眼岳文文,含蓄道,"小文,你那张字条我已经让小燃拿回去了。"

岳文文一愣:"字条?什么字条?"

"没什么。"纪燃道,"阿姨,再给我来杯奶茶,要一样的。"

岳文文:"你面前的还剩这么多……"

纪燃白眼道:"你管我。"

阿姨走后,程鹏恢复原样,坐直身道:"我这两天查到一件事。"

"月底,拍卖会上有块好地,在旺兴那边。旺兴最近正碰上开发,估计过不了十年,就能成为新的商业区。"

岳文文:"这种事你跟我们说干吗?"

纪燃把玩着手上的火机,没吭声。

程鹏看了对面的人一眼："很多家公司都想抢这块地的使用权，我们公司之前也有点意思，所以就让人查了一下。这块地的主人……姓秦。"

秦满把写满数据的文件丢到桌上。

"你直接说就行，不需要把这些数据给我。"

"好的。"刘辰把文件拿回来，"经过核查，我们找到了发布谣言的源头。这群人是专业团队，手下有成千上万个活跃账号，专门接舆论引导的业务。"

"这些内容都交给律师团了？"

"交了。团队那边说是希望和平处理这件事情，说愿意付赔偿金，也愿意在微博上道歉，并置顶三个月。"想起那个团队负责人与自己和律师团见面时期期艾艾的模样，刘辰就不禁感慨。

就算那个负责人见过再多大风大浪，也没想到有朝一日会跟五位业内顶级律师面对面喝茶吧。

"不和解。"秦满慢条斯理道，"赔偿金和道歉置顶，就等法院结果出来了再看。"

刘辰忙点头："还有打款人的账号……也查出来了。"

"说。"

"叫胡睿，是一家公司的董事助理。"刘辰道，"老板叫顾承，顾承有个儿子，叫顾哲，跟纪先生是高中同学。"

结果在意料之中，所以秦满并不惊讶。

而且对方显然并不害怕事情败露，做得明目张胆，一丝遮掩都没有，直接让自己助理去办的事，倒也符合顾承年轻那会儿天不怕地不怕的性子。

他也就是看准了纪家不会插手，也不会为纪燃出头。

秦满颔首："我知道了。"

刘辰试探着问："顾承最近在追几个项目，需不需要我……"

"不用。"秦满轻笑，往后一倚，"你去查顾哲。"

"顾哲？"

"顾哲以前就做过不少坏事，毕业后更是无法无天……"秦满垂眼，轻描淡写地说，"把那些事全挖出来。"

刘辰："不动顾承吗？"

"他先放一放。"秦满笑。

要整人，就先从对方最在乎的地方下手。这个道理顾承明白，他也明白。

"那挖出来之后呢？"

秦满道："顾承不是喜欢上网吗？这次就让他上个够。"

刘辰忙点头："了解。"

秦满沉吟片刻，道："还有件事让你去查，这事……尽量办得隐秘一些。"

把事情交代好，两人一块儿出了餐厅。

刘辰亲眼看着秦满走到一辆银灰色跑车面前，极其自然地坐上车，十来秒后便呼啸而去。

……果然，年轻人的想法真真是一天一个样，以前还嫌弃跑车花里胡哨，现在就换上最新款了。

秦满正开着车，纪燃的电话就来了。

秦满随手戴上耳机，接听："嗯？"

"你在哪儿？"

"车上，刚跟朋友见完面。"秦满道，"我去找你？"

"你直接回公司。"纪燃说完就撂了电话。

两人一起翘了上午的班，秦满到办公室时，纪燃正跷着腿在打游戏。

听见动静，纪燃头也没抬："旺兴那块地是你的？"

秦满在车上就听出对方的声音不对劲，早做好了各方面的准备。听见质问，他脸上一丝惊慌都没有："是。"

"你不是破产了吗？"游戏角色阵亡，纪燃把手机往桌上一丢，"怎么还会有这么大块地？"

这时纪燃又想起程鹏之前和自己说的那个"传闻"，眯起眼，脸色更沉了："你……你家到底怎么回事？"

知道这件事后，纪燃一直不敢细想。

那块地光使用权都能卖个好几亿，如果真如程鹏所说，那秦满根本不需要别人资助，那些负债更不值得一提。

真是这样，秦满在自己面前委曲求全做什么？

他有什么目的？

"是破产了，需要我给你看法院发下来的破产证明吗？"秦满佯装无奈，苦笑一声，"那块地是我爷爷留下来的，也是我最后的底牌了。"

纪燃冷笑："底牌？"他这怎么更像是斗地主中出完了一排顺子，最后留下了两张王炸呢？

"你去过旺兴吗？"秦满突然问。

纪燃双手抱胸，没好气地应："去过。"

"那你应该知道，那里前两年除了住户，几乎没人会去，周围连一家大超市都没有，更别说商圈。"秦满顿了一下，"当然，也因为这样，所以那一块地方才会被点名要开发。结果到现在，明令都还没下来，只有一些风声。半年前我家破产的时候，如果把这块地的使用权卖出去，能拿的钱只有现在的五分之一……甚至更少。"

"这样太亏，我不会卖。所以……我是真的走投无路了。"

纪燃仍有些疑惑："你自己都说，只是下来了一些风声……你就情愿一直欠着债，都不肯把那块地变现解决问题？"

"最初自然是有点动摇的。"秦满莞尔，语气轻松，"但你不是出现了吗？"

说完，他双手撑在办公桌上，笑吟吟地问："说到这儿，以后如果那块地真卖了个好价钱……那我还得感谢你。"他语气极轻，"说说，你想要我怎么报答？"

"……谁用你报答了？"纪燃往后挪了挪。

"可我知恩图报。"秦满道。

这人怎么回事啊？怎么还上赶着报恩的？

"我说了不要。"

秦满笑道："那先留着？以后你想要什么，尽管提。"他强调道，"什么都行，我都会为你实现。"

纪燃哑然，半天才道："你一个破产户，能为我实现什么……赶紧去工作！"

许麟推门而入，见状想说的话卡在了喉咙里，进也不是，退也不是。

纪燃注意到了这边，问："什么事？"

"哦，哦。"许麟反应过来，快步上前，把卡片和众多文件放在办公桌上，

"这是纪惟让我给你的。剩下的是这两天待批的文件，你看看，没问题的话签个名就好了。"

"……知道了。"纪燃道，"你下班之前再来拿。"

许麟的工作能力确实不错，纪燃翘班的这两天，许麟把工作安排得井井有条，基本上除了签名不能代劳之外，其余的事都处理完了。

纪燃把文件丢到一边，这才把目光放到那张红色卡片上。

要不怎么说这些豪门浮夸呢，一个生日宴而已，打个电话邀请就算了，还要给众亲戚发请柬。

前面都是些废话，卡片最后写着——诚邀秦满、纪燃参加宴席。

秦满的名字在自己前头，且字迹极大，而自己的名字被挤在后面，反倒是刚加上去的。

"你去吗？"秦满站在办公桌前，一边翻阅文件一边问。

纪燃把卡片丢到一边："为什么不去？他们都不怕折腾，我当然奉陪。"

第十章 把柄

纪燃原本是不想去的，纪家的事纪燃可是一点都不想参与。

只是纪老夫人特地打来电话，让纪燃必须到场，说她跟纪国正商量之后，有件事要在宴会那天宣布。

纪燃当天没穿正装，秦满跟在纪燃身后。待出门时，纪燃才发现秦满的手里还提着两个袋子。

"这是什么？"纪燃问。

秦满道："礼物，送给伯父的，我们各一份。"

"……你什么时候准备的？"纪燃这几天一直拖着这事懒得办，原本打算一会儿顺路随便买个礼物再去纪家。

"你这份是昨天临时买的，你看看合不合适。"秦满道，"我这份……伯父之前也有邀请过我，我没打算去，不过礼物早就准备好了，现成的。"

纪燃问："为什么不去？你不想去的话，在家就行了，我自己去。"

反正自己也只是打算去露个脸，问清楚事情就走人。

"我这不是又突然想去了嘛。"秦满笑着，把礼物放到后备厢，"我开？"

纪燃没应，坐到了副驾驶座上，打开微信群和岳文文聊天，就怕回复得不及时，又被对方用消息轰炸。

车子刚驶出车库，太阳光线就直直照射过来，纪燃忍不住眯了眯眼，然后打开前置柜，拿出墨镜递过去："……戴着开。"

秦满一怔，笑着接过去："谢谢。"

纪燃打开袋子，往里看了一眼。

袋子里面装着一个精致的盒子，从上面的标志能认出来，是某个价值不菲的钟表牌子。

"你怎么给他买个这么贵的?"纪燃脱口问道。

秦满笑容愈大:"这是里面最便宜的一款。"

"真的?"

"不信我告诉你型号,你搜搜看?"

纪燃合起袋子:"这还差不多。多少钱?我给你报销。"

"不用……"

"什么不用?这是我送别人的,不能让你出钱。"纪燃打开微信转账页面,"快说。"

秦满随便报了个数字,纪燃把钱转过去后,才继续加入群里的聊天。

纪国正这次生日就在纪家老宅过,老宅门口外的停车线上此时停的都是豪车,不过数量不多。

纪燃是最晚到的,进门时,客厅里原本在说说笑笑的一群人登时安静下来,齐刷刷地看向纪燃。纪燃用余光扫了一眼,这次生日宴,纪国正似乎只邀请了一部分亲戚,而纪国正的正牌老婆并不在其中。

看来那条微博评论说的是真的,这对夫妇之间确实出了点问题。

不少人知道纪燃的脾气,所以大家只看了一眼便默契地收回了视线,只不过他们在私底下的眼神交流仍是微妙。

纪惟就站在玄关附近跟表弟聊天,见到他们,纪惟嘴边的笑容立刻就凝固住了。

纪国正跟一个中年男人从楼上下来,乐呵呵地笑着:"来了?欢迎欢迎。"

"伯父,生日快乐,祝您身体健康。"秦满把礼物递过去。

"人来就行了,不用这么客气。"纪国正扫了纪燃一眼。

纪燃举起袋子:"生日快乐。"

纪国正这才满意了,他接过礼物,随手递给跟在身后的生活助理:"刚好,饭菜已经快做好了。走,上桌坐着。"

纪燃坐在了离主位最远的位置,秦满顺势坐了过去。

桌上的饭菜精致可口,龙虾鲍鱼应有尽有。

"别吃太饱。"纪燃小声道,"一会儿我还要去吃夜宵。"

秦满应道:"好。"

"来。"一个中年女人站了起来，笑容满面，"让我们一块敬正哥一杯。"

其他人纷纷响应，纪燃不耐烦地举了举杯，一饮而尽。

桌上的话题围绕着纪惟进行。

"纪惟，小絮呢？她今天怎么没过来？"其中一位长辈问起了纪惟的未婚妻。

纪惟笑容自若："她临时有点急事，来不了。"

纪燃托腮坐着，朝秦满扬了扬眉毛，示意对方给自己倒酒。

"话说纪燃——"

纪燃一撇头，对上了那位长辈的视线。

女人顿了一下，继续往下说："前几天的事真是吓坏我了，你说你这么大的人了，怎么做事还是这么不谨慎呢？"

桌上一静。

纪燃面色如常，甚至笑了笑："我做什么事了？"

女人轻咳一声，继续往下说："还能什么事？还不是前两天的微博上闹出的动静，你的事都被放到网上去了，这样影响多不好。"她装出一副无奈的模样，"你平时做事野一点，我们可以理解，毕竟你从小就……但是也不能做得这么过分啊，你知不知道有些事情是不能做的？"

其他人吃饭的速度都放慢了一些，一副等着看好戏的模样。

"你是谁来着？"纪燃突然问。

女人："……我是你姑！"

"哦——"纪燃点头，有些诧异，"奶奶这么聪明，怎么会生出你这种智商的人？"

秦满没忍住，溢出一声笑来。

这女人看来不太了解纪燃，就这么迎面撞上来了。

女人脸色一变："你说什么？！"

纪燃嗤笑："姑姑，您别气啊，我的话没恶意。"

"那些人但凡说的是实话，事情闹这么大，我早被警察带去调查了，还能坐在这儿给我爸过生日？你说，你是不是这儿不太灵光啊？"纪燃指了指脑袋。

其他人也忍不住笑了。女人兜不住面子，咬牙道："谁说网上没人说实话，你妈的事不就——"

"这牛肉烤得有些熟了。"纪国正沉声开口，打断了她的话，并看了她一眼以示警告。

纪燃脸色登时黑了下来，刚要发作，脚尖蓦地被轻轻踢了一下。

秦满在饭桌底下收回了脚，这既是安抚，也是提醒。

门口适时传来一阵声响，结束了这个话题。一个女生急急忙忙从门外进来，声音娇柔："对不起，对不起，理发店的师傅动作太慢，外面又堵车，来晚了……"

来人正是纪棠。她穿着粉白色的吊带小裙子，小碎步跑到纪国正面前，递过一个礼物："伯父！生日快乐！祝您事事顺遂，每天开心！"

纪国正淡笑着接过："乖，快坐。"

纪棠这才看向桌上的人，她父亲肯定是留了个位子给她的，但她一眼就看到了秦满右侧的空位。

她几乎没有过多犹豫，就含羞带怯地坐到了秦满身边，娇羞地喊了一声："秦满哥，好久不见了。"

"哈哈哈。"那女人像是终于找到了台阶，看向对面的中年男人，"哥，这女大不中留，你可得小心着点。"

"我倒希望她快点嫁出去，省得整天到处乱跑。"中年男人乐道，"要是挑到好的，早点嫁人也不是什么坏事。"

女人顺着话道："你看棠棠脸蛋都红成什么样了，我就说呢，好端端地跑去做什么头发？原来是知道秦满会来——"

"姑！"纪棠忙窘迫地打断她。

"害羞了？"女人的目光流连到秦满身上。也不怪纪棠这么喜欢他，她要是年轻个五岁十岁，也得一脚踏进秦满的坑里。

她用半开玩笑的语气道："秦满，你看我们家姑娘怎么样？她一颗心可都吊在你身上呢。"

纪燃心底冷笑了一声：敢情自己才是这桌上多余的人了，这家人对秦满的态度，比对自己要好上百倍。

"秦满啊？"纪燃突然开口，懒懒道，"他早有女朋友了。"然后侧过脸，问秦满,"是不是年底都快结婚了?"

秦满挑眉:"不是。"

纪燃:"……"

看到纪燃脸色顿时沉了下来,秦满失笑道:"是有女朋友,不过暂时还没有结婚的打算。"

另一头,纪惟也抬起头来,疑惑道:"你什么时候有女朋友了?"

"最近的事。"秦满莞尔,"追了好多年才追上的。"

见纪棠的脸色一下僵住了,女人赶紧帮她探口风:"很多年?难不成是初恋?上学时喜欢的人吗?"

"对。"

女人道:"那有什么的。我告诉你,千万别急着结婚,初恋这东西,都是没发育成熟时的冲动,等在一起的日子久了,你就会发现她可能没那么好,也根本不适合你。"

"不是冲动。"秦满笑容弧度完美,语气自然,"总不可能一冲动就是好几年吧。我上学那会儿太害羞,没敢追,后来挺后悔的。没想到因缘巧合……又撞上了,发现还是特别喜欢,也没办法忘。"

女人本来是想挑拨一下,没想到反倒被秀一脸,她哑然:"她总有缺点吧……"

秦满笑笑:"她脾气不太好,容易得罪人,但其实特别心软,也很可爱。"

"如果可以……我的确想跟她结婚,只是怕她不愿意。"

说到最后,他的表情无奈又可怜。

桌上的人都听呆了,尤其是纪惟。

秦满竟然还会作出这种表情?

这还是他认识的那个高岭之花吗?

还有——上学时喜欢的人?敢问初高中六年,除了那位更年期数学老师,你还跟哪个女生多说过一句话?

嗖——

纪燃突然往后一退,站了起来,椅脚在地上发出了尖锐的摩擦声。

纪燃面无表情,低着声音道:"我出去抽支烟。"

转身的那一刹那，纪燃绷着的表情瞬间变化——这秦满怎么回事啊？！

不就是编个故事，点到为止就好了，瞎编出这么多情节干什么？！自己差点就要控制不住表情，在众人面前拆他的台了！

纪燃走到走廊，点燃烟，猛抽了一口，也懒得马上再回去应付那个智商低下的姑姑，抽完一根，又拿出了一根。

刚点上火，纪燃就听见身后传来熟悉的声音。

"怎么还不进去？"

打火机的小火苗灭掉，纪燃牙齿不禁轻轻用了力，回头道："吃饱了。你出来做什么？"

秦满把门关上，实话实说："被问得没办法，就出来了。"

到了后面，大家甚至都问到他那位"女朋友"的姓名和家世了。

提起这茬，纪燃一顿，烟在嘴里上下晃了晃："我说，你干脆去拍戏吧？随随便便演个电影，准能火。你这演技，干别的都是埋没你了。"

秦满一笑："你捧我吗？"

"我可捧不起。"纪燃吐出一口烟雾，随口道，"做人做事都要脚踏实地、循序渐进地来，这道理你都不懂？"

"还真不懂。"秦满笑，说的话没脸没皮的，"我就喜欢走捷径，不然怎么会跟着你？"

纪燃抖抖烟灰。

得，无法反驳。

"你怎么知道我刚刚是演的？"秦满突然道，"如果我说的是真的呢？"

纪燃险些被烟呛到，咳了两声，有些狼狈："……什么？"

秦满笑吟吟地对上面前人的视线，没说话。

"我们之前谈好的，资助期间你的个人生活动向也需要向我报告，我批准了才行。如果这事是真的……"纪燃想了想，"我就往你结婚现场送十个花圈，上面贴个黑白照。我就让你看看，背着我搞小动作的下场。"

"还送花？"秦满莞尔，"那也太便宜我了。"

纪燃咬着烟，抬眼瞪他。

秦满见好便收："行……我开玩笑的。"

天色渐暗，外面已经亮起了路灯。

纪家老宅的地理位置极佳，虽然楼层不高，但到了晚上，仍能俯瞰一片夜景。

纪燃手肘撑在石板上，看着眼前的万家灯火，突然想起来，自己曾经在纪家住过一晚。

那晚，纪燃也是站在这个阳台，捏着衣角看纪惟和那几个弟弟妹妹玩过家家，而自己却被排除在外。

到了最后，一个肥胖的小男孩上前来问纪燃要不要一块儿玩。

那时的小纪燃眼睛都亮了，期盼地应"要"。

小男孩说："那你就演我们的看门狗吧！"

所有小孩哈哈大笑，然后指着小纪燃的脑门，骂的都是些从大人那学来的浑话。

"我当时在这儿跟别人打了一架。"阳台寂静，跟室内的说笑声形成鲜明对比，纪燃突然开口，打破了沉默。

秦满点头，问："打赢了吗？"

"废话，我会输吗？"纪燃捏着烟，偏头问，"你怎么不问我为什么打架？"

"结果最重要。"秦满笑了笑，这才问，"为什么？"

纪燃自然不会告诉他，懒懒道："不为什么。看他不爽，就打了。"

当时保姆还以为只是小孩子之间的吵闹，直到小胖子脸上出现了一道红痕，她才意识到事情的严重性。

纪燃自出生起，在这方面就已经无师自通了，别说是小胖子，就是后来其他小孩子全围了上来，也没吃到亏。

事后，赵清彤揽着纪燃的肩，腰都快弯到地上，不停地向小胖子的家长道歉。

第二天，他们就被赶出了纪家。

纪燃以为是因为自己，才害母亲也被赶出来，因此愧疚了好长一段时间。后来纪燃才知道——不论那件事情是对是错，做或没做，最终结局都会是这样。

纪燃想得出神，直到秦满出声提醒，这才低下头把燃尽的灰烬弹进烟灰缸里。

秦满道:"给我也来一根?"

"没了。"纪燃说完,把烟放嘴里,吸了最后一口,然后抿着唇把它摁灭。

秦满看着纪燃的侧脸。右侧建筑的灯光打在纪燃脸颊上,将纪燃的面部线条衬得特别温柔,方才在饭桌上的戾气全收了个干净。

他突然靠近纪燃,低声说了几句话。

纪燃疑惑地转过头,有些没明白他的意思,便也凑过去,小声跟秦满交流起来,中途还恼怒地推了秦满一把。

旁边传来一阵声响,纪燃立刻噤了声,将要教训秦满的话全数咽了回去。

谁来了?

听到了多少?

纪燃猛地转过头,看到纪惟就站在门口。

纪惟脱了西装外套,此时只穿了一件白衬衫,面色如常,语气极其不情愿:"……爸让你去书房一趟。"

纪惟这副神态,应该没听见他们的对话。纪燃瞪了眼秦满,以示警告:"你在这儿等我,等我谈完了,我们就回去……我再送你回去。"

秦满:"好。"

纪燃拿起烟灰缸,转身进了屋,与纪惟擦肩而过时,连个眼神都没施舍给纪惟。

纪惟暗暗松了一口气,朝秦满点点头算是打了招呼,正准备回客厅。

"等会儿。"秦满转过身,手肘撑在阳台上,笑得懒散,"谈谈?"

纪惟转过身:"谈什么?"

"刚刚的话,可是我的秘密,就当作没听见吧,嗯?"秦满淡定自若地问。

纪惟深吸一口气,原来秦满已经发现自己了。

纪惟几分钟前便站在门后,两人的对话他听全了。

他紧张了片刻,才反应过来——秦满才是那个该慌乱的人啊!

"你刚刚说的……"纪惟表情复杂,"是什么意思?"

"纪燃又为什么生气?"

秦满挑眉:"这些,我应该不需要向你汇报吧?"

是了,这样才是秦满。

刚刚在饭桌上那个一脸情窦初开的男人是谁？

纪惟皱眉道："你就不怕我说出去？"

"怕啊。"秦满道，"所以我这不是打算跟你打个商量吗？"

纪惟："……商量什么？"

"帮我们保密。"秦满微笑道，"作为交换……你的事，我也不会外泄的。"

当纪惟看清秦满的口型，他最后那点镇静全然崩塌，他猛地回头看，确保身边没其他人之后才松了一小口气。

秦满怎么会知道自己的那件事？！

秦满站直身："别紧张，只要你不把事情说出去，往后也别再为难纪燃，我会好好帮你保密。"

纪惟仍站在原地，不敢随意开口。

秦满是不是在诓自己？

"去年圣诞节。"秦满慢悠悠地打断纪惟的思绪。

纪惟仅剩的那点侥幸心理都被秦满全部剿灭，没错了，那件事就是在圣诞节那天发生的。

纪惟面色很沉，过了半晌才道："……我知道了。"

秦满满意地点头，正准备离开。

纪惟："你有什么目的？"

秦满停下脚步："什么？"

"你跟着纪燃，还有那个所谓的资助，是有什么目的？"纪惟揉了揉眉心，"那人虽然姓纪，但在我们家没什么实权，如果你是想借此掺和进我们公司来……"

秦满失笑："你多虑了，我对你们公司并没有什么兴趣。"

"那你到底……"纪惟完全无法理解，"纪燃上学那会儿还经常找你碴，你该不会是想报复吧？"

"如果我说是，"秦满道，"你会劝我收手吗？"

纪惟默了一会儿："适可而止吧，纪燃那人本身脾气就不好，你要真把这人惹怒了……指不定会做出什么事来。"

"不会。"秦满打断他，"纪燃比你想象中要好得多。"

纪惟："……"

秦满走上前来，拍拍纪惟的肩："很多事情，其实都是长辈的错，没人应该为他们的错误买单。迁怒他人，是弱者才会有的行为。"

"当然，我只是顺嘴一说。"他声音淡淡，"记得你答应我的，不要再找纪燃任何麻烦。"

"哥！"纪棠小跑着过来，打开阳台的门，"他们在催你进去呢……"

她的目光飘到秦满身上，声音不自觉娇弱几分："啊，秦满哥哥也在。刚好，我们一块儿进去吧？"

纪棠话还没说完，就被纪惟抓住了手腕。

"我这就进去。"他道，"走吧。"

纪棠一步三回头，看见秦满嘴边噙着笑，她恋恋不舍道："可是……"

最后她还是被纪惟拉了回去。

"哥！你干吗呀，我……我还想跟秦满多聊会儿天呢。"她嗔骂道，"阳台刚好没人……"

纪惟硬生生打断她："以后你都别惦记着秦满了。"

纪棠瞪大眼："为什么呀……"

"没为什么。"纪惟烦躁地喝了一口水，"总之，别再招惹他。"

纪惟原以为秦满家中变故，因而转了性子，直到现在纪惟才发现，秦满压根儿没变，还跟以前一样，冷淡又腹黑，还有一肚子的心计。跟秦满走得近，没准你都被秦满拆吃入腹了，还在帮他拌酱料。

像这种人，还是有多远离多远的好。

纪燃进书房时，房间里只有纪国正一个人，他正低头看报纸。

"来了。"纪国正眼也没抬，"坐。"

纪燃散漫地笑了笑："不坐了吧，您说完我就走。"

"让你坐就坐着。"纪国正道，"最近网络上的事，没影响到你吧？"

纪燃大剌剌地坐在纪国正对面的沙发上："没有。"

"嗯，我们纪家人不能被这点闲话就打倒。"纪国正拿起旁边的文件，丢了过去，"你看看。"

纪燃没接："是什么？"

"你不是嫌手上的项目小吗？这是个新项目，刚起头，下周会有人把其他资料给你，这是最初的企划案，好好做。"

纪燃本来都做好天天接手那些善后工作的准备了，没想到会突然掉一个新项目下来，从这项目书的厚度来看，项目的规模似乎还不小。

纪燃拿起来，翻开第一页便明白了——《旺兴新城开发项目书》。

纪燃嗤笑一声，没往下看，兀自合上文件："这块地马上要被拍卖了，我什么都没准备，做不了。"

纪国正合上报纸，面带严肃："你以为这是在过家家，想接就接，不想接就推？你只是个打工的，是项目选择你，不是你选择项目！等到你自己当老板的时候再来挑剔工作。"

"这块地的进度之前有人跟着，资料明天会送到你手上。你好好干，知不知道？"

纪燃说话不爱兜圈子，径直道："您老该不会以为，秦满现在是公司的员工，就得把自己的地都奉献给公司吧？"

"什么叫奉献？我们给的价格绝对不低。"纪国正道。

"但我瞧着也不是很高啊。"纪燃往后翻了翻。

"卖地不能只看价格，其他公司买到这块地，未必能把旺兴这片地区带起来，而我们的目标是在那儿建立全满城最大的商城，到时候旺兴的客流量变多，他也能得不少好处。"

"他能得什么好处？"纪燃往后一靠，"而且他要举办拍卖会，价高者得，你这价格怎么跟别人争？"

旺兴附近那几块地都是秦满的，要是那一块被永世带起来了，别说在旁边开别的商业楼，就是以后继续拍卖，也一定能卖到一个好价格，怎么就不是好处了？

纪燃这孩子，心思确实没有纪惟活络。

这些门道纪国正也懒得给纪燃解释，只道："所以，你的目标就是去说服他，让他取消拍卖会，直接跟我们签合同。"

纪燃想也不想："办不到。"

秦满现在这么缺钱，怎么可能同意？再说，就算他不缺钱，也没有哪个傻子会跟钱过不去。

"事在人为。"纪国正道,"这个项目我早早就准备着了,已经有人去跟各大品牌商谈入驻,现在就差一块好地。这事你如果能办成,爸再送你两辆车。"

说到最后,他语气都和蔼了许多:"当然,不能是赛车,那项目太危险了,以后你也别参加了,知道吗?"

他想起纪老夫人说的,纪燃吃软不吃硬。

"我不需要车。"纪燃顿了一下,"如果秦满松口,你还能给他什么好处?"

纪国正皱眉,这孩子怎么还帮外人谋起好处来了?

"企划案里,价格已经写得很明白了。"

"这些明显不够吧,糊弄小孩子呢?"纪燃道,"这样吧……那商城,你让他参点儿股。"

"胡说八道!这是永世的项目,怎么可能让外人参股?!"纪国正的耐心消耗殆尽,"让他参股是不可能的,只有这些资金,你自己看着办吧。这是一次机会,你自己琢磨琢磨,要不要好好把握。"

谁稀罕这破机会?

纪燃心里这么答,面上却笑着:"行呗,那我跟他说说。既然事情说完了,那我就先走了。"

"坐下,还有件事要跟你商量。"纪国正道。

纪燃动作一顿,又坐了回去:"还有什么事?"

纪国正道:"这个项目结束后,你就出国吧。"

纪燃以为自己听错了:"什么?"

"我跟你奶奶商量了一下,打算把你送去国外继续读书。"纪国正道,"学校她老人家在帮你看。等你这个项目做完了,就收拾收拾出去吧。"

纪燃沉默地看着纪国正,眼底暗沉,半响后才问:"为什么?"

"多读点书没坏处。"纪国正道,"网上那些流言蜚语虽然消失了,但以你现在的情况,最好还是出国去避一避,等过几年你再回来,这件事也就过去了。"

纪国正原打算这学期就把纪燃送出国,但因为这块地的事情,才暂时把纪燃留了下来。

见纪燃没吭声，纪国正继续道："怎么，不高兴？当年要不是你爷爷非让我留下来学公司管理，我就待在国外不回来了。"

"既然没坏处……"纪燃嗤笑，"您老自己怎么不去读呢？"

纪国正一顿："什么？"

"人六七十岁的老爷爷都重归课堂了，您要是真喜欢读书，您就自个回去呗。"纪燃站起身来，拿起文件往外走，"我对读书不感兴趣，谁爱出国谁去，反正我不去。"

说完，纪燃无视掉身后人的叫喊，径直出了门。

纪燃从楼上下来时，撞见了纪惟。

纪惟："你……"

纪燃不耐烦地问："做什么？"

纪惟表情复杂，欲言又止了大半天，嘴巴一会儿张一会儿闭，大半天才挤出一句："……没事。"

回去是纪燃开的车，扣上安全带后，纪燃把手里的文件丢到秦满怀里。

秦满："这是什么？"

"新项目。"

秦满翻了几页，瞬间了然。

"你别误会……"纪燃顿了一下，"算了，本身就是那意思。我爸想要你手上那块地，又不想出钱。你看看这企划案行不行，行就办，不行就算了。"

秦满笑了："你觉得行不行？"

纪燃："我觉得不行。"

两人跟说绕口令似的。

"我先考虑考虑吧。"秦满把文件放到一边，问，"他还跟你说了什么吗？"

纪燃目视前方："什么意思？"

"我看你脸色不太好。"

纪燃自从楼上下来，脸上就写着"生气"两个大字。

"没什么。"纪燃顿了一下，还是觉得不吐不快，"他们想让我出国。"

其实出国读书本身不是一件坏事，但这一次，明摆着就是纪国正嫌自己在网上丢了人，急切地想把自己往外丢。

方才是纪燃与纪国正二十多年来最长的一次对话。

对于之前自己承受的流言蜚语，这位名义上的父亲安慰之语寥寥，对那个给他生过孩子的女人更是提都未提，一心只放在这块地上，最后甚至还想把自己丢出国？

要是秦满敢说"出国挺好"之类的话，纪燃一定会毫不犹豫地打开车门把秦满给扔出去。

秦满浑然不知自己正站在雷区的最中心，偏过头，蹙眉问："你去了，我怎么办？"

面前是红灯，纪燃踩刹车的动作都重了一点，震惊地回头："什么叫作……你怎么办？"

"我现在靠你的资助活着呢。"秦满想了想，"或者你把我也带去？"

"……你手上的钱都够把老房子买回来了，你现在还有块地马上要卖，没我的资助怎么就不能活了？"

秦满："房子的封条还要一段时间才能拆，钱我已经打给我爸妈了。那块地的流程走下来，怎么着也要几个月。"

"全给你爸妈了？"纪燃无语，"你自己不留点傍身？"

"我吃你的、喝你的、住你的，留钱做什么？"秦满理所当然地说。

纪燃鬼使神差地问："……你刚刚说，要跟我出国？"

"嗯。"秦满坐直身子，"你是出国读书还是工作？"

"……读书。"

"那你应该会在学校附近租房子吧？到时候我学做饭给你吃，你放假了，我们还能一块儿去周边的小岛玩玩。"秦满语气轻松，"如果你喜欢热闹，外国人很热衷于派对，偶尔可以帮你办一两回……"

纪燃听得心痒，半晌才说："我不会去的，我在国内还有事情做。"

车里静了几秒。

绿灯亮起。秦满的表情已经恢复如常，方才那些情绪转瞬而逝。

他问:"什么事?有我能帮忙的地方吗?"

"没有。"纪燃道,"你就不能干些别的事吗?你就不想东山再起了?还跟着我做什么?我所有的钱都用来资助你了,你再怎么在我面前卖乖,都拿不到别的好处了。"

秦满莞尔,突然问:"如果我跟永世签了这个合同,你能拿什么好处?"

"没什么好处。"就两辆车,纪燃还看不上。

在拿到这个项目时,纪燃曾有过一个念头——如果拿下这块地,可以趁机向纪国正索取更高的职位,那样就能用员工ID查阅到更多资料,查一些往事时也会方便一些。

但这个念头很快就被纪燃摁灭了。

这块地对永世来说不过是一个项目,却是秦满的全部。就秦满的本事,如果把这块地的使用权变了现,那能发挥的空间有很多,甚至可能改变秦满的命运。

纪燃:"算了,你就当我没提过,这地你还是拿去拍卖吧。你拿到钱了就去做点生意。你那几个同学不是看不起你吗?到时候把钱捆在一块儿,往他脑袋上砸,使劲儿砸,让他狗眼看人低。"

秦满手肘抵在车窗边缘,莞尔:"你好像很讨厌他?是因为我吗?"

"我只是看不惯这种人。"纪燃点开车里的电台,"……你少给自己脸上贴金。"

纪燃没有再问项目的事,刚到工作日,纪燃就把文件交给了许麟,让许麟退回给纪惟。

秦满挑眉:"真的不等我考虑考虑?"

"没什么好考虑的。"纪燃道,"傻子才会签字,你是傻子吗?"

待许麟出去后,秦满才问:"伯父会不会为难你?"

纪燃并不在意:"不会。"二十多年来,纪国正和自己只有金钱上的联系,没有任何感情方面的交流,他们就像两个陌生人,或许平时在路上见着了都不会打招呼。

纪燃正要处理员工们交上来的周报,程鹏的电话就进来了。

"现在方便说话吗?"程鹏的声音听起来情绪有些低落。

"方便。"纪燃放下笔,"你怎么了?"

"没事。"程鹏没多说,只道,"你要办的另一件事暂时还没得进展,不过我有新的发现。"

纪燃心上一跳,表情也不自觉凝重起来:"说。"

"那个肇事者,今年在重雨市买了一套房。"

纪燃倏然起身,拿着手机往外走。

一路到了外面的阳台,才道:"他怎么会有钱在重雨买房?房产证上的名字是他的?"

"当然不是,是他女儿名下的房子。重雨最近的房价高涨,我粗略算了一下,她应该是没有那个能力买房的。当然,不完全排除这个可能性,我只能说概率很小。"

纪燃背脊发麻,点烟的手都在微微颤抖。

这么多年过去了,这件事终于有了那么一点点进展,纪燃怎么可能不激动。

纪燃按捺住自己的情绪:"你继续帮我查,查他的这笔钱是怎么来的,还有他女儿,全部查干净。"

"我知道。不过这事也可能是我们太敏感了,你好好工作,有什么情况我会告诉你。"

纪燃:"……好。"

"那我先挂了,过几天我还有个拍卖会要参加。"程鹏道,"对了,永世要参与旺兴那块地的拍卖吗?你爸应该给你说过这事儿了吧。"

纪燃道:"嗯,不过我把项目推了,他们参不参与我不清楚。怎么,你也想要那块地?"

"不,我看上的是另一块,旺兴那地太大了,对我来说没用。"说完,程鹏咳了几声,"那我先挂了。"

纪燃没忍住又问了一句:"你真的没事?"

"我能有什么事。"

"嗯,那就辛苦你了,改天请你吃饭。"纪燃道,"谢谢。"

"我们之间不说这个。"

纪燃回到办公室,秦满从文件中抬头,问:"又抽烟了?"

方才的激动感还没恢复下来，纪燃心情颇好："干吗？又想骗我的烟？"

"没有。"秦满转动椅子，面向纪燃那头，跷着腿沉思了一会儿，"你最近是不是抽太多了？"

纪燃："你天天蹭我烟，还好意思说这话？"

秦满笑："可我节制。"

纪燃心道：你哪里节制了？

门被推开，曲冉拿着一个密封袋子进来："秦助，这有一份您的快递。"

秦满接过来，脸色有些意外："我的？"

他想不出谁会把寄给他的快递寄到永世来。他垂眼，发现上面的寄件人居然是"满城中学"，拆开一看，是母校送来的校庆邀请函。

纪燃也看见了，托腮道："优等生就是了不起，毕业这么多年了，学校还惦记着给你发这个。"

"我也是第一次收到，可能因为今年的年份是整数，所以校庆规模大一些吧。"秦满打开看了一眼，卡片的设计比较随便，潦草地印了个校门口的照片，他扫了下卡片上的内容，问道，"你去吗？"

"我？"纪燃嗤笑，"你觉得他们会邀请我？"

"怎么不会？你以前可每周都在国旗下演讲。"秦满一笑。

纪燃上学那会儿太皮，几乎每个星期都被拎到升旗台前，被教育批评，然后念检讨。

最初纪燃还会乖乖上去，后来就干脆周周想办法不去。

纪燃："……你皮痒痒呢？"

"想不想回去看看？"秦满举着卡片，"卡片上说，可以带一位亲友。"

纪燃一愣，半天才道："谁是你亲友啊？我才不去，那破地方有什么好看的。"

秦满颔首，把卡片塞回原先的包装纸里。

纪燃视线忍不住往那儿瞥："校庆是什么时候？如果是工作日，记得向我请假。"

秦满："不知道，没仔细看。"

纪燃愣了愣："你不去？"

秦满："我老板都不去，我去做什么？"

而且那卡片上还邀请他上台做演讲，回答学生们现场提出的问题。

演讲稿他早写腻了，也不乐意背了。

纪燃："……我又不是你同学，你回不回去跟我有什么关系？"

秦满笑了笑，没回答，随手把东西丢到了一边。

工作结束后，回家路上，纪燃接到了岳文文的电话。

"小燃燃，你今天看微博了吗？"

纪燃现在光听见"微博"这两个字都心烦："没，又怎么了？我又火了？"

"没有啦，不是你。"岳文文笑了一声，"是顾哲。"

纪燃眉梢轻挑："那孙子怎么了？"

"他的旧事被人翻出来了。"岳文文轻咳一声，字正腔圆地念，"有人曝光富二代顾某曾侵犯过多名女子，并打伤其中一女子的男友，性质恶劣，警方已经介入调查。"

"虽然新闻上没有写清名字，但顾哲的信息已经全网皆知了。"

顾哲除了这些下三滥的手段还会什么？

纪燃："有什么好高兴的？他有他爸呢。"

顾哲可是他爸的独生子，想想也知道他爸不会对顾哲放任不管。

"这次可不一定了，顾哲干的可都是真事，被好几个姑娘带着证据举报的。现在连警方都发通报了，蓝底白字，顾哲都被拘留了！"岳文文道，"他爸再厉害，也不可能跑去公安局里抢人吧。"

纪燃狐疑："真的？"

"这还能有假？行了，我先挂了，我要赶在热度下去之前用小号多骂他两句，我还特地用大号转发了呢。我的粉丝们也特别给力，发了好几千条评论，全是在骂顾哲的，看得我心底特爽。"

纪燃心上一动："你等等。"

"如果我想让这热度维持得再久一点……你有没有什么办法？"

"有是有，不过估计不太好办吧，毕竟顾哲那边也在想办法……"岳文文一愣，"小燃燃，你该不会想？"

如果非要说纪燃有什么人生信条，那便是——

人不犯我，我不犯人。

人若犯我，那人遭殃。

秦满握着方向盘，听着纪燃和岳文文的对话，嘴角噙着一抹笑。

他原本想说不用这么麻烦，但他转念又想，算了，总得给纪燃一个泄愤的机会，省得憋着不痛快。

顾哲这事的热度很是持续了一阵，甚至被知情人揭露了更多丑事。

因为这件事，纪燃那些微信好友讨论组里还多了一句流行语——

"在吗？蹦迪吗？让你神志不清的那种。"

纪燃正躺在客厅沙发上玩手机，不知道第多少次刷到这句话时禁不住轻笑了声。

纪燃原本已经做好了添把火的准备，没想到压根儿用不上，或许是这件事性质太恶劣，触及了女性的底线，所以顾哲的关注度和热度一直都很高。

"又在看这个？"秦满坐在一旁看文件，目光不经意落在纪燃手机屏幕上，道，"这回痛快了吗？"

纪燃实话实说："痛快了。"

自己不是什么大善人，并不会因为顾哲遭受谩骂而感到愧疚。

真算起来，被顾哲坑害过的女生更不该承受那些。

纪燃把手机丢到一边，起身准备去接杯水，才走到半路，门铃就响了，纪燃顺手点开电子猫眼。

顾承出现在屏幕中，他身材高大，面无表情，身后还跟着几个魁梧大汉，气势十足。

纪燃以前就在家长会上见过顾承，现下也是一眼就认了出来。

秦满问："是谁？"

"快递。"纪燃淡淡道，"我自己去拿。"

纪燃走到大门前，隔着铁门看着这群肌肉大汉，脸色如常，看不出一丝惊慌。

人都在这儿了，纪燃也懒得再追究对方是怎么知道住址的："什么事？"

倒是顾承意外地挑了挑眉，他没想到纪燃居然能够这么淡定从容。

"有空吗？聊一聊。"

纪燃睨了一眼顾承身后的人："只是聊一聊？"

"是的。"顾承手一抬，身后的人立刻回到了车里，"放心，至少这一次，我没打算对你怎么样，带他们来也只是习惯。"

话里的意思是，下一回见面可就无法保证了。

纪燃嗤笑，这是在吓唬谁呢："有什么事，就在这儿说。"

顾承皱眉："进去再说吧，在这儿恐怕不方便。"

"我在里头搞派对呢，您老进去更不方便。"纪燃抱腰，懒散道，"有屁快放，都五六十岁的人了，说话能不能别磨磨叽叽的？"

今年刚满四十岁的顾承："……"

顾承懒得纠结年龄问题，他双手背到身后，下巴微抬。

"那我就直说了，你要多少钱？"

纪燃皱眉："什么？"

"微博上的情况，是你的手笔吧？"顾承查这件事花了不少时间，后来才听闻，之前他们也接到过纪燃的咨询。而且他的工作人员也发现，对方这完全是复制了他之前整纪燃时用的手法，就连操作顺序都没有更改。

只不过纪燃之前的负面消息都是伪造的，顾哲的却是货真价实的。

显而易见，这是场报复。

纪燃意外地挑了挑眉，自己和顾哲的恩怨都过了个把月，顾哲的仇家更是多如牛毛，顾承是怎么猜到自己身上的？

不过纪燃也没怕，痛快承认："我是有过这个想法，不过你儿子造的孽太多了，根本轮不着我出手。"

顾承脸色微变："行了，都是爽快人，你直说吧，要怎么样才愿意让这事情过去？"

纪燃拧眉，这人难道听不懂话吗？

不等纪燃开口，顾承便继续道："纪燃，做人得有些眼力见，我台阶都给你铺好了，你就这么顺着下来，我们双方都好过。不然……我有本事让你火一回，就还能让你出名第二回。两败俱伤，何必呢？"

纪燃一怔，把顾承的话来回咀嚼了一遍，脸色登时黑不见底："原来上回的事，是你做的？"

顾承看见对方的表情，这才察觉出不对。

难道纪燃之前不知道这事？！没道理啊。

他保持镇定，话都说出口了，不管对方知不知道，他也只能全认了："这次的事，你到底要怎么样才愿意消停？"

纪燃嗤笑，作势就要打开铁门，结果手刚碰到门锁上，肩上就蓦地一重。

"什么快递，拿这么久？"秦满的手不轻不重地搭在纪燃的肩上，问。

纪燃立刻停下了开门的动作，转头："……你出来干什么？"

秦满说："我以为是东西太重了，你一个人抬不进来，想出来帮忙。"说完，他看向顾承，"不过这位，似乎不是快递员吧？"

顾承自然认得秦满。

他原本还有些疑惑。上次的事，纪燃的处理动作太快了，也太干净，没有点门路是办不到的。他知道纪国正好面子，不会因为这种事去找人帮忙，纪燃怎么会这么轻易就解决了？

现在看来，秦满应该也插手了。

不过秦满怎么会和纪燃扯上关系？顾承抿唇皱眉，想着回去之后得把这事查清楚。

"我说是谁，原来是秦小公子，你爸还好吗？我也是很久没见到他了。"他之前和秦家谈过合作，虽然最后没成功，但好歹也算是有点交集。

秦满笑："挺好。"

顾承一向自大惯了，没怎么把小辈放在眼里："我这还有点事要跟纪燃谈，你先回避一下吧？"

"没什么好回避的，你要在意的话，当我不存在也行。"秦满笑容不变。

纪燃原本想冲出去跟顾承硬碰硬，却被秦满打断了，纪燃"啧"了一声："你先进去。"

秦满道："不要。"

"你……"

顾承失去耐心，皱眉问："纪燃，你就给个准话，这事到底能不能和平解决？"

"和平解决？"纪燃像是听见什么笑话，冷笑一声，"你那么对我，还想和平解决？！我告诉你，虽然这次不是我弄的，但哪天这破事热度下去了，我就把你的污蔑坐实，让你儿子'名垂青史'。"

顾承也怒了，凶神恶煞地说："你有本事再说一遍！"

"你算什么东西？让我说就说？自己耳背就去医院治！"纪燃啐道。

顾承车里的小弟听见他们的争吵，纷纷作势要从车上下来。

"这附近都是摄像头。"秦满慢悠悠道，"如果你想去里头跟顾哲做个伴，只管来。"

纪燃还在骂："我就说顾哲怎么从小就这么事儿，敢情全学了你，明的不敢来，非在暗地里搞小动作！我呸！"

顾承气笑了："好啊，你敬酒不吃吃罚酒是吧？你以为我是来低头的？我只是没那么多时间浪费在你这小屁孩身上。"

"我最后问你一遍，这事到底能不能解决。"顾承声音阴沉，冷冷道，"别怪我没提醒你，你妈的忌日快到了，你也不想她生前被人唾骂，死后还不得安宁吧？"

纪燃低低骂了句脏话。

秦满蹙眉，赶在纪燃发作之前，紧紧控制住了纪燃。

纪燃想冲出去，却被桎梏着，气得整张脸涨红。

见到纪燃这副模样，顾承终于舒坦了一些。顾承微微仰头，笑道："我给你最后一次机会，否则别怪叔叔不给你面子了。明天如果还是那个样子，那以后要是再发生什么事，你可别后悔。"

纪燃也懒得解释那事跟自己无关了："你算什么破玩意儿！谁要你的面子！"

纪燃气得直喘粗气，眼睁睁地看着顾承坐进车里，跟他那群小弟大摇大摆地离开。

等连车屁股都看不见了，纪燃才安静下来，只是还在不断地喘着气。

"秦满，你到底是跟谁一边的？"半晌后，纪燃问。

秦满："当然是跟你。"

"那你拦着我干什么？！"纪燃不客气地朝秦满的手臂捶了一拳。

"让你出去，然后呢？"秦满任纪燃打着，没松手，淡淡道，"他带了这么多人来，你以为自己是超人，能一个打十个？你如果先动手，到时候闹到警察面前，我们也不占理。吃亏的事情，为什么还要做？"

"所以呢？"纪燃反问，"所以我就得忍着，让他嘲讽我，嘲讽我妈？秦满，不是所有人都跟你一样，什么事都只想往龟壳里缩！"

秦满垂眼，叹了一口气："我只是不想看你受伤。"

"事情的解决办法有很多种，你意气用事，万一吃了亏，得不偿失。"

纪燃原本还想骂人，听见这话，反而骂不出口了，半晌后，才像泄气般地说："你松手。"

秦满道："别生气。如果你觉得不爽，就……"

"就怎样？"

"就上网去骂顾哲。"秦满笑着说，"我给你开小号，让你骂个够。"

"……你幼不幼稚？"

纪燃的火气稍稍消了一些，也知道秦满是为了自己好，刚刚如果真冲了出去，那身上肯定得挂彩。

再说，纪燃也不想把脾气发在无关的人身上。

回到家里，纪燃给岳文文打了个电话，让对方这几天帮自己留心一下微博，如果又有人讨论起赵清彤，就第一时间通知自己。

方才顾承的话里显然是还要继续找碴，纪燃得事先防备着。

纪燃没想到有朝一日，自己会浪费精力在这些破事上。

想起顾承刚刚说的某句话，纪燃拿起手机，打开日历看了一眼，之前自己一直在给那些项目做收尾，头都大了，差点忘记，再过几天就是赵清彤的忌日了。

纪燃用脚踢了踢秦满的脚尖："车钥匙都在我的床头柜里，你后天挑一辆，自己去公司。"

秦满反问："你呢？"

纪燃："我有事，那天请假。"

秦满又说："要去哪儿？我陪你。"

"我是雇你来工作的，不是雇你当保镖。"

秦满笑道："这话说得不对。"

"……"纪燃不跟他耍嘴皮子，坐直身，把手机递给秦满。

秦满接过来，上面是微博登录界面。

"把你的账号输进去。"纪燃黑着脸说，"我的小号不能用了。"

秦满之前那是哄人的，他哪有什么微博小号，就连大号都很少上。

他随手登上自己几年前注册的账号，把手机递回去。

纪燃下意识点开个人主页，发现这个号居然有两千多个粉丝，不禁瞪大眼："这是小号？"

"差不多，以前注册的，没怎么用过。"秦满说。

要不是他这个号绑定了手机，估计早丢了。

纪燃继续探索，发现这个账号只发过寥寥几条微博，内容全是那只叫"娇娇"的小丑狗的照片，时间最近的一条，也是三年前发的了。

这个号的关注人只有七个，纪燃好奇地点了进去，竟然在列表最末尾看到了自己，其余的都是些乱七八糟的搞笑博主。

"你……什么时候关注的我？"纪燃问。

秦满说："不记得了。"

纪燃点开最上方那条微博，微博底下甚至还有一百多条评论。从头像上看，大多是女生，随随便便点进去一个，都是有成千上万粉丝的"美女博主"。

——狗狗好可爱呀！！！

——哥哥竟然喜欢恶霸犬，口味好独特。

——今天在路上看见学长遛狗了，好养眼的画面。

纪燃冷哼一声："学长？"

秦满放下文件，噙笑问："怎么了？"

"……你少占我便宜！"纪燃没好气地说，"我是在念你微博下的评论！"

"那些啊……"秦满问，"我没看，都是些什么评论？"

纪燃嗤笑："少装，还能是什么评论，不就是女生在底下'哥哥''学长'地叫你。"

"是吗？"

"你自己不会看？"

这群人为了勾搭秦满还真是什么话都说得出来啊，娇娇丑得这么真实，她们都能真情实感地夸上大半天。

秦满直直看着身旁的人，突然问："你看不惯？"

"……我看不惯？我看谁看不惯？！"纪燃关掉微博评论，"我是看人家小姑娘这么真心实意地给你评论，你连回都不回。没良心！"

"你是存心的吧？我让你给我小号，你把大号给我做什么？"

秦满道："我没别的账号了。这号你随便拿去骂人，不用太在意。"

"……算了。"纪燃退出了秦满的账号。

秦满问："不骂顾哲了？"

"不骂了，浪费力气。"

纪燃切换回自己的微博，点开粉丝列表，自己就只有几百个粉丝，没翻多久，就在底部翻到了秦满的微博 ID。

岳文文的微博 ID 就在他前面几位，这么算下来……秦满高中就关注自己了？

为什么？那会儿虽然已经过了他们针锋相对的时期，但怎么想，都不是那种能关注对方微博的关系。纪燃原本想追问一下原因，抬头就看见秦满正专心看着手里头的文件。

"……"

算了，已经是百八十年前的事了，要是问了，秦满也不一定记得，反倒显得自己很在意似的。

纪燃点开他的微博主页，盯着娇娇看了一会儿，拇指往下一点。

左下方，图标倏然一跳。两人的关系变成了"互相关注"。

岳文文在工地上暴晒一周，终于决定逃命。

但这回岳文文不是很敢躲到纪燃家了。

每年的这段时间，纪燃的脾气都不太好，更不用说最近还撞上了微博上那档子破事。要说工地是刑场，那纪燃身边恐怕就是地狱。

程鹏在电话里道："你就不能躲到酒店去吗？你以为你以前躲纪燃家，你爸就不知道？他如果真想把你抓回去，你躲到天涯海角都没用。"

"哎呀，我这不是嫌待在酒店无聊嘛。"岳文文道，"对了，小燃燃今年……

去不去看阿姨啊？"

"不知道。"程鹏说。

岳文文托腮盯着镜子里的人，苦兮兮道："我皮肤都被晒成什么样了。鹏鹏，等你忙完了，我们叫上小燃燃一块去泡个温泉吧。"

"我都可以，你去问纪燃，要去就一块儿去。"

岳文文把"温泉旅行"和"挨一顿骂"放在心里衡量许久，最终还是给纪燃打了个电话。

对面接得倒快，岳文文用着温柔的语气："小燃燃，在干吗呢？"

纪燃声音如常："工作，什么事？"

岳文文道："是这样……人家最近发现一家特别棒的温泉酒店，我们一块儿去吧，好不好？"

纪燃提醒道："现在是夏天，外面三十摄氏度。"

"那又怎么了？泡出一身汗，再去桑拿房里坐坐，按个摩，多舒服啊。"

纪燃本来没什么兴趣，听到后面，突然觉得腰有点酸。纪燃现在每天都在办公室坐好几个小时，晚上回到家往床上一躺，简直就是一天之中最舒爽的时刻。

纪燃没怎么犹豫："什么时候？"

岳文文惊呆了，原本自己只是试探地问一声，没想过纪燃真的会同意。

这么多年来，每到这段时间，他们连纪燃的人影都看不见，更不用说往外约了。

"挑个周末吧！"岳文文捧着日历，趁热打铁道，"就下周！行不行？"

"嗯。"纪燃余光扫到身边的人，顿了一下，"我这边算两个人。"

"明白！"岳文文喜滋滋地把当天计划说完，挂电话前，才小心翼翼地问，"小燃燃，你今年去看阿姨吗？要不要我陪你去？"

"不用，你专心搬你的砖。"纪燃道，"挂了。"

纪燃把手机丢到一边，单手撑着下巴，问："你下周末有没有空？"

秦满从文件中抬首："有，怎么了？"

"我要去泡温泉，缺个提行李的。"

秦满笑道："好，我给你提。"

纪燃满意地低下头，刚准备偷会儿懒，办公桌上的座机响了起来。

纪惟打来的，叫纪燃去趟办公室。

纪燃隐约猜到是什么事，临出门前，还专门叮嘱秦满："不准再跟上来！"

果然，刚进办公室，纪惟便冷着脸道："爸的意思是，让你继续跟这个项目。"

纪燃看着那份被丢回来的旺兴企划案，"啧"了一声："你跟秦满做了这么多年同学，还不了解他？你觉得他会傻到签这种合同吗？"

这世上谁能真正了解秦满？

想起自己之前知道的，纪惟就觉得荒唐。

"……爸说，你如果不接这个项目，就收拾好行李准备出国。"

"可以啊。"纪燃道，"你帮我转告他老人家，我这段时间一直住在西城的宅子，你让他找人拿绳子把我绑去。"

纪惟皱眉："去国外有什么不好的？你不是喜欢自由吗？出去了没人能管你。"

"你还知道自由呢？"纪燃讥笑一声，"自由就是，我想待在哪儿就在哪儿，我不想出国，就没人能逼我去，你让他少操这份心，对大家都好。"

纪惟："你为什么非要忤逆爸？"

"这话该问你自己，当了这么多年的好孩子，天天听着纪国正的话办事，你还没腻？"

纪惟一怔。

"没什么事我就下去了。"纪燃转身，突然想起什么，回头道，"礼拜五我请假，现在跟你说了，假条我就不交了。"

纪惟当然知道这人请假要去做什么。

他还记得赵清彤出车祸那天，他母亲的脸上没有一丝喜悦的情绪，只是安安静静地看着电视上的新闻，仿佛遭遇车祸的不是她的"仇人"。

她叫来助理，冷淡地吩咐：把那孩子带去医院，看能不能见她最后一面。

"听见没？"

纪燃的话把他拽回神。

纪惟收回视线，沉默半晌："知道了，出去。"

第十一章 赵清彤

赵清彤忌日当天，纪燃起得很早，半躺在床上，用手机在花店预订了一束白菊花，然后坐起身，看向秦满。

秦满侧身睡着，一只手搭在被褥外，呼吸匀称。

纪燃突然想起初中运动会时路过秦满的班级，看到对方正趴在课桌上小憩，夕阳的暖光打在秦满的脸上，就像是电视剧里的场景。

纪燃多看了两眼，正要收回视线，就见对方眼睫轻轻动了动。

纪燃来不及躲，就跟秦满对上了眼神。

秦满的眼眸是深棕色，在阳光底下深邃似海，光线一暗，便是深不见底。

他的声音里带了些刚起床的慵懒和沙哑："这么早？"

早起是计划之外的事，纪燃打算下午再去墓园，那时候太阳不大，墓园里人也不多。

"嗯。"纪燃应道，"去晨跑。"

十分钟后，纪燃无语地看着身边的人："……你困就继续睡，非跟我出来做什么？"

秦满打了个哈欠，很没说服力："不困。"

纪燃很少晨跑，因为觉得这是老年人运动，今天会来，也只是起太早，闲着没事。

两人跑出一小段，迎面跑来两个小姑娘。

对方先是一愣，然后害羞地跟秦满打招呼："早。"

纪燃疑惑地侧过头，看到秦满淡淡地点了点头，应了句"早"。

纪燃立刻就反应过来了。

呵，这没良心的，连晨跑都不忘勾搭别人。

纪燃一直不明白，秦满无非就是帅了点，自己身边也不是没有长得好看的人，就没见过谁能像秦满这样，走哪儿都能收获一堆爱慕者。

"你今天怎么总是看我？"秦满笑着问。

"谁看你了？"纪燃矢口否认，看了一眼表，"时间差不多了，你还要上班，先回去吧。"

秦满："不急，我今天不上班。"

纪燃停下脚步："为什么？"

"今天不是伯母的忌日吗？"秦满莞尔，"我陪你去。"

"……你怎么知道？"纪燃想也不想便拒绝，"不需要你陪，你滚回去上班，我可没批你的假。"

秦满煞有介事道："那就算我旷工吧，要罚款吗？我没钱，用劳动力抵债行不行？"

纪燃震惊地瞪大眼。

这人的脸皮都去哪儿了？

纪燃环顾四周，确定没人听见他们方才的对话后才骂道："闭嘴，你还要不要脸？"

"让我去吧。"秦满说，"我不打扰你，你就当是带了个司机。"

纪燃最后还是妥协了。

墓园离市区有一段距离，既然有免费司机，没有不用的道理。

下午两人一块儿出门，先是去了花店，把早上订好的白菊花拿上。

路上，秦满问："你每年都去看伯母吗？"

纪燃盯着外面的风景，没吭声。

其实纪燃成年以前很少去看赵清彤，再加上从小到大身上都背着枷锁，要说纪燃没恨过她，也未免太圣母了些。

没得到回应，秦满也不恼。他看了一眼纪燃手上的花束："只买了花？要不要我去附近买点其他东西，给伯母烧些。"

"不要，污染环境。"

前往墓园的路，越深就越渺无人烟。

纪燃撑着下巴看向窗外，突然想起前几回独自前往墓园时，每每经过这条路，都觉得压抑得很，甚至有种自己不是去祭拜，而是去赴死的错觉。

这次却不同，秦满开了车内音响，在自己耳边絮絮叨叨说着话。

"等见完伯母，我们去吃点什么吧？"

"温泉酒店都订好了吗？"

"我们带多少行李？"

纪燃侧过头："我怎么觉得你今天特别啰唆？"

秦满笑："是吗？我突然想起泳裤被我落在以前的房子里了，得去买一件。"

纪燃看了他半晌，收回目光。

"……随你。"

车子到达墓园外的停车场，纪燃被角落那几辆普普通通的汽车吸引了目光。

这座墓园是纪老夫人挑的，位置好，还专程请人看过风水，说是很不错。

有钱人都是比较信这个的，所以这座墓园刚建成时，位置就早早被占满了，里面甚至大半块地还空着，是还活着的老年人给自己备下的。

纪燃实在无法理解这群人的想法。

不过也正是因为这样，这儿十分清静。纪燃这几年来祭拜，几乎就没撞见过其他人。

纪燃没多想，待车子停稳后便打开车门。

"我自己进去就行，你在车上等我。"

秦满失笑，纪燃还真把他当免费司机了。

他的目光在前方几辆车上停留了片刻，才道："好，有什么事就给我打电话。"

纪燃挑眉："能有什么事，我还能被鬼抓走？"

纪燃拿着花，刚走进墓园，就撞上了管理员。

跟对方打了个招呼，纪燃径直走上台阶，在某一列停下脚步，转身向右侧走去。

终于，纪燃在一块墓碑前停了下来。

黑白照上的女人笑靥如花，月牙般的眼眸里都是温柔。

而在墓碑前头，赫然已经放了两束菊花。

纪燃微不可见地蹙了蹙眉，这几年来从没见谁来拜祭过赵清彤。

纪燃想了许久，未果，干脆不想了，把自己的花束跟它们放在一起，然后盘腿坐在了墓碑前，跟照片中的人对视良久后，才低低地叫了一句。

"妈。"

纪燃刚发了个声，又没了声音。

片刻，纪燃拿出刚从管理员那儿买来的清洁水洒在布上，从墓碑边缘擦起。

"这段时间发生了点不愉快的事。"纪燃慢慢道，"也不知道你听说没有。"

"没听说就算了，听说了，你也别太伤心。网络上的话当不得真……不是真有人骂你。"

"我有仔细看过，现在还有好几个你的影迷，她们都说相信你。你看，今年你还收到了其他人的花。"

说完，纪燃没忍住扬了扬嘴角，自己也不是第一次来这儿了，只是以往都是放下花，然后静静地陪赵清彤坐一会儿就走，这样自说自话还是头一回。

真够矫情的。

管理员一般只清扫墓碑附近，墓碑上有些污渍，纪燃没擦几下，布就脏了一小块。

"我也挺好的。那些人干扰不到我，他们也就只敢在网上过过瘾了，要把他们一个两个单独拎到我面前，谁敢多说一句？"

"妈，如果真有下辈子，你一定要过得开开心心的，别再吃这些苦了。"

说完这句，纪燃就觉得无话了。

把墓碑擦干净，纪燃坐回原位，又盯着上面的照片看了一会儿。

女人这双眼睛这么好看，哭起来也是梨花带雨的。

赵清彤活着时，纪燃还没现在这么叛逆。

在被纪家赶出来之后的很长一段时间里，面对身边人的嘲笑和欺凌，纪燃都不敢回击，因为怕自己骂了人、打了人，最后又得让赵清彤去给对方道歉。

纪燃不想看到赵清彤再对别人低头认错，也不是很舍得让赵清彤哭。

直到上了初一，有一天，纪燃一身狼狈地回了家。

赵清彤看见后，抱着纪燃哭得更狠了，一边哭一边低声道歉。

纪燃任她抱着，有些手足无措，心想妈妈可真难哄啊。

纪燃还记得当时赵清彤把头埋在自己小小的肩膀上，哽咽着说：她会想办法，不让自己再受这种委屈了。

没多久，赵清彤就出了车祸，肇事者酒驾，被判了两年半。

同年，纪燃以牙还牙，经历几次对抗后，名声大震，就没人再敢来招惹纪燃了。

纪燃收回思绪，站起身来，拍了拍裤子上的灰："我今天有点啰唆，你别嫌我烦。司机还在下面等我呢……那我下回再来看你。"

"喂！"不远处，管理员的声音中气十足，"你们站住！做什么的？！都给我下来，要登记过才能上去！"

纪燃动作一顿，倏然回过头。

只见身后不远处的台阶站着一群人，因为小心翼翼地猫着身子，所以纪燃方才没听见任何脚步声。

那几个人都裹得严实，有两个身上扛着摄影机，其他人手上不是本子就是录音笔。

见被发现了，他们立刻快步往上冲。

纪燃第一次遇到这种情况，怔了怔，还没明白是怎么回事，就被对方给层层围住。

话筒和录音笔不客气地伸了上来。

"我是《娱乐周报》的记者！请问你是赵清彤和纪国正的孩子吗？！"

"纪燃！前段时间网络上出现了一些关于你的评论和报道，请问那些事情是不是真的？！"

"据说你一直和纪家保持联系，请问你和家里人相处融洽吗？会不会因为母亲的事情跟他们发生冲突？你对自己母亲的事有什么看法吗？"

几道声音交叠在一起，问题一个比一个不堪入耳，搅得纪燃耳朵发疼。

纪燃咬咬牙，心说失策了，这几天网上没有再出现赵清彤的相关消息，导致自己懈怠了。

只是没想到顾承的手段竟然会这么脏！

纪燃只觉得脑袋嗡嗡作响，下意识握紧了拳头，只想看下一个开口的会是哪个倒霉蛋。

此时的纪燃像是炸药桶，火线已经点燃，即将达到引爆点。

"啊！"

这时，其中一个摄影师突然尖叫一声，紧跟着，他肩上的摄像机骤然掉落在地，在地上摔得四分五裂，发出一道闷重的碰撞声。

纪燃耳边瞬间清静了，所有人都被这个动静吓了一跳。

这位摄影师长年奔跑在工作线上，身材也算壮实，他还没反应过来，就被人一把推倒在地，整个人压在了刚毁坏的设备上。

纪燃的手心慢慢松开，看见秦满黑着一张脸，用肩膀不客气地撞开一条道，正朝自己走过来。

认识秦满这么久，纪燃还是头一回见到他这么生气的样子。

秦满走过来，脱下西装外套，不由分说地往纪燃头上套，严严实实地遮住了纪燃的脸。

纪燃蓦地回神："你……"

见此变故，围着他们的人很快回过神来，情绪却是更高涨了——

"请问你是纪燃的保镖吗？是因为被戳到痛处，所以才下手殴打记者吗？"

"你弄坏我的设备，还推我！我要告你！你必须赔偿我的医药费和精神损失费！"

这些人就像苍蝇在耳边瞎转悠，成功在纪燃脑子里点了一把火。

纪燃正想动手，却意外陡生——

砰！

站在最前方，不断把麦克风往纪燃脸上塞的男记者蓦地倒地。

秦满练过拳击，手臂肌肉结实，随便一挥就能把人掀翻在地。

别说其他人，就连纪燃都被这动静给弄蒙了。

这也是纪燃第一次见秦满这么不绅士。

男记者躺在地上，震惊地瞪大眼，仿佛还没反应过来发生了什么。

紧跟着，疼痛感从身上蔓延开来，他哀号一声，蜷缩在地上打滚。

男记者的同伴见状，咒骂了一声就上前，谁知还没碰着秦满，就被秦满先一步抓住衣领，扔到了一边。

"我不打女人。"秦满的声音比海风还要冷一些，他看着旁边被吓呆的女记者，"你如果再继续问下去，我不介意破这个例。"

女记者找回神来："你……你恐吓我？你居然敢恐吓记者？你……"

看来是说不通了，秦满冷着脸，又抬起手。

纪燃眼疾手快，抢先一步抓住了他的手臂。

"秦满……"纪燃的语气有些急，按秦满的力道，随便一碰对方可能都要受伤。

女记者也慌了，他们此次的目的，其实就是为了逼纪燃动手。

但现在是个什么情况？看眼前男人的气质，完全不像是纪燃的保镖。

秦满问："录音笔关不关？"

剩下几个记者面面相觑了一会儿。

这人是个狠角色，他们就算一起上，恐怕也很难讨到好。

几秒后，他们把录音笔全部关闭。

原以为形势能够缓和一些，谁想秦满突然抬起手，把另外一台摄影设备推倒在地。

设备的碎裂声响彻墓园。

记者："你——"

秦满心底仍是不爽快，他的视线一扫，说话的人立刻噤了声。

虽然摄影机已经被他全部破坏，但担心对方有隐藏摄像头，他仍是用外套紧紧护着纪燃的脸。

他在车上时，看到正前方某辆车子上印着一个标志。

那个标志他不认得，但旁边有一个话筒图案，引起了他的疑心，他没过多犹豫便下了车。

果然，他才走进墓园，就看到几名男女冲向纪燃，把纪燃围得密不通风。

一名胆子大些的女记者，硬着头皮问："你……你到底想怎么样？我告诉你，这件事我们不会就此罢休的！"

秦满没搭理她。

他腾出一边手，拿出手机，翻出一个电话号码。

"你们的医疗费我全权负责，如果想起诉我故意伤人，直接联系警方，我会配合。这是我律师的联系方式。"

他顿了一下，声音森冷："但是，我话说在前头，但凡让我在任何地方看见你们污蔑诽谤我的朋友，我会让你们付出代价。"

纪燃透过外套的缝隙，偷看正在说话的人，心脏跳得飞快。

管理员终于到场，小老头子手里拎着根木棍，气得脖子都红了："你们是谁？！知道这是哪里吗？居然把拍摄设备带进来叨扰别人！快点出去！走之前，把你们的名字和证件给我，我要做登记！"

直到被秦满护着带出墓园，纪燃才回过神来："你放开，我都被捂出汗了。"

秦满抿着唇，没理会。

纪燃："……你还在生气啊？你有什么好气的……"

"我去晚了。"秦满道，"放心，你的照片不会传出去。"

"我又没做什么亏心事，照片传出去又怎么了？"

秦满又不说话了。

纪燃恍惚觉得面前这人是高中时的秦满，但转念又想，高中的他们不会这么和谐，秦满的外套也不可能出现在自己头上。

原本纪燃还挺生气的，但秦满刚刚让他们尝到苦头，自己心里早就痛快了，甚至有些高兴。

纪燃把头上的西装外套取下来："你是不是偷偷在外套上喷香水了？熏死我了。"

"没有。"硬邦邦的回答。

"……"

那些记者都不在这儿了，这人还要气多久啊？

纪燃想了想，晃了晃他的手："喂，你之前不是天天在我耳边念叨，让我别意气用事吗？你吓唬了人就算了，还把他们摄像机都砸了，这算什么？"

一路走到车上，纪燃都没得到回答。

见那帮人灰溜溜地被管理员赶出来，纪燃赶紧扣上安全带，生怕秦满忍不住，下车把别人录音笔给掰了。纪燃可不想让秦满为自己进局子。

秦满发动车子，却没急着走。吹了一会儿空调风后，车内的沉默被打破。

"是我错了。"秦满突然道。

纪燃一愣："什么？"

秦满转过头，眼底的戾气还没退去。他道："我说，是我错了。"

"很多事情没必要跟他们和平解决，以后谁惹你不高兴，你也别让他痛快，别担心后果。总之，就是不准吃亏，知不知道？"

纪燃看着他，一时间竟然说不出话来。

许久，纪燃才道："……你觉得我是那种会吃亏的人吗？刚刚你不来，我也能让他们吃不了兜着走。"

那帮人看到纪燃的车，吓得步伐都快了一些，车子刚发动，就踩着油门溜了。

秦满收回视线，转动方向盘，心底的怒意一点没消。

他自上车后，就一直在后悔。

后悔没陪着纪燃进去。

后悔自己没发挥好。

回到家，纪燃刚想说什么，就见秦满抢先一步进了卧室："我去洗澡。"

纪燃躺到沙发上，随手拨出一个电话。

知道今天是什么日子,电话那头,程鹏语气有些意外："怎么了？出事了？"

纪燃道："你能不能惦记着我点儿好？"

程鹏问："那是怎么了？"

行吧，确实还真不是什么好事。

纪燃直接地问了。

"你出事了？"电话那边传来电脑的关机声，"你在哪儿？我现在去找你。"

"别，是出了点事，不过不是我。"纪燃犹豫了一下，还是把刚刚的事情都说了一遍，最后的话里满是担忧。

程鹏松了一口气，又觉得好笑，心道：你上学那会儿那么莽，怎么不为自己担心担心？

纪燃像是有心灵感应似的："我好歹还有怕我丢人的纪家，但秦满不一样，他家刚破产，爸妈又都在国外，那块地的钱也没到手，我怕他会出什么事。"

"放心吧，如果真的只是你说的情况，不会被关进去的，基本就是赔偿对方损失，最严重也就是行政拘留十五天。"

"不行。"纪燃皱眉，特别严肃，"必须得和解。"

程鹏逗纪燃："里面现在待遇挺好，十五天不痛不痒的，用不着这么紧张吧？"

"我紧张个屁。"纪燃顿了一下，"我是担心他在里面被人剃光头，变成丑八怪。"

了解情况后，程鹏语气放松了很多："放心，就秦满那张脸，你就是在他头上再点几颗黑痣当和尚去都丑不了。"

纪燃听出来他的调侃，"啧"了一声。

程鹏玩笑道："放心吧，没什么的。看你急的，我还以为是什么大事，都准备给你找艘船跑路了。"

"滚。"纪燃笑骂，"你那拍卖会怎么样了？能不能行啊？"

"都准备好了，我这不是还有闲情逸致跟你们去泡温泉吗？那块地我盯了几个月了，等拿下来，带你们去国外玩几天，你把年假准备着。"

"行。"纪燃道，"我还想让你帮我一件事。"

程鹏了然地问："关于那几个记者？"

两人相熟多年，废话也不用多说。

程鹏问："现在也很少有几个记者胆子这么大了，怎么说，要我帮你查是谁搞的鬼？"

"不用查，这个我知道。"纪燃翻身，换了个姿势，"这些记者说自己是《娱乐周报》的，你帮我查查真假。如果是真的……"

纪燃接着把刚刚在车上想好的计划说了出来。

挂了电话，纪燃一颗心稳稳当当地落了回去。

其实纪燃以前跟别人硬碰硬时，是真没惦记着出了事会有什么后果。

但那是纪燃自己的人生，想怎么过就怎么过，进去也好，躲过也罢，孤身一人，没什么好怕的。

秦满却不同，从小到大都这么完美的人，不能因为这点破事脏了他的履历。

事情尘埃落定，纪燃松了一口气，打开手机正想点一份外卖，想了想，又把软件关了，一个鲤鱼打挺坐起身，转身进了厨房。

纪燃下了两碗面，汤底丰盛，味道鲜美。

转头一看，卧室里的人还没出来。

该不会是睡着了吧？

纪燃猫着脚步，刚走进卧室，就闻到一股淡淡的烟味。

卧室没开灯，阳台的窗户开着，偶尔吹进一阵夜风，在窗帘上掀起一阵海浪。

男人就坐在阳台外的椅子上，姿势难得随性，一双长腿随意张着，手里还夹着一根细长的烟。

纪燃看了几秒才回过神来，抬手打开卧室的灯。

"你又偷烟？"纪燃走到秦满面前，问，"不是让我少抽点烟吗，怎么转眼自己就抽上了？"

秦满抬头望了对面人一眼，笑道："被发现了。"

纪燃："坐这儿干什么，装忧郁？我家对面住的是位老奶奶，你别浪费心思了。"

秦满把烟拧灭。

洗完澡后，他的心情已经平静了不少，只是他还在想纪燃被记者重重围住时的表情。

当时，那张脸上是愤怒、暴戾、失控。

还有委屈和无助。

尽管后面这两点情绪很薄弱，却还是被他捕捉到了。

实际上，他已经不是第一次见到纪燃这副表情了。

最初见到纪燃时，并没给他留下什么印象，只记得纪燃的校服很宽大，头发也松松散散地落在额间，就像个发育不良的小屁孩。他只看了一眼，没太在意这小瘦子。

没想到不久后，也不知道自己哪儿招惹了纪燃，导致这小屁孩天天找他的碴，干的都是些无关痛痒的坏勾当。

要他报复回去吧，犯不上，但要他就这么忍气吞声也不可能，所以他每次都会回击一二，以示警告，日子久了，他竟然也习惯了。

直到有一天，他难得在学校打球到黄昏，在回教室的路上看到了纪燃。

纪燃被围在角落，一看就知道发生了什么事。

纪燃在校内的"光荣事迹"，他也有所耳闻，只不过听说的版本都是纪燃欺负别人。

按理说，一直找自己碴的人要被教训了，他应该是高兴的，可他看着墙角一脸无所谓的人，只觉得心底不舒服。

他正犹豫着要不要插手，里面就已经闹起来了。

那一刻，秦满觉得自己就像是被什么东西定住了，明明想上前阻拦，却始终迈不出一步。

小屁孩一脸的无所谓，愤怒又委屈，面前张牙舞爪的人一个个节节败退。

纪燃从教室走出来的那一刹，秦满才恍然回神，也不知怎么的，他下意识往旁边一躲，避开了对方的视线范围。

他没有过多犹豫，待人消失在走廊尽头后便快速跟了上去。

纪燃走到学校右侧那栋刚建成还没开放的教学楼里，一路到了顶楼后，终于停下了脚步，四处环顾，确定没人，才找了个角落坐了下来。

然后双手抱着腿，脸颊整个埋到了膝盖里面。

那段时间秦满刚好有些感冒，口袋里一直放着纸巾。

就当是做慈善吧，秦满想着。

他从口袋里拿出那包纸巾，步伐不自觉放轻，刚往前走了两步就停了下来。

他听见一阵哭声。

尽管纪燃尽力压抑着，但因为四周空旷，所以秦满正好能够听得清。

声音断断续续，许久都没停下来，那些不明显的情绪在此刻被无限放大。

等秦满回过神来，手上的纸巾已经被他攥得变了形。两人一个哭着，一个看着，就这么静静地待了许久。

在纪燃抬头的那一瞬间，秦满再次躲了起来，他在拐角处，看到纪燃哭得满面水光，鼻子都是红彤彤的，跟平时的乖戾形成强烈的对比。

一双骨节分明的手掌在秦满面前晃了晃，纪燃皱眉，道："你在发什么呆？"

秦满回神，收回那些情绪，轻笑一声："刚刚在想些事情，怎么了？"

"没怎么。"纪燃错开目光，"我面条煮多了……你吃不吃？"

半小时后，两人吃饱喝足，连汤底都没剩下。

次日，纪燃因为昨晚没睡好，起床气严重。

纪燃在路上睡了一觉，到公司时就更困了，从停车位走到电梯口这一小段路就打了四五个哈欠。

因为纪燃起晚了，两人早餐是在小区外面的店铺买来的，还没来得及吃。秦满拎着两份豆浆油条，按亮了电梯的按钮。

一分钟后，电梯门打开。

"唉，都是我临时要赶飞机，害得你这么早就来公司跟我签合同。辛苦了，孩子。"

"您说的这是哪里话，只要能和您签约，我就是半夜过来都没关系。"纪惟的声音礼貌又恭敬。

电梯里站着四个男人，其中两位是助理，纪惟旁边则是一位上了年纪的大叔，两鬓已经有些雪白，不过看上去倒是精神十足。

电梯内外的人对上目光，皆是一怔。

纪燃腹部一阵空虚，只想赶紧上楼吃早餐，刚打算上电梯，却见旁边的人站在原地未动。

"小满？你怎么会在这儿？"电梯里的大叔一脸惊讶，眼底是掩不住的欣赏，"我们好久没见了，你最近过得怎么样？说起来，我之前在美国时跟你爸见了一面，他让我帮衬帮衬你，说你打算……"

"叔叔，我目前在这儿上班。"秦满笑着打断他。

大叔愣了愣，以为自己听错了："什么？"

他心底最看好的小辈，居然在给别人打工？

电梯门长久没合上，响起一道警报声。

秦满："就是这样，这事我爸也知道，他应该是还没来得及跟您说。您最近身体还好吗？"

"……挺好的。"大叔问，"你在这里担任什么职位？总经理，副总？你怎么不来找叔叔呢，大学毕业那会儿我就让你来我公司实习，你就是不听。"

纪燃听出了点挖墙脚的味道来，不耐道："他是我的助理。"

大叔："……"

"大叔，你们到底出不出电梯？"纪燃道，"我们还赶着上班，要是迟到了被扣全勤奖，您赔给我们吗？"

纪惟："纪燃！不准这么对云总说话！"

大叔看向秦满，收到对方一个细微的表情暗示后，只觉得有意思。

他点头，失笑道："叔叔这就出来。小惟，如果他们俩今儿迟到了，你看在叔叔的面子上，可千万别扣他们的全勤奖。"

纪惟皮笑肉不笑："没问题。"

待几人离开，电梯里只剩下两人后，纪燃才问："那是谁啊？"

"我爸的老朋友。"秦满道。

"他刚刚那是什么表情？当我助理很委屈你吗？"纪燃双手抱胸问。

"他没有这么想。"秦满顿了一下，"只是……"

"只是什么？"

秦满的故事张口就来："以前我跟他说过，长大后要开一家自己的公司，现在却看到我成了朝九晚五的上班族，有些意外吧。"

纪燃："……开公司？"

"嗯。"见纪燃拧着眉头不知道在想什么，秦满莞尔，"不过现在也没那么想了。"

纪燃沉默半晌，也不知道在想什么，半天才淡淡地"哦"了一声。

过了几天，岳文文把酒店的信息发来了。

酒店的位置很偏，开车得开三四个小时。也就岳文文能折腾，愿意为了那纯天然温泉跑那么远。

但是应都应了，纪燃也没办法反悔。他们把项目解决完，周五提前下了班，两三下就收拾好了行李。

程鹏直接开了一辆房车来，车门打开的那一刻，纪燃难得地从秦满眼底看到了一丝震惊和疑惑。

只见岳文文顶着一头黑色长直发，慢悠悠地从车上走下来，还化了精致的妆，穿着一件蕾丝袖的白色长裙，仙气翩翩，举止优雅。

岳文文的骨架本身就比普通人的要娇小得多，身形纤细，身上没有一块肌肉或赘肉，就连脸上的妆容都完美无缺。

秦满原以为那晚是自己没留心，才会没认出岳文文，现在看来，倒跟他的眼神没关系，岳文文的造型手法，已经达到了易容的地步。

"小燃燃！"岳文文冲上来就抱住纪燃，"人家想死你了。"

纪燃早已经习以为常，岳文文每换一个造型就特喜欢拽着自己演戏，也不知道是什么时候染上的恶趣味。

岳文文还想说什么，搭在纪燃肩上的手臂就被人拎了起来。

秦满笑道："好久不见。"

岳文文明白过来，立刻收敛："好久不见，你们把行李放后面去，我们出发吧？过去还要好一段时间呢。"

纪燃上了车，这才看到陈安正安安静静地坐在副驾驶座上，抿唇不知道在想什么。

听见动静，陈安回过头来："纪……纪……"

岳文文："你说什么呢？！"

"……纪燃。"陈安说完，又反应过来，疯狂摆手，"不……不是，我……我没有……没有别的意思。"

纪燃这人没耐心，跟陈安聊一会儿天，能短命两年，便放弃沟通，打了个招呼后就径直走到了最末的位置。

秦满跟着坐在纪燃身边。

直到程鹏上了车，纪燃才问："怎么没请个司机？你工作一整天，能开这么久吗？"

"我没那么娇贵。"程鹏发动车子，"几个小时而已，很快就到了。"

岳文文一个人孤零零地坐在中间，捧着镜子在看自己的妆有没有花。

"我好可怜，被臭情侣夹在中间……"

"不……不是情侣。"

一道嗫嚅的声音从前面传来。

是陈安。

车里安静了几秒，程鹏自顾自开着车，一言不发，他周边的气压在不断降低。

纪燃疑惑地看了岳文文一眼，对方摇了摇头，表示自己并不了解情况。

这是程鹏的私事，纪燃也没打算管，只跷起二郎腿，手机搭在大腿上，打开了游戏直播。

正看得过瘾，就觉得右耳一空。

秦满摘了纪燃一只耳机，戴到了自己耳朵上。

秦满听见耳机里主播的声音特别可爱："小燃燃好久没来了，是我的技术变差了，还是我魅力变弱了？"

话里虽然挑逗意味十足，但对方的腔调太过于随意，能听出来只是想逗个趣。

秦满看了一眼屏幕，纪燃还是这个直播间的"守护星"，怪不得主播会特地跟纪燃打招呼。

秦满挑了挑眉。

纪燃坐得稳当，没打算回应这个主播。

纪燃是这个直播间的老观众了，会选择这个主播，仅仅是因为对方技术好，打法很强势，看得爽，所以才爱看。纪燃看爽了，打赏起来也毫不吝啬。

纪燃看得认真，丝毫没注意到身边的人。

坐了三个多小时的车，一行人终于到达酒店。

纪燃领了房卡进门，房间很大，外面是泳池和一个小小的温泉池，温泉池旁边便是浴室。

参观得差不多，纪燃给岳文文打了通电话。

岳文文在那头笑得特别欢："你们收拾好了吗？我们去游个泳，顺便再泡泡温泉？这里可有好几十个温泉池呢，据说功效都不一样。"

纪燃："……知道了，换了衣服就来。"

纪燃换上泳装，想了想，还是用酒店的浴袍把自己包裹得严严实实，见秦满挂了电话回来，没好气道："你快去换衣服，我要去公共泳池。"

房间里的泳池太小，根本不够人游的。

秦满提醒道："外面三十二摄氏度，你确定要这么走过去？"

纪燃怒道："你以为我想吗！"

秦满没反驳，把衣服换上，再随便套了一条短袖外套，两人一块去了公共泳池。

岳文文早就等着了，穿的还是那条长裙，此刻正躺在沙滩椅上拗姿势，一双长腿又直又白，吸引着在场不少人眼光。

"小燃燃，你来了……你怎么穿得这么厚？"

"我冷。"纪燃拉紧浴袍，躺到岳文文旁边的椅子上。

秦满问："你不游吗？"

纪燃："……你游你的，别管我。"

他们躺了一会儿，程鹏一个人过来了。

岳文文问："陈安呢？怎么就你自己来了？"

"说是不想游泳。"程鹏语气淡淡，看向纪燃，"你怎么光躺着？走，下去比两圈。"

纪燃道："等一会儿，你先下去。"

程鹏应了声"行"，转身下了水。

"鹏鹏最近不是忙吗？看这身材，我怎么觉得他偷偷去健身房了？"岳文文道，"线条比我前任还好看。"

纪燃问："那你觉得秦满的怎么样？"

岳文文道："就……一般一般吧，秦满是不是也天天驻扎在健身房啊？"

"没有。"纪燃嗤笑道，"老人家，就喜欢晨跑。"

"哎！"岳文文看向泳池，兴奋地坐直身来，"你看他们俩，是不是要比赛啊？"

纪燃闻言望去。程鹏和秦满并肩站在泳池一侧，不知在说什么，程鹏一边说一边把泳镜戴好，还真是要比一场的架势。

程鹏在小学参加过游泳队，还差点被国家队挑走，要不是家里有大笔家产要继承，现在没准都成运动员了。

"好久没看鹏鹏游泳了！"岳文文激动道，"你说谁会赢啊？"

"程鹏。"纪燃嘴上随意一答。

他们在2米的深水区，秦满手肘撑在岸上，手臂上的肌肉线条尽显。

自秦满下水之后，泳池里不少女生在偷看他。这也正常，走大街上都能吸引目光的人，现在几近脱光地放在眼前，是个人都会忍不住看两眼。

不过没人上去搭讪。

起初倒是有个看起来十分开放的女人游了过去，半途中似乎注意到了什么，又折返，对好友说了句话。

纪燃隐约看懂了，嘴一张一合，说的是：可惜。

岳文文乐了："这么干脆？我还以为你会犹豫一会儿。"

纪燃："没什么好犹豫的，你今天不下水？"

"下，先等等，等人再多一点……"岳文文露出变态的笑容，"我就在这儿当着他们的面脱衣服，展示下我的完美身材。"

"……"

"哎，我的妈呀，怎么就开始了？！"岳文文站起身来。

两人游的都是自由泳，姿势干脆利落，速度也不相上下，最初两人还不分伯仲，到了末尾，程鹏一个加速，险胜。

他们定下的终点，就在纪燃前头的岸边。

岳文文竖起大拇指："鹏鹏厉害！还是这么快。"

"哪儿呢。"程鹏笑，转头对秦满说，"没想到你这么会游。"

秦满摘下泳镜，莞尔道："你是在夸我还是夸自己？"

"我不一样，我以前参加过游泳训练，这比赛是我欺负你。"

秦满一笑，把浸湿的头发往后拨去，像是梳了个背头。

少了头发遮挡，他五官的优势更加明显，加上刚做完一场小运动，浑身散发着荷尔蒙。

天色渐暗，泳池边的灯光亮起来。

纪燃脱了浴袍，走到秦满面前，碰了碰秦满的手臂："让开，我要下去。"

一旁的岳文文拿出手机来，往某个讨论组里发了一条信息。

满城第一可人儿：终于从工地逃出来了，我不在的日子里，酒吧有没有来什么不可多得的大宝贝？

yxhhhj：没有。

愿得一人心：啊啊啊，气死我了！

愿得一人心：又一个朋友脱离单身了，我要毁灭这个世界！！！干吗啊！全部内部消化是什么意思啊？！欺负人呢？

妹妹热恋中：姐妹们,我找到男朋友了,按照当初说好的,脱离单身就退群,我先出去了，有事儿私聊人家哦，拜拜！

接着系统就提示："妹妹热恋中"退出了该群。

岳文文"啧"了一声，怎么聊个微信都被秀恩爱啊？

yxhhhj：没意思，妹妹竟然恋爱了。

愿得一人心：没事，会回来的，你看文文之前不也都回来了？好姐妹一生一世不分离。

满城第一可人儿：不会说话就把嘴闭上。

岳文文把群关了，手机上方跟着弹出一条信息来。

——陌生号码：文文，我打算离婚了。

"那挺好啊，我要给你老婆送个包，再送个999响鞭炮，庆祝她脱离苦海。"

岳文文面无表情地自言自语，手上却压根儿没回复，轻车熟路地拉黑了这个电话号码。

岳文文把手机往旁边一丢，在别人的注视中脱掉衣服，纵身跳进水里。

纪燃喜欢的运动不多，游泳是其中一个，不流汗，过程中也不会太累。

纪燃游了几圈回来，就见秦满倚在岸上，笑吟吟地看自己。

"游得真好。"

"……少拍马屁。"纪燃把游泳镜往上挪，"你怎么不游？站着看风景？"

"刚刚下水前不知道要比赛，没来得及做拉伸。"秦满道，"有些抽筋，一会儿再游。"

纪燃哑然："抽筋了还在水里做什么，想淹死啊？"

"有你这样的高手在呢，淹不死。"

纪燃懒得跟他多说，道："你坐上去。"

秦满撑起身子，坐到了岸上，还没来得及说什么，纪燃也跟着上来了。

纪燃问："你哪只腿抽筋了？"

秦满挑眉："左腿。"

"小腿？"

"嗯。"

纪燃把脚盘起来，拍拍泳池边："放在这儿。"

秦满乖乖地听纪燃的指令。

纪燃伸出手，帮他按起小腿来。

秦满一边手撑在旁边的座椅上，托腮懒懒地笑："按得有点重啊。"

纪燃头也没抬："疼死你最好。"

话是这么说，手上的劲却轻了不少。

两人再下水时，程鹏已经上岸休息了。

程鹏："你们什么时候走？再晚，桑拿房怕是要满员了。"

纪燃不喜欢跟太多人挤桑拿房，便说道："再游两圈就走。"

离开泳池，几人洗了个澡。在去往桑拿房的路上，岳文文一边用浴巾擦着身子一边笑："哈哈哈，刚刚你们看到那帮人的表情了吗？真有意思。"

纪燃游得有些累，路过自动贩卖机时，顺手买了一瓶水。

刚解了渴，就听见旁边的人说："给我也喝点。"

纪燃把水递过去："自己刚刚怎么不买？"

"能省一点是一点。"秦满把剩下那半瓶水全部喝完了。

纪燃："……"

到了桑拿房，才坐下没几分钟，岳文文就开始喊热了。

"要不是想让皮肤再变好点，鬼才会来这儿呢。"岳文文想起什么，道，"对了，小燃燃，你猜我刚刚在新闻上看到了谁。"

纪燃道："不猜。"

岳文文："我看到何随然了！据说他又接了个娱乐综艺，只需要拍几天，片酬都能媲美一线明星了！怎么，这年代的钱都是纸啊？"

纪燃想了半天，都没能在记忆里找出与名字相对应的人。

"就是之前跟你在一个训练队的赛车手啊！"岳文文提醒道。

纪燃勉强想起来了："哦，他啊。"

秦满不露痕迹地插进话题："怎么了？有什么故事吗？"

岳文文："有啊。小燃燃，当时大家可是把你们当作宿敌哎，你居然对别人一点印象都没了？！"

纪燃嗤笑："就他也配？"

这话听起来像是看不起人，但实际上何随然还真不配。

岳文文跟秦满解释道："何随然以前是跟纪燃一块儿玩赛车的，那时候大家也就是随便玩玩，也有人开局下注，而里面赔率最低的就是他们俩，因为除了他，没人能跟小燃燃比速度。"说到这儿岳文文也笑了，"不过啊，何随然就从来没跑赢过小燃燃，说他们俩是宿敌……也就是那些开局的想制造点悬念，不然别人都押小燃燃，他们岂不是赔到底裤都没了？"

"小燃燃每次的赔率是零点五，何随然……"岳文文扑哧一声，"最低的赔率也有四吧？"

程鹏也笑："当时要不是纪燃拦着我，我都要借此发财了。"

秦满笑了一声，问岳文文："然后呢？"

"然后何随然就被国外一个很出名的俱乐部挖走了，成了那俱乐部里唯一一个我国的赛车手，也是国内现在能叫得上名号中最年轻的选手，加上长得也还成，吸引了不少粉丝，广告代言接得手都软了。"

岳文文一脸可惜，"其实吧……当时那俱乐部首先来找的是纪燃，条件开得特别好！何随然跟小燃燃一比，简直差远了！不过小燃燃没去，要是小燃燃去了，哪还轮得到何随然？最主要的是，小燃燃不仅跑得比他快，长得还好看，随随便便都能红透国内……不，国内外一片天！"

纪燃被蒸得没力气说话，懒懒道："你再怎么吹捧我，我也不会给你奖励的。"

"我哪儿吹了？！"岳文文看向程鹏，"我说的都是实话，是吧鹏鹏？"

程鹏点点头。

纪燃干脆闭目养神，不吭声了。

秦满看着纪燃，把涌到喉间的疑问又吞了回去。

半小时后，岳文文实在受不了了，嚷嚷着要出去。

纪燃站起身来，全身湿湿的，黏腻得很。

回房间的路上，岳文文还在说着明天的计划："这酒店有个高尔夫场，我们明天去玩一会儿？"

"没意思，不去。"纪燃事先说明，"明天不准吵我，有什么事，你找程鹏。"

岳文文："那早餐也不吃啦？都说这家的自助餐味道特别好……"

"纪燃？"身后传来一道声音。

岳文文回头一看，结结实实愣住了——果然不能在背后说人。

身后这位一身西装的平头男，赫然就是他们刚刚在讨论的何随然。

纪燃转过身："他是谁？"

岳文文："……"

不记得名字也就算了！人家好歹跟你比了这么多次赛，怎么连脸都能忘？！

"何随然。"何随然却并不生气，他长相硬朗，是当代女生最喜欢的那种痞帅类型，笑起来浪得没边，自带花花公子气质。

此时他嘴角扬着，目光一直放在纪燃身上："纪燃，果然是你，好久不见了。"

秦满垂眼，见纪燃一脸平静，情绪淡淡。

"哦，是你。"纪燃问，"有事吗？"

何随然笑了一声，心想这人的性格可是一点没变。

"有啊。这么久没见，这回难得碰上了，不一块儿吃个消夜叙叙旧？"

岳文文问："你怎么在这儿啊？"

"我刚拍完综艺，现在才回酒店。"何随然继续发起邀请，"纪燃，找个地方聊聊？"

"不去，我一身汗，臭。"纪燃找理由拒绝。

纪燃不喜欢叙旧这种环节，更何况自己当年跟何随然也没那么熟，换作是自己在路上认出何随然，恐怕连招呼都不会打。

何随然笑道："再狼狈的样子又不是没见过。"

话音刚落，何随然就感觉到一道不太友善的目光，循着目光望去，那人脸上却带着淡淡笑意，仿佛刚才只是他的错觉。

何随然其实早看见秦满了。

满城中学的风云人物，他这个外校的都听说过，也远远见过一眼。秦满就是有这种本事，能让人过目难忘。

但是在何随然的印象中，纪燃好像不太喜欢秦满这个优等生，还经常跟程鹏商量着怎么整秦满。

怎么现在两人看着很融洽的样子？

何随然把疑问丢到一边，继续把话说完："以前练体力的时候，我们不是经常一块儿跑步吗？"

"忘了。"纪燃耐心殆尽，拒绝得很不给情面。

"聊会儿吧。"何随然丢出王牌，"这些年我在俱乐部里听了不少前辈的事迹，还想说给你听听呢。我记得……你最喜欢切斯特·肯内利？"

"当然，还有很多别的事。我在国外这么多年也不是白待的，你有什么想知道的都可以问。"

纪燃眼神变了变，半晌后才开口道："我要回去洗澡。什么地点？我洗完去找你。"

"就在酒店的餐厅吧，订个包厢，我现在过去坐着，你好了就过来。"何随然把口罩一戴，意味深长道，"最好是一个人过来，有人在我聊不开。我等你。"

何随然一走，岳文文就炸毛了："他最后那句话什么意思啊？谁还稀罕跟他聊天了？"

"不过他还真变帅了不少，我本来还以为照片都是修图师的功劳呢。可他以前有这么热情吗？我见过他几次，怎么记得是特别内向的一个人啊？"

程鹏："你没记错。"

纪燃也想起来了，何随然以前是个小光头，家境好像不太好，也不爱说话，就喜欢一个劲儿地练车。虽然两人在同一个业余训练队，但说话的次数也不多，加上纪燃从没把他当过对手，自然不会一直记着。

纪燃回了房间，转身就进了浴室。

刚洗完澡，一打开门，就见秦满靠在墙上，眨眨眼睛："我跟你一起……"

"我自己去。"纪燃拒绝。

秦满皱眉："我就听着，不打扰你们。"

"不行。"纪燃穿上衣服，"我去了，不要等我，我回来也不会跟你报备。"

秦满直直地盯着纪燃："我要等。"

"所以你早去早回。"

纪燃："……随你。"

纪燃不让秦满跟着，自然不是因为何随然那句话。

之前为了切斯特·肯内利的签名上当受骗过三回，还回回都被何随然给撞见了，纪燃现在都想回去撬开自己的脑子，看看里面究竟装了什么。这种暴露智商水平的往事，自己怎么能让秦满知晓？再说，他们讨论的都是赛车，秦满也听不懂，去了也是无聊。

走到门口，纪燃回头问："你饿不饿？要不要给你带点消夜回来？"

"不要。"秦满说，"你记得把自己安全带回来就行。"

"……"

自己只是去叙个旧，怎么听他说得跟要去赴险似的？！

房间门刚关上，秦满嘴角那点可怜的笑意立刻就收了个干净。

他下床，拿起手提往椅子上一坐，打开电脑后，径直搜索"何随然"。

一堆新闻跳了出来。

——赛车王子归国！何随然高清机场路透图！

——何随然强势加盟热门综艺《疯狂的挑战》，路人偷拍图外貌惹眼，引无数网友尖叫！

——何随然再登杂志封面！前卫造型荷尔蒙十足！

秦满嗤笑一声。

王子？外貌惹眼？荷尔蒙十足？

这些媒体为了钱，可真是什么都写得出来。

他随手点开一个两年前的国外专访，一目十行地往下看，很快就被某个问题吸引去了目光。

小编：请问你在赛车这条职业道路上，有没有特别想要感谢的人或者事呢？

何随然：啊，这个问题……当然有的（笑）。

小编：方便透露吗？是你的教练、队友，或者是俱乐部？

何随然：我当然非常感谢我的教练和队友，不过我最感谢的人，是我高中时遇到的一个人……

刚看到这儿，电话响起。

秦满接起来，语气冷淡："谁？"

"是我，顾哲。"顾哲说话特别急，生怕秦满挂他电话，"秦满，我……我知道是你在背后出力了。啊不，我没有怪你的意思，你千万别误会……我就直说了啊，你要怎么样才愿意放我一马？我一定让我爸都答应你，你让我给纪燃道歉、赔礼……或者下跪都行！只要你愿意放我一马……"

顾哲都快哭了。

看守所里面是人待的地方吗？！吃不好睡不好也就算了，还要天天干活！还有人欺负他！一整个房间的活大半都是他在干！

他爸查了一个多星期，然后来找了他一次，所以他才会打出这个电话。

秦满嗤笑，道："下跪？"

"对对对！可以跪，可以跪！"顾哲忙不迭地说。

"你膝盖上长了黄金？受你一跪，能发财还是能长命百岁？"秦满冷冷道，"安心待着吧，别想着翻身了。求我，还不如去讨好讨好你的舍友。"

顾哲心胆俱裂，口不择言："我……我不就是对纪燃用了点手段！也没成事，你非要这样做什么？！你和我爸有仇，你去找他啊！欺负我算什么英雄好汉？"

"英雄好汉不敢当。"秦满道，"放心，我这人恩怨分明，谁也不偏颇，不用多久，你们父子就能在里面相聚。"

秦满丢下这句话，便挂了电话，然后沉着张脸，继续往下滑动网页。

这家酒店的餐厅比其他酒店都要特殊一些，二十四小时供应餐饮，所以现在晚上十点了，餐厅里还是零散地坐了几桌人。

里面只有一间包厢的房门是关闭的，纪燃想也没想就走了过去，开门一看，何随然正坐在沙发上，扬着一边嘴角，正举着手机在自拍。

"……"纪燃作势要关门离开。

"哎，别。"何随然笑了两声，"进来坐。"

纪燃觉得这人的变化也太多了，以前内向得纪燃都怀疑他是不是得了抑郁症，现在的他居然对着手机搔首弄姿。

何随然晃晃手机，解释道："公司给我下的任务，一个星期得拍一张，保持话题度。"

纪燃对这些事情不感兴趣，颔首道："你有事找我？"

何随然笑道："没事就不能叙叙旧？"

"我们之间有什么好叙的？"纪燃道。

"你还跟以前一样。"

纪燃听得别扭，怎么说得好像他们之前很熟似的？

"我没想过一回国就见到你。"何随然道，"看来我们还挺有缘分的。你想吃什么？你刚游完泳，应该饿了吧？"

纪燃往后一靠："你现在还在那个俱乐部？"

"对，不过明年合同就到期了。"

纪燃了然："打算跳槽去哪儿？"

何随然笑着报出了一个名字。

纪燃的食指微不可见地动了动——那是切斯特·肯内利生前所属的车队。

"合约已经谈好了，现在就等合同到期了。"何随然说，"我去总部看过，总部那边悬挂了很多关于肯内利的装备和签名，还有些没对外展示的比赛花絮。你如果有兴趣的话，到时候我可以带你去看看。"

服务员把之前就点好的食物端上桌。

纪燃一动不动，问："之前的俱乐部也肯放你走？"

"当然不肯，折腾了挺久的。"何随然喝了口水，"不过他们也没把我当金牌选手，只是想靠着我碰一碰国内市场。换作是你……恐怕还真不好离开。"

纪燃道："多余的话不要说。"

何随然却偏偏要问："为什么不跑赛车了？"

纪燃冷冷地扫了他一眼。

何随然丝毫没受影响，直接问："因为家里的事？"

这是何随然这几年来一直放在心上的疑问。

不问清楚，他觉得自己这辈子都要惦记这件事。

"你慢慢吃。"纪燃耐心殆尽，刚准备起身。

何随然猛地伸手去拦，却不小心扯到了纪燃的衣领。

纪燃眼明手快，立刻整理好衣服："你想死？"

"我只想跟你好好聊聊。"何随然说，"你当时跑那么快，就算在国外，那些外国佬也不一定能赢你——"

纪燃很烦躁。

今天是全世界都约好了，来和自己提往事吗？！

"你说错了。"纪燃往后一靠，面无表情地看着他，"不止是当时，现在我跑得也很快。"

何随然眼底一亮："那我们比一场？"

纪燃觉得好笑，以何随然现在这个地位，随随便便请他跑一场都要五六位数，实在没必要跑到路边来跟旧相识"约架"。

"不比，你要有这么多精力，不如多练习练习，下个月的比赛别输得太惨。"

何随然一怔："你也知道下个月国内有比赛……"

纪燃顿了一下："偶然听说。"

"这是我在现在的俱乐部比的最后一场了。"何随然道，"就在满城，你想来吗？我能给你VIP票。"

纪燃嗤笑："我缺你这张票？"

"那好，那天我等你，我会好好跑的。如果你愿意，我想邀请你来参观我的车。"

"我对你的车没兴趣。"纪燃道，"敢随便给陌生人看车，就不怕车子被动手脚？"

"你不会的。"何随然笑了，"我们也不是陌生人，严格来说，应该勉强算是……前队友？"

他想到什么，又说："对了，我刚刚看到你和秦满走在一块儿，你们和好了吗？"

纪燃："我们又没吵架，和什么好？"

何随然还想问得仔细一些，桌上的手机突然响了一声，他拿起看了一眼，表情微变。

"或许我们该走了。"何随然站起身来，"有媒体在外面偷拍。"

纪燃觉得这些记者最近就是在组团找不痛快。

两人快速离开餐厅，刚走到大堂，就听见何随然说："沙发上那两个人在拍我们。"

纪燃刚想看过去，何随然就抢先一步挡在了前面，护住了纪燃。

"低头，别说话。"

两人距离被拉近，古龙水的味道钻进纪燃的鼻腔，闻得人止不住皱眉。

上次在墓园，秦满也做过类似的动作。但秦满身上没有这种刺鼻的味道，也不会让自己觉得别扭。

纪燃下意识拉开距离："我自己会走。"

坐上电梯，何随然才笑道："这些媒体就是这样，做什么都要拍。其实我也没做什么坏事，但天天被跟着也挺烦的。"

纪燃没理他，按下自己的房间楼层，电梯到达后就走出去："我回去了。"

"等等。"何随然叫住纪燃，"你在这里住多久？"

纪燃皱眉："干吗？"

"我有个礼物，一直想给你，不过现在不在我这儿，明天我就让助理送过来。"何随然道，"你一定会喜欢的。"

好好的送什么礼物？

纪燃道："不用了，你自己留着吧。"

"见一面而已，不会耽误你多少时间的。"何随然坚持，"那些媒体，我会尽量跟他们打招呼，让他们离开……"

"既然知道自己天天被媒体跟着，还是别连累别人了。"一道熟悉的声音自身后响起，秦满从拐角处走出来，嘴边噙着笑，说的话却并不客气，"纪燃不是很喜欢跟那些人打交道，不如还是不要见面了吧。"

见到他，纪燃一愣："……你怎么过来了？"

"坐着无聊，出来逛逛。"秦满道。

何随然说："我会处理好，不会有媒体的。"

"知道了。"见一面确实无所谓，反正这两天都会在酒店里，纪燃不喜欢站在走廊上说事儿，道，"你有什么事再联系我吧，电话是……"

"我有你之前的电话号码。"何随然打断道，"没变吧？"

纪燃寻思着自己什么时候和何随然交换过电话号码了？

"……没变。"

"好，我会联系你的。"何随然笑，无视了秦满似有若无的眼神，"晚安。"

纪燃一回到房间，就见秦满的电脑正开着，随意一瞥，登时惊了："你怎么在看这个……都是怎么找出来的？"

电脑上赫然是自己几年前的比赛视频。这画质差得，要不是看到了自己的车，都险些认不出来。

"搜到的。"

"好端端的，你看这个干什么？"纪燃看到屏幕上突然给了自己一个大特写，倍感羞耻，上前就想关掉。

"我也想看看你以前赛车时是什么样子。"秦满道。

纪燃一顿："……那有什么好看的？"

秦满目光沉了沉。

"怎么样，见到人了吗？"电话里，队友问道。

何随然笑了声，把房间门关上："见到了。"

"怎么样？"

"性格跟以前一样。"何随然道。

"喔，你知道的，我对那个人的性格不感兴趣，我只想知道能让你一直记着的赛车手究竟有多强。"

何随然笑了笑，最终还是什么也没说。

挂了电话，他把手机丢到床上，走到落地窗前，静静俯瞰外面的夜景。

纪燃可以算作是他人生中最浓墨重彩的一笔。

他家里贫困，偏偏从小就迷上了赛车，家里不支持他，他就自己打工赚钱去租车子，每个星期在生活上的花销都不超过三十块。

后来他好不容易才在某场小型比赛中入了训练队的眼，跟纪燃成了同期赛车手。

自那以后，他就从来没赢过一场比赛。

纪燃就像是一座大山，每一场比赛都稳稳当当地跑在他前面，他越不过去，也看不到另一头的风景。

后来，某场比赛前，惯常开局的庄家找到了他。

对方让他过几天的比赛好好跑，说会想办法让他赢，好大赚一笔。

他原本可以拒绝——只要他不去参赛，但他还是去了。

他无法抗拒胜利的诱惑。他知道这段时间国外某战队正在四处招人，最近已经到了满城，有极大概率会出现在那场比赛中。

只要他进了那个战队，就能得到更好的训练，总有一天，他就能越过纪燃，成为另一座山。

那场比赛，他拼尽了全力，最后还是以不小的时间差输给了纪燃。

大荧幕的精彩剪辑上都是纪燃的身影，何随然当时站在人群外，突然认命了。

有些人，生来就有优渥的家世和惊人的天赋，纪燃就是这种人，只要往人群中一站，就算不说话，也是最令人瞩目的那一个。

自己没这个命。

领完亚军的奖品，他才听说，纪燃拒绝了庄家的要求，那庄家如今恨纪燃恨得牙痒痒。

那一刹那，他胸口涌出不知名的情绪。

他想做又不敢做的事，纪燃帮他做了。

他就连那点可怜的嫉妒都快泯灭了。

他当晚就想跟教练请辞，打算回家好好读书，找一份普通的工作，不再做这些不切实际的梦，却无意听到门后面两人的对话声。

"我们俱乐部的条件非常丰厚，而且合同上有所保留，就以你的实力，跑上两年，身价绝对能翻一番不止。"

"是吗，多少啊？"纪燃的声音吊儿郎当的。

那人报了个数，是何随然从没想过的数字。

"这么少就想签我？"纪燃嗤笑，"算了，我跟你直说吧，我不会签的。我对你们俱乐部没兴趣。"

那人乐了："那你对什么俱乐部感兴趣？难道你想进F车队？"

"是啊。"纪燃笑得张扬，"要是F车队来邀请我，我可能会考虑考虑。"

俱乐部的人默了默，竟然一时间也没还嘴。

谁都知道，纪燃是天赋型选手，又努力，假以时日，还真说不准会受到邀请。

何随然不喜欢听人墙角，转身刚要离开。

"你们要是真想招新人，今天那第二名也勉勉强强吧。"里面的人突然开口。

有纪燃在，谁还会去关注别的赛车手？

"第二名？"

"嗯，虽然没我快，但他过弯很稳，你都没看吗？就是车烂了点。"纪燃张扬地笑，"不然，可能不会输我这么多秒。"

几天后，他就收到了那家俱乐部的邀请。

这件事一直被何随然放在心里，自那之后，别人问他最欣赏哪个赛车手，他的回答都是纪燃。

别人一脸疑惑，纷纷表示没听过。他想，没关系，等过几年，你们会在赛道上见到本尊的。

没想到他等啊等，都没等到纪燃出现在赛场上，也是到了后来才听说，纪燃已经不玩赛车了。

何随然垂眼，摁下窗帘的自动开关按钮。

他突然想起刚刚分别时，秦满和纪燃之间的互动。

何随然躺着发了许久的呆，然后拿出手机，给纪燃发了条信息。

——明早一块儿吃早餐？

纪燃第二天是被门铃声吵醒的，刚睁眼，就见不知道什么时候过来的秦满从桌前起身："我来去开。"

岳文文风风火火地走进来，跟秦满打了招呼后，坐到床上问："小燃燃，你也不怕饿啊？"

纪燃在被窝里，睡眼惺忪地看着岳文文道："我不是说了，不吃早餐。"

"还早餐？"岳文文道，"这都下午一点了，午餐都要没了！"

"打你们电话，还关机了。"

秦满一笑，解释道："纪燃怕吵。"

纪燃还是困，昨晚运动加蒸桑拿，现在整个人都是惬意的。纪燃伸出手，从床头柜前拿起手机，按了两下才发现没反应。

"可能是没电了……"纪燃嘀咕了一声。

开机后一看，电量还剩百分之八十五。

纪燃皱眉，刚觉得奇怪，手机就接连着振动起来。

三个未接电话，四条信息，都是同一个电话号码。

——明早一块儿吃早餐？

——醒了吗？

——我在餐厅了，你来了跟我说一声。

——没见着你，我先去录综艺了，等我晚上回来，我们有空再约。

纪燃半撑起身，问电脑桌前的人："早上你在这儿有听见电话声吗？"

"没。"秦满面色如常，"怎么了？"

"手机莫名其妙关机了。"纪燃道。

"可能是你昨晚关机了？"秦满道，"或者是手机出问题了。"

"算了。"纪燃懒得纠结这个问题，把手机丢到一边，对岳文文道，"你先回房间吧，我洗漱完叫你们。"

岳文文也听见了接踵而至的短信声："你不回消息啊？"

"有什么好回的？"纪燃道。

岳文文说："行吧，我知道附近有家挺出名的农家乐，我们要不去那儿吃？"

"随你。"纪燃从床上起身，随便从行李箱里抓起件衣服就往自己身上套，"程鹏呢？"

"他房间的门卡出了点问题，说在大堂等我们，就差你了……"岳文文顿了一下，"你这衣服，尺寸好像不大对吧？"

纪燃看了一眼，身上衣服跟自己带来的某条T恤是一个色系，但图案还真不一样。

衣服材质很好，纪燃穿着宽大，很舒服。

秦满道："是我的，昨天忘在这儿了。"

"……"纪燃快速脱掉，拿起自己的衣服，转身进了浴室。

岳文文说了两句就回房间去了。纪燃再出来，就见秦满已经关了电脑，便一起出了门。

他们刚到酒店大门，就见程鹏和陈安两人面对面站着，之间的气氛似乎有些怪。

"我说了，不行。"

走近，他们还听见程鹏沉着声音在说话。

"什么不行？"岳文文看了一眼陈安，陈安眼眶都红了，"说什么呢，你怎么哭了？"

"没……没事。"陈安赶紧把那点眼泪逼回去。

程鹏像是没了耐心，转身便朝停车场走去。

纪燃打量了陈安一眼。

纪燃跟陈安见面的次数其实不多，陈安看起来就细皮嫩肉的，不是自己喜欢相处的类型，怕自己三两句话就把别人弄哭了。

还好秦满不是这种性格，要不然……

秦满感觉到纪燃的目光，哼笑道："看我干吗？"

纪燃面无表情地收回目光，跟上程鹏的脚步。

要不然，自己可能一天得让秦满哭十来回吧。

酒店因为占地面积大，所以坐落在山沟沟里头，出了酒店后，不是山就是海，别的什么也没有，就连路边的饭店也都是类似大排档的农家小店。

车子开进一条蜿蜒的小路，纪燃托着下巴，看着树枝拍打在车窗上，懒懒地问："你是打算绑架谁？"

"我这么身娇体软,能绑得了谁啊？"岳文文先不露痕迹地夸了自己一番，然后捧着手机道，"就是这么走的，导航上就是这条路！"

"看见了。"程鹏看着不远处的车子。

小路过后便是一片空旷地，已经停了好几辆大车，看起来像是有不少客人。

岳文文："放心，我订了包间的。"

把车停好，几人一块儿走进店里。

这店是一家子人开的，服务员也算是老板，上来就热情地问："你们好你们好，请问订座了吗？订座人的名字是？"

岳文文："岳小姐。"

老板点头："岳小姐……有的有的，你们的位置留好了，现在去挑菜吗？需不需要酒水？"

大中午的没人想喝酒。

纪燃摇头，刚睡醒的时候不觉得，现在是真饿了："直接上菜。"

包间不大，就像是个普通的小房子改造出来的，一张大圆桌横在中间，就是这儿的豪华包间了。

纪燃随便找了把椅子坐下，转头一看，秦满站在自己身边，面色有些犹豫，过了片刻才慢吞吞地坐到椅子上，腿不是很自在地蜷着。

"怎么，贵公子不习惯啊？"纪燃嗤笑道。

秦满反问："你经常来这种地方？"

岳文文两手撑在椅子边缘："对呀，我们经常来乡野的农家乐吃饭。别看这里地方破，用的都是来自大自然的东西，吃山喝海长大，不像城里养的那些，都是激素催熟的。"

纪燃没说话，坐了一会儿便站起身来："出去抽烟。"

秦满跟着也起了身。

纪燃一路走到山体边缘，再前面一点就是个小悬崖，这个角度刚好能看到后面的海，虽然岸上那些残破渔网有碍美观，但整体还是值得一观。

纪燃拿出烟盒，给秦满递了一支。

秦满摇头："我不抽。"

"……不抽你出来干吗？"纪燃看了眼旁边的大树，心上一动，"你过来。"

秦满上前。

"蹲下去。"

秦满抬眼，看了看上头的粗树枝，明白了："想上去？"

"嗯。"纪燃挑眉，"手搭着，让我踩一下。"

秦满没吭声，也没蹲下去。

纪燃："不愿意啊？"

话还没说完，秦满便弯下腰来。纪燃原以为他答应了，刚准备抬脚，就被人抱住了小腿。

纪燃吓了一跳："你干什么？"

秦满轻松地把人举起来，直接让纪燃到了树枝面前："怕你站不稳。手扶着，慢点。"

纪燃坐到了树枝上。

这树也不知怎么长的，不高，树枝却出奇地粗。纪燃轻松地坐在上面，海风吹来，舒服又惬意。

纪燃盯着海看了一会儿，突然问："你还记不记得，我们学校后面也有一片海，和几棵大树……哦，我忘了那个地方很难找，你这种书呆子怎么会知道。"

秦满挑眉。

他当然知道，那是纪燃最喜欢去的地方，总喜欢在那儿待着，一看就是一下午。

要不是有他，这人哪能那么惬意地看海。只是这人毫不知情，还坐在树枝上晃腿："你先回去吧，我自己坐会儿。"

话还没说完，纪燃听见咔嚓一声，像是拍照的声音，回头一看，果然，身后的人正拿举着手机。

纪燃一愣："你拍我？"

"没有。"秦满一脸镇定，"在拍海。"

纪燃没起疑。没坐多久，手机便响了起来，是岳文文打来的电话，说是菜品上桌了。

直到快到包间，纪燃才想起自己这趟的目的还没达成，摸了摸烟盒，想想还是算了。

两人正在走廊走着，就见旁边的包间门突然打开了。

一个扛着摄影机的人先走了出来。

纪燃已经被这玩意儿整烦了，刚皱起眉，就见里面走出来一个人。

来人长得很好看，纪燃认识。据岳文文说这人好像是位明星，还是程鹏的某个前任。

"啊，哥，这我真不行……真抓鸡啊？"

又是几个工作人员走出来，看起来像是在拍真人秀。

"抓啊，游戏都输了，你要认罚！"里面传来一个浑厚的男音，"挑肥的抓啊，那可是我们的午餐！还有随然，随然也输了，赶紧跟上。"

纪燃："……"

不知道节目会不会给不小心入镜的路人打马赛克，纪燃想也不想就拽上秦满，转身就朝包间走去，直接无视掉何随然的目光。

"走啊，怎么啦？"见何随然走不动路，那个明星随着他的目光看了一眼，只看到两个背影。

"没事。"何随然回过身，笑道，"走吧。"

纪燃回到包间，想了想，还是说了："旁边有明星在录制综艺，你们一会儿小心点，别入镜。"

"真的假的？"岳文文惊喜道，"什么综艺？热不热门？我现在回去化个妆在里头征婚还来得及吗？"

"别骚。"纪燃笑了。

"你说说啊，有谁？"岳文文问。

"何随然。"纪燃看了眼程鹏，"还有个熟人。"

秦满挑眉："另一个你也认识？"

"不记得名字了。"陈安还在场，这事不好提，纪燃打算含糊过去。

岳文文却控制不住好奇心："谁啊？你在娱乐圈里还有熟人？我去看一眼……"

岳文文话还没说完，就听见两声敲门声。

程鹏："进。"

门打开，摄影师先进来了。

紧接着，何随然和那个明星也跟了进来。

那个明星看到程鹏，表情骤然一变，脸蛋迅速红了起来。

"不好意思啊。"何随然笑得很自然，自报门户后说，"我们做游戏输了，现在要找人比掰手腕……不知道能不能耽误一下你们的时间？"

纪燃刚想拒绝，程鹏却突然开了口，他看着那个明星，道："可以。"

对方一听，眼睛都亮了，小鸡啄米似的点头，快步走到程鹏身边："那就麻烦你了。"那人回头看着陈安，说，"不好意思，你能让一让吗？"

陈安茫然地眨眨眼，半晌才回过神，点头道："好。"

纪燃正准备看个热闹，就见何随然走了过来："那我们比一比吧？"

何随然问完，看向镜头，对"观众"说："赢了才有王八汤喝，为了团队，我只能挑看起来能赢的人了。"

纪燃原本不想掺和，听见这话却笑了："来啊。"

何随然暗笑，立刻坐到椅子上，手肘撑在桌上立起，手臂上的肌肉线条若隐若现。

镜头赶紧给了个大特写。

纪燃刚想伸出手，却有人先一步握住了何随然的手掌。

摄影师的特写原本是想突显一下嘉宾的好身材。

谁想，刚入镜的手臂却比何随然的还要养眼，不光是线条好看，就是五根手指头单单挑出来，都算是手中极品。

摄影师几乎无法抵抗，下意识地把镜头往上挪。

这人五官深邃，笑容散漫。

"我来。"秦满哂笑着，意有所指地说，"这汤，我不太想让你喝。"

纪燃本来想叫他让开，又怕这点细节被摄像机拍了，毕竟后期又不会给他们打马赛克，不好在镜头前下人面子，只好起身和秦满换位置。

两人交错的那一瞬间，纪燃小声问："你行不行啊？"

秦满反问："我什么不行？"

"……"

可惜两人不知道何随然身上的耳麦收音效果有多好，他们的对话被原原本本收到了里面。

何随然面色微变，半晌后才笑着道："只是一碗汤而已，没必要吧。"

秦满笑了笑，方才眼底的针对和不屑已经消失得无影无踪。他说："既然是任务，那当然得有点难度。"

另一头的掰手腕比赛已经结束了。

程鹏赢得没什么压力，那个明星光顾着看程鹏了，压根儿没怎么使劲。

"啊，不好意思。"那个明星低头，抿唇道，"是我劲儿太小了，没给团队赢到龙虾。"

程鹏笑："你要早这么说，我就让你了。"

明星一愣，耳朵猝不及防泛了红。

程鹏居然朝自己笑了？还记得他们短暂相处的那几天，程鹏可是连话都没怎么说过的。

岳文文看得莫名其妙的——明眼人都看得出来，程鹏在勾搭这小明星，但程鹏是出了名的不吃回头草，也绝不和前任有任何藕断丝连的关系，怎么今儿突然转性了？

而且还是在陈安面前……

陈安整张脸都苍白了不少，脑袋低着，看起来可怜得很。

不懂这些人心里都在想些什么，岳文文放弃思考，转头看另一侧。

节目组的人伸出手来握住第二组选手的拳头："三，二，一……"

两个男人的较劲开始。

纪燃跷着二郎腿看着，他们使出的力气自己感受不到，倒是能看到相握的拳头在微微颤抖，两人势均力敌，一时间竟然分不出胜负。

岳文文饶有兴致地问："小燃燃，你说谁会赢啊？"

纪燃道："我怎么知道？"

这个问题很快就有了答案，只见拳头先是朝左边倾斜了一些，而后角度慢慢变大。

何随然手掌往下之后，就更不好使力了，但他就是不肯放弃，脸都涨得通红。

赛车手的手是很重要的，在高速中必须要紧紧握住方向盘，快狠准地操控转弯，才有赢的机会。一碗汤是有多重要，能让何随然拼命到这个程度？

要不是他们昨晚还一块儿去了餐厅，纪燃都要以为何随然被节目组饿了好几天呢。

相比于何随然，秦满就显得轻松多了。他面色如常，完全看不出他在跟人掰手腕。

没多久，何随然的手背就完全贴到了桌上，输掉了这场游戏。

秦满慢条斯理地收起手，转头对纪燃说："我赢了。"

纪燃散漫地"嗯"了一声。

秦满提醒道："有没有什么奖励？"

纪燃："我为什么要给你奖励？"

"我可是代替你出战的。"秦满摊开掌心，颇有博同情的意思，"你看，手都成这样了。"

"谁要你替我了？"纪燃说完，朝门口旁的老板举了举手，"老板，来一份王八乌龟汤，熬得浓一点。"

纪燃冷冷道："补死你。"

何随然手肘还撑着，他愣怔半瞬，脸上恢复笑容。

"输了啊。"他对着镜头，试图挽回一些形象，"轻敌了。"

秦满道："你如果不服，可以再来一次。"

何随然："……"

"还来？你要是劲儿多没处使，干脆留下来帮老板喂鸡？"纪燃看向蜂拥而至的工作人员，问，"你们拍完了吗，我们这儿要开饭了。"

工作人员愣了愣，没想到纪燃会开口赶人。

先不说在场的这个明星这两年人气之高，就说何随然，这段时间也是响当当的话题人物，他们没道理不认识啊。

一般来说，路人在这种情况下不都该紧张地应和，然后争取要一下对方的签名吗？

"打扰你们了，我们这就把设备拿出去。"

可小明星却站在原地没动，目光不自觉地往熟悉的面孔那儿瞥，而程鹏没再望过来一次。

直到听见人催，小明星才默默地转身离开包厢。

"随然哥，我们走吧。"

"你先回去。"何随然扬唇，"我和朋友有点事要聊。"

工作人员惊讶道："原来你们认识？"

"对，是以前一块儿跑赛车的朋友。"何随然道，"刚好马上到十分钟的休息时间了，我就聊两句，马上回去，这样应该不占用大伙的时间吧？"

工作人员忙不迭说没事，转身出了门。

何随然没问纪燃早上为什么没出现在餐厅，只是笑着说："这家农家乐这么偏僻都能遇见你们，真有缘分。"

"还好，今早我直接从餐厅上的节目组的车，东西还没放回去。"他从口袋里拿出一个人形手办。

纪燃原本还一脸漫不经心的，目光刚触及对方手上的玩偶，就忍不住稍稍挺直背脊。

其实也没太看仔细，但只要一眼，纪燃就能认出切斯特·肯内利的比赛服。

　　看到纪燃眼底的亮光，秦满垂眼，食指在桌面上轻轻敲着。

　　"这是什么？"纪燃问。

　　"肯内利的手办。"何随然道，"其实在他生前公司就想制造并销售了，但你知道，肯内利一向不喜欢这些，所以就一直没发行。现在公司才捡起以前的设计图，全球限量发行五百个，以回馈粉丝。不止有人物手办，还有赛车模型——那个制造比较烦琐，所以量就更少了。你如果喜欢，我到时候可以送你一个。"

　　纪燃盯着那手办看了几秒，然后问："多少钱？"

　　"不用钱，我送你。"何随然道。

　　"那我不要了。"

　　这话一出，大家都愣了愣。

　　谁都知道纪燃迷肯内利，尤其是肯内利去世后，在纪燃心目中的偶像光环就更重了。

　　纪燃喝了一口水，自己是很想要这个手办没错，但无功不受禄，没有占人便宜的习惯。

　　再说，他们也不熟，这手办既然全球只限量发售那么几百个，那价格肯定被炒得不低。

　　"那……"何随然也有些意外，不过他很快回过神来，"那五百块，你买走吧。这东西是俱乐部发下来的，队员都有一个，我对肯内利没那么狂热，把它放我这儿根本没用，还占位置。"

　　只要五百块，那跟白送有什么区别？

　　纪燃道："不要，你拿走吧。"

　　何随然还想说什么，节目组那边的人就来了，说是其他艺人饿了，他不在，别人没办法开饭。

　　于是何随然只能暂时先离开。

　　"小燃燃，你不是很喜欢肯内利吗，怎么连手办都不要了？"等人走后，岳文文问。

　　"全球限量五百个。"纪燃说。

岳文文："啊？"

"我自己能买，不需要他给。"

秦满拿起一只肥硕的小龙虾，几下剥好，放到纪燃的碗里："尝尝。"

纪燃不爱吃海鲜，大多就是因为懒得剥，这会儿便不客气地把虾肉放到嘴里。

"挺鲜。"

正吃着，程鹏突然把服务员叫了进来。

"给隔壁包厢送两份龙虾。"他道，"账记在我们这儿。"

岳文文问："怎么，没让人赢到龙虾，愧疚啊？"

程鹏笑了笑，没说话。

陈安拿起螃蟹，嘴上虽然笨笨的，手下动作却很快，没几下就剥了一整碗的蟹肉。

陈安咬着嘴唇，把碗往程鹏那边推了推："你吃……吃吗？"

程鹏："不吃。"

"我剥给你的。"陈安小声道，"我……我海鲜过……过敏，吃不了。"

程鹏把碗推到纪燃面前："吃吗？"

纪燃不客气地接过来，朝陈安说了一句："谢了。"

陈安尴尬地眨了眨眼，安静坐着，不再说话了。

虽然说是给秦满点的王八汤，但纪燃自己也喝了好几碗。

店家听了顾客的要求，在里面下足了料，味道浓郁，纪燃喝得有些停不下来。

秦满不动声色地帮忙盛了第四碗。

手机蓦地响了一声，秦满扫了一眼，擦擦手站起身来："我出去接个电话。"

电话是刘辰打来的，说是之前看中的地段已经拿下来了。

秦满"嗯"了一声，突然问："之前我让你查的事情，有眉目了吗？"

"暂时还没有，这件事……不太好查。赵女士生前好像并没有什么亲朋好友，所在的经纪公司也早就倒闭了，我正试着联系她之前的经纪人。"

"知道了，你继续留意着。"秦满还要说什么，眼尾一扫，看到一道熟悉的身影，他顿了一下，"我这儿还有点事，先挂了。"

何随然等他挂完电话,才慢悠悠上前,朝他伸出手:"之前一直忘了跟你打招呼,久仰大名,秦满。"

"一样。"

刚掰过手腕的两个男人虚情假意地握了个手。

何随然说:"听说你家出了点事,还好吗?"

"挺好。"秦满应得随意。

和聪明人讲话不需要拐弯抹角,何随然决定直入正题:"能问问你为什么会一直跟着纪燃吗?"

秦满微笑:"这好像不是你该关心的。"

"还真是我该关心的。"何随然笑了笑,直白道,"我有我的计划,所以我得弄清楚情况,才好进行下一步。"

秦满不动声色地看着他:"你的计划?你觉得你有进行下一步的机会吗?"

"机会都是靠自己争取的。这世上很多机会都不属于我,但现在,它们都在我手里了。"

秦满不置可否:"那纪燃有说过要配合你的计划吗?"

何随然倒是很自信:"我很有把握能让纪燃配合我——在某一点上,我是有这个底气的。"

秦满问:"什么底气?"

"赛车。"何随然笑着说,"纪燃属于跑道,总有一天会回到赛场,而我也在赛场上,这就是我的底气。"说完,他靠在墙上,"所以呢,你到底是为什么跟着纪燃?"

秦满挑眉:"纪燃是我的老板。"

何随然点头,道:"我明白了,那你不会妨碍我的计划吧?"

秦满像是听到了什么笑话:"妨碍?"

何随然:"难道我误会了,你不是帮着纪家监视纪燃的?"

"你是误会了。"秦满转身,从容地洗了一把手。

何随然有些难以置信,又有些放松,他怔怔道:"是吗?那是我唐突了……"

他的话被打断。

"你顺序弄错了,不是纪燃属于跑道,而是跑道属于纪燃。并不是只有比赛才能证明纪燃热爱赛车,你们顶多只能算是……有共同爱好?退一万步说——就算纪燃真的回到比赛场,你应该连队友都算不上。"

秦满转身,眼底满是嘲弄和不屑,讥笑道:"还有……你怕我妨碍你的计划?你也未免太看得起自己了。我能妨碍什么?妨碍一个切斯特·肯内利的手办?"

何随然一愣,很快反应过来:"那只是一个开始……对,我说的话可能纪燃一句都听不进去,那你呢?纪燃之前可天天想办法整你,想想也知道有多厌恶你了。"

秦满不气反笑,问:"我就是有能让纪燃天天念叨我的本事,你能吗?"

何随然哑然,半晌后,他突然笑道:"你说了这么多,倒让我觉得确实没必要担心你。"

秦满微微挑起眉。

何随然笑容愈大:"我们两个,谁又比谁高贵呢?大家半斤八两,就看纪燃会听谁的了,你难道敢说你有把握……"

"我有。"

"……"

秦满笑了,语气自然:"如果纪燃哪天真的听了谁的劝,不管是重回赛场还是永不参赛,这个人都一定是我。"

何随然想了无数句话来反驳,对上对方的眼神后,却又一句也说不出来。

秦满一脸的从容淡定,就像是在阐述一个事实。

那头传来一道呼喊声,是节目组的工作人员在唤何随然回去。

何随然恍然回神,有些狼狈。他在赛场上都没被对手的气势震慑到过,怎么在秦满面前却一句话也说不出来了。

他咬牙,不是很有底气地应:"不可能,你等着看吧。"

何随然快步走向节目组的车子,球鞋踩在草地上,发出细碎的声响。

墙角一侧。

纪燃被脚步声唤回神,下意识地往墙后又躲了躲。

何随然离开后,纪燃脑子一片混乱,甚至忘了自己是在偷听。

纪燃从口袋里拿出烟盒，试图转移自己的注意力，在点火的一刹那，一道脚步声紧跟着响起。

"你怎么在这儿？"秦满转个弯便看见纪燃，语气中有些意外。

"抽烟。"纪燃看着他，木木地答，然后关掉打火机，放到口袋里。

秦满看着对方嘴上未燃的烟，失笑："不是要抽烟吗？"

纪燃回神，从嘴里拿掉烟："……不抽了。"

"怎么了你？"秦满看出了对方的不对劲。

"没怎么。"

纪燃舔舔嘴唇。

饭店门口传来一阵对话声，是岳文文他们出来了。

秦满看了那头一眼，道："那走吧。"

"你凭什么那么笃定我会听你的啊？"

这话伴着乡野小路间的蝉鸣声，落到秦满耳中。

无名花在两人腿旁开着，还伴有淡淡的香味。

"我刚刚都听见了。"

纪燃觉得自己要是不问清楚，那今晚也别想睡了。

说了一遍后就没那么紧张了。

于是纪燃一咬牙，紧紧盯着秦满的眼睛，又问了一遍："你为什么那么笃定？"

到了晚上，这种乡野地方蚊虫最多，岳文文穿的短裤，腿上被蚊虫叮了好几个包。于是岳文文又对远处的两人喊道："小燃燃，你好了吗？我快被咬死啦！"

纪燃朝那边道："没有，你们先上车。"然后又回过头来，"说啊，刚刚在何随然面前说得不是很爽快吗？到我这儿就哑巴了？"

秦满镇定地回望对方，半晌后才反问："你觉得呢？"

我觉得？纪燃眨了眨眼，心想是谁刚才说大话啊，我觉得怎么样重要吗？这人能不能搞清楚情况。我觉得……我肯定觉得你大言不惭啊。

纪燃甚至都在这短暂的几分钟里帮秦满想好了无数个理由。

这要怎么回答，秦满万一就是随口一说，那自己岂不是丢脸丢到西班牙了？

于是纪燃说："你瞎说的？为了让何随然别来烦我？"

秦满挑眉，一时间没吭声，不说是或不是。

这话一出口，纪燃就觉得合情合理了。

任谁都看得出自己对何随然的态度一般，甚至可以说是不耐烦，他秦满身为自己的跟班，为自己分忧也是应该的。

"行了，我知道了。"不等秦满回答，纪燃便率先结束这个话题，"我乍一听见，吓了一跳，没过脑子。走了，上车。"

说完，纪燃转身就想走，却被人抓住了胳膊。

"我还没回答你，就走了？"秦满说。

纪燃一愣，然后道："那你上了车再回答吧，我可不想陪你在这儿喂蚊子。"

"我就是有这么笃定。"

"还有好多奇奇怪怪的飞虫……什么？"纪燃顿住了。

秦满觉得好笑，刚刚咄咄逼人让自己回答的是谁，现在怎么反倒不吭声了。

他坏心渐起，重复道："是风太大了，你听不见？那我再说一遍。"

纪燃："……哦。"

"'哦'是什么意思？"秦满失笑，"你好歹给我个回答吧。"

"你哪来的自信啊？"纪燃沉默了大半天，才憋出这么一句。

"你给的啊。"

"……我知道了，但你不要这么嘚瑟。"

秦满实在想笑："不是你一直在问我吗？"

纪燃欲言又止，秦满也不是真的想为难对方，很快换了话题。

他们上了车，岳文文嗅了嗅："咦，你不是说去抽烟了吗，怎么没烟味？"

"烟没了，没抽。"纪燃随口应付过去。

到了深夜，过那条狭窄的小路就更加艰难了，路灯约等于无，基本全靠车灯撑着。岳文文看得心慌，在旁边一直小声提醒程鹏开慢点。

纪燃撑着下巴看窗外，满脑子都是秦满刚刚的话，越想越觉得不对劲。

自己刚刚怎么就突然被人拿捏住了？

第十二章 校庆

回酒店的路上，岳文文因为吃饱后太舒服，直接睡着了，整个车厢登时安静下来，程鹏干脆直接点开了车载音乐。

到了酒店，程鹏把车停好，下了车后便道："你们先回去吧。"

"你要去哪儿啊？"岳文文揉了揉眼睛。

"去做个按摩。"这段时间他每天都在办公室里坐着，颈椎难免有些不舒服。

陈安道："我陪……陪你去。"

"不用，"程鹏把车钥匙丢给对方，淡淡道，"你回去。"

纪燃心上一动，脱口道："我跟你一起去。"

程鹏有些意外，纪燃平时很少参与这类活动，他颔首道："行。"

纪燃在秦满开口前道："我自己去就行，你也先回房间，别跟来。"

秦满没说什么，应了声"好"。

岳文文有些恐高，所以住在三楼。岳文文下去后，电梯里只剩下了秦满和陈安。

秦满拿出手机，翻阅之前还没来得及看的邮件。

同样，身边的人也在查看收到却不敢点开的语音。

陈安盯着那几行语音，长按想转成文字，谁知手起得太快，语音直接播放了出来。

男人的声音粗犷又不耐烦："只剩下最后四天时间了，你抓紧……"

秦满转过头，悠悠地看了陈安一眼。

陈安吓得脸都白了，赶紧直接锁了屏。

"对……对……对不起！"陈安仓皇地道歉，"我……我不小心点……

点错了。"这一紧张,说话就更不利索了。

秦满道:"是我听了你的语音,你不需要道歉。"

电梯停下,门刚打开,陈安就快速走了出去。

"真……真的抱歉。"陈安丢下这句话,就小跑地回了房间。

秦满看了几眼陈安的背影,总觉得有些说不出的古怪。

另一头,在等店家分配技师的时候,纪燃拿起手边的白开水,喝了一大口。

"怎么了你?"程鹏坐了过来,"有事要问我?"

纪燃点头道:"你一共找过几个人啊?"

程鹏问:"你这是在关心我私生活?"

纪燃坐到按摩店的沙发上,"……你都怎么处理和他们之间的关系?"

"什么关系?"程鹏道,"分手后的关系?"

纪燃问:"就……没有真心喜欢你的啊?"

程鹏笑了:"这我怎么知道?"

纪燃问:"难道没人跟你告白过?"

不可能吧?别人不说,光说陈安,每次看程鹏时,眼睛都亮晶晶的。

"都说过。"程鹏道,"但谁分得出真假?"

"那万一是真的呢?"纪燃追问,"你会怎么处理?"

"还能怎么处理,当然是分开了。"

纪燃一怔:"为什么?"

"跟这些人,要是真有了感情就太麻烦了。"程鹏道,"后患无穷,不如换一个,省心省力。"

纪燃哑然。

要说程鹏在感情中不太道德吧,也不算,他和他那些前任的关系,只能说一个愿打一个愿挨。

这个话题到了这儿,也就没再继续,程鹏倒是饶有兴致地问起,纪燃和秦满刚刚为什么磨蹭那么久才上车。

纪燃没隐瞒,一脸忧虑地大概说了下经过。

"那不是挺好的,秦满这人的能力你也知道,听他的多半出不了错,至于让你满脸愁苦吗?"

"挺好？"纪燃道，"哪好了？他现在这么猖狂，我都要管不住他了。"

"欸，你当初资助他，不就是为了羞辱他吗？"程鹏逗纪燃，"现在他不服管了，可你还是他的资助人啊，那还不是你想怎么整就怎么整？想让他开心或是让他难受，都在你一念之间。"

"……"

"我……我不想因为这种事整他，一点儿都不像是人做的事。"

纪燃这话说得很没有底气，因为上学那会儿用来整秦满的手段更不是人会做的，大多都是小人行径。

"那你想怎么样？"程鹏问。

"我不知道。"纪燃叹气，"所以才来问你。"

程鹏决定不逗纪燃了："这事吧，太主观了，谁都没法帮你回答。他到底能得你几分看重，你又是什么想法……外人都不知道，得你自己想清楚。"

自己是什么想法？

纪燃烦躁地捋了捋头发，最终只好自暴自弃道："算了，我再想想吧。"

反正还有十天半个月的时间，自己总能想清楚的。

五分钟后，技师姗姗来迟，忙不迭跟他们道歉。

程鹏道："没事，开始吧。"

纪燃紧紧抱着枕头，感觉到冰凉的指头触碰到自己的皮肤上。

"等会儿！"纪燃赶紧叫住对方，"我不按了。"

程鹏转过头："怎么了？等烦了？"

"不是。"纪燃快速坐起身来，语速很快，"不想按了，你弄吧，我回去了。"

然后，纪燃在程鹏疑惑的眼神中快步逃离了按摩店。

出了电梯，纪燃快步朝房间走去，远远就看见某个房间门口正站着几个男男女女，像是在聊天。

"好啊，打麻将呗，反正也无聊，酒店刚好有麻将房。"

"可我们这七个人，怎么分啊？"

"剩下三个在旁边干看着？"

"我可不要！"

说话声在看到纪燃后停了下来。

纪燃把浴袍裹得紧紧的，看也没看这群人一眼，自己现在忍得有些难受，整张脸都臊红了。

走近了才发现，这群人居然是隔壁客房的。

纪燃咬着牙走过去，停在自己房间门前，突然想起自己的房卡在秦满那儿，不过这时候他应该在里面，于是狠狠按了几下门铃。

没反应，纪燃又按了几下，还是没回应，纪燃干脆抬手就敲，语气不是很好："开门！"

旁边人已经开始用眼色聊天了。

纪燃异常焦躁拿出手机，刚想给秦满打电话。

"这位朋友。"旁边的人商量过后，凑了过来，"你有空吗？"

纪燃转头看他们，没回答。

"我们这儿打麻将三缺一，你来吗？包厢费我们出。"其中一人笑道，"就打满城麻将，你应该会吧？"

纪燃尽量放平语气："不来。"

"哦，好吧。"那人一直看着纪燃，自然看出不对劲来，"你脸有点红，是生病了吗？"

纪燃："没有。"

"咦？"里头一个男人多看了几眼，越看越觉得眼熟，半晌后才不确定地问，"你是……纪燃吗？"

纪燃警惕地看了他一眼。

"啊，我之前在赛车场见过你！"男人激动道，"三年前？还是五年前？我还跟你要过签名。"虽然纪燃并没有给他签。

同伴问："赛车场？"

"对，这位是个赛车手，特别厉害。纪燃，你还记得我吗？"

纪燃要疯了，此时只觉得浑身难受："不记得了。"

"都这么久了，你没印象也是正常的。"

那人也不觉得尴尬，说完还往前一步。

纪燃攥紧拳头，正想着要不先去岳文文房间，就见面前的门嘎吱一声开了。

秦满湿着头发，站在门缝后："来了……"

看门外的人表情凝重，还红了脸，秦满有些诧异，他只是开门晚了，纪燃应该不会气成这样吧？

秦满刚要解释，就见纪燃闷头冲了进来，蹭到了他身前和门板的空隙中，用后背猛地关上了门。

纪燃胸前不断起伏着，靠在门上深吸几口气后，大步朝浴室走去。

秦满先一步抓住对方："怎么了？你不是去按摩吗，怎么突然回来了？"

"没有。"纪燃道，"突然想上厕所，就回来了。"

偌大个酒店，想上厕所也不用特地回房间来。秦满挑眉："你脸很红，怎么回事？"

纪燃甩了甩他的手："说了没事……你先松开，我要去厕所！"

秦满顿了一下："真要上厕所？"

纪燃气死了，转身就吼："废话！难道我还能假装上厕所！你表演一个我看看！"

清晨，电话铃声唤醒熟睡的人。

纪燃懒得放耳边，干脆给手机点了个免提："干什么？"

"呜呜呜……"那一头，岳文文声音特别委屈，"小燃燃，我完了，我要死了，我要英年早逝了。"

纪燃一听，略略撑起身子，眉头都皱了起来："怎么了？"

"我流鼻血了！"岳文文叫得撕心裂肺，"流了好多！整个枕套都是血！我一大早起来还以为自己被人杀了，在灵魂出窍呢！我是不是快死了？我怎么办啊？是不是得打一下120？"

"……"

纪燃又舒舒服服地躺了回去，连声音都懒了几个度："放心，死不了。你只是上火了。"

"怎么可能！我在工地天天喝绿茶！"

"是因为昨天那锅汤。"

岳文文稍有迟疑："真的吗？只是个汤而已，功效没这么好吧？"

"就是这么好。"纪燃闭眼道。

"哦，好吧，那我就不打 120 了。"岳文文放下心来，道，"小燃燃，那你赶紧收拾收拾起床吧，程鹏下午有个会，我们得退房走人了。"

回程路上，岳文文像是想到什么，半跪在座椅上回头问："小燃燃，你也流鼻血了？"

纪燃闭眼道："没有。"

"那你怎么一下就想到昨晚那锅汤了？"

"……别吵，我要睡觉。"

岳文文被凶了一句，委屈地看了秦满一眼。

秦满莞尔："纪燃昨晚也上火，没怎么睡好。"

岳文文："怪不得我昨晚翻来覆去没法睡！那小燃燃昨晚怎么睡着的？"

"我给纪燃喝了很多绿茶。"

纪燃铁青着脸："闭嘴。"

托秦满的福，自己这辈子都不想喝王八汤和绿茶了。

回到市里，程鹏先把纪燃送回家，纪燃路过小区大门时被门卫拦了下来，说是有包裹在这儿放了两天。

包裹是文件大小，纪燃最近没在网上买什么东西，一时间想不到是什么。

回家后，纪燃用小刀把包裹开了个口子，往里一看，竟然是满城中学的校庆邀请函。

纪燃拿出来看了一眼，确定上面是自己的名字没错，然后想也不想便把邀请函丢到了垃圾桶里。

秦满把行李搬进来，正好看到这一幕，他把邀请函捡起来："怎么丢了？"

"又不去，留着干什么？"纪燃坐到地毯上，打开行李箱，把自己的衣物拿出来。

这邀请函来得莫名其妙。上学那会儿，老师只希望纪燃好好待着不惹事就行，别的想都不敢想。平时除了挨训，自己就没跟老师有过什么别的沟通，这会儿寄个邀请函来是什么意思？

纪燃心想，难不成还邀请我回去拆学校？

"真不去？"秦满盘腿坐了过来，"不想回去看看后面那片海？"

"看海也不用回学校。"

纪燃上学那会儿，外面的人只能通过学校的后门才能走到后山去看海，现在被整改后，学校后头多了一条马路，想看随时可以过去。

只是因为要建景区，那几棵大树旁边已经多了好几个收费站和店面，破坏了景致，纪燃也已经许久没去过那儿了。

"教学楼什么的，也不想看看吗？"秦满说，"听说学校的小树林移植了不少花草树木，设施几乎也都换了一遍。"

纪燃转头，莫名其妙地看他："你想回去？"

秦满不置可否。他其实也不大想回去，但满城中学特地给他父母打了电话，邀请他们回去当"荣誉家长"。

他们身在国外，自然不可能特地回来一趟，所以秦母打电话给秦满，叮嘱他一定要去露露脸。

见他不说话，纪燃道："要真想回去，请个假就行了，我又不是不让你去。"

秦满道："再说吧。"

纪燃原本打定主意不去了，谁想当天晚上便接到纪国正的电话。

这还是纪燃把旺兴的项目推了之后，和纪国正之间的第一次通话。

"周三，你回学校一趟。"

纪燃最烦他这种命令的语气，于是问也不问便道："不去。"

纪国正恍若未闻，继续道："你出国的签证需要学校证明，满城中学的校长是你大学主任的表妹，我已经跟那边沟通好了。"

纪燃握着电话，抬手给电视换了个台。

"你必须去，知不知道？"纪国正道，"项目的事我也懒得跟你计较了。你自己的前途自己上点心，别整天浑浑噩噩地过日子，这样像话吗？活了二十多年，连个一技之长都没有，离了我，你活得了吗？也不是不让你啃家里的老，但你总得过出点人样来。"

旺兴那个项目的事，已经透支了纪国正对纪燃的所有期待。

好在他一开始就没有放多少希望在纪燃身上，旺兴那块地也只是优先选择，即使拿不下来，他也有别的选择。

纪燃闻言，冷笑了一声。

秦满从文件中抬头，见对方还是那副懒洋洋的姿势，只是手指因用力而泛白，遥控器看起来都快被捏坏了。

秦满还以为这人要发脾气了，谁知没几秒，纪燃就把遥控器丢到了一边。

"是啊，你可是万物之源，仁慈圣父，谁离了您老人家能活啊？"纪燃冷冰冰地说，"不就是个校庆吗？您都开口了，我当然会去。"

纪国正虽然不懂现在年轻人说话的方式，但也听得出纪燃这是在嘲讽他。

面前还站着老员工，纪国正懒得计较，沉声道："邀请函你收到了吧？那天穿体面点，懂点礼貌，记得跟老师长辈打招呼。还有你那头发……也给我染回去。"

纪燃没听完就把电话给挂了，然后站起身来，一脸嫌弃地从垃圾桶里捡起那张邀请函。

秦满光是听了几句，就把刚才的通话内容猜了个七七八八，他道："只是个校庆，你如果真不想去，我们露个脸就回来也行。"

"那哪成啊。"纪燃嗤笑一声，道，"好歹是母校，我肯定得好好逛逛。"

纪燃没想到这周刚上班，就收到一封辞职信。

是许麟的。

"我家里临时出了点事，无法兼顾两边，所以可能得回家工作了。"许麟说得很诚恳。

"那你手上那几个项目呢？"纪燃问。

"我都已经整理出来了，这两天会交接给同事，您放心。"许麟道。

"真要辞职？"纪燃拿着那封辞职信，确认般地再问了句，"不再考虑下了？"

换作是刚进公司那会儿，纪燃肯定二话不说放人走。毕竟自己不愿意被纪惟派来的人监视，可后来才发现，就自己手上能拿到的那几个破项目，根本不需要别人监视。

别的不说，许麟的工作能力的确出众，凡是许麟经手的项目，各个都进行得有条不紊，从来没出过什么大问题。

"不考虑了。"

强行把人留下也没意思，纪燃刚准备让对方去人事部报备一下，秦满突然开了口。

"还是再仔细想想吧，给你三天的冷静期，三天后如果你还想辞职，再来交辞职信。"

许麟犹豫再三，最后还是点了点头，把辞职信收了回去。

人走后，纪燃才回过神来："你是上司还是我是上司啊？别人跟我提辞职，你掺和什么？"

秦满道："我也是在帮你考虑。"

"你说说，考虑什么？"

秦满走到窗帘前，打开窗户，手指点在上头。

外面的员工听见动静，茫然地望了进来。窗户是透明的，纪燃正好跟他们迎面对视。

"部门现在去掉你我，一共只有五个人。"秦满指着最右侧，"曲冉还行，虽然工作效率不高，但人很勤奋。"

他指尖往左，一个个点过去："这个，业务能力弱、懒，就连周报都是最后一个交，内容潦草，都是应付了事，手上分配到的任务进度约等于零。没用。

"这个倒是老手，但能力其实并不出众。他在上个部门经常用不良手段争抢同事项目，还言语骚扰女同事，又没到能举报的程度，所以才被那个部门踢来我们这儿。我们过段时间需要考虑辞退他。

"还有这位，完完全全是新人，业务都需要教，最大的作用就是帮忙复印文件……或者泡咖啡？"

被指尖点到的人脸上全是茫然，有几个还不明所以地朝秦满笑了笑。

纪燃："……"

"所以我们不能把许麟放走，除非你想每天加班到晚上。"秦满朝外面颔首，然后"嗖"地拉上百叶窗，仿佛自己刚刚并没有在上司面前说同事们的坏话。

"你说了这么多，怎么不说说自己？"纪燃撑着下巴，讥笑道。

"本人十八岁开始实习，至今经手数十个项目，利润额高达十位数，有丰富的从业经验。"

纪燃："？"

"进公司后，接手两个收尾项目，最后一个于上周签约完毕，分成多谈了两个点，虽然不多，但蚊子再小也是肉。如果不是最近手头有点事儿，我甚至能把所有项目都处理掉。"秦满坐到椅子上，问，"还有什么需要我汇报的？"

真嘚瑟。

纪燃顺嘴问："手头有事？你还能有什么事？"

秦满挑眉一笑："在等我老板的答复。"

纪燃猝不及防，骂道："……滚蛋。"

把人赶走，纪燃拿起桌上的可乐猛喝了一口，被刺激得眯起眼来。纪燃打开网页，又登上之前那个后勤人员的员工ID，却发现这个账号已经被永世数据部抓到并注销了。纪燃"啧"了一声，拿起手机正想给程鹏发消息，对方却先一步发了条信息过来。

——程鹏：账单已发，你看看。可以的话，你那笔钱，我这周给你结清。

到了校庆当天，学校大门喜气洋洋的，仿佛是在过年。

今天不是周末，为了校庆，学校临时放了一天假，但还是有不少学生选择留在学校，走到哪儿都是穿着校服的学生。

学校大门口站着几个西装革履的男人，正是纪惟和他的高中同学，其中有几人举止从容优雅，长相俊雅，不少人路过都忍不住看一眼。

男人们在客气地寒暄。

"上次聚会后好久不见了。"

"唉，上次我临时飞外地，没来成，实在遗憾……今天校庆结束后，我们一定好好喝一杯。"

"对了，那个谁……来不来啊？我听说还有他的演讲？"

"谁知道呢，家里变故这么大，或许也没心情来参加这种小活动吧。"

纪惟有一搭没一搭地听着，没怎么说话，直到有人碰了碰他的肩膀。

"哎，那不是纪燃吗？这人怎么来了？"

纪惟顺着对方的目光看去，只见路边停了一辆银白色的跑车，车子因为阳光的照射正闪闪发着光，酷炫又嚣张。

纪燃就站在车门旁，穿着一身白T恤配短裤，随意得很，跟身边时不时路过的学生一比，就跟同龄人似的。

纪惟收回目光："可能也收到了邀请函吧。"

那人扑哧一声笑了："不可能。学校邀请这种人来干什么，不会是来给学弟学妹当反面教材的吧？"

纪惟不置可否，道："时间差不多了，进去吗？"

那人还想说什么，就见车子副驾驶那侧的门突然被打开。

"哎——等等。"看清走出来的人后，他一愣，问，"那个人是秦满？"

男人从副驾驶上下来，白T恤搭长裤，不比纪燃穿得正式到哪儿去。

但就是这么简单的装扮，这两人也把所有人的目光都吸引过去了。

"还真是他……他穿的是什么啊？"同伴瞠目结舌，"他今天不是还要演讲吗？穿个地摊货就来了？而且……他怎么会跟纪燃一块儿过来？"

"你是不知道，聚会那天我们也撞见他了，当时他也是和纪燃在一块儿。"旁边的秃头男想起往事，冷笑一声，"物以类聚，人以群分呗。"

纪燃一眼就看到了纪惟那群人。

没别的，只是秃头男发旋已经光秃秃一片，亮得太瞩目，纪燃光看个背影就认出他来了。

这时，秃头男突然转过头来，嘴里还碎碎念着，猝不及防跟纪燃对上了目光。

秃头男吓了一跳，赶紧躲避眼神回头。

这一看就是在嚼舌根呢。

"你那群好同学在后面。"纪燃"啧"了一声，"你们这些尖子生里就没个正常人吗？个个嘴都那么碎。"

"每个班都有这样的人，少数而已，大多数同学都挺好的。"秦满丝毫不在意，连个眼神都没往后递，"我们进去吗？"

纪燃锁上车："你先进去，我还有点事。"

"什么事？"

纪燃刚要回答，就见一辆白色的商务车从身旁擦过，漂亮地停到了自己的车前。

车门打开，一个穿着灰色西装的男人走了下来。

男人身形纤瘦，下车的动作有些急。纪燃看清对方的脸，眉梢不自觉往上一挑，自己很多年前见过这个男人。

纪燃看了秦满一眼，秦满显然没注意到面前的人，感觉到旁边人的目光，秦满抬起眼："嗯？"

"……只是去一趟奶茶店。"纪燃说。

纪燃余光中看见面前的男人犹犹豫豫地向他们走来。

"秦满。"那人叫了一句。

秦满转头，两人对上了视线。

"真的是你。"男人的眼睛微微睁大，"你……还记得我吗？"

"记得，好久不见。"秦满朝他颔首算是打了招呼。

他语气平平，眼底没有任何波澜。

"我还以为你不会来。"男人的手掌握了又松，反复两次后，道，"一起进去吗？"

"不了，我这还有点事。"

对方这才发现纪燃也在，此时看到秦满和纪燃如此和谐地待在一起，他有些惊讶，却又没好问出口，就在他踌躇之时，秦满已经走过了他身边。

秦满走了两步，发现身后人没跟上，回头问："不走吗？"

纪燃："啊。"

"不是要去喝奶茶？"秦满道，"走吧，那边还得排队。"

纪燃回神，"哦"了一声，抬腿跟上。

走到半程，纪燃悠悠地道："那人还在看我们呢。"

秦满顿了一下，如实道："其实我不记得他了。"

纪燃一噎："什么？"

"班里三十多个人，太多了，我没记住。"秦满问，"你以前来班里找我的时候，有见过他吗？"

"有啊……谁去班里找你了？我那是去整你！"纪燃说完，又忍不住道，"你怎么可能不记得，他那时候经常跟在你屁股后头转呢。"

秦满："是吗……"

纪燃这么一提，他才隐约想起一些来。

他看向身边的人："你怎么知道他一直跟着我？"

纪燃："……"

"你看见了？还是听说的？"秦满扬着嘴角问，"而且你竟然现在还记得？"

纪燃站到奶茶店的队列中，撇开眼不看他："谁让我倒霉，什么破事都能撞见？"

队列终于到了头，老板娘见到纪燃，笑容深了几分："小燃？你怎么回来了？"

"来参加校庆。"

老板娘有些惊讶，因为往常纪燃就算来店里，也几乎不进学校大门的。她问："就你一个人吗？"

"还有他。"纪燃指了指身边的人。

"老板娘好。"秦满笑着，连语气都特别乖巧。

老板娘忙不迭点头："好好好，你们要喝什么？"

"老规矩吧。"纪燃问身边的人，"你喝什么？"

"一样。"

拿了奶茶，两人决定在店里休息一会儿再走。距离校庆典礼开始还有半小时，现下太阳正毒，没人愿意在外面多待。

他们坐在玻璃门旁边的桌椅上。

纪燃心不在焉地玩着桌上的小弹球。

秦满看着纪燃，想起刚刚老板娘熟络的语气，问："你经常回学校？"

纪燃嗤笑："好好地回那鬼地方干吗？只是偶尔会来这儿喝杯奶茶。"

秦满浅尝一口，他向来不喜欢喝这些东西，甜腻，也不卫生。

"是好喝。"

"得了吧，别以为我没看见你在皱眉头。"纪燃道，"既然不想喝，你非要跟来做什么？真浪费。"

"我得确保你的安全，当然得跟来。"

纪燃道:"安全?我参加个校庆还能把自己弄出危险来?"

秦满莞尔:"你看看周围,别人都在偷看你。"

纪燃:"……哪儿就在看我了?"

秦满还真没说错,店里的不少人都忍不住往他们这儿瞥,而且大多都在偷瞄纪燃。

要怪只能怪纪燃这个模样,喜欢这类型的人甚至已经在脑里跟自己谈完了一场惊天地泣鬼神的校园恋爱。

秦满不置可否地笑了笑,看向身边贴满便利贴的时光墙。

"这是什么?"

纪燃一顿,随随便便解释了一通:"……反正只是打发时间用的。"

秦满点点头:"你也写过吗?"

"怎么可能?!"纪燃想也不想,连语速都变快了,"我才没那么无聊!"

旁边在写便利贴的两个女学生:"……"

秦满忍着笑意:"我觉得挺好。等几年后再回来看自己的字条,一定会觉得很新奇。"

纪燃把那面墙反反复复看了几遍,确定上面没有自己的字条之后才松了一口气。

"有什么好新奇的……"时间快到了,纪燃站起身来,"走了,进去吧。"

两人刚走到奶茶店门口,就听见外面传来一阵对话。

"你们说纪燃是不是回来捣乱的?不请自来,真不要脸。"

"行了。"竟然是纪惟的声音,"你总扯别人做什么?"

"……"那人一顿,"我是在帮你出气哎!"

"你是因为上次在包厢的事才会这样说吧。"

"不是,纪惟,你怎么突然帮纪燃说起话来了?你不讨厌这个眼中钉了?"

"讨厌。所以你别提了,行不行?"

"我以为是谁呢。"纪燃一个转身走出大门,冷笑着打断他们的对话,"原来又是你啊,小秃。"

见到纪燃,秃头男吓得舌头都打了结:"小……小什么?你怎么在这儿?"

"怎么?刚刚嚼舌根嚼得这么开心,现在怎么慌了?"纪燃笑得漫不经心,

"放心，我不是回来捣乱的，我特地来这趟就是为了把你的嘴巴缝上，省得你一天到晚没事儿在别人背后说个不停，也算拯救世界了。"

秃头男吓了一跳，不自觉地往纪惟身后躲："你……你这是恐吓！"

"是啊，怎么样，你打我？"纪燃看到他这德行就觉得好笑。

纪惟皱眉："行了，别闹了。"

"你管谁呢？"纪燃嗤道。

待纪燃说爽了，秦满才慢悠悠上前。

"时间差不多了，先进去吧。"

纪燃本来不着急走，但秦满上台演讲的顺序很靠前，不能迟到，"啧"了一声，盯着秃头男道："再让我听见你在背后瞎说我……或者别人的坏话，我真把你嘴巴缝上！听见没，小秃头？"

直到纪燃走远，秃头男才敢憋出一句："……真没素质！"

学校门口站了一排礼仪部的人，正礼貌地迎接参加校庆的宾客。

越靠近学校门口，纪燃的脚步就越慢。

秦满察觉后，跟着对方放慢脚步："怎么了？"

"没事。"到了大门，纪燃低下头，"进去吧。"

时隔多年，纪燃再一次回到了这里。

这对自己而言，是个充斥着黑暗和痛苦的地方，值得回忆的人和事少得可怜。

礼仪部的小姑娘见到他们，快步上前来，红着脸蛋问："你们好，请问有邀请函吗？还是来参观的毕业生呢？"

秦满把邀请函递给她："两人的。"

女孩看了一眼，点头道："好的，校庆典礼马上就要开始了，需要我送你们去小礼堂吗？学校已经改建过很多次了，小礼堂换了地方，我担心你们找不到。"

秦满点头："麻烦了。"

走到半途，纪燃突然问："学校的后门还在不在？"

女孩愣了愣："什么后门？"

"通往后山……通往后面那条马路的。"

"还在，不过只有老师才能过那扇门了，我们不能朝那儿走的。"

纪燃若有所思地点了点头。

到了小礼堂，小姑娘道："座位安排就在邀请函上，麻烦大家按序号入座。"

纪燃的座位在第三排，秦满则在第一排。

他们刚走到前排的座位，立刻有人朝他们走来，是一个上了年纪的中年女人。

"秦满，你来了。"见到自己的得意门生，女人一脸欣慰。

秦满恭敬地叫了一声："老师。"

老师刚要说什么，见到一旁的纪燃，表情立刻变了。

秦满是她当年最看重的学生，他和纪燃之间的矛盾，她当然也听说过一二。

感觉到对方眼中的警惕和轻视，纪燃哼笑一声，转身走向自己的座位，才刚走两步，就被人叫住了。

"纪燃。"秦满道，"结束后等我，别自己走了。"

"……"

前排几个领导也忍不住转过身来瞧他们这儿。

纪燃装作没听见，继续往里走。

"同学。"身后，秦满不知道在问谁，"我们能换个座位吗？我的位置在一排。"

老师震惊道："小满？这是学校安排的位置，不能换。"

这人真是莫名其妙，纪燃想。

有什么话不能用手机聊，那群长辈就喜欢他优秀又干净，他非要当着他们的面跟自己说这些做什么。

"你好烦啊。"纪燃停下脚步，摆出一副不耐烦的样子，"不准坐过来……我等你一块儿走就是了。"

到了定好的校庆典礼开始时间，小礼堂的舞台上仍旧拉着帷幕，迟迟没有开始。

这种延时也是意料之中的事，纪燃坐到位置上，无聊地拿出手机，在三人微信群里发了个实时定位。

岳文文：？！

岳文文：小燃燃你怎么回满高了？难道是你时隔多年终于想通，决定把这破学校烧了？

纪燃：是啊，但打火机被我弄丢了。

岳文文：你等会儿啊，我马上给你送去！

两人打了一会儿浑，才见另一个人出来说话。

程鹏：今天是校庆吧？满高给我发了邀请函，但我忙着地皮拍卖的事，就没去。

岳文文：我也听说过这事……等会儿，小燃燃也收到邀请函了？

纪燃：嗯。

岳文文登时就怒了。

岳文文：这破学校凭什么不邀请我？！我高中三年考试排名都没掉出过年级前一百！还遵纪守法，从来没违规乱纪过！

纪燃：你想来就来，现在在举行校庆典礼，后面有座位。

岳文文不是真想来，只是没收到邀请，心里总是不平衡。

岳文文：算了，我才不去呢！到时候有无知学弟向我表白怎么办？不过你不是一直都不想回满高吗，这次怎么就答应回去了？

原就没打算要出国，纪燃便也不浪费时间给他们解释了。

纪燃：还能干什么，参加典礼呗。

发完这句，纪燃收起手机，环视一圈，刚好看见一个中年男人抿着唇正朝自己走来，正是纪燃的初中班主任。

对方脸色不太好，面上牵强地扯着一抹笑。

"纪燃，你回来了，好久不见，又……又长高了。"老师嘴边的笑容有些僵硬。

纪燃坐着没动，问："什么事？"

典礼没有开始，四周都有些嘈杂，纪燃左右两侧的位置都空着，老师干脆坐了过来。

他说："是这样的，你父亲要求让你上台露个脸，所以我们给你临时添加三分钟的发言时间，让你作为毕业生代表之一上台。这是演讲稿，一会儿你照着念就行，不需要背。"

纪燃挑眉，从他手中接过演讲稿。

短短几百字的稿子里，最多的字眼就是"感谢"和"开心"。

纪燃笑了一声，没想到自己这位父亲偶尔也会做一些有用的事儿呢。

见纪燃在笑，老师也心虚得很："稿子有什么不对吗？"

"没有。"纪燃把这张纸折好放进口袋，"老师放心，我会好好说的。"

"……"

纪燃叫他"老师"的次数，用两只手都能数得清。

他有些受宠若惊，点头，习惯性地寒暄："那就好，最近几年都在忙什么？没有遇到什么困难吧？"

纪燃收回视线："老师，你该走了。"

中年男人一顿，最终还是什么也没说，转身回了自己的座位。

男人教书十多年，其实教学水平说不上差劲，但他确实觉得自己愧对纪燃。

纪燃所在的班级，是他第一次以班主任身份带的班级。他当时没有什么经验，班里人对纪燃的态度他也是知道的，最初他还象征性地找几个皮一些的谈过话，但都没什么效果。于是他就把这件事情反馈给了学生的家长，谁知并没有得到什么好的结果。

这样的情况一多，他就犹豫了。他的性子一向懦弱，之前所做的，已经是他能做的全部了。

以至于纪燃向他求助的时候，他鬼使神差地说出那句话。

他让纪燃也好好审视一下自身的问题。

他至今还记得纪燃那时瞬间黯淡的眼神，在那以后，纪燃再也没找过他。直到有一次纪燃闹出了事，他才明白这个孩子已经完全变了。

对纪燃，他是心虚的，所以后来纪燃的一些行为，他都会有意无意地无视。

待老师走远后，纪燃才慢悠悠地松开掌心，里面是被捏皱了的演讲稿。

"……纪燃？"

纪燃转头一看，原来是右侧座位的主人来了。

"真是你。"来人是个男生，穿着一身黑色西装，还算正式，男生咧唇笑了笑，"是我啊，我们初高中都同班，我高中就坐在你前排的左边。"

纪燃总算相信秦满的话了，虽然对眼前的人有一股熟悉感，却已经想不起对方是谁了。

要仔细说来……自己似乎对秦满那些同学的印象更深。

纪燃点点头，算是打了招呼。

看来这座位是按高中班级来排的，纪燃左右看了看，确定班里只来了他们两个人，才恢复散漫的坐姿。

要是仇人来了，那他们估计还得原地再闹上一场。

等等，如果是按班级排的话……

纪燃下意识往前排看去。

果然，秦满跟纪惟并肩坐在一块，纪惟另一侧则是他们在校门口见过的那个男人。

"那个，纪燃。"旁边人突然叫了自己一声。

纪燃收回目光："干什么？"

"前段时间在网上的事，我都看到了。"男生压低音量，"那说的是你吧？"

纪燃表情冷了一些，静静地看他，没吭声。

"那个微博我也评论了，别的我不清楚……但我知道你当时没有那样，我还跟人吵了二十多层楼呢！"

纪燃一下没反应过来："……什么？"

"网络上的人说话都是这样，因为隔着个屏幕，都无所顾忌的。你当真就输了，别在意。"男生道。

纪燃盯着他看了半晌，突然对这个人有了印象，犹豫片刻，问："你上学那会儿是不是……有点矮？"

"什么啊！"男生笑了，大大方方地拍了拍自己的手臂，"我只是初中的时候比较矮，高二就发育起来了！"

纪燃彻底想起来了。

初中，在班里人对自己都是那种态度的时候，曾经有个小矮子给自己送了一瓶药酒。只是纪燃当时满脑子都是仇恨，压根儿没把这人放心上，再后面，两人也一直没什么交集。

纪燃点点头，这次语气里真诚了许多："好久不见。"

两人才说了几句，手机就蓦地振动了一下。

Q：在聊什么，这么开心？

纪燃抬头一看，秦满此时正目视前方，跟旁边那些上了年纪的老领导坐姿极其相似。

纪燃：关你什么事？

Q：有点无聊，我上去找你好不好？

纪燃：不。

纪燃：无聊？我看你和那哥们聊得挺开心的啊。

Q：在偷看我？

纪燃：？？？

纪燃：谁偷看你，你还要不要脸？

Q：要是没偷看我，怎么我才跟别人说了两句话，你就看见了？

Q：他只是问我演讲稿的事。

纪燃：我又没问你，别抢答。

这条消息发出后许久没得到回复，纪燃往前一看，才发现秦满正在跟领导们聊天。

刚想把手机锁屏，就见秦满突然抬手朝那群老头做了个稍等的动作，然后低下头继续鼓捣手机。

Q：没准抢答加分呢。

啧，投机取巧的尖子生。

纪燃意味不明地轻笑了一声，然后把手机收好，不再回复了。

没多久，校庆典礼终于开始。主持人是在校学生，两男两女，气质都不错。开场白千篇一律，把学校上上下下夸了一通，又把前前后后十几位领导夸了一通，这才慢吞吞地进入正题。

舞台上，男主持正字正腔圆地说着："为了让因人数限制而没法进入小礼堂的在校生、毕业生参与进本次校庆典礼，我们把麦克风链接到了全校的广播上，希望在小礼堂外的各位也能感受到会场里热闹的氛围。"

这次学校一共安排了五个毕业生代表发言，加上纪燃就是六个。

纪惟也是学生代表之一，到他上台发言时，纪燃听了一耳朵，用词文绉绉的，还矫情，最后的感想更是虚伪。

第四个代表发言完毕，主持人再次上台。

"接下来要发言的毕业生，在我校就读六年，毕业后成功被XX大学录取，离校多年却不忘母校之恩，向学校捐赠了一千张桌椅、一百台电脑及一百台空调机，让我们掌声欢迎纪燃！"

纪燃站起身来，大步流星朝讲台走去。

不少毕业生都变了变脸色，纪燃在校时是什么表现，前后三届的校友几乎都知道。

"纪燃演讲这事，你知道吗？"纪惟不自觉地皱眉，问身边的人。

秦满摇了摇头。

就连在刚刚的聊天里，纪燃也没跟他提过这件事。

前几个发言代表都西装革履，轮到纪燃却是一副休闲装扮，就连发色都这么野性，台下许多低着头的学生都忍不住抬起头来。

"非常感谢你为学生们提供了这么多的便利。"女主持说完这句，朝台下稍稍鞠了个躬，转身准备下台。

纪燃走到演讲台前，抬手拍了拍眼前的麦克风，确定麦克风收音无误后，便把麦克风的支架抬高。

"不用谢我，学妹。吃水不忘挖井人，谁要挖井，你们谢谁去。"

这话一出，女主持下台的脚步一顿，整个小礼堂霎时间变得鸦雀无声，就连之前那些在窃窃私语的人们也停下了讨论，震惊地看着台上的人。

这句话也一字不落地通过学校广播，发散到了校园各处。

见台下一片死寂，纪燃笑了。

"不过我这次上台发言，也确实是要感谢学校的。"

校领导还没来得及喘一口气，台上的人又说话了。

纪燃字正腔圆，语气铿锵有力，扎扎实实地表达了一番自己的对学校的"感谢"。

听完后的纪惟："……"

秦满没忍住，嘴角溢出一声笑。

旁边的领导脸色极差，半晌后才反应过来，推旁边的人："赶紧！赶紧去把麦克风掐了！快点！"

台上，纪燃还在说。

"对了，我还有要感谢的。"纪燃淡淡道，"我还要感谢我的老师们……"

那位男老师听得如坐针毡，脸颊边都流下了虚汗。

纪燃："还有……"

这两个字说完之后，麦克风就突然没了音——扩音设备被人切断了电源。

纪燃先是挑眉，而后耸耸肩："行吧，没了。"

台下的人先是愣怔着，在纪燃转身走人的那一刻，也不知是谁带头鼓起了掌，紧跟着，掌声雷动，不论老师们在前面怎么晃手示意，都没能停下来。

领导们都被气得不轻，纪燃刚下台，就看到学校安保室的保安已经在台下等着把自己架出去了。

见到其中一位，纪燃娴熟地打招呼："哦，老邢，你还没退休呢？"

被叫的正是保安队的队长，也是几年前天天来逮纪燃的人。

老邢也是无语："你毕业这么多年了，怎么还这么能给我找事儿呢？"

"这不是怕您闲着吗？"纪燃笑。

别说，自从纪燃毕业之后，他还确实闲下不少。

他一噎："这次怎么说，自己走还是我架着你？"

"你以为我还是当初那小瘦棍儿啊？我毕业后可是练过的，你现在架不动我。"

老邢："……"

"不过我也没打算留着。"纪燃挥挥手，"让开，我自己走，不给你添加工作量。"

要真动了手也不好看，老邢没怎么犹豫，往旁边让了让，给纪燃让出一条道来。

纪燃大步朝出口处走去，路过那群领导座位时，还气定神闲地吹了吹口哨。

领导们几乎气昏。

小礼堂的气氛瞬间尴尬许多，那个女老师快步走到秦满面前，小声道："小满，刚刚的事情你也看见了，这纪燃把整个校庆都弄砸了，那段话被同步到了校园广播,影响不太好……所以,一会儿可能得麻烦你修改一下发言稿,尽量挽回一下这个场面。你那儿有什么办法吗?需不需要老师帮你拟一份新的发言稿出来?"

"不用。"

她松了口气:"你有办法是吗?"

"没有。"秦满站起身来,把T恤边缘的皱褶拍平,笑道,"我没什么好说的,所以也就不发言了。"

"什……什么?"

"我还有事,先告辞了。"

秦满颔首,说完后便转身离开了小礼堂。

纪燃爽完就跑,简直不要太舒服。

小礼堂外站了一些来围观的在校生,见门被打开,他们下意识往旁边让了一点。

纪燃走出小礼堂,呼吸到外面的新鲜空气,拿出手机往微信群里发消息。

纪燃:学校炸掉了。

岳文文不明所以,但回复得比谁都快。

岳文文:炸得好!

纪燃本来不想掺和学校内部的破事,更不是什么正义使者,这破学校也早就跟自己没关系了。

谁想纪国正却偏要给自己这么一个机会,那干脆顺水推舟把几年前就想干的事给干了。

十来秒后,岳文文才反应过来。

岳文文:不是,等会儿,你真炸了?

岳文文:不会吧?你别冲动啊,这破满高哪值得你为它坐牢呢!

岳文文:?

纪燃笑了,没回复,直接把手机关机。

肯定有人要来找自己算账,但自己现在心情正爽,不想跟纪国正吵架,什么事留到回去再说。

纪燃站在礼堂外,看了眼灰蒙蒙的天,长舒了一口气。

礼堂外便是操场，今天校庆，操场上站满了人，一眼望过去热闹得很。

纪燃不打算去人挤人，于是转了个身，朝学校后门走去。

为了方便学生家长进出，今天学校后门开着。纪燃手插在口袋里，正准备出去，就见门外刚好停下一辆黑色轿车。

车子停稳，司机快速下车打开后门，中年男人沉着脸从车上下来，严肃的表情中似乎还带着怒意，手里还拿着电话，不知道听到了什么，脸色更沉了。

纪燃想，他应该是听见关机提示声了。

啧，居然忘了，这次的校庆不少优秀学生的家长也会来参加，纪国正又怎么可能没收到邀请函。

原本还想清静会儿呢，纪燃在原地没动，心里盘算着一会儿该怎么回嘴。

就在纪国正抬眼的那一刹那，纪燃的手臂突然被人抓住，并用力把自己扯到了一边。纪燃没有防备，轻松被拉到了墙后，躲过了这道目光。

"你都答应了会等我一块儿走，"秦满问，"怎么还食言了？"

纪燃一愣，瞪大眼问："你怎么会在这儿？你不是还有演讲？"

"你留下的摊子太大了，我收拾不来，干脆一起跑了吧。"

"……"

纪燃还要说什么，就听见旁边传来熟悉的声音。

"纪燃真的这么说了？！"纪国正虽然尽力克制着音量，但声音里却是掩不住的愤怒，"今天有媒体在，前段时间那事闹得沸沸扬扬，我想趁这个机会给家里挽回一点颜面……行了，我现在过去，你在原地等我。我再处理吧……我这次要把纪燃的生活费给断了！"

纪燃冷笑一声，还想再听几句，就被人又往后拉了一些。

秦满："嘘。"

待人走后，纪燃才回过神来——不是，我为什么要躲着纪国正？像是怕了他似的。

"你干吗啊？"纪燃道，"我跟我爸打招呼，你拦着我做什么？"

秦满失笑："你真想跟他打招呼？"

纪燃白了他一眼："行了，你回去吧。我现在还不走，所以不算食言。"

"那你要去哪儿？"

纪燃本来想去后山看看海，但从这儿望过去，发现那棵大树不知何时已经秃了，连树枝都少了一大半，顿时失去了欣赏的兴致。

"瞎逛逛。"

"我和你一起。"秦满道，"我再回去，也得挨骂，所以不回去了。"

"挨骂？我看那几个老领导都巴不得把你抱起来亲吧。"纪燃嗤笑。

秦满上学那会儿成绩好，拿了不少奖，又是名校毕业，要不是家里经商，现在绝对是学术界的一大人物。不管是老师还是领导，都会喜欢这么个学生的。

所以他那班主任见到自己之后变了个表情，倒也可以理解。

纪燃想到什么，又扑哧笑了一声。

"我可不想被他们抱着。"秦满挑眉，"你笑什么？"

纪燃不搭理他，转身拿出烟盒子就走。

刚才广播给学生们带来的骚动已经平息下来，操场上恢复了原先的活力。

纪燃随便挑了一张空的长椅坐下。

"旁边都是学生。"秦满坐了过来，道，"让他们吸二手烟不好吧？"

纪燃顿了一下，把烟盒收了回去："要你管？"

面前的球场正在举行篮球赛，外头围了一圈小姑娘，正在呐喊助威。

突然，一方球员投篮力度太大，篮球撞在篮板上往左侧弹了出来。偏偏这边站着的又都是小姑娘，她们下意识蹲下身去，球直直朝纪燃这边飞过来。

纪燃下意识抬手想接，却有人先一步把球拦了下来。

秦满起身把球拦下，然后单手托着，往地上拍了两下。

人群因为让开了一条路，他们这角度正好能看到里面大汗淋漓的球员。

"把球丢回来！"许是太累，球员们说话也忘了顾及礼貌。

秦满转头问："我记得你球技挺好的，要不要玩玩？"

"不玩。"纪燃道，"没兴趣跟小孩子打球。"

球员意识到自己的问题，重复道："兄弟，麻烦把球丢回来！"

秦满把球随手一拍，篮球依着他的力道，漂亮地回到那个球员的手中。

"听岳文文说，你和程鹏经常一块儿打球？"秦满问。

纪燃皱眉："这人怎么什么都跟你说？"

"以后打球带上我，我给你当啦啦队。"秦满看着面前那些尖叫欢呼的女生，笑道。

"……我可请不起你。"

纪燃坐在石凳上，不自觉往以前最喜欢去的教学楼看了一眼。上学那会儿，隔壁那栋教学楼还没开放，但桌椅都是崭新的，上晚修时如果困了，纪燃就会去那睡一觉。

现在教学楼已经是使用状态，上面还挂着浮夸的横幅，庆祝这次校庆。

纪燃原本想着难得来一趟，干脆进去看看，但如果是变成现在这样，那就没有回去的必要了。

坐了一会儿，纪燃觉得没意思，起身道："回去……"

话刚说完，纪燃就见不远处走来一批人，正是纪国正和学校几位大领导，自己初高中的两位班主任站在左右两侧，双手握着放在前头，一脸愁苦。

他们脸色都不太好，表情认真严肃，像是在商量什么大事。

这回纪燃没能躲过纪国正的目光。

纪国正眉头紧皱，声如洪钟："纪燃！"

怎么说呢？纪燃当然是不怕纪国正的。但这一大群领导站在远处紧紧地盯着自己，旁边还站着班主任……这场面仿佛回到了学生时期，自己做了坏事的时候，被校领导抓了个正着。

所以纪燃下意识的反应就是——撒腿就跑。

纪燃往前刚跑了两步，又像想起什么似的，转头想把秦满也带走。

谁想秦满反应更快，在纪燃伸手的那一刹那，秦满率先拉住了纪燃，拽着人向前跑去。

纪燃的高中班主任脾气要爆得多，只是他接手纪燃时，纪燃已经成了块硬骨头，怎么也咬不动。见纪燃跑了，他也习惯性喊道："纪燃——站住！"然后"噌"地追上去了。

纪国正："……"

校领导："……"

秦满的速度太快，纪燃好久没跑这么快过了，这一路被拽着，也只能加速跟上。

今天天气有些阴沉，看起来要下雨，凉风打在脸上，特别痛快。

纪燃跑到一半，发觉不对："哎……不是，我跑什么啊？"

"锻炼。"秦满转头笑道。

"……"

两人跑进了小树林里。

学校哪儿都变了，只有小树林还在原位，也跟几年前没什么区别，就是又多了一些花花草草。

为了美观，小树林里立起了一道道草木筑成的墙，是类似迷宫的设计，里面的石子路很窄，两人得侧着身才能过去。

跑到深处，秦满才终于停了下来。

纪燃两手撑着膝盖，不断地喘气。

"你……你跑这么快……"纪燃一边喘一边骂，"这么能跑，你怎么……呼……怎么不干脆去报名国家队？"

秦满看纪燃脸都跑红了，额间还沁着汗，道："你平时运动太少了。"

"什么啊，没上班之前我每天都运动。"

纪燃没喘一会儿就缓过来了，站直身来："这破校庆真无聊。走了，回去吧。"

秦满问："不在这儿逛逛？"

"这儿有什么好逛的？你要是想看草，我带你去岳文文家里看。那儿做了个几百平方米的花园，能让你看个够。"

这时，只听见旁边一阵窸窣声，像是有人进来了。

来人停留在了他们右侧草丛的另一端，因为茂密且高耸的草木遮挡着，两边互相看不见对方，但纪燃能一字不落地听见他们的对话。

"你有什么事吗？"女生声音软糯，特别好听。

"我……你以前来过这儿吗？"另一个是男生，听起来有些害羞。

女生笑了："你傻了呀？当然来过啦，我每天晚修放学后回宿舍都从这儿路过的。"

男生轻咳一声："那你知不知道，别人说这个树林有个传说啊？"

纪燃并不想偷听花季少男少女的墙角，转身想走，秦满却往右一站，挡住了纪燃的去路。

纪燃一顿，抬头看秦满。

"你听说过吗？"秦满低头望着纪燃，揶揄地问。

秦满说话没有压低音量，右侧的两人听见了，立刻噤了声。

纪燃推他肩膀，没用力，压低了声音："……让开。"

"问你话呢。"秦满一动没动，反而往前一步。

纪燃的一双眼睛直直瞪着秦满，警告秦满别乱说话。

秦满面色镇定地追问："说啊，那传说是不是真的？"

"喂，对面的小兄弟。"那头的学弟急了，朝他们吼道，"你能不能先安静会儿啊？"

秦满笑："不好意思，没忍住。"

"……是不是真的你自己心里没点数吗？"纪燃被学弟声音叫回了神，"让开，回去了。"

说完，纪燃快步从旁边的空隙离开。

那边的人终于听清楚另一人的声音，两人惊讶地对视了一眼。

"学弟，这传说是你编的吧？"秦满无奈地笑，追上纪燃之前，给另一头留下一句，"所以小姑娘，别轻易相信男人的话。"

学弟："……"

纪燃一路疾走，出去时还撞上了老邢。

老邢叫道："急急忙忙的干什么去？不是又要给我找麻烦吧？"

"我哪有这么闲？"纪燃走了两步，又想到什么，回头问，"你老婆怎么样了？"

纪燃有一次偶然经过，听见老邢坐在警卫室里哭，不断对电话里的医生哀求着。

平时面相凶狠的人，那个时候哭得跟个孩子似的。

"前两年走了。"老邢也懒得问这人是怎么知道的，"我天天瞧你从校门口路过，就是不进来，还以为你今天良心发现了，结果是回来给我搞事的。"

纪燃道："行了，别盯我，我这就走了。"

老邢看着后面跟上来的人，意外地挑挑眉："你怎么和秦满凑到一堆去了？"

"这你就不用管了。"纪燃拿出那盒只抽过一根的烟，丢给他，"这个给你，当赔罪了，下回再来这儿会给你带几盒好的。走了。"

老邢接过烟，没说话。

秦满路过老邢身边的时候，淡淡地扫了老邢一眼，然后点头算是打了招呼，才继续跟上前面的人。

老邢看着他们的背影，在心里感慨了一声。

这两个看起来都是正常人，其实一个比一个不好惹。

一个是脾气大，三天两头就跟人闹事。另一个……

他突然想起自己几年前的某次巡逻。

那次，他又在未开放使用的教学楼里看见纪燃，刚打算上去抓人，就见纪燃从窗台上下来了。

见纪燃走了，他干脆睁一只眼闭一只眼，省了这个力。谁知纪燃前脚刚走，旁边那个无人的教室突然就开了门，把他结结实实地吓了一跳。

那个常年霸占学校分数榜第一的男生从里面走了出来，坐到了纪燃之前坐过的地方。

最后，他像是觉得没什么好看的，才跳了下来。

回去是秦满开的车，纪燃跷着腿坐在副驾驶座上，拿出手机想打发时间，这才想起自己已经关机了。

"你手机里有没有游戏？"纪燃问。

"有。"秦满说，"之前想跟你一起玩，就下载了一个。"说完，他把手机拿出来，毫无顾忌地递给了纪燃。

"……我就玩个游戏，不会乱看你东西。"纪燃说。

"随便你看。"

纪燃按着他说的密码解锁，径直打开大逃杀游戏，手机默认登录秦满的账号便进入了游戏。

更换账号太麻烦，只能从微信渠道登录，纪燃干脆直接用秦满的号打，正打算开匹配，就见右边弹出一个游戏邀请。

——温笑邀请你进入小组。

纪燃才看清这个游戏请求，手机上方就紧跟着跳出一条微信消息。

温笑：没想到你也玩这个，一起吗？

好，刚刚的话当自己没说。纪燃黑着脸点开这个消息框，心想：要是让我发现你跟弱智聊天，我现在就把你当满高一块儿"炸"了。

聊天界面里消息不少，不过大多是温笑发来的。

温笑：在吗？

温笑：有时间一块儿喝个下午茶？

中间温笑还给秦满发了张照片。

温笑：今天我去健身房了，你看。你喜欢健身吗？

接着是秦满给她发了项目合同修改书的文件，温笑回：收到。

温笑：合同上有些细节我不太了解，我们见面谈一下吧。附近开了一家新的法国餐厅，就在你公司附近，我请你？

对此，秦满的回复是直接把同事曲冉的微信名片推送了过去。

温笑：……

再然后，就是刚刚的消息了。

纪燃点开那张照片，冷笑了一声。

就这？也好意思发？

纪燃忍不住打开温笑的个人信息，准备看一眼对方的朋友圈，打开了才发现，秦满给对方开了一个特殊的设置——不看该好友的任何动态。

"你怎么还把别人的动态屏蔽了？"纪燃问完才发觉自己暴露了。

秦满扫了一眼手机："她老是刷屏，发的还都是照片，太烦。"

纪燃顿了一下，还是补充了一句："温笑发了消息来，我不小心点到的。"

"没事，我说了你可以随便看。"

"你们什么时候加的好友？"

"前段时间，刚签合同那会儿。这项目在我手上，我得把工作做完。"秦满道，"等合作结束就把她删了。"

见到温笑的名字，纪燃玩游戏的心思也没了，便把手机锁屏放好，看向窗外。

"今天跟你说话的是谁？"半晌后，秦满问了这么一句。

纪燃道："老邢啊，以前的保安。"

"不是，是你座位旁边那个。"秦满道，"他怎么一直和你套近乎？"

纪燃："……跟你有什么关系？"

"当然有关系，我要时时关注老板的交际圈。"

"我才是老板，少管老板的事。"

"那可不行，你付了钱的。"

"……"

两人在外头待到晚饭时间，吃了顿西餐才回家。

家门口停着一辆熟悉的黑车，人还在里面坐着，也不知道等了多久。

这辆车纪燃今天才在学校后门见过，等看清车门旁边站着的司机后，纪燃笑意尽收。

没想到对方这么快就找上门来了，原本自己还想清静一天。

"你把车开进车库。"纪燃说完，打开车门。

这事自己不好插手，秦满沉默片刻："好。"

纪国正没有要下车的意思，纪燃刚走到黑车旁边，司机就帮忙打开了后座的车门，纪燃"啧"了一声，坐了进去。

车门关上的那一刻，纪国正便开口了："混账东西！你都干了些什么事！你知不知道现在事情有多严重？！"

"我干了什么？"纪燃沉思了一会儿，"哦，我好像就是在校庆上说了点实话。我那算是舍身炸粪坑吧，也不知道会不会有人给我送锦旗。"

纪国正忍无可忍，蓦地抬起了手——结果这一巴掌还没打下去，手腕就率先被握住了。

"爸，你打不过我，省省力气。"纪燃嗤笑道。

纪国正瞪大了眼，满脸难以置信。

半晌后，他才从情绪里缓过神来，猛地收回了手。

"你自生自灭吧！"纪国正道，"以后家里不会给你任何补贴，你活得好或者坏，都跟我纪家没有关系了！"

"成。"纪燃应得爽快。

纪国正一怔："……什么？"

"你觉得自己现在很酷很帅是吗？纪燃，你已经二十四岁了！早就过了叛逆期了！你什么时候能更成熟一点？！"

纪燃心情平静，甚至觉得可笑："说要脱离关系的是你，我不过是答应了，跟叛逆期有什么关系？"

"你不要总是摆这副清高的模样给我看。"纪国正黑着脸道，"你现在吃的、穿的、用的，哪一样不是我给的？你还以为自己很有骨气、很了不起是吗？！"

纪燃想到什么，点头："说到这个，我正好要跟你算算。"

纪国正："……算什么？"

"既然是脱离关系，那肯定得郑重一点。我手上有个账单，过两天传给你，你看看有没有缺的、漏的，我再补上。如果没问题，我们就一次结清，双方都安心。"

纪国正听蒙了："什么清单？结清什么？"

"这些年从你那儿拿来的车子和钱，我都会还给你。你送来的车子我几乎都没碰过，你要想拿可以直接拿回去，折现也没问题，这么多年的利息我也会给你算上。"纪燃讥笑道，"放心，总之，不会让您老亏了。"

纪国正这回是真的震惊了。

这话听起来像极了玩笑——这么多年他给纪燃的每一笔钱，纪燃竟然都记着？还要连本带利还给他？而且纪燃哪来的钱给利息？

但纪燃的表情这么自然，他一下有些分辨不清。

"您还有什么要说的吗？没有我就回去了。"纪燃坐得不耐烦了，出声打断他的思绪。

纪国正沉默半晌，问："秦满怎么会在你车上，还跟你回来了？"

纪燃一顿，很快从容自如道："他没地方住，来我这儿借住。怎么，您不会这也要管吧？"

"他住在你这儿，你却没办法从他手里讨到一个项目？"

"不是'讨到'，是我个人对那个项目不感兴趣。"纪燃讥笑一声，纠正他，"还有，朋友是拿来处的，不是拿来占便宜的。你活了这么多年，连这个道理都不明白吗？"

纪国正的怒火又上来了："你就这么对你爸说话的？！"

"是，在我们关系没撇清之前，我肯定对您客客气气的。"纪燃懒得说下去了，打开车门，径直下了车。

"爸，您好走。"

说完，纪燃不等纪国正再开口，便"砰"地关上了车门。

纪燃一进院子，就见秦满环着手在门口等着。

"你站这儿干什么？"

"怕你跟伯父打起来。"

纪燃哼笑："怎么，担心我打不过？"

"嗯，"秦满挑眉，"那儿还有个司机，怕你吃亏。"

"⋯⋯"纪燃绕过他，往屋里走，"要真打起来，就你这种在长辈面前讨好的，才不会帮我。尽会拍马屁。"

秦满笑笑没说话，纪燃进屋后，回头幽幽地看了眼院子外的黑色轿车，片刻才把门关上。

晚上，纪燃洗完澡，给程鹏打了个电话。

秦满就坐在身边，纪燃没怎么顾忌，直接点了个免提，继续低头玩平板电脑："股份和红利你算好了吗？"

"算好了。不过你真打算把股份全卖给我？公司现在是上升期，以后还有得赚。"程鹏道，"你就卖一半，都能把你爸那边的钱还了。"

这些年来，纪老夫人和纪国正零零散散确实给纪燃了不少钱。除了这些之外，赵清彤怎么说也是个女星，名下也有点小积蓄，她去世之后，那笔资产就到了纪燃这儿。

纪燃也没让这些钱闲着，大部分都丢给程鹏去钱生钱了。程鹏除了家族企业外还跟人合伙开了一家公司，干得风生水起的，纪燃在最开始就干脆利落地入了股，每个季度都有一大笔红利拿。当初纪燃能一下拿出这么多钱去资助秦满，也是得亏了红利，不然就一个月那十几万，甚至都不够纪燃自己花的。

要不是为了硌硬纪惟，纪燃才不会继续收每月打到自己账户里的"生活费"。

纪燃说："说了全卖就全卖，有了这点股份，你在那公司的地位不就稳了？

别人当初找我买,我都没答应。行了,你别废话了,就说买不买吧?说多了不符合你一贯的市侩样子。"

"行,那我到时候多给你算点,"程鹏笑,"这不是担心你以后没钱赚,饿死。"

"去你的。"纪燃笑骂,"玩游戏呢,挂了。"

秦满静静听着,等电话挂了才问:"你还入了股?"

纪燃随口道:"投来玩玩。"

光听刚刚的电话,秦满就知道所谓的"玩玩"让这人赚了不少钱。

没想到纪燃还有这种"体质"。

秦满问:"还有,刚刚电话里说,你要给伯父一笔钱……那又是什么?"

"断绝关系之前,不都得算算账吗?"纪燃道。

秦满挑了挑眉,半晌后才问:"这么多年的账,你都记着?"

"差不多吧。"纪燃操纵的角色在游戏里被人杀死,生气地"啧"了一声,"你怎么这么多问题?不准问了,我在打游戏。"

秦满依言沉默了,眼神却一直落在纪燃身上。

若不是一开始就想着要还,没人会把从外界收到的好处都一一记着。

闹腾了一天,纪燃打了几局游戏就困了,谁想刚闭了眼,茶几上的手机就猛地振动起来。

秦满还在看报表,听见声音,往茶几上瞥了一眼。

来电显示是何随然。

见沙发上的人动了动,马上就要被吵醒,秦满想也没想便拿过手机,顺手点了接听。

"纪燃?"那头风声阵阵,何随然道,"我把车子挪过来了,就在满城的赛车场,怎么样,想不想过来试一试?"

"不想。"

男人声音低沉,何随然愣了半晌,才道:"怎么是你,纪燃呢?"

"睡了。"

何随然咬牙道:"你没权利接别人的电话,让纪燃自己跟我说。"

"我可提醒你,纪燃起床气有点重。"秦满轻笑了声,"你确定还要让本人接？"

"没什么比得上纪燃对车子的热爱。"

秦满眼底微沉，半晌后，他轻轻笑了一声："行。"

纪燃侧着身，就在一旁睡着。

秦满弯腰，轻轻叫了一声："纪燃，电话。"

纪燃睡得正香，突然听到有人叫自己，因为太习惯这个动静了，想也不想，下意识抬手挥了挥。

"一边儿去。"昏昏沉沉中，连对方说了什么都没听清，纪燃无意识蹦出一句，"困，别闹。"

电话那头沉默了几秒钟，然后挂断了电话。

秦满哼笑一声，这才慢条斯理地把手机放回原处。

— 第一册完 —

番外 圣诞快乐

圣诞节这天，纪燃是被秦满吵醒的。

纪燃迷迷糊糊睁眼，眼皮沉甸甸的，看着窗外一片雪白，几秒后又重新闭眼。

昨晚岳文文非闹着开了个平安夜派对，一帮人闹腾到半夜三点才解散回家。偏偏程鹏和岳文文的新恋人全都是娱乐圈明星，气温才几度的深夜，外头还有很多狗仔在等着，他们花了一阵时间才把人赶走，回到家时都快五点了。

纪燃真正安稳地躺在床上时，天都亮了。

秦满轻轻拍了几下纪燃的被子："醒了？"

纪燃想换个姿势躲开他，谁知一动就更难受，起床气顿时更大了，眼也不睁就问："你故意的吧？起开，别吵我睡觉。"

秦满笑了："还睡？"

纪燃："嗯。"

秦满又说："我饿了。"

"狗饿了，都知道去找吃的。"想到昨晚，纪燃语气恶劣，"你不会？"

秦满道："不会。"

秦满的手甚至拍出了节奏，纪燃忍无可忍，转过头低声喃喃："你烦不烦……想吃什么？我给你点外卖。"

每次纪燃皱着眉又软下语气跟自己说话，秦满就很想笑。

他忍着笑道："我不想吃外卖。"

纪燃睁眼看他："那你想吃什么？满汉全席？皇家御膳？"

"也不用那么麻烦。"秦满笑着说，"外面下雪了，今年第一场雪。"

纪燃懒懒地哑声应："嗯？"

秦满："带我出去。"

纪燃沉默两秒后出声:"你像只等着主人去遛的狗。"

秦满"嗯"了一声:"快点吧,都等急了。"

半小时后,纪燃出门"遛"秦满。

他们没开车,穿着羽绒服肩并肩走在大街上。

街上还在下雪,但行人的步伐比平时慢了许多。街头圣诞气氛浓郁,半个月前各家店铺就已经装上了圣诞树,到了这天更不用说,满条街响着 *Jingle Bell Rock*(铃儿响叮当),到处都挂着闪闪发光的小玩意儿。

纪燃扫视四周餐厅,问:"想吃什么?"

秦满在一家餐厅的玻璃窗旁站定:"这家。"

纪燃抬眸挑眉:"……泰餐?"

"嗯,"秦满道,"这家有折扣活动。"

纪燃安静一秒,声音凉凉地问:"你又破产了?"

这个"又"字听着不太爽,秦满抿唇忍笑:"哪儿那么容易破产,我饿了,进去吧。"

走进餐厅,迎面便是一棵圣诞树,服务员戴着圣诞帽,微笑着迎上前来:"您好,请问几位?"

纪燃看着那棵圣诞树:"两位。"

服务员:"好的,里面请!"

秦满脚步未动,问:"我看你们外面挂着活动宣传板……"

服务员一愣:"是的,我们餐厅今天有圣诞节活动。"

"我们要参加。"秦满微笑。

"没问题,"服务员点头,"我们这次的活动是圣诞节约会活动,需要客人们在圣诞树前摆出指定姿势拍照并把照片贴在旁边的板子上,今天的消费就可以打 7.9 折喔!"

纪燃怔怔地把脑袋转回来。

秦满取下围巾:"好,拍吧。"

服务员应道:"啊!好的!请您稍等!我马上去拿相机!"

看着服务员慌里慌张跑走,纪燃小声说:"干吗啊……"

"参加活动。"秦满一脸好笑地看着纪燃,"能省的钱为什么不省？"

纪燃刚要说什么，服务员就抱着拍立得回来了。

秦满没给纪燃说话的机会，直接推着纪燃往圣诞树走。

"笑得再开心一点……"服务员面上带着笑容，活像在拍杂志大片的摄影师，"可以再靠近圣诞树一点点，记得摆姿势哦……"

纪燃觉得这事实在傻到没边了，拧着眉刚想催促服务员快点拍，头顶突然多了股力道。

秦满伸出手来，搭在了纪燃的头顶。服务员立刻按下快门。

她欣喜地拿出照片递给他们看："拍得真的非常好看，两位都太上镜了……我一定会把这张照片贴到我们展示板的最中间的！"

纪燃忍不住低头看了一眼照片，他们头顶正好是圣诞树顶端那颗星星。

秦满显然很满意："老板真好看。"

纪燃："……你有完没完？进去吃饭。"

这是家新餐厅，今天这个活动也是招揽新客的手段之一。菜品的口味倒还不错。

趁纪燃去厕所的空当，秦满抬手把服务员叫了过来。

"结账。"

"您好，一共消费 423 元。"服务员稍稍弯腰，"您参加了本餐厅的圣诞活动，所以给您打 7.9 折，折后的价格是……"

秦满打断她："不用，我们不参加活动了。"

服务员愣了愣："什么？"

"我们不参加这个活动了。"秦满微笑，"麻烦把照片还给我，餐费按原价算就好。当然，我愿意支付相纸和拍摄的费用。"

服务员呆滞了一会儿，表示自己要去问一下经理。

大约两分钟后，餐厅经理走了过来："您好，是我们工作失误，您这桌已经付过款了，是跟您同行的那位付的。"

秦满挑了下眉："那照片……"

餐厅经理："照片已经被那位带走了。"

纪燃从厕所回来，正好看见秦满在慢条斯理地用餐巾纸擦手。纪燃两手插着兜："吃饱了？那走吧，账我顺路结了。"

秦满看了一眼纪燃的大衣口袋："好。"

两人重新回到寒风中。

纪燃吃饱之后全身心就松散下来了，所以当秦满把一捧雪洒向纪燃头顶时，纪燃整个人就处于呆滞中回不来神。

纪燃瞪大眼问秦满："你今天犯什么病？"

秦满莞尔："犯想看你发脾气的病。"

纪燃："……"

纪燃觉得和疯子没什么好说的，两手插兜闷头往前走。

秦满笑着跟上。

秦满："小燃，走慢点，我跟不上。"

秦满："老板等等我……"

纪燃涨红着脸，脚步不停："别乱叫！"

秦满："意思是小燃就能叫？"

秦满："小燃，圣诞节快乐。"

秦满："小燃……"

纪燃忍不住转头："你——"

一片雪飘落在秦满睫毛上，他身后光秃秃的树枝间是圣诞节的暖黄灯光。

他们已经走进了别墅区，四下无人。

雪越下越大，秦满伸手帮纪燃把大衣帽子戴上。

"纪燃。"秦满说，"圣诞快乐。"

纪燃过了几秒才说："嗯。"

秦满莞尔："'嗯'是什么意思？"

"……"

一阵寒风吹来，秦满下意识挪到风口："走吧，回家。"

圣诞夜街头铃铛声阵阵。某家泰餐餐馆的照片板中间空了一块，被店员用可爱的圣诞贴纸再次填补好了。

而这个位置上原先照片的主人，过了个很充实的圣诞夜。